JN184476

日本近現代文學作品解析

張利利 著

翰林書房

謹以此書獻給我敬愛的母親

目　錄

第三章　大正時期文學

第四章　昭和時期文學

第五章　現代文學

第六章　短歌和俳句

前言

近現代文學主要指明治、大正時期文學和昭和及以後時期的文學。

明治維新時代是日本歷史發展的重要轉折時期，日本文學受其影響也開始走向變革。其特點為文明開化和西方啟蒙的盛行。之後，日本文學流派紛呈，大家輩出。通過閱讀這本解析，一方面能讀解和欣賞各時期的文學名著，另一方面還可縱觀歷史，對人類歷史文化及其發展有所了解，達到深層理解這些文學名著的歷史意義和文學價值所在。借鑒歷史，取其精華，發揚精神。我們今天研究歷史文化，也是為人類今後的發展、總結經驗做出的必要努力。

日本是個獨立的島國。在導入和接受外來文化中，分為兩個歷史時期，一個是古代推古天皇時期，主要吸收東方文化。另一個就是明治時期，大量引進和吸收西方文化。日本是一個既積極融入外來文化又恪守傳統的國家。在這個特殊的環境中，也造就了獨特的歷史文化。在當今國際化社會中，如何客觀審視和了解這一獨特文化是一課題。為了更好完成這一課題，有必要去讀一些文學名著，因為這些名著凝聚着歷史的足跡，是人類精神、生活和感情世界的體現，是藝術表現的精華。也就是說，在學習、研究和理解這些歷史文化的過程中，也附有在藝術上的享受。我們會從中尋找到答案，會感到美好愉悅，會了解日本的獨特文化和日本人的思維與表達方式。多一層理解就會多一份和諧。

本書內容在提出文學史概況的背景下，選出各時期具有代表性名著，擇其重要章段予以解析，提出作品主題思考和創作意圖。為深層理解作品，本書還整理出作者生涯及創作活動等。在掌握日本文學歷史的時期劃分，以及作品的時代意義和特點等方面，均力求做到梳理有序，深入淺出，一目了然。另外，每篇作品均有著者的中譯文，以便對照參考並欣賞。

本書不僅對學習日文的中國人，也對學習中文的日本人以及研究日本文化、歷史的讀者均會起到很好參考作用。

第一章　明治啟蒙期文學

一　文學史概況

一八六八年的明治維新對日本來說，是一個歷史性的重要轉折點，也是一次具有革命性的轉變。明治維新導致了兩大變革。第一，日本千年來的封建主義統治轉向資本主義道路。第二，千餘年的封建主義思想被資產階級思想所取代。

一七八七年法國革命爆發，成為資本主義制度取代封建主義統治的轉折點。日本由於封建勢力的長期統治，到十八世紀已加速衰落。為此，十七世紀初，日本的江戶時期，對外開始實行鎖國政策。十九世紀以來，西方猖狂征伐亞洲各國。明治維新是不得不抵禦外來侵略的舉策。當時日本處於內憂外患。國內，由於幕藩體制，人們被桎梏於封建式區域制和身份制。然而，隨着工商業的發展，民眾的抵抗日益高漲。國外，美國、英國、俄國、法國等勢力步步逼近日本國土。內憂外患激起日本的民族意識，形成了強有力的氣勢。這種民族意識的覺醒變成了打破封建制度（區域制和身份制）的力量。明治維新就是喚醒革新意識的、具有劃時代意義的政治變革。然而，文化、文學不可能和維新變革並肩起步。

明治維新的變革使日本從封建的幕藩制國家走向一個嶄新的近代國家的道路；從藩民走向國民；從擺脫封建的身份制走向個人的尊重。但是，在文化和文學方面依然守舊。江戶時代的戲作文學在文學歷史的過渡中起到了一定作用。戲作家多數出身於町人。明治戲作文學代表作有，仮名垣魯文『東海道中膝栗毛』、『安愚楽鍋』等。舊幕臣成島柳北『柳橋新誌』是用漢文寫成的戲作文學作品，其諷刺性藝術受到矚目。

二　近代啟蒙期文學

1　啟蒙思想和文學

一八六八年（明治元），由於明治維新，日本向近代的統一國家邁開了一大步。幕末以來，面臨來自美、英、法、俄等列強威迫，國內資本主義經濟逐漸發展起來，隨之，民眾謀求自由解放的慾望也日益高張。為應對內隱外患，日本當時的統治者不得已考慮採用引進西歐政治經濟的諸項制度及其近代文化。文明開化的先導是當時的留學生，他們最初受到參與德川幕府開國政策的知識分子或藩府的派遣，學習蘭學，英學，法學，體驗西歐生活。后，他們結成「明六社」，創刊『明六雜誌』。這是日本歷史上最初的學術團體，提供文明開化方面的新知識，諫言良策。知識分子，啟蒙的倡導者森有禮[*1]在明治政府中主管文教政策。素稱百科事典的西周[*2]為當時政界、學界的泰斗。

福澤諭吉、中村正直[*3]、新島襄[*4]、中江兆民[*5]等，率先傳播西方的思想和文化。他們竭盡努力，使人們理解和接受近代人的人生觀及其思維方式。新島等傳播普及基督教；中村正直的『西國立志篇』（原著 Samuel Smiles 1812～1904）、『自由之理』（原著 John Mill 1806～1873）帶給了當時眾多日本青年自立自強的希望。中江兆民的『民約譯解』等，介紹盧梭的革命思想。而其中引人矚目的是福澤諭吉撰述的『西洋事情』、『世界國盡』、『窮理圖解』等，通俗易懂地介紹了西洋各國諸事及自然科學的知識，使日本國民大開眼界，茅塞頓開。

『勸學』是明治時期著名教育家、啟蒙思想家福澤諭吉代表作，創作於一八七二年。該書由十七篇論文組成。第一篇『勸學』是該論文集代表作。文中主題思想為反對封建的身份制所造成的對人的歧視，主張人與人的相互尊重，自由平等。反對歷代繼傳宣揚精神主義的儒教思想，強調「實學」的必要。這本著作第一版就售出三十萬冊。

*1　森有禮（もりありのり）（1847～1889），薩摩藩士、外交官、政治家。一橋大學創始人，第一任文部大臣，「明六社」會長，東京學士會院第

一任會長。子爵。明治時代六大教育家之一。一八六五年（慶應元）赴倫敦留學。歷任外務大輔、駐英國公使等。主持創刊日本歷史上第一個學術性雜誌「明六雜誌」。任文部大臣期間，制定諸學校令及教育制度。著有『森有禮全集』全三卷等。

＊2 西周（にしあまね）（1829～1897），啟蒙思想家、翻譯家。江戶後期至明治初期幕臣、幕僚、教育家，貴族院議員，東京學士會院第二任會長。男爵。漢學教養極深。一八六二年（文久2）赴荷蘭留學。一八六五年從事幕政。一八六八年受敕令開創日本第一所兵校（沼津兵校）並任校長。為日本「軍人敕諭」「軍人訓誡」起草人。在翻譯介紹西洋學問知識中，創譯東洋至今延用的「哲学」「藝術」「理性」「科學」「技術」等詞彙。在創譯中，他除了注意到專業用意外，還做到通俗易懂。其創譯造語為現代科學社會表達帶來新氣象。

＊3 中村正直（なかむらまさなお）（1832～1891），西洋學研究家、教育家，貴族院議員。研究儒學、英學。一八六六年（慶應2）受幕命赴英國。明六社組織人之一。曾任東京帝國大學教授。譯著有『西國立志篇』、『自由之理』等。

＊4 新島襄（にいじまじょう）（1843～1890），江戶人，教育家。畢業於美國Amosuto大學。一八七二年（明治5）隨行岩倉全權大使赴歐視察。一八七五年在京都創建同志社英學校（后改稱同志社大學）。為日本基督教主義教育創始人。

＊5 中江兆民（なかえちょうみん）（1847～1901），土佐（現高知縣）人，思想家。一八七一年（明治4）赴法國留學。歸國後設立法學私塾，提倡民權論，參與自由黨的組建，主筆報紙『自由新報』。譯著有盧梭的『民約論』，維隆的『維氏美學』等，創譯至今延用的「美學」等詞彙。著作有『一年有半』等。其子中江丑吉（1889～1942），研究中國學者。北京久居三十年。主要著作有『中國古代政治思想』、『公羊傳研究』等。

『学問のすすめ』　福沢諭吉

天は人の上に人を造らず人の下に人を造らずと云へり。されば天より人を生ずるには、万人は万人皆同じ位にして、生まれながら貴賤上下の差別なく、万物の霊たる身と心との働きを以て天地の間にあるよろづの物を資り、以て衣食住の用を達し、自由自在、互ひに人の妨げをなさずして、各々安楽に此世を渡らしめ給ふの趣意なり。されども今広く此人間世界を見渡すに、かしこき人あり、おろかなる人あり、貧しきもあり、富めるもあり、貴人もあり、下人もありて、其有様、雲と泥との相違あるに似たるは何ぞや。其次第甚だ明らかなり。『実語教』[*1]に、人学ばざれば智なし、智なき者は愚人なりとあり。されば賢人と愚人との別は学ぶと学ばざるとに由りて出で来るものなり。又世の中にむづかしき仕事もあり、やすき仕事もあり。其むづかしき仕事をする者を身分重き人と名づけ、やすき仕事をする者を身分軽き人と云ふ。すべて心を用ひ心配する仕事はむづかしくして、手足を用ふる力役はやすし。故に医者、学者、政府の役人、又は大なる商売をする町人、夥多の奉公人を召し使ふ大百姓などは、身分重くして貴きものと云ふべし。身分重くして貴ければ自から其家も富んで、下々の者より見れば及ぶべからざるやうなれども、其本を尋ぬれば、唯其人に学問の力あるとなきとに由りて其相違も出で来るのみにて、天より定めたる約束にあらず。諺に云はく、天は富貴を人に与へずしてこれを其人の働きに与ふるものなりと。されば前にも云へる通り、人は生まれながらにして貴賤貧富の別なし。唯学問を勤めて物事をよく知る者は貴人となり、富人となり、無学なる者は貧人となり下人となるなり。

学問とは、唯むづかしき字を知り、解し難き古文を読み、和歌を楽しみ、詩を作るなど、世上に実のなき文学を云ふにあらず。これ等の文学も、自ら人の心を悦ばしめ随分調法なるものなれども、古来世間の儒者和学者などの申すやうさまであがめ貴むべきものにあらず。古来漢学者に所帯持ちの上手なる者も少なく、和歌をよくして商売に巧者なる町人も稀なり。これがため心ある町人百姓は、其子の学問に出精するを見て、やがて身代を持ち崩すならんとて親心に心配する者あり。無理ならぬことなり。畢竟其学問の実に遠くして日用のまにあはぬ証拠なり。されば今斯る実なき学問は先づ次にし、専ら勤むべきは人間普通日用に近き実学なり。譬へば、いろは四十七文字を習ひ、手紙の文言、帳合ひ[*2]の仕方、算盤の稽古、天秤の取り扱ひ等を心得、尚又進んで学ぶべき箇条は甚だ多し。地理学とは日本国中は勿論世界万国の風土道案内なり。究理学[*3]とは天地万物の性質を見て其働きを知る学問なり。歴史とは年代記のくはしき者にて万国古今の有様を詮索する書物なり。経済学とは一身一家の世帯より天下の世帯を説きたるものなり。修身学とは身の行ひを修め人に交はり此世を渡るべき天然の道理を述べたるものなり。此等の学問をするに、何れも西洋の翻訳書を取り調べ、大抵の事は日本の仮名にて用を便じ、或は年少にして文才ある者へは横文字をも読ませ、一科一学も実事を押さへ、其事に就き其物に従ひ、近く物事の道理を求めて今日の用を達すべきなり。右は人間普通の実学にて、人たる者は貴賤上下の区別なく皆悉くたしなむべき心得なれば、此心得ありて後に士農工商各その分を尽くし銘々の家業を営み、身も独立し家も独立し天下国家も独立すべきなり。

＊1　室町至江戸時代末期寺院私塾少兒道德教育教課書。該書彙集中國經書格言及對其的解釋，以「山高故不貴　以有樹為貴」為始，用五言四句漢詩形式編撰，通俗易懂。

＊2　記入、核實帳目。

＊3　物理學的舊稱。

【譯文】

『勸學』 福澤諭吉

天，可謂無創人上之人，無造人下之人。故，天生成人皆同等，無貴賤高低之區分。萬物之靈賦其身心，以勞作資之天地萬物，達衣食住之用。

人，自由自在，相互無妨，安樂度日，各其所樂。然而，宏觀當今世界，既有聰明之人又有愚昧之人，既有窮人也有富人，既有貴人也有賤人。各有不同，似乎有天地之差，為什麼？其原因十分明了。『實語教』中說，人，不學無智，無智者即愚人。因此，賢人和愚人之差別，其原因在於學與不學。還有，人世中，既有難做的事，又有簡單的事。做難事之人謂身份貴重之人，做簡單事之人謂身份下等之人。所有費心用腦的工作是難做的事情，而那些體力活是簡單的工作。因此，醫生、學者、政府官員，還有做大買賣的町人和照料服務於眾多重要人物的大百姓等，應該稱為身份高貴的「貴人」。貴人自然富有。從賤人眼中來看，似乎望塵莫及。但尋其根本，這些人僅僅不同於是否有知識有學問而已。老天並無給他們事前承諾。俗言道，天無與人富貴，而只賦予其耕作勞動。因此如右所述，人，生來並無貧富貴賤之分。只有勤做學問，明知事理才會成為貴人、富人。不學無知才會成為窮人、下人。

所謂學問並不是說只認識些難寫的字，會看些難懂的古文，會作幾句和歌，寫幾句詩文等。這些在社會上並不能成為是實用的學問。當然，這些文學也會給人帶來精神樂趣，調節心情。但是，並非像古往今來那些儒家學者所說的那樣應該值得崇敬。古今的漢學家中，能很好運作家計的並不多，精通和歌而又是成功商家之町人實為罕見。有心的町民百姓，有些人看到其子精勤學問，亦不免擔心自己家業是否會後繼有人。不無道理，這說明做學問畢竟遠離實際。因此，無實學的學問暫且放后一步。首先要勤於學習能夠運用於日常生活的知識，要實學。例如，學會四十七字假名，掌握寫信用語和格式，記賬方法，練習打算盤，記住天平計量法。還要學習諸多法規條例。

所謂地理學是指日本國內以至世界各國的風土人情、地理知識。究理學是指看清天地萬物之性質並且能靈活去運用它。歷史學是指由那些熟曉年代記號之人對萬國古今的歷史通過考證、探究而撰寫的書籍。經濟學是指能說明從個人到天下的經營治理。修身學是指修身養性，和眾生一起度生渡世，講出這一自然道理。學習這些學問，有必要查閱西洋的翻譯史料。一般的事情使用假名方便或讓年輕有才的人讀些橫書體文章。一科一學要落實到實處去學習。就其事，從其物，探求身邊事物之道理，達到用之於近日之目的。

通過右述日常知識的實學，人就會消除高低貴賤之差別。人人通曉這些知識學問，並能運用於日常生活，從事工農商學各行各業。這樣，一個人才能獨立，一個家庭才能獨立，一個國家才能獨立。

【作品概要】

「天，可謂無創人上之人，無造人下之人。故，天生成人皆同等，無高低貴賤之區分。萬物之靈賦其身心，以勞作資之天地萬物，達衣食住之用。人，自由自在，相互無妨，各其所樂。」此段為震撼人心的秀節。

『勸學』為當時的暢銷書。於一八七二年出版發行，一八七六年第十七次再版發行。該作品第一篇的開場文尤其著名。「天，可謂無創人上之人，無造人下之人」是該書主題。首先強調，人，原本應是平等。但在事實上，人，卻存在着高低貴賤、貧富之差別。歸根結底，造成這種差別的原因在於學和不學。而實學首先要學有所用，學到實處。這點至關重要。其次強調人要平等。社會生活中的規則秩序，只有學習才能清楚這些清規戒律的分限，這是十分有必要的。該文嚴厲批判人與人之間存在的歧視和貧富差別，號召人們擺脫現實走向自由平等。這已成為民眾氣勢的代辯文。這些內容，從道理上來講，在今天似乎很容易理解。但當時（1872年）在人們還處在封建時代的酣睡時期，這一論點無疑給社會和人們帶來極大震撼。這一論點具有遠見卓識，使日本產生了翻天覆地的變化，起到了推動歷史發展的作用。

【作者】

福澤諭吉（1835～1901），明治時代六大教育家之一，慶應義塾創始人，文明開化的啟蒙思想家。提倡「實學」，主張獨立自尊的自由主義和以富國強民為核心的國家主義。「獨立自尊」是福澤的代名詞。其父福澤百助是中津（現大分縣）藩士，漢學家。諭吉自幼讀漢籍。二十一歲赴長崎讀蘭學，後轉入大阪諸方洪庵之塾。一八六〇年（萬延元）赴美。翌年（文久元）赴歐，遊歷法、英、荷、德、俄、葡六國。主要出版有『西洋事情』（1866）、『英國議事院談』（1869）、『勸學』（1872）等。

他主張亞洲攻略，支持朝鮮開化派，核心議論為「脫亞入歐」。一八九四年以『文野明暗之戰』極力支持日清戰爭。戰後注重關心勞資、移民及成為殖民地的台灣經營問題。傾心佛教觀。

2 初期的翻譯小說

從明治十年代（1877～）開始，由織田純一郎『花柳春話』（羅德・里頓原著）為牽頭，不斷出現介紹西方國家政治、風俗、人情的翻譯文學。同時，自然科學和科學小說的作品也相繼出版。代表作有『八十天世界一周』（川島忠之助譯）、『月球世界旅行』（井上勤譯）、『海底旅行』（井上勤譯）。這些作品與以往的戲作文學相比，洋溢着清新氣息，使讀者百讀不厭。

同一時期也開始湧現政治內容的小說。例如，有描寫法國革命的『自由之凱歌』、『西洋血潮小暴風』（仲馬・佩爾原著），描寫俄國虛無黨運動的『鬼啾啾』等。這些小說大多譯自活躍在自由民權運動第一線的政治家之手。他們的譯作風靡當時。

3 政治小說

所謂自由民權運動，是為改變維新后依然殘存的貧困狀態而興起的全國性民主化政治運動。明治頭十年湧現的政治小說，產生於廣泛的政治運動中，在為人們走向近代化社會的自由，希望確立人權的時代潮流中起到不可估量的作用。代表作品有，矢野竜渓『経國美談』，東海散士『佳人之奇遇』，末広鉄腸『雪中梅』、『花間鴬』等。其中『經國美談』的作家是當時改進黨（與自由黨並駕齊驅，為當時政治運動的核心政黨）的領袖人物。作品是以古代希臘為背景的歷史小說，闡述了自身的政治理想。內容大致描寫，一個小國，主張民主主義的政治家們展開和反對派專制政治家的鬥爭。他們經歷了曲折的艱辛歷程，最後終於達到奮鬥目標。小說的主人公形象實際上是日本當時的民權活動家。小說獲得當時的狂熱支持。

另一個深受歡迎的作品是『佳人之奇遇』。作品用漢文撰寫，格調高雅。描寫了世界上諸弱小國家的興衰史及其衰亡原因，並對其國家統治者加以批判。是首部對即將走入國際社會的日本，對其前途表示深憂的作品。

作為政治小說，『經國美談』和『佳人之奇遇』最為經典。該兩作不僅傾述了真摯的政治熱情，還有意識排除戲作文學荒唐無稽式虛構特點。『經國美談』忠實記述了希臘正史，登場人物為當時日本的民權活動家。而『佳人之奇遇』的登場人物是作者東海散士本人，背景和寫作方式為世界史紀實。這些作品，在表達憂國的啟蒙思想家的理念上具有深刻意義，可謂近代小說的先驅。

作品選節1

『佳人之奇遇』　東海散士

自叙

散士幼ニシテ戊辰ノ変乱[*1]ニ遭逢シ 全家陸沈 迍邅流離 其後或ハ東西ニ漂流シ 或ハ筆[*2]ヲ投ジテ軍に従ヒ遑々早々席暖ナルニ暇アラズ 既ニシテ笈ヲ負テ海外ニ遊ビ専ラ実用ノ業ニ志シ 経済、商法、殖産ノ諸課ヲ修ムルニ汲々タリシヨリ殖産利用ノ心日ニ長ジテ花月風流ノ情日ニ消ジ文ヲ練リ詩ヲ詠ズルノ余閑ニ乏シ 然レドモ多年客土ニ在リ国ヲ憂ヘ世ヲ慨シ千万里ノ山海ヲ跋渉シ 物ニ触れ事ニ感ジ発シテ筆トナルモノ積テ十

余冊ニ及ベリ 是レ皆偸閑ノ漫録ニシテ和文アリ漢文アリ時ニ或ハ英文アリテ未ダ一体ノ文格ヲ為サズ 今年帰*3朝病ヲ熱海ノ浴舎ニ養ヒ 始テ六旬*4ノ閑ヲ得タリ 乃チ本邦今世ノ文ニ倣ヒ之ヲ集録削正シ名ケテ佳人之奇遇ト云フ 唯散士ハ詩文ノ専門家ニ非ラズ 故ニ其瑕疵ニ至テハ固ヨリ免ル丶能ハザルモノナリ 鄙諺ニ曰ク 局ニ当ル者ハ迷ヒ傍観ノ者ハ清シト*5 散士此著述ニ於テ其諺ノ我ヲ欺カザルヲ悟レリ 蓋シ此篇ノ成ヤ漢儒*6或ハ之ヲ評シテ曰ク 文字往往戯作小説ノ体ニ傾キ且西洋男賤女貴ノ弊風ヲ導キ婦女ヲシテ驕傲ニ陥ラシメ女徳ヲ壊ルノ恐アリト 稗史家ハ*7則チ之ヲ難ジテ曰ク 巻中痴話情愛ノ章少ク*8 遊里歌舞妓ノ談ナク徹頭徹尾凡テ是慷慨悲壮ノ談ノミ 故ニ一見倦厭ノ念ヲ生ジ易シト 鉄子ガ*9曰ク 惜乎文中往往対句ヲ欠キ雅言ヲ選ブヲ務メズ 若シ更ニ聯句対詞ヲ選ビ文章ヲ鍛錬セバ完璧トナラント 然ルニ隠生ハ*10即チ曰ク 徒ニ漢魏六朝ノ古文ニ拘泥シ対句雅言ニ意ヲ用ユ 故ニ文字藻麗ナリト雖モ西洋大家ノ貴ブ所ノ奇抜ニ乏シト謂フ可シ 且模擬スル所東西稗史ノ尤モ短所タルニ過ギズト 華生ハ*11之ニ反シテ曰ク稗史家中別ニ一機軸ヲ出シ東洋ノ思構ニ倣ハズ西洋ノ体裁ヲ仮ラズ鬼神ヲ語ラズ妖怪ヲ談ゼズ*12時事ニ感ジ事実ヲ記ス 故ニ文章流暢精神雄邁字字皆金玉ナリト 更ニ一士アリ未ダ数行ヲ読ミ了ラズ巻ヲ掩テ笑テ曰ク 是亦洋行書生自由ノ論ノミ 見ルニ足ラザルナリト 是ニ於テ散士喟然トシテ嘆ジテ曰ク 難哉鉛槧操觚*13ノ士作者労シテ読者逸シ 難ズル者易シテ弁ズル者難シ 況ヤ読者各自己ノ心ヲ以テ意ヲ迎ヘ同義ヲ異解スル者アルニ於テオヤ 是ニ由テ之ヲ観レバ朝吏ハ誤テ官吏ヲ譏ルモノトナサン 勤王家ハ自由ヲ説クヲ以テ王室ニ不忠トナサン 民政党ハ*14共和政ヲ非難スルヲ以テ王室ニ媚ルトセン 教法家ハ*15天道ノ是非ヲ疑フヲ以テ説バズ 理学者ハ*16天道ヲ説クヲ見テ頑陋ト嘲ラン 道徳家ハ鄭声淫穢*17ノ書トセン 和漢小説家ハ以テ不粋ト評セン 激烈ノ少壮輩ハ怯弱ノ論ト詈ラン 老練家ハ書生ノ空論ト笑ハン 蓋シ皇天ノ仁慈ナル猶且万人ノ所望ヲ満タスコト能ハズ 何ゾ独リ散士ノ佳人之奇遇ニ疑ハンヤ 故ニ読者ノ評論ハ関スル所ニアラザルナリ 唯平意虚心文字ニ拘泥セズ全篇ヲ通覧シテ微意ノ存スル所ヲ誤ル勿クンバ幸甚 唯憾ラクハ鼇頭*18ノ論

評ハ多ク内外諸名士ノ筆ニ係ルト雖モ憚ル所アリテ茲ニ其姓名ヲ掲グル能ハザルノミ 然レドモ他日 必 読者ヲシテ之ヲ明知セシムルノ時アラン 希クハ諒セヨ

明治乙酉[19]三月於熱海浴舍東海散士誌

*1 一八六八年（慶應4明治元）一月至一八六九年（明治2）五月，明治新政府軍和舊幕府軍之間發生內亂。包括從鳥羽、伏見之亂到上野、北越、東北、函館之戰。

*2 指作者擱筆從軍。一八七五至一八七七年（明治8至10），散士靠向報社撰稿生計。明治西南之戰時，擔任別動隊臨時將校，參軍出征。

*3 推測為一八八五年（明治18）。

*4 一旬為十天。約六十天。

*5 引自『新唐書』元行沖傳。「稱當局者迷，旁觀者審」。

*6 儒學家。

*7 小說家。

*8 情愛話題。「遊里」妓院。

*9 漢詩文評論執筆人榊原浩逸（1855～1938），號「鐵硯子」的略稱。推測為此稿修改人。

*10 西村天囚（1865～1924），號「樵隱」的略稱。

*11 高橋太華（1863～1947）。本名高橋七郎。漢詩文評論執筆人。推測為此稿修改人。

*12 引自『論語』「述而」，「子不語怪力亂神。」

*13 「鉛」寫字或消字用的胡粉。「槧」「觚」寫字用的木札。「操」操作。

＊14　為民主政治奮鬥的人們和黨派。指當時的自由民權派。
＊15　宗教家。
＊16　科學家。物理學家。
＊17　荒淫污穢書籍。「鄭聲」指鄭國擾亂人心的靡靡之曲。引自『論語』「衛靈公」，「子曰，行夏之時乘殷輅，服周之冕，樂則韶舞，放鄭聲遠佞人，鄭聲淫，佞人殆。」
＊18　書頁上方空白處。也指文稿頁上方空白處寫有的批語，評論，註釋。
＊19　明治十八年（1885）。

【譯文】

『佳人之奇遇』　東海散士

自敘

散士幼時遭遇戊辰變亂，一家流離失所。其後漂游東西，擱筆從軍。每到一處，坐蓆未暖卻又輾轉他方，不得閑暇。最終志向學習實用之業，身背行囊，遠渡海外。專修經濟、商法、殖產等科目。長日潛心研磨殖產，而吟作詩文，富有情致，消遣時日之餘閑卻甚少。多年客座異鄉，憂國慨世。不遠萬里，跋山涉水，所見所聞，將此感受筆錄下來，已有十餘本。這些均為偷閑漫錄，有和文的，漢文的，也有英文的，一體文式尚未完成。今年歸朝，在熱海溫泉靜養身患。得閑業已兩月，仿照本邦今世文採集錄成書，請人添削，書名佳人之奇遇。散士並非詩文行家，故不免會有瑕疵之處，未必完全。俗話說，當局者迷，旁觀者清。散士著述此書深感其言之理。對此篇文，有儒學家評曰，文字往往偏傾於戲作小說之體，且有西洋男賤女貴之弊風，婦女傲慢驕奢，有失女德之嫌。小說家則責其曰，卷中痴情章節甚少，也無煙花歌舞之情，委實徹頭徹尾之慷慨悲壯之談，故一讀易生厭倦。鐵子曰，文中缺對句，未用雅語。如聯句對詞再加精鍊，會完備無缺。隱生則曰，拘於漢魏六朝之駢儷古文，意識對句雅言。雖技巧嫻熟但在西洋大家可貴之勇壯氣魄中，感有乏潰之處。顯有東西方小說之短處。華生對其持有反對曰，小說家只為一種想法，即不仿照東洋構思，也不採用西洋風格。不論神鬼，非談妖怪，聞事記實。故，文章流暢，精神豪邁，字字皆如金玉。還有一士讀完數行掩卷而笑，曰，亦僅為留洋書生之自由之論。見而不足。至此，散士喪然，連連哀嘆。難哉筆墨紙張，作者勞，讀者逸。非難者易，申辯者難。何況讀者各持己見，同義必有異解。據此來看，豈不是朝吏有誤非難官吏?勤王家以論自由而不忠王室。明政黨以譴責共和黨而獻媚王室。宗教家以質疑天道是非而沉悶不悅，科學家見說天道便嘲諷其守固。道德家撰述鄭淫污穢之書。和漢小說家予以不粹之評。方剛少壯之輩之論懦弱無力。資深老輩笑與書生空論。蒼天之仁慈，萬民之所望，無有背負。而為何獨對散士佳人之奇遇疑心叫鬼?故未見有關讀者評論。如能深思熟慮，非拘虛心文字，通覽全篇，暢論思意，深感甚幸。鰲頭論評雖有諸多內外名人留墨，但此未能一一揭其姓名，委實遺憾。但他日之時會明告讀者，切望切磋。

明治乙酉三月於熱海浴　舍東海散士志

作品選節2

『佳人之奇遇』巻一

東海散士一日費府[*1]ノ独立閣[*2]ニ登リ　仰テ自由ノ破鐘[*3]（欧米ノ民大事アル毎ニ鐘ヲ撞テ之ヲ報ズ　始メ米国ノ独立スルニ当テ吉凶必ズ閣上ノ鐘ヲ撞ク　鐘遂ニ裂ク　後人呼テ自由ノ破鐘ト云フ）ヲ観　俯テ独立ノ遺文[*4]ヲ読ミ　当時米人ノ義旗ヲ挙テ英王[*5]ノ虐政ヲ除キ卒ニ能ク独立自主ノ民タルノ高風ヲ追懐シ俯仰感慨ニ堪ヘズ　慨然トシテ窓ニ倚テ眺臨ス　会々ニ姫アリ　階ヲ繞テ登リ来ル　翠羅面ヲ覆ヒ暗影粗疎香白羽ノ春冠ヲ戴キ軽穀ノ短羅ヲ衣文華ノ長裾ヲ曳キ風雅高表実ニ人ヲ驚カス　一小亭[*6]ヲ指シ相語テ曰ク　那ノ所ハ即チ是レ一千七百七十

四年十三州[7]ノ名士始メテ相会シ国家前途ノ国是[8]ヲ計画セシ所ナリト
当時英王ノ昌披ナル 漫ニ国憲ヲ蔑如シ擅ニ賦斂[9]ヲ重クシ米人ノ自由ハ全ク地ニ委シ 哀願途絶ヘ愁訴術尽キ人心激昂干戈ノ禍殆ド将ニ潰裂セントス 十三州ノ名士大ニ之ヲ憂ヒ此小亭ニ相会シ其窮厄ヲ救済シ内乱ノ禍機[10]ヲ撲滅セントス 時ニ巴士烈義顕理[11]乃チ激烈悲壮ノ言ヲ発シテ曰ク 英王戮スベシ民政興スベシト 此亭今猶存シテ当時ノ旧観ヲ改メズ独立閣ト共ニ費府名区ノ一タリ

又遥ニ山河ヲ指シテ曰ク 那ノ丘ヲ竃谿[12]ト呼ビ那ノ河ヲ蹄水[13]ト称ス。 噫晩霞丘[14]

晩霞丘ハ慕士頓府[15]東北一里外ニ在リ 左ハ海湾ヲ控キ右ハ群丘ニ接シ形勢巍然実ニ咽喉ノ要地ナリ 一千七百七十五年米国忠義ノ士夜窃ニ此要害ニ占拠シ以テ英軍ノ進路ヲ遮ル 明朝敵兵水陸合撃甚ダ鋭シ 米人善ク拒ギ再ビ英軍ヲ破ル 敵三タビ兵ヲ増ス 而シテ丘上ノ軍外援兵ナク内硝薬竭キ大将窩連[16]戦没シ力支ユル能ハズ 卒ニ敵ノ陥ル所トナル 後人碑ヲ此処[17]ニ建テ以テ忠死者ノ節ヲ表ス 散士明治十四年暮春晩霞丘ニ遊ビ古ヲ弔ヒ[18]今ニ感ジ世ヲ憂ヒ時ヲ悲ミ放翁[19]ガ憤世ノ慨アリ 詩ヲ賦シテ懐ヲ述ブ 曰ク

孤客登臨晩霞丘。 芳碑久伝幾春秋。 爰挙義旗除虐政。 誓戮鯨鯢報国仇。 解兵放馬華山陽。 凱歌更盟十三州。
政重公議[20]風俗淳。 策務[21]保護国用優。 東海[22]不競自由風。 壮士徒抱千載憂。 豺狼在野何問狐。 外侮[23]未禦況私讐。
嘆息邪説[24]攪財政。 年船宝貨輸五州[25]。 感時慨世他郷晩。 飛絮落花増客愁。

（中略）

春風駘蕩朝霞煙ノ如シ 散士独リ軽舟ニ棹シ高歌放吟蹄水ノ支流ヲ遡テ漸ク竃谿ノ岸ニ近ヅク 一清流アリ竃谿ノ幽谷ヨリ出ヅ 両岸ノ碧蘚数種ノ桜桃ト相掩映シ水色澄潭鮮魚ノ遊泳スルヲ数フ可シ 散士棹ヲ枉渚ニ弭メ[26]笑テ曰ク 是レ真ニ今世ノ桃園ナリ 恨ムラクハ秦ヲ避クルノ人前朝ノ逸事ヲ話スル者ナキヲ 乃吟ジテ曰ク 扁舟来訪武陵春[27]ト 未ダ聯ヲ成サズ 時ニ微風遥ニ琴声ヲ送ル 怪テ耳ヲ欹テ之ヲ聞ク 其声漸ク近

シ 一小艇アリ上流ヨリ下リ来ル 一妃棹ヲ操リ一妃風琴*28ヲ弾ズ 綽約タル風姿之ヲ望メバ宛モ神仙ノ如シ 相去ル数武*29ニ妃散士ヲ凝視シ耳語シテ驚駭ノ色アルニ似タリ 散士其何ノ故ナルヲ知ラズ目送スルコト久シ 妃亦顧ミルコト二回舟岸ヲ廻リテ終ニ其之ク所ヲ知ラズ 徒ニ河水ノ渺滔微波ノ揚汨タルヲ観ルノミ 散士常ニ米人ノ風流雅致ニ乏ク共ニ花月ノ韻事ヲ談ズルノ友ナキヲ歎ズ 今残春花間ニ琴ヲ撫シテ吟詠スルノ仙妃ニ邂逅シ頻ニ其高趣風韵ヲ慕ヒ微波ニ託シテ情ヲ寄セ以テ一片氷心ノ彼岸ニ達センコトヲ願フノミ

*1 Philadelphia。賓夕法尼亞州東南部，特拉華葡萄河口的城市。美國獨立革命中心地。一七九〇年至一八〇〇年是華盛頓之前的首都。

*2 Independence Hall。設在費城獨立紀念歷史公園。一七三二至一七五七年建築，用於賓夕法尼亞殖民地議會議事堂。一七七六年五月第二次大陸會議（Continental Congress）在此召開。七月二日決議獨立宣言，四日公佈於眾。

*3 Liberty Bell。美國獨立紀念鍾。曾置於費城獨立廳（Independence hall）。鐘上刻有舊約聖經銘文「要把自由送給國中所有居民」。一七七六年七月八日人們為慶祝發布獨立宣言敲響此鍾。一八四六年華盛頓生日時也敲響此鍾。久而久之，鐘身發生裂痕。后禁止敲打此鍾。一八三九年命名。

*4 獨立宣言。一七八三年九月簽署巴黎條約，英國對美國獨立予以承認。

*5 英國國王喬治三世（在位 1760 ~ 1820）。

*6 Carpenters Hall。為抵抗英國殖民地政策，一七七四年召開第一次大陸會議。為此而修築的建築。

*7 指以英領十三殖民地為主的第一次大陸會議。

*8 國家的方針。

*9 徵稅。

＊10 災禍的徵兆。

＊11 Patrick Henry（1736～1799）。美國獨立革命領導人。

＊12 Vally Forge。費城市西北約二六公里。

＊13 Delaware River。美國東北部河流。注入費城市東部的特拉華河。全長四五一公里。

＊14 Bunker hill。美國獨立戰爭的最初戰場。以所謂的晚霞丘之戰而著稱。

＊15 Boston。馬薩諸塞州的州都。舊市街多處有殖民地時代及獨立革命時期的遺址。

＊16 Joseph Warren（1741～1775），醫師。於一七七五年六月十七日戰死。

＊17 晚霞丘紀念塔（Bunker hill Monument）。一八四二年完成建築。

＊18 弔唁，追悼，追思。

＊19 陸遊（1125～1210）。字務觀，號放翁。中國南宋代表詩人。終生主張抵抗女真族之金國。創作詩賦有萬首之多。作品中多有表達南宋現狀和民眾疾苦，愛國愛民。被稱為愛國詩人。

＊20 多人議政。這裡指議會制民主主義。

＊21 致力貫徹保護貿易政策。「國用優」，國費豐厚。

＊22 從中國看到的「東海之國」，指日本。日本不適合與美國相爭自由風氣。

＊23 國恥。受外國輕蔑。

＊24 這裡指自由貿易主義。

＊25 每年把大量珍貴財物載船運往世界。當時，日本連年過多進口，因此外貨流出。「五州」，指五大洲（亞洲，歐洲，美洲，非洲，歐塞尼亞州），意為全世界。

＊26 「枉渚」彎曲河岸。「弭」同「止」。在彎曲河岸處停船。

＊27 一說類似『剪燈新話』「翠翠傳」。「記得書齋同講習。新人不是他人，扁舟來訪五陵春」。

＊28 等。

＊29 一「武」相當於半步。一步約六尺，一百八十公分左右。

【譯文】

『佳人之奇遇』卷一

一日，東海散士登上費府獨立閣。仰望自由之破鍾（歐美民眾每當遇到大事都以敲鐘報之。先為美國獨立之時，後有吉凶必登閣敲鐘。久而久之，鐘身破裂。後人稱之為「自由之破鍾」），俯閱獨立之銘文。當時，美國高舉義旗抗除英王虐政。終於國家獨立自主，國民揚眉吐氣。追思以往，感慨萬千。胸懷豪情，倚窗遠眺。偶爾遇到兩姫也登上閣梯輕盈而過。翠紗蒙面，頭戴白羽春冠，上穿縮面娟衣，下穿素花長裙。委實美麗高雅，令人驚嘆。她們手指一小亭異口說到，那裡就是一七七四年十三州名士首次牽手相會，為國家命運制定國家方針之處。

當時，英王昏庸狂虐，不可自拔。既無制憲，又無稅策。美國國民身處水深火熱之地，毫無自由。人們怨聲載道，激怒干戈，爆發戰禍。十三州名士憂國憂民，在這小亭聚會，商議濟貧之策，設法制止內亂災禍。這時，巴士烈義顯理發出壯志豪言，曰，除掉英王，振興民政。如今此亭舊觀依存，和獨立閣並列，為費府名勝之地。

她們又指遙遠山河曰，那山丘名竈谿，那河流稱蹄水。啊，晚霞丘。

晚霞丘位於波斯頓府東北一裡外之處。左面臨海灣，右面依群丘，地勢巍然，是咽喉要地。一七七五年，美國忠義之士夜襲並佔領此地，阻擊英軍進路。翌朝敵軍水陸夾擊，戰火激烈。美國勇士抵制英軍，再次阻擊成功。敵軍三次增兵。而丘上卻無援兵，彈盡葯竭，大將窩連戰歿，全軍無力撐勢最終陷入敵陣。後人在此立起紀念碑，以表敬重忠烈將士。散士於明治十四年暮春遊此晚霞丘，敬表哀悼之意，深憂當今之世，痛感悲憾。憶念放翁憤世之慨，賦詩以懷之。

孤客登臨晚霞丘。芳碑久傳幾春秋。爰挙義旗除虐政。誓戮鯨鯢報國讎。

解兵放馬華山陽。凱歌更盟十三州。政重公議風俗淳。策務保護國用優。
東海不競自由風。壯士徒抱千載憂。豺狼在野何問狐。外侮未禦況私讐。
嘆息邪説攪財政。年船寶貨輸五州。感時慨世他鄉晚。飛絮落花增客愁。

（中略）

春風旖旎，朝霞如煙。散士獨划輕舟，開懷暢吟。蹄水河上，逆流而游。漸漸靠近鼋谿之岸。鼋谿幽谷，送來屢屢清流。兩岸床面鋪滿青苔，櫻桃花開，水光十色，魚兒們游來游去，數不勝數。散士將船划至河灣凹處停下船身，暢曰，真是當今桃源之鄉。恨世而避秦，無人再提前朝逸事。乃今曰，扁舟來訪武陵春。此詩尚未成聯。這時，隨風傳來悠揚琴聲，深感神奇，側耳細聽。其聲由遠而近，一小艇順流而來。只見那船上，一妃划槳，一妃彈琴，風姿靜雅幽祥，宛如天仙下凡。相距數武之際，二妃齊首注視散士后耳語，似乎露出幾分驚色。散士無從何故，目送小艇遠去。遠見兩妃依然回首，小艇兩次繞岸后不知去向。河水微波蕩漾，清流緩緩。凝望深視，心曠神怡。散士常常感到憾嘆，與美國人風流雅緻，共談花月韻事甚少。今日春花幽馨，邂逅兩仙，琴聲，吟詠。其高雅風韻讓人神往。如此情致托於微波，請願一片冰心達彼岸。

【作品概要】

右文選節一是作品序文。記述了作者身世及作品問世前撰述修改的情景。選節二是作品卷一開頭文。『佳人之奇遇』初篇發表於一八八五年，一八八八年發表四篇。之後，開設國會後的一八九一年發表五篇，日清戰爭后的一八九七年發表八篇並完成。全書共十六卷。

會津遺臣東海散士遠渡西洋，來到美國。一日登上費城的獨立閣，遇到愛爾蘭美女紅蓮和西班牙名媛幽蘭。故事由此為開端，后又編入中國明朝遺臣等。通過故事人物表達對亡國的憂國憂民，主張恢復民權運動。書中加入作者有關亞洲經營的意見以及世界地理環境、世界史方面的註釋。作品的前半部通過描寫，提出在小國依存大國的狀態中，民族解放問題不會得到解決。小國國民要有保國氣力，全民要同心攜手，共同奮鬥。

作品後半部的主線參入了作者隨谷干城視察歐洲各國時的體驗，通過和金玉均等友人的交往，圍繞朝鮮半島以及日清戰爭后三國干涉等問題展開議論。

作品在亡國之悲哀，憂國憂民之心，幽蘭的隕瞬戀情等故事描寫上，文筆暢美，典故引用嫻熟，既政意濃重又寫實華美，引人入勝，深博明治時期青年讀者高評。在文學史上以政治小說確立了堅實的文學地位。

【作者】

柴四郎（1853～1922），明治和大正時期政治家、小說家。其弟柴五郎曾任台灣海軍司令、東京衛戍總督。出身上總國（現千葉縣）富津。少年時代在會津藩校日新館學習。一八六八年迎來戊辰戰爭，十七歲被編入「白虎隊」，但因患熱病滯於鶴城。留守自邸的祖母、母親、姐妹均自盡身亡。半年後，內戰以會津藩降伏而告終。四郎和其他會津藩士被拘禁東京。赦免後勤於學習。一八七二年在舊藩士廣澤安任經營的洋式牧場作翻譯。一八七七年，以臨時將校出征，參戰西南戰役，相遇陸軍將校谷干城。一八七九年赴美留學。一八八五年秋歸國后，以東海散士之名開始執筆『佳人之奇遇』。書中與作者同名的主人公東海散士流亡異國，奇遇兩位西洋美女，在他鄉之地展開交往和論政。一八八六年任農商務大臣谷干城秘書，翌年隨其視察歐洲。歸國后，谷干城因反對井上馨外相條約改革案辭職。四郎也辭去公職專致寫作。一八八七年至翌年發表四篇『佳人之奇遇』（卷7～卷8）中，記述了歐洲視察見聞。一八八八年秋，主筆『大阪每日新聞』，翌年加入由陸羯南創刊的報紙『日本』社友，活躍於報界。一八九一年冬，發行『佳人之奇遇』卷10，翌年當選眾議院議員。后，邊從政邊寫作。一八九七年『佳人之奇遇』完成發行。一九一五年擔任生涯最後職務外務參政官。一九二二年逝於熱海山莊。

三　文學的改良

在步入日本近代文學形成的道路上，與翻譯小說和政治小說並列同行的還有對歐洲文學文藝的新思維。一八八二年出版的『新體詩抄』是日本詩歌改良的代表作之一。作者為井上哲次郎、矢田部良吉、外山正一。他們以此作品打破了和歌和俳句的固有格式，模仿西洋詩體，開創了新詩體。

文學改良中最為矚目的是坪內逍遙的『小說神髓』。逍遙小說的主題思想為，反對一貫屈從儒教式「勸善懲惡」思想。他「小說的主腦是人情，其次是世態風俗」之主張，以人情心理為主線，寫實描述其周圍的人情世故，即，主張寫實主義。以往把文學作為道德、政治之便，或只以慰籍婦女幼童為目的，描寫荒唐滑稽之事的「戲作文學」，對其文學的表現形式，坪內首次從理論上予以抨擊。逍遙文學的獨特性以及他所提倡的寫實主義，為日本近代文學的成長起到了決定性作用。『小說神髓』對以後的文學發展給予巨大影響。

另外，小說作品『一讀三嘆當世書生氣質』，對當時書生生活種種描寫得惟妙惟肖。『桐一葉』、『沓手鳥弧城落月』等作為新史劇的嘗試拓開戲劇界的道路。

作品選節

『小説神髄（しょうせつしんずい）』　坪内（つぼうち）　逍遙（しょうよう）

小説の主眼

小説の主脳は人情なり、世態風俗これに次ぐ。[*1] 人情とはいかなる者をいふや。曰く、人情とは人間の情欲にて、所謂百八煩悩*2是なり。それ人間は情欲の動物なれば、いかなる賢人、善者なりとて、いまだ情欲を有ぬは稀なり。賢不肖の弁別なく、必ず情欲を抱けるものから、賢者の小人に異なる所以、善人の悪人に異なる所以は、一に道理の力を以て若くは良心の力に頼りて情欲を抑へ制め、煩悩の犬を攘ふに因るのみ。されども智力大いに進みて気格高尚なる人にありては、常に劣情を包み、かくして其外面に顕さゞれば、さながら其人煩悩をば全く脱せしごとくなれども、彼れまた有情*3の人たるからには、などて情欲のなからざるべき。哀みても乱るゝことなく、楽みても荒むことなく、能くその節を守れるのみか、忿るべきをも敢て忿らず、怨むべきをも怨まざるは、もと情欲の薄きにあらで、其道理力の強きが故なり。斯かれば外面に打いだして行ふ所はあくまで純正純良なりと雖ども、其行をなすに先だち幾多の劣情の心の中に勃発することなからずやは。其劣情と道理の力と心のうちにて相闘ひ、道理劣情に勝つに及びて、はじめて善行をなすを得るなり。彼の神聖にあらざる以上は、水の低きに就くが如くに善を修むる者やはあらむ。いくらか迷ふ心あるをば、よく道理をもて抑ふればこそ賢人とも君子ともいはるるなれ。初めよりして迷ひなくんば、善をなすとも珍しからず。君子、賢人などといはむは、なか〳〵におろかなるべし。されば人間といふ動物には、外に現るゝ外部の行為と、内に蔵れたる思想と、二条の現象あるべき筈なり。而して内外双つながら其現象は駁雑にて、面の如くに異なるものから、世に歴史あり伝記ありて、外に見えたる行為の如きは概ね是れを写すといへども、内部に包める思想の如きはくだくだしきに渉るをもて、写し得たるは曾て稀なり。此人情の奥を穿ちて、賢人、君子はさらなり、老若男女、善悪正邪の心の中の内幕をば洩す所なく描きいだして周密精到、人情を灼然*4として見えしむるを我が小説家の務めとはするなり。よしや人情を写せばとて、其皮相のみを写したるものは、未だ之れを真の小説とはいふべからず。其神髄を穿つに及び、はじめて小説の小説たるを見るなり。

＊1　作者否定以往的小說一味主張婦女兒童啟蒙式娛樂及教化重傾。提出改良小說新目標，小說要重視「人情」。即，主張寫實。以此指出近代小說的方向。

＊2　佛教用語。人間中所有煩惱。

＊3　佛教用語。所有有生命之物。

＊4　明顯。明確。

【譯文】

『小說神髓』　坪內逍遙

小說主眼

小說的神髓在人情，其次是事態風俗。所謂人情，如何加以解釋？曰，人情生自人之情慾。即，七情六慾，喜怒哀樂。人為感情動物。因此，無論賢人、善人均有情慾。賢者愚人另當別論，均有情慾。賢者和小人、善人和惡人之不同，其一，在於是否具有明察道理之力和良知，以此控制情慾，消除煩惱。然而，智力非凡，品格高尚之人，往往會克制劣思不露於外表。其如常人一樣，有悲哀煩惱，也有情慾。只是，悲傷而不亂，喜樂而不狂，保持節度。忿而不忿，怨而不怨並非薄情，而是明理之舉。感情表露，所作所為儘管純正純良，但行為動機中必然也有劣思萌動。人之內面，劣情和道理總在較量，道理戰勝劣情就會施於善行。神聖者若水上善，施人於惠。心有迷茫而以理抑之，才可謂賢人、君子。生來無惑而行善為稀有。並不能稱之為完全的君子、賢人。所謂人也屬動物，外表行為和內藏思想為兩條現象。外行和內在雙重現象千差萬別，異同其表為世撰寫歷史、傳記，觀其行撰寫是非。但，將其內在思想細微實錄卻為難事。人情深處才可看出是賢人，是君子。男女老幼，善惡正邪之心人人皆有，將其熱血人情周到細緻地如實反映，才是我們小說家的職責。自認為佳像人情，僅寫其皮相，非謂真正小說。貫穿神髓才可謂真正小說。

【作品概要】

『小說神髓』是作者於一八八五年（明治18）開始用兩年時間撰成。全作由上下兩卷構成。上卷有「小說總論」、「小說變遷」、「小說主眼」、「小說種類」、「小說裨益」五篇。下卷有「法則總論」、「文體論」、「結構法則」、「歷史小說結構」、「主人公設置法」、「主人公敘事法」六篇。右選「小說主眼」是上卷第三篇的開場文。該篇主旨為，小說的主眼在「人情」，其次是「事態風俗」。否定以往小說只傾向於婦女兒童的啟蒙式娛樂。試圖改變至此以來小說的價值觀。也就是說，「小說神髓」主張要從封建儒家「勸善懲惡」的束縛中解脫出來，以「人情」及「世態風俗」為題材，採取旁觀的寫作手法，通過表象實錄本質，改變自古以來小說的價值觀。提出並倡導體系描繪心理的寫實主義原理和創作方法。

【作者】

坪內逍遙（1859～1935），美濃國加茂郡太田宿（現岐阜縣美濃加茂市）人，本名坪內雄藏。明治時代小說家、評論家、翻譯家、劇作家。明治維新期間住在名古屋笹島村。幼小時期學習漢學，受母親影響喜讀戲劇、俳諧、和歌等，傾心滝沢馬琴。一八八三年（明治16）畢業於東京大學文學部政治學。在學期間深讀西洋文學、詩作等。曾任早稻田大學教授。活躍於明治時期文壇。一八八五年（明治18）發表評論『小說神髓』，否定江戶時代以來「勸善懲惡」的文學傾向，主張小說要描寫人情世態，提倡心理寫實主義，提出小說改良，並親自嘗試寫實小說，在創作及其理論上拉開日本寫實主義序幕。在近代日本文學的成立和劇作改良運動中起到先導作用，為日本近代文學的誕生作出貢獻。一九〇九年以發表譯作『哈姆雷特』為先，開始刊行莎士比亞譯著。著有『新編莎士比亞全集』。在演劇改良運動中，力求樹立史劇新風。一九二二年發表修訂版『行者與魔女』，並作為築地小劇場首部創作劇被搬上舞台，受到高度評價。該人為『早稻田文學』創刊人。代表作有『當世書生氣質』、『小說神髓』、『細君』、『桐一葉』等。

第二章　明治時期文學

一　文學史概況

一八八七年（明治20）由二葉亭四迷寫作出版『浮雲』第一篇，作為日本第一部真正的小說獲得極高評價。他的小說深受車爾尼雪夫斯基（1828～1889俄國傑出革命民主主義者、哲學家、作家和批評家。）、別林斯基（1811～1848俄國革命民主主義者、哲學家、文學評論家。）等十九世紀俄羅斯文學家的影響。二葉亭在文學中提出「人該如何活着」這一切實問題。逍遙的「小說神髓」對他深有影響。

『浮雲』以維新後知識分子生活為題材。主人公內海文三出生於氏族家庭，在官廳任職。父親死後寄住在叔父家，和堂妹阿勢產生愛情。叔父母同意他們結婚。這時文三突然被免職，叔父母的態度也隨之而改變。本田升前來勸文三到上司那裡活動，以求復職。文三憤怒拒絕。當他知道阿勢和本田好起來時，便躲進小屋，對自己的無能又氣憤，又苦惱。

作品對氏族家庭的「世態風俗」及在主人公內海文三和阿勢的「愛情」故事中，無不沁透着『小說神髓』的「人情」。從本田輕薄的處事主義到不願屈膝而生的青年的苦惱，均描寫得淋漓盡致，也暗示批判歐化主義下日本人的性格和日本的世俗世態。同時，也意味着對文三式「多餘存在」這一現實的批判。小說寫了三篇，卻沒有最後完成。但主要人物的刻畫已十分明朗。作為近代作家，二葉亭第一次對維新后先進知識分子內心世界進行了精雕細刻的剖析，在人物塑造上遵循寫實主義原則，以資產階級藝術手法表現生活中湧現的資產階級性格，成為當時的第一流文學作品。

他深受坪內逍遙影響，志向文學，主張寫實主義，是與坪內逍遙並列的近代寫實主義之先驅。『浮雲』通過「正直」新思想的主人公，傾述了舊思想的殘存意識，直面於被解職、失戀而陷於的苦惱。這一作品是明治社會具有劃時代意義的嘗試，是日本近代寫實主義以及「言文一致體」的草創，對後世文學給予極大影響。

二　近代文學的誕生

1　『浮雲』是「言文一致」的創始

『浮雲』除精細刻畫人物複雜心理及膾炙人口地揭露現實社會本質外，在語言表達上也進行了改革，大膽衝破了以往慣用的「和漢文體」形式，有史以來首創接近口語的文章表現——「言文一致體」。『浮雲』與其後山田美妙的『夏木立』等，嘗試了小說言文一致文章體，在日本文學史上作出巨大貢獻。

作品選節

『浮雲』　二葉亭四迷

第一回　アヽラ怪しの人の挙動

千早振る*1神無月も最早跡二日の余波*2となッた廿八の午後三時頃*3に神田見附*4の内より塗渡る蟻*5、散る蜘蛛の子*6とうよ〱ぞよ〱沸出でゝ来るのは孰れも顋*7を気にし給ふ方ゞ、しかし熟ゞ見て篤と点検すると是れにも種ゞ種類のあるもので、まづ髭から書立てれば口髭頬髯顋の鬚、暴に興起した拿破崙髭*8に狆の口めいた比斯馬克髭*9、そのほか矮鶏髭、貉髭*10、ありやなしやの幻の髭と濃くも淡くもいろ〱に生分る髭に続いて差ひのあるのは服飾白木屋*11仕込みの黒物*12づくめには仏蘭西皮*13の靴の配偶はありうち、之を召す方様の鼻毛*14は延びて蜻蛉をも釣るべしといふ是れより降つては背皺*15よると枕詞の付く「スコツチ」の背広にゴリ〱するほどの牛の毛皮靴*16、そこで踵にお飾を絶さぬ所から*17泥に尾を曳く亀甲洋袴、いづれも釣*18しんぼうの苦患を今に脱せぬ貌付、デも持主は得意なもので　髭あり服あり我また奚をか覓めんと済した顔色で火をくれた木頭と反身ッてお帰り遊ばす　イヤお羨しいことだ　其後より続いて出てお出でなさるは孰れも胡麻塩頭*19　弓*20と曲げても張の弱い腰に無残や空弁当*21を振垂げてヨタ〳〵ものでお帰りなさる　さては老朽しても流石はまだ職に堪へるものか　しかし日本服でも勤められる手軽なお身の上　さりとはまたお気の毒な

途上人影の稀れに成つた頃　同じ見附の内より両人の少年*22が話しながら出て参つた　一人は年齢二十二三の男顔色は蒼味七分に土気三分どうも宜敷ないが　秀た眉に儼然とした目付でズーと押徹つた鼻筋　唯惜哉口元が些と尋常でないばかり、しかし締はよささうゆゑ　絵草紙屋*23の前に立つてもパックリ開くなどゝいふ気遣ひは有るまいが　兎に角顋が尖つて頬骨が露れ非道く癯れてゐる故か　顔の造作がとげ〳〵してゐて愛嬌気といつたら微塵もなし　醜くはないが何処ともなくケンがある　背はスラリとしてゐるばかりで左而已高いといふ程でもないが　痩肉ゆゑ半鐘*24なんとやらといふ人聞の悪い渾名に縁が有りさうで、年数物ながら畳皺の存じた霜降「スコツチ」*25の服を身に纏ッて　組紐*26を盤帯にした帽檐広な黒羅紗の帽子を戴いてゐ、今一人は前の男より二ッ三ッ兄らしく中肉中背で色白の丸顔　口元の尋常な所から眼付のパッチリとした所は仲々の好男子ながら　顔立がひねてこせ〳〵してゐるので何となく品格のない男　黒羅紗の半「フロックコート」*27に同じ色の「チョッキ」洋袴は何か乙*28な縞羅紗でリュウ*29とした衣裳　附縁の巻上ッた釜底形*30の黒の帽子を眉深に冠り　左の手を隠袋*31へ差入れ右の手で細々とした杖を玩物にしながら高い男に向ひ

「しかしネー　若し果して課長*32が我輩*33を信用してゐるなら蓋し已むを得ざるに出でたんだ　何故と言ッて見給へ　局員四十有余名と言やア大層のやうだけれども皆腰の曲ツた老爺に非ざれば気の利かない奴ばかりだらう其内でかう言やア可笑しい様だけれども　若手でサ原書も些たア噛つてゐてサ　而して事務を取らせて捗の往く者と言ったらマア我輩二、三人だ、だから若し果して信用してゐるのなら已むを得ないのサ

「けれども山口を見給へ 事務を取らせたら彼の男程捗の往く者はあるまいけれども 矢張免を喰つた[34]ぢやアないか

「彼奴はいかん 彼奴は馬鹿だからいかん

「何故

「何故と言つて彼奴は馬鹿だ 課長に向つて此間のやうな事を言ふ所を見りやア 弥 馬鹿だ

「あれは全体課長が悪いサ 自分が不条理な事を言付けながら 何にもあんなに頭ごなしにいふこともない

「それは課長の方が或は不条理かも知れぬが しかし苟も長官[35]たる者に向つて抵抗を試みるなぞといふなア馬鹿の骨頂だ まづ考へて見給へ 山口は何んだ属吏[36]ぢやアないか 属吏ならば仮令ひ課長の言付を条理と思つたにしろ 思はぬにしろ ハイ〳〵言つて其通り所弁[37]して往きやア職分は尽きてるぢやアないか 然るに彼奴のやうに苟も課長たる者に向つてあんな指図がましい事を……

「イヤあれは指図ぢやアない。注意サ

「フム乙う[38]山口を弁護するネ 矢張同病相憐れむのかアハ〳〵

高ひ男は中背の男の顔を尻眼[39]にかけて口を鉗んで仕舞ツたので 談話がすこし中絶れる、錦町[40]へ曲り込んで二ツ目の横町の角まで参つた時 中背の男は不図立止つて

「ダガ君の免を喰たのは弔すべくまた賀すべしだぜ

「何故

「何故と言つて君 是れからは朝から晩まで情婦の側にへばり付てゐる事が出来らアネ、アハ〳〵

「フヽン 馬鹿を言給ふな

ト高い男は顔に似気なく微笑を含み さて失敬の挨拶も手軽るく、別れて独り小川町の方へ参る

（中略）
高い男と仮に名乗らせた男は本名を内海文三と言ツて静岡県の者で　父親は旧幕府に仕へて俸禄を食だ者であツた

＊1　「神」的「枕詞」。「神無月」，舊曆十月。
＊2　餘波。
＊3　當時政府官員的下班時間為下午三點。
＊4　現在的千代田區大手町北側，江戶城門之一。當時在護城河內側有「大藏省」、「內務省」、「農商務省」等政府官廳。
＊5　螞蟻縱隊。比喻人聚集的隊列。
＊6　諺語「蜘蛛散子」。比喻眾多的人們四面散行，官員下班后的情景。
＊7　這裡指維持「生計」。當時，政局一有風吹草動，官吏就會被免職，地位不穩。人們在極力保身。
＊8　拿破崙三世式蓄鬚型。鬍鬚兩端長而尖。明治時期，這種鬚型在上流紳士間十分流行。
＊9　俾斯麥（1815～1898），德國帝國首任宰相，德國政治家。
＊10　玩具小雞型鬍鬚和穴熊式薄口鬚。當時官僚中很流行此鬚型，顯得很傲慢。上級官員被蔑稱為「鯰魚鬚」。下級官員為「泥鰍鬚」。根據鬚型顯現身份。
＊11　江戶日本橋的和服店，后改為「白木屋百貨店」。明治十九年十月增設服裝部。紳士服供不應求，經營昌盛。
＊12　明治十年九月，太政官達第六十五號規定，官吏大禮服為普通禮服。勅任官、奏任官等高級官僚禮服為黑羅紗禮服配戴金色飾章。判任官以下禮服通常為麻織和服式寬褲。
＊13　「法國革」又稱「油革」，以少見光澤的黑染皮革為原料。這種皮鞋與＊12禮服十分搭配。這裡轉意為無偶不成雙。「ありう

ち」，常見之事。
*14 滿面得意。形容從側面看像個傻瓜。
*15 形容陳舊而布滿皺褶。「スコッチ」，蘇格蘭產厚質毛料（呢料）。一般指毛料。毛料的總稱。
*16 粗皮製成的便宜皮鞋。破皮鞋後跟龜裂處沾滿泥土，好似裝飾。這裡為諷刺之意。
*17 走路時，鞋跟帶起的泥水，沾滿后褲腿。
*18 弔掛舊衣服的擬人化。「弔掛之苦」。
*19 頭髮花白的老人。
*20 弓背弱腰。常指背弓腰彎。「弓」和「張る」為「緣語」。
*21 這裡描寫帶飯盒通勤的下級官吏（判任官以下）的情景。「腰弁當」是當時公司職員的代名詞，也指下級官吏。
*22 青年。
*23 「絵草紙」，江戶時代帶插圖的讀物。「繪草紙屋」，出售「繪草紙」、雜誌等讀物的店鋪。
*24 「半鐘」，火警時敲的小吊鐘。這裡意為個子瘦而高，能探到火警鐘。
*25 雪花呢。
*26 冒頂腰間盤着一圈綢帶。
*27 半長禮服大衣。通常用作略式禮服。
*28 稍帶瀟洒。
*29 衣服平展合身。
*30 帽沿上卷的禮帽。被稱作「山高帽」。
*31 衣服口袋。
*32 「課長」（相當於中國政府機構的處長），在當時的官制中，雖為判任官，但對部下具有人事處理權。

*33 政治家、官吏中普遍使用的第一人稱。
*34 被免職。
*35 本來指某一部門之長。這裡指自己所屬的「上司」、「課長」。
*36 根據當時的官制，判任官的文官被稱為「屬」，分一至十等。這裡指下等官吏。
*37 處理。
*38 很怪。微妙。
*39 斜眼相看，表示對對方的蔑視。
*40 現在的千代田區錦町。當時是神田區神田錦町。

【譯文】

『浮雲』 二葉亭四迷

第一回 啊，真是怪人之舉

陰曆十月二十八日午後三點左右，人們從神田城門口蜂擁而出，如同列隊蟻群，又如同蜘蛛散子。這些均為經營生計而拚命之人。然而，一一觀察，他們姿容種種，各有不同。先從他們的唇鬚、鬢鬚寫起。有兩端尖而長的「拿破崙鬚」，有「俾斯麥鬚」，還有「矮雞鬚」、「穴熊鬚」，應有盡有。而這些鬚型又分「幻鬚」、「濃鬚」和「淡鬚」等等。之後是他們的服裝。白木屋的黑色制服配着法蘭西皮製的皮鞋，可以說，以此招至了他們的「鼻毛勾蜻蜓」——趾高氣揚。次一等的是，背後皺皺巴巴的雪花呢制服配着粗製皮鞋，破裂的後跟帶起泥水沾滿褲腿，像是洋褲上的點點裝飾。這些人們，顯露出洋服弔身之苦。他們之所以洋洋得意，是因為自己具有時髦的鬚型、穿着，是種滿足自我？一派獃頭傻腦踏歸途。真讓人羨慕。接着走出城門的還有，頭髮花白、弓背弱腰、慘相十足的人和腰間弔著空飯盒的人。不愧為老朽之身還在堪忍衙門一職。身着和服勤務雖身感輕便，但依然令人感到有些憐相。

人群漸稀之時，城門裡出來兩位年輕男子。一位年方二十二三，面色七分蒼白三分土黃，看上去健康狀況欠佳但還算眉清目秀，眼神炯然，鼻樑很直。只是嘴角非同平常，自然有些可惜。似乎很嚴謹，絕非那種站在色畫雜誌舖前瞪眼埋讀之人。總之，從面部來看，顴骨、下齶稜角突現，面容清瘦，絲毫沒有動人之感。相貌並不醜陋，但有股說不出的韌勁。他身材修長但並不那麼高大。因為體態精瘦，似乎會得到「舉手探警鐘」這個不入耳的綽號。他身穿一套已多年的布滿皺褶的「雪花呢」禮服，頭戴一頂黑色羅紗的闊檐「中山鍔廣」帽，帽頂腰部盤着一圈絲帶扣。另一位男子比對方年長兩三歲，不胖不瘦，白淨圓臉。從嘴角到眼神輪廓清晰，是位儀錶青年。但面容老陳，缺乏氣質。他身穿黑色羅紗坎肩，外套半長禮服大衣，豎紋羅紗西褲，衣着瀟洒得體。頭戴一頂帽檐上卷的鍋底形黑帽，並把帽沿壓低至眉間。左手插入褲兜，右手一邊玩轉着手杖，一邊對那高個子青年說。

「可是呢，如果課長信任我，那也是個不得不做之舉。為什麼這麼說，你看，局員大概有四十多名，大多都是腰彎背駝、頭腦不靈便的老頭子。這樣說也許可笑，其中能幹實際工作的年輕人也就是我們兩三個人。所以說，如果信任，那也是不得已吧。」

「事情也怪，你看山口，讓他做事務，別人絕不會那樣沒效率。他不也被解僱了嗎？」

「他不行，是個鈍材。」

「怎麼說？」

「不管怎麼說，他是個傻瓜。我看到他對課長說前幾天的事，真笨。」

「那事從整體來看是因為課長不好。自己總強調事情不公平，但做起來就不顧及這些了。」

「也許是課長本身就不公平。假如和頂頭上司相抗，那才是雞蛋碰石頭。首先你想，山口是什麼，不過是個判任官的文官而已。一個判任官，不管課長說的合理還是不合理，一味服從，照其而辦，豈不是盡守職份？可是，像他那樣，如果反而指令課長，這事……」

「不，那不是指令，是提醒。」

「真怪，竟然為山口辯護。可謂同病相憐呀，哈哈……」
高個子斜視着中個男子，一番話鉗住了他的嘴。談話中斷。兩人轉彎向錦町走去。當來到第二個十字路口的拐角時，中個男子停下腳步，說。
「這麼說，對你的解職是憂還是喜呢？」
「這話怎講？」
「怎講？以後，你可以從早到晚盡情守候情人了呀。哈哈……」
「唉呀，不要講傻話啦。」
高個青年臉上並無不快，反而含着微笑，輕打手勢示意告別。之後，獨自向小川町方向走去。
（中略）
這位假稱「高個青年」本名內海文三，靜岡縣人。父親曾在舊幕府奉事，吃官祿之人。

【作品梗概】

內海文三，靜岡縣人，從小深受父親的傾心教育，性格內向。父親去世后，他投奔到東京叔父孫兵衛家寄宿。叔父開茶店，叔母平平百姓，生活還算說得過去。夫妻倆膝下有一兒一女。女兒阿勢，兒子阿勇高中住校生。文三寡言少語。他把叔父母看作唯一的親人。可是他卻往往被認為頭腦不太機靈，有時受到冷落。文三一邊學習一邊求職。半年後，因學習成績優秀被某政府部門錄用，做判任官助手。年底升任判任官正職。

孫兵衛長女阿勢聰明伶俐，頑皮可愛，在「清元」學習排練淨琉璃，掌握要領很快。母親以此為自豪。阿勢小學畢業後進私塾。但她厭惡學習，性格固執，最終退學回家，閑中度日。在一個月夜，家中只有文三和阿勢兩人。月光下，文三發現阿勢很美，心中萌動出不可思議的情感。他正將吐露，格門被拉開，家人回來了。他的心思告白被中斷。

已奉職兩年的文三，多少有了些儲蓄，打算把故鄉的母親接到東京來住。母親勸他成親，並附來親戚家女子照片，讓他定親。孫兵衛夫婦得知后表示十分願意把阿勢許配給文三。這時，文三突然被解職。文三將此告知叔母阿政，並提及朋友本田平安無事。

本田升比文三早兩年進入政府某機構奉職，頭腦機靈，手腳勤快，油嘴滑舌，善於討好。星期天經常泡在上司課長家下棋或充當個小差使。他避免了解職。他有時來文三這裡。特別是阿勢在家時來得勤快。漸漸地也為阿政打個幫手。經常奉承阿勢是個美女，有漢語、英語才華等等。

文三失業后叔母一反常態，經常讚揚本田的聰明機靈，遺憾文三的笨拙死板。但，阿勢還在庇護他。母親知道文三被解職的事後來信希望能儘快復職。有一天，本田向文三提供信息說，被免職的人中有兩三人名額可以復職。表示願意為文三複職的要求起疏通作用。文三決不向一個在上級面前阿諛奉承的人面前委曲求全，而阿勢卻主張去求本田托辦。於是，文三對阿勢予以責備。同時，阿勢和本田開始相好。他們兩人、三人相互之間感到很彆扭。

本田來叔父家更是頻繁，相處如同家人。文三決心離開此家，卻遲遲下不了決心。

這一選節是『浮雲』的開場文。

作品從陰曆十月一天下午的下班時間啟筆。神田城門裡湧出人流。神田城門內，設置有財政、內務、農商務部等明治政府的重要機構。這些「結群螞蟻」和「蜘蛛散子」的人潮，無疑是政府機構的官僚和職員。作者通過對他們的面容修飾、穿着的描寫，使讀者能夠感讀到，他們各自地位不同，但他們都在為維持生計，為能保住一職半業而掙命拼搏。

這些人們，從鬍鬚修飾到穿着打扮，均可了解到明治初期的日本對西方文化、文明以及自由的嚮往和追求。然而，從兩位被解職的青年官員的對話中，我們又可以看到，「一切順從上級」這一封建意識正是左右人們命運的根本。官僚們的外表和內在達不到統一。即，政治的外表裝潢和固有的傳統意識存在着矛盾和衝突。

作品主人公內海文三在這個矛盾和衝突中，所面臨的命運又是如何呢？

作品整體由三篇構成。但第三篇為未完成作品。

第一篇，文三從農村來到東京，投宿到叔父家。在某政府機構工作卻因裁員被精減回家。此事向叔母稟明后憂心忡忡，是因為他在愛戀着這家小姐阿勢。還有，叔母是位只考慮世俗利益之人。

阿勢對文三也抱有好感。她雖然接受了新時代教育，但意識根底依然陳舊。文三失業后，首先，叔母阿政對他態度一反常態。文三自感前途渺茫。這時，文三的友人本田這一人物開始登場。和文三相反，本田寡才無德，是位典型的世俗之人。他很快就深得沒有知識文化的阿勢的信賴。他如同家庭成員，受邀去糰子坂觀菊。文三極為不爽，並感到自己和阿勢的將來很不妙。對阿勢和本田的關係，他日漸增疑，鬱悶在心。

第二篇從「糰子坂觀菊」開始。觀菊時遇到政府機構的課長及其妹。本田在他們面前顯出一副卑躬醜態。文三為自己對阿勢的理想化要求感到苦悶，而阿勢對文三的優柔寡斷越來越不滿。中間加上本田，三人相處十分尷尬。文三在其他一些事情上，與她經常發生衝突，不快中度日。

第三篇，阿政對文三的態度更加冷淡，致使文三焦慮不安。阿勢和本田的關係，看起來似乎沒多大進展，但和文三之間，有時，阿勢嚴詞厲聲，沒有以前那樣周到圓滑。文三無可揣摩姑娘內心，總認為，她一定會回到自己身旁。為此，他遲遲下不了離開此地的決斷。

『浮雲』以寫作未完成而告終。主人公文三的問題究竟是否得到解決無從定論。十多年之後的明治三十五年（1902）五月『新著月刊』中，根據「作家苦心談」中四迷所述，本田升將阿勢弄到手后，不久將她拋棄，和糰子坂觀菊時相遇的課長之妹結婚。

這是部四人角色的故事，情節無激烈轉折和人物變化。似像小說又非像小說。文三閉封自守，優柔寡斷。本田世故。阿勢既開放又保守。阿政無知貧民，見勢轉變。作者通過對這些人物的描寫，具有對文明的批判意識。對主人公文三性格的刻畫，特別在他充滿憂鬱、自責，但又無任何舉措等的描寫上，作者的意圖表現達到成功。

四迷筆下試圖想通過文三去解釋人之誠實。文三儘管有優柔不果的一面，但這位誠實而高潔的青年最終敗給了投機世故的本田。提示了誠實的人在現實社會生活中有行之不通之處，也是人生中難以跨越的障欄之一這一根本的問題。而作者恰恰為此問題的難予解決充滿苦惱。這種「苦惱」不同於島崎藤村『破戒』的「逃避」，不同於受俄羅斯文學影響的「狂疾」。可以說，他無法解決問題的倫理觀是日本自古以來藝術上的罕見之處。作者對青年的苦惱以及對「誠實」的示出直到今日依然是一個課題。

【作者】

二葉亭四迷（1864～1909），小說家、翻譯家。本名長谷川辰之助。幼小時隨母親住在名古屋。一八七二年移居松江學習漢語。一八八一年（明治14）入東京外國語學校（現東京外國語大學）俄語專科學習（后中退）。因反對俄羅斯南下政策入學該校，卻反而對俄羅斯文學產生極大興趣。一八八六年結識坪內逍遙，在『中央學術雜誌』發表論文『小說總論』。一八八七年（明治20）刊行『新編浮雲』第一篇，在寫實主義描寫及言文一致文體方面對當時文學界影響極大，告示了日本近代小說的開始。同時翻譯介紹俄羅斯寫實主義文學，譯有車爾尼雪夫斯基的『獵人日記』等。一九〇四年由內藤湖南介紹入大阪朝日新聞社。一九〇八年（明治41）作為朝日新聞特派員赴俄。俄譯作品有森鷗外的『舞姬』、國木田獨步的『牛肉和馬鈴薯』等。

『浮雲』之後，作者一時擱筆。他歷任內閣官報局僱員，海軍大學俄語教授等職，曾去俄國、中國等地任職，為尋求一條「自我真實」的道路而歷盡艱辛。然而卻未能得出理想結論。他後來在朝日新聞社任職時又重新握筆，發表長篇『其面影』、『平凡』兩作。一九〇九年患疾，日本歸途中，逝於漂泊在印度洋的船中，享年四十五歲。

2　初期的森鷗外

『浮雲』寫作中斷翌年（1890），森鷗外的『舞姬』發表了。該作與『浮雲』有所不同，文章格式以優雅的和文體表現出歐洲式風格，洋溢着近代的清馨，是一部具有浪漫色彩的作品。

一八八四年，鷗外作為一名年輕的陸軍軍醫赴德國遊學。一八八八年，鷗外從德國留學回來不久發表的譯詩集『於母影』是日本近代史詩的里程碑，對後來島崎藤村等詩人影響很大。鷗外繼『舞姫』之後發表的『信使』、『泡沫記』，譯作『即興詩人』（安徒生原著）等對日本近代文學的發展有着重要的意義。

另外，鷗外重視自己的主觀和理想，他用自己的獨特視點，與強調「沒理想」（排除作者主觀意識）寫實主義的坪內逍遙之間展開了著名的『沒理想争論』。鷗外以他親自主持的雜誌『柵草紙』為主力展開啟蒙批評活動，以其淵博的知識和卓越的見識推動了新日本近代文學的形成。

作品選節

『舞姫』　森　鷗外

余は幼き頃より厳しき庭の訓*1を受けしかひに、父をば早く喪ひつれど、*2学問の荒み衰ふることなく、旧藩の学館にありし*3日も、東京に出でて予備黌に通ひしときも、大学法学部に入りし後も、太田豊太郎といふ名はいつも一級の首にしるされたりしに、一人子の我を力になして世を渡る母の心は慰みけらし。*4十九の歳には学士の称を受けて、大学の立ちてよりその頃までにまたなき名誉なりと人にも言はれ、某省に出仕*5して、故郷なる母を都に呼び迎へ、楽しき年を送ること三年ばかり、官長の覚え殊なりしかば、*6洋行して一課の事務を取り調べよとの命を受け、我が名を成さむも、*7我が家を興さむも、今ぞとおもふ心の勇み立ちて、五十を越えし母に別るるをもさまで悲しと思はず、はるばると家を離れてベルリンの都に来ぬ。

（中略）

かくて三年ばかりは夢のごとくにたちしが、時来（きた）れば包みても包みがたきは人の好尚なるらむ、余は父の遺言を守り、母の教へに従ひ、人の神童なりなど褒（ほ）むるがうれしさに怠（おこた）らず学びし時より、官長のよき働き手を得たりと励ますが喜ばしさにたゆみなく勤めし時まで、ただ所動的、器械的の人物になりて自ら悟らざりしが、今二十五歳になりて、既に久しくこの自由なる大学の風に当りたればにや、*8心の中なにとなく穏やかならず、奥深く潜みたりしまことの我は、やうやう表にあらはれて、きのふまでの我ならぬ我を攻むるに似たり。余は我が身の今の世に雄飛すべき政治家になるにもよろしからず、*9またよく法典を諳（そらん）じて獄を断ずる法律家になるにもふさはしからざるを悟りたりと思ひぬ。

余はひそかに思ふやう、我が母は余を活きたる辞書となさむとし、我が長官は余を活きたる法律となさむとやしけむ。*10辞書たらむはなほ堪ふべけれど、法律たらむは忍ぶべからず。*11今までは瑣々（ささ）たる問題にも、極めて丁寧にいらへしつる余が、この頃より官長に寄する書にはしきりに法制の細目に拘（かかづら）ふべきにあらぬ*12を論じて、一たび法の精神をだに*13得たらむには、紛々（ふんぷん）たる万事は破竹のごとくなるべしなどと広言しつ。また大学にては法科の講筵（こうえん）をよそにして、歴史文学に心を寄せ、やうやく蔗（しょ）を嚼（か）む境に入りぬ。

官長はもと心のままに用ゐるべき器械をこそ作らむとしたりけめ。*14独立の思想を抱きて、人なみならぬ面もちしたる男をいかでか*15喜ぶべき。危ふきは余が当時の地位なりけり。されどこれのみにては、なほ我が地位を覆すに足らざりけむを、日頃ベルリンの留学生のうちにて、ある勢力ある一群れと余との間に、面白からぬ*16関係ありて、かの人々は余を猜疑（さいぎ）し、またつひに余を讒誣（ざんぶ）するに至りぬ。*17されどこれとてもその故なくてやは。*18

かの人々は余がともに麦酒（ビール）の杯をも挙げず、玉突きの棒（キュウ）をも取らぬを、かたくななる心と欲を制する力とに帰して、かつは嘲（あざけ）りかつは嫉（ねた）みたりけむ。されどこは余を知らねばなり。嗚呼（ああ）、この故よしは、我が身だに知らざりしを、いかでか人に知らるべき。我が心はかの合歓（ねむ）といふ木の葉に似て、物触（さや）れば縮みて避けむとす。

我が心は処女に似たり。余が幼き頃より長者の教へを守りて、学びの道をたどりしも、仕への道をあゆみしも、皆勇気ありてよくしたるにあらず。[19] 耐忍勉強の力と見えしも、皆自ら欺き、人をさへ欺きつるにて[20]、人のたどらせたる道を、ただ一条にたどりしのみ。余所に心の乱れざりしは、外物を捨てて顧みぬほどの勇気ありしにあらず、ただ外物に恐れて自ら我が手足を縛せしのみ。故郷を立ちいづる前にも我が有為の人物なることを疑はず、また我が心のよく耐へむことをも深く信じたりき。嗚呼、彼も一時。舟の横浜を離るるまでは、天晴豪傑と思ひし身も、せきあへぬ涙に手巾を濡らしつるを我ながら怪しと思ひしが、これぞなかなかに我が本性なりける。この心は生まれながらにやありけむ、また早く父を失ひて母の手に育てられしによりてや生じけむ。

かの人々の嘲るはさることなり。されど嫉むはおろかならずや。この弱くふびんなる心を。

赤く白く面を塗りて、赫然たる色の衣をまとひ、珈琲店に座して客を引く女を見ては、往きてこれに就かむ勇気なく、高き帽をいただき、眼鏡に鼻を挟ませて、普魯西にては貴族めきたる鼻音にて物言ふレエベマンを見ては、往きてこれと遊ばむ勇気なし。これらの勇気なければ、かの活発なる同郷の人々と交はらむやうもなし。この交際の疎きがために、かの人々はただ余を嘲り、余を嫉むのみならで、[21] また余を猜疑することとなりぬ。これぞ余が冤罪を身に負ひて、暫時の間に無量の艱難を閲し尽くす媒なりける。

＊1　家訓。家教。

＊2　「つれ」，完了助動詞「つ」的已然形，接續活用語連用形。表示①完了。…てしまった。…た。②強調語意。確かに…する。…てしまう。「ど」，接助詞，接續活用語已然形。表示①逆接確定條件。…けれども。…のに。②逆接的恆常條件。…たとえ…ても。…ても、必ず。

＊3　「し」，回想助動詞「き」的連體形。接續活用語連用形。表示①體驗回想。判斷見聞。…た。②確實過去。判斷確實的過去。

＊4　「けらし」，過去推量助動詞「けらし」連體形，接續活用語連用形。表示①過去推量。…たらしい。②「過去時態」的婉言表達。…たことであるよ。

＊5　某政府機構奉職。

＊6　「しか」，回想助動詞「き」的已然形（同＊3）。「ば」，接助詞。接續活用語未然形和已然形。①接續未然形時，表示順接假定條件。…もし…ならば。…たら。②接續已然形時，以順接假定條件表示，1原因、理由。…ので。…から。2恆常的、一般的條件。…のときは、いつでも。…すると、必ず。3偶然的條件。…したところ、（たまたま）。…（する）と。4鎌倉時代以後，與系助詞「ば」相接，以「…ば…ば、…は」的形式表示事物、狀態的對照、並示。一方では…。一方では…、また一方では…。

＊7　「む（ん）」，推量助動詞，接續活用語未然形。表示①推量。…だろう。②意志、意向。…う。…よう。…つもりだ。③當然、適當。…べきだ。…のがよい。④勸誘、命令。…たらどうだ。⑤假想。…であろう。…としたら。…ようだ。⑥婉言表達。…ような。

＊8　「にや」，斷定助動詞「なり」的連用形＋系助詞「や」（疑問），文中也有和「あらむ」「ありけむ」「はべらむ」等相伴。…であろうか。…であったろうか。

＊9　「しから」，形容詞「よろしい」（シク活用）未然形「しから」下接否定助動詞「ず」終止形。否定表達。否定助動詞「ず」，接續活用語未然形，表示否定。…ない。

＊10　「けむ」，推量助動詞，接續活用語連用形。表示①過去推量。…たであったろう。…たであろう。②過去理由推量。1不確實理由推量。たぶん…たのだろう。2理由疑問。どうして…だったのだろう。③過去傳聞、婉言。…たという。…たとかいう。

＊11　「べからず」，推量助動詞「べし」，接續活用語連體形，表示①確信推量。きっと…に違いない。②意志、決意。…つもりだ。③當然。…當然だ。④適當。…がよい。「べし」未然形「べから」下接否定助動詞「ず」（同＊9）。

＊12 「あらぬ」，動詞「ラ変」「あり」的未然形下接否定助動詞「ず」的連體「ぬ」。表示，1別の。違った。2望ましくない。とんでもない。3思いもよらない。意外な。

＊13 「だに」，副助詞。1表示最小、最低限度，強調文意。相當於中文「至少…」。せめて…なりと。せめて…だけでも。2表達輕微程度的例舉，類推後果。…でさえ，（まして）。…さえも。…すら。相當於中文「就連…」。

＊14 「けめ」，推量助動詞「けむ」的已然形。系助詞「こそ」…「けめ」形成呼應關係，表示加強文意。

＊15 副詞「いかで」＋系助詞「か」。表示①疑問。どういうわけで…か。どうやって…か。②反問。どうして…か。なんで…か。③願望。どうにかして…。なんとかして…。

＊16 「ぬ」，否定助動詞「ず」的連體形。接續活用語及形容詞未然形。

＊17 「ぬ」，完了助動詞「ぬ」終止形。接續活用語連用形。表示①完了。…してしまっている。…た。②強意。1單一使用時，確かに…する。2與「む」「べし」等推量助動詞相伴使用時，きっと…。必ず…。どうしても…。

＊18 「やは」，系助詞（系助詞「や」＋系助詞「は」）。①與文末活用語連體形形成呼應關係。表示，1反語強調。…（だろう）か、いや…ない。2反問強調。…（であろう）か、どうして…なのか。3與否定助動詞「ず」連體形文末相伴，表示對其他事物的願望及勸誘。…してくれたらいいのに。…しないか。②用於文末。表示，1反語強調。…（だろう）か、いや…ない。2疑問強調。…か。…だろうか。

＊19 「…にあらず」，動詞「ラ変」「あり」的未然形＋否定助動詞「ず」，表示否定。そうではない。違う。接續活用語連用形。

＊20 「つる」，完了助動詞「つ」的連體形。接續活用語連用形。

＊21 「ならで」，斷定助動詞「なり」的未然形＋否定接續助詞「で」，…以外に。…てなくて。…で（も）ないのに。

【譯文】

『舞姬』 森鷗外

我自幼開始深受嚴格家教。雖然早年喪父，但並無荒廢學業。無論在舊藩學館，還是在東京的預備學校、大學的法學部，在那些求學的日子裡，太田豐太郎的名字一直名列榜首。母親似乎把我這個獨生子當作生的力量，對她是莫大慰籍。

十九歲，我獲得法學學士。大學期間，我在人們的一片讚譽聲中度過。後來，在某政府機構奉職。於是，我將故鄉的母親接到城裡。愉快地度過了三年。這時，上司出於殊榮派我出國作一事務調查。我異常興奮，心想，「我欲成名，我欲興家」的時機已經到來。因此，我和年過五十的母親告別時，絲毫沒感到悲傷。就這樣，我來到遠離故土的柏林。

（中略）

三年的留學生活如同一場夢幻一晃而過。隨着時間的流逝，社會的潮流，我內心的世界再也無法包藏下去。學生時代，我嚴守父親遺訓，遵從母親教誨。人們讚譽我是個神童。我不負眾望，勤奮致學。奉職時期，我成為上司得心應手的部下。為上司的欣賞備受鼓舞。我不懈努力，勤奮工作。從學生時代到奉職期間，我並無意識到自己是一個地道的被動式的、機器式的人物。如今二十五歲，也許是因為許久沐浴着自由大學的空氣，心中起伏不平，包藏在內心深處的真正的我漸漸表露出來。我似乎在抨擊直到昨天為止不是我的我。我知道，我既不適合做一位當今有為的政治家，也不配做一名精通法典，準確斷案的法律家。

我心裡在想，母親想讓我成個活字典，上司希望我成個活法律。成字典可以忍受，而成法律卻不可忍受。一直以來，在一些細小瑣碎的問題上，我均認真予以對待。這時，我給上司的信中，經常闊談不應該拘泥於法律的詳條細款。一旦領會法律精神，對應萬事均可勢如破竹。還有，在大學，我把法律課程的聽講置於一旁，傾心去學習歷史文學，終於嘗到甜頭。

上司一心要製作得心應手的機器人，他多麼應該對一個能獨立思考，有非凡見解的人而高興啊。當時，自己所處地位談何容易？可是，僅這些有人卻設法要去推翻。柏林的留學生中，一些有勢力的人和我產生了隔閡。他們猜疑我，以致到了讒言我的地步。然而，這怎麼能沒有道理呢？

他們認為，我不和他們一起去喝啤酒，打檯球是性格古板，制欲主義所致。他們嘲笑我，妒恨我。歸根結底，這是因為他們不了解我。嗚呼，多麼需要他們去了解人，至少要了解他們未知的我。我的心就像合歡樹葉，一被觸摸就會合起來，要迴避對方。我的心好似處女。我自幼時恪守長輩教誨。無論求學還是在仕途之路，都沒有勇氣去面對一切。看起來我在力求剋制自我，其實是在欺騙自己，也在欺騙他人。使人走上一條別無他途之路。我沒被周圍干擾，是因為沒能扔掉外部，回顧以往的勇氣，只是害怕它們而緊緊捆綁着自己的手腳。

離開故鄉前，我以為自己無疑是個大有作為的人，深信會忍受一切。唉，沒想到，他也有那麼一刻——當船離開橫浜港的那一時刻，一直以為爽快豪傑的我竟然也淚如雨下，濕透手巾。真是破天荒的事情。然而，這才是我的本性，是少年喪父，慈母一手撫養的本性。

他們嘲笑我情有可原，可是對我這個懦弱可悲的人，值得妒恨嗎？

當我看到咖啡店裡，那些塗抹得又紅又白的面孔，身穿赫然大綵衣服的女人在拚命招攬顧客時，我沒有勇氣走過去。當我看到那些頭戴高帽，掛着夾鼻眼鏡，操着普魯士貴族式特有鼻腔，津津樂道高談闊論的人們，我沒有勇氣融入進去。沒有這些勇氣，也就不可能和那些活躍的同胞們交往。正因為和他們如此疏遠，他們才嘲弄我，妒恨我。除此之外他們還懷疑我。我就是重負如此冤枉，在一段日子裡，走過了無邊無際的艱難之嶇。

【作品梗概】

一日黃昏，在一座有三百年歷史的古寺遺址的過路上，我遇到一位正在哭泣的少女。她大概有十六七歲。她看到我很吃驚，抬起一雙湛藍的淚眼望着我。看到這雙眼睛，自己感到心中清澈見底。我問她為何而泣。她說，父親病死無錢下葬，母親讓我領人回來掙錢，不知該如何是好。我表示願意送他回家。於是隨她來到一幢破舊而昏暗的房屋。一身襤褸的母親出來開門。她讓女兒進屋，自己被關在門外。只聽到裡面在高聲吵鬧，又見打開房門。老女殷切把我讓進房裡。

屋內陳設不俗。我被引進少女的房間。她坐在床邊，十分秀美。她說，引你來，是因為看你是個好人，父親會高興的。明天為他下葬，拜託你了。

我於是拿出身上僅有的三馬克，又摘下手錶。她萬分感激，淚如雨下。

自那以後，我開始和她交往，漸漸墜入情網。不久，知道此事的同鄉告訴了上司。上司通報使館。自己的官職被免去，被解職，並通告說，立即回國，路費可公費解決。但是，如果繼續留此，將免除公費提供。自己請求得到有一周的考慮時間。其間，接到母親去世的家信。

至此，我和艾麗絲的交往是清白的。她出身貧寒，自小沒有受到良好教育。十五歲去做舞女，開始了如此可恥的營計，目前舞女排第二位。當時，這種職業如同奴隸，收入微薄。白天苛酷練習，夜間勞動強度極大。場上塗脂抹粉，穿着華麗。場下卻破衫襤褸。她沒有文化，我教她讀書。當她聽到我被解職，十分吃驚。而這時，我對她的情愛卻愈加強烈。一想到要和她離別，就感到心肺欲裂。

回話的日子一天迫近一天。我想，就這樣回去，擔上污名不合算。這時，同行來的相澤謙吉（在東京時，是天方大臣的秘書）知道了如此情況后，願意介紹我做一家報社通訊員，報酬不多。艾麗絲也竭力相助，我搬到她家去住，收入可以勉強維持三人生計。

她外出工作，我出去採訪撰稿。

自己並無荒廢事業。她做家務，我依然學習或寫作。

自己並無荒廢學業。也可以說，在另一個角度上大長見識。博覽幾百種報刊。在大學學到的知識可以應用自如，見識甚廣，社論寫得很有深度。同鄉的留學生對此驚嘆不已。

明治二十一年（1888）冬天十分寒冷。艾麗絲在舞台上暈倒，被人抬回。她水米不可下咽，卧床不起，沉默寡言。有一天，母親送來一張相澤從柏林寄來的明信片。其中寫道，天方大臣來柏，想召見一面。並聲稱是為挽回自己名聲的絕好機會。艾麗絲把我送出家門。

我來到天方大臣下榻之處。登上久而未踏又有些不太習慣的大理石台階。上樓后，正面有一面大敞鏡。站在鏡前脫去大衣，整裝等待。心中泛起猶豫。大學時代，相澤曾認為自己是位品行方正的好人。今天，他又是如何來看自己呢？

沒想到，他的言談話語依然如故。敘舊后，他說急需翻譯一些有關德國的記事文章。然後見了大臣。離開房間時，相澤也跟了出來，我們一起吃了午飯。

午飯中，他問了自己許多。最後他說，自己才華出眾，為一少女而埋沒一生不值得。希望能得到天方大臣的信任，重整旗鼓。為此，定要和艾麗絲斷絕關係。我似乎是一隻失航的小船望到了遠方的山岸。相澤為自己指出了一條光明之路。

然而，當自己從滿足和興奮中蘇醒時，又意識到，自己和她的愛情致深已無法自拔。回顧以往，自己往往勇於對敵抗爭，而對友卻從不會說「否」字。

在一個晚上，翻譯稿件完成。后又和大臣促膝暢談。

一個月過後。天方大臣問自己是否隨他一起出行。支付的翻譯費交給了艾麗絲。

艾麗絲患了貧血被解僱。她依然深意真誠地送自己出門。自己穿着借來的黑色禮服，提着裝有幾本書籍的小箱上路了。

隨同大臣訪問魯西亞。這是一條青雲直上的人生之途。一路上，豪華奢侈的接待，前呼後擁的陣勢，自己的法語在圓滑地發揮着作用。自己始終施於賓主中間。

但是，儘管如此期間，我沒有忘記艾麗絲。她每天在給我寫信，使我不可將她忘懷。他的第一封信寫道，每天早晨一睜開雙眼便是一人，整天在寂寞和生活的艱辛中抗爭。還寫到盼望早日歸來等。

我感到進退兩難。自己所處是順境而不是逆境。但是一想到和他人的關係，心中不免會暗雲滾滾。大臣對自己日益厚待，十分器重。我深知未來是光明的，一切都會使親朋好友刮目相看。想到這些，恨不得立即向大臣表明，願意和艾麗絲斷絕關係。

哎，當初來到德國，我覺醒，絕不作機器式的人物。我決心作一隻自由飛翔的鳥，終於掙脫了束縛手腳的繩索。但如今，這條繩索卻又攥到天方手中。我隨大臣回到柏林，迎來新年。驅車趕到家前。艾麗絲飛出門來迎接我。此時，我心神不定，思鄉之念和飛黃騰達的渴求已重重壓過愛情。她拉着我走進房間。眼前的一切讓我驚呆。一團白色的嬰兒襁褓展現在面前。艾麗絲禁不住的喜悅，說，他長得和我一樣，眼瞳黑黑的。她激動得熱淚盈眶。

兩三天內，我沒去訪問天方大臣一直呆在家裡。

有一天，天方大臣差使告要召見。他說，希望和他一起回國。有關此事曾問過相澤。你是否永留此地，相澤說未必。天方接著說，倒是，你語學才華出眾，以後會有大用場。如果留在這裡，既失去本國，身敗名裂，又埋沒了人才。聽他這番話，我即刻應承隨他歸國。

夜晚，途中下了馬車。自己似乎倒在路旁，渾身炙熱，頭痛難忍，如同死去一般。已過十一點，天氣十分寒冷，路上的車道已被雪埋平，瓦斯路燈閃着暗光。我拖着沉重的腳步走在街上。酒店門前還在熙熙攘攘。我感到身上負有不可饒恕的罪惡。

來到家門前，我爬上樓梯。艾麗絲坐在襁褓前已睡着。她聽到動靜，睜開眼睛，驚奇地問，「你怎麼了?」沒想到，自己面如土色，頭髮蓬亂，渾身沾滿泥水，帽子不知丟到哪裡。聽到她的問話，我無言可答。

數日後，我醒了過來。這期間，相澤來訪過。大臣知道我生病，吩咐他好生照顧。我瞞她的事已被全知。

睜開眼后，當看到艾麗絲時，她兩眼充血，面色灰白，消瘦許多。為我們帶來財富的相澤，這位恩人卻扼殺了她的全部。後來聽說，當她聽說我已應諾歸國驚得目瞪口呆，大叫「好個豐太郎，你是個騙子!」這時，相澤叫過母親撫她上床休息。隔時，她呼喚着我的名字，在罵我，扯自己的頭髮，咬墊子，摔東西。送襁褓給她，她貼近面額放聲痛哭。

她的精神已徹底崩潰，滿目獃痴。醫生說，由於過度心痨引發狂疾，已無法治癒。送她去癲狂院，她緊抱襁褓，說死不從。

我病癒康復。艾麗絲緊抱着我這具活殭屍淚如雨下。上路前和相澤商議，給母親留下幾多生計所用並拜託她還要照顧狂女腹中未出生的嬰兒。

哎，相澤謙吉，你是我世上難得好友。然而在我心中至今卻還留有一屢怨恨。

主人公在德國留學五年後踏上歸程，當客船停泊在西貢港時，眼前灰色蒙蒙，一片暗淡，和歐洲景色完全不同。主人公的「我」（太田豐太郎）也不由地感到心中無比沉重。於是，開始寫起在德國的往事。作品以回憶錄的形式進行撰寫。

『舞姬』取材於作者留學期間的見聞和體驗。小說中的主人公，少壯官吏太田豐太郎自幼在家庭受到良好教育，後來奉職中依然是遵守規矩的人。十九歲獲法學學士學位。后奉命赴德國留學。登場人物特點的主題詞，我欲成名，我欲興家。主人公背後出現了母親（家）和上司（國家）的影子，表達了自己不負重望，功成名就，出人頭地的意志。這一主題和當時的歷史背景相吻合，是明治時代最大特點之一。即，走向富國強民，進入列強之國的道路。為此，需要努力奮鬥的意志。

作品通過對人物心理變化的描寫，反映出內意的深涵。主人公在伯林大學初次呼吸到自由的空氣，初次醒悟到自己過去從上學到奉職，一貫遵守傳統，順從潮流，是被動式、機器式人物。他渴望人生中能發揮自我，自由自在。同時也感悟到，自己既成不了政治家又成不了法律家。母親所希望的「活字典」可以接受，而上司的「活法律」卻無法忍受。因為被稱為法律家的人往往使人感到缺乏「人情味」。這裡，有作家創意上的意圖，即，主人公原本很講人情，但最後的表現卻是最無人情。上司的壓力，周圍的蔑視、猜疑、讒言和指責，在無可融入的社會中，使自己深陷苦境。這裡是作者把他引入故事核心的預告。

他在苦境中，雖然對官僚主義社會抱有不滿，但是他在愛情和仕途面前，斷然拋棄自己的本性和真實，又屈從於日本社會的封建意識和官僚主義壓力，再次選擇了通向仕途的機會。主人公斷然踏上歸途。此舉決不可說是正確的，但是，他「像人似的活着」的希求和心愿，從主觀上講，已付諸於真實。因此，他充滿自責，怨恨自己軟弱可悲，心在傷痛。作者對他無可奈何的人生選擇正是投向日本陰暗社會的哀嘆。作者在創作意圖上，無疑揭示了國家意識和個人意識的矛盾和衝突，也揭露了西方文明的引進和東方傳統的衝突與對立，其結果必然會形成弊端，造成人與人之間的世故、破碎、傷害以及自我背棄，也是慾望的升值。

【作者】

森鷗外（1862～1922），明治、大正時期小說家、評論家、翻譯家，陸軍軍醫、官僚。被授予從三位、勛一等瑞寶章、旭日大綬章等，醫學博士、文學博士。石見國津和野（現島根縣津和野町）人，本名林太郎，出身於醫學世家。畢業於東京大學醫學部。一八八四年受陸軍省派遣，以軍醫赴德國留學。歸國后從事文筆活動，發表詩集『於母影』，小說『舞姬』，譯作『即興詩人』等。以從國外帶來的清新思想使文壇耳目一新。創刊『柵草紙』，活躍於文筆界。曾以隨軍記者赴日清戰地並一時擱筆。乃木希典殉職后刊行『與津彌五右衛門的遺囑』后，出版『阿門一族』、『高瀨舟』等歷史作品。他在小說、翻譯、劇作、評論等方面均有卓越貢獻。主要作品還有『青年』、『雁』等。晚年曆任帝室博物館（現東京國立博物館、奈良國立博物館、京都國立博物館等）總長、帝國美術院（現日本藝術院）首任院長等職。享年六十一歲。

3 硯友社和尾崎紅葉

硯友社成立於『小說神髓』出版的一八八五年（明治18）。聚於該社的人均為以「神髓」的寫實主義為理想目標的青年人。牽頭人有尾崎紅葉、山田美妙、石橋思案、丸岡九華，成員有嚴谷小波、川上眉山、廣津柳浪等。山田美妙的短篇集『夏木立』、『蝴蝶』，尾崎紅葉『二人比丘尼色懺悔』於一八八九年出版，並逐漸被世人所公認。美妙和二葉亭四迷為言文一致的創始人。后，美妙退出硯友社，晚年懷才不遇。紅葉繼承逍遙，促進發展人情世故小說。他的初期作品往往把年輕女性作為主人公，以悲慘命運為終結。留有『朦朧舟』等優秀作品。這些作品與『浮雲』中的女性相反，雖是古香古色，但他筆下的女性形象守貞節，具有純真的特點，暗示對歐化主義現實的批判。他把元祿時代小說家井原西鶴*選為範本，創作出版『珈羅枕』、『二人女房』、『三人妻』等。尾崎紅葉和幸田露伴是珠聯璧合，居於當時文壇之首。其後，又誕生了『多情多恨』、『金色夜叉』等代表作。直到明治三十年代後半自然主義興起為止，長期在文壇維持不可動搖的地位。

＊（1642～1693）江戶時期俳諧師、淨琉璃劇作家。代表作品有『好色一代男』、『好色五人女』、『日本永代藏』、『世間胸算用』等。

4 理想派幸田露伴

幸田露伴是在西鶴的影響下而發展起來的作家。如果說紅葉是寫實派，那麼就應該說他是理想派。初期代表作有『風流佛』、『一口劍』、『五重塔』。作品中的表現不顧現實的利害關係，一味追求精湛的古風名匠氣質。可看出，他的態度是極力主張藝術以及人的堅強意志。露伴的文學中既有歐式文化模仿，對功利主義世相的強烈批判，又有理想主義氣魄。未完成長篇『風流微塵藏』顯示了他卓越的寫實性和構想力。但是，由於缺乏發現順應時代的人生觀，反而遠離現實，傾倒於東洋的神秘主義。明治三十年代末，正當興起自然主義風潮時，他創作『空浪』未完而擱筆。之後，他以中國、印度、日本廣泛而深層之教養，發揮充滿東洋幻想式神秘主義精神，寫了眾多隨筆、考證、史傳等。大正期間，他重新提筆寫作了『命運』，晚年寫了『幻談』、『連環記』等，受到矚目。直到故去（1947）前，露伴以著名特異文學家而深受人們的敬重。

三　傳統文學的復古

尾崎紅葉，幸田露伴文學風潮到明治二十年代（1887～1897），國內開始湧現傳統文學的復古潮流。這是一股反對文明開化，代表民眾對政府軟弱而屈膝式外交政策表示憤懣的潮流。他們弘揚廣泛的國民意識，展開所謂國粹主義運動。在文學領域中，以落合直文為首，金子薰園、尾上柴舟、與謝野鉄幹等人組織「淺香社」，掀起和歌的改良運動。同一時代，正岡子規等人也掀起了俳句革新。「淺香社」成員與謝野鐵干發動『明星』派運動。他們在和歌俳句文學上，一方面主張前代文學的復古，另一方面為將此適應新時代而努力奔走。

這裡也要提及正岡子規。正岡子規（參照358頁）受過漢詩、和歌教育，后受歐洲文明影響。他於一八九二年在報刊『日本』發表『獺祭書屋俳話』提出俳句改革問題。由陸羯南主持的『日本新聞』和當時提倡國粹主義聯繫在一起，主張「在博愛中恢復和發揚國民精神」。正岡子規一方面從事保護日本固有文化事業，一方面對這種固有文化進行改革。他對從江戶時代延續下來的舊體俳諧進行尖銳批判。對與謝蕪村*的俳諧予以評價，提出俳句「寫生」的理論，極力改觀短歌和俳諧。日本頌稱他為「日本派」。河東碧梧桐、高浜虛子、內藤鳴雪等均為他的弟子。

＊（1716～1783）日本近世俳諧詩人，被稱為日本三大俳聖之一（松尾芭蕉、小林一茶）。也是當時一流畫家。他的俳諧作品表現著強烈的中國以及古典式趣向，富有浪漫和傳奇色彩。

當時的文壇，除逍遙、歐外、紅葉、露伴四位大家外，還有一批年輕作家。他們組創『文學界』，帶頭興起明治時期的浪漫主義運動。其倡導人為北村透谷。

透谷文學貫穿的主題思想為，追求人的自由解放、理想和真實；不妥協任何；堅持為追求自我真理而戰的精神。透谷少年時期曾參加自由民權運動。隨着運動的敗北，從政轉向為從文。他嘗試戲劇詩創作，初期代表作有『楚囚之詩』、『蓬萊曲』等。晚年也創作過抒情詩。他作為新的思想家和評論家在日本近代史中起到很大作用。他一邊和妥協於日本封建社會道德的紅葉文學鬥爭，一邊和著名史論家山路愛山展開「人生相涉爭論」，追求文學的深層涵義。在當時日本歐化主義和國粹主義對立的時代中，透谷為確立將日本民眾的現實即成為真正的創造性文化方面做出堅持不懈的努力。

然而，在透谷奮鬥的事業中，在現實上並沒能把「創造實力」之源泉的民眾聯合起來，而是孤軍作戰。最終，他的努力也沒有擺脫現實的束縛。他深深陷入理想與現實之間的深刻矛盾中。如此，他考慮「靈」與「肉」的分裂，與其說相連於肉體的現實，倒不如去強調精神的自由，即「觀念論」。為此，他反而陷入自我傷痛，於一八九四年（明治27）自決於世。表現透谷思想的最終作品有『厭世詩家和女性』、『德川氏時代的平民理想』、『所謂人生相涉』、『明治文學管見』、『內部生命論』、『國民和思想』等評論著作。

雜誌『文學界』創刊於一八九三年（明治26），中心人物為北村透谷，其次有島崎藤村、平田禿木、戶川秋谷等人。他們均為追求各自理想的青年文學家。之後，田山花袋、樋口一葉也為該雜誌執筆，形成並誕生了嶄新的日本近代文學有生力量。但是，比起現實問題的苦悶而更側重沉醉於古今內外優秀藝術學問的「耽美主義」、「享樂主義」，上田柳村*和忍受現實問題而苦惱並從其中試圖產生「新詩」的島崎藤村，兩人產生對立。為此，『文學界』於一八九八年（明治31）廢刊。

* 上田敏（1874～1916），東京人。号柳村。評論家、詩人、翻譯家。代表作有譯作詩集『海潮音』（1905）等。

2 近代短篇小說的先驅樋口一葉

日中甲午戰爭之後的一八九五年（明治28）以後，日本文學界出現了一顆璀璨的明星。然而，她出現的是那樣輝煌，隕落的卻是那樣疾速。她就是活躍於『文學界』創作活動的樋口一葉。她的『大年夜』、『青梅竹馬』、『十三夜』、『濁流』等文學作品如同閃光的珍寶，清純而美麗，為文學界注入了清新的血液。

一葉文學所貫穿的思想是，向那些深受日本封建制和貧困蹂躪而遭到不幸的廣大婦女們投出了摯愛。同時蘊涵著對現實隱諱的批判和抗議。她除了小說，還發表了一些日記等，均受到極高評價。

作品選節

『たけくらべ』　樋口一葉

一

廻れば大門*1の見返り柳*2いと長けれど、お歯ぐろ溝*3に燈火うつる三階*4の騒ぎも手に取る如く、明けくれなしの車の行来*5にはかり知られぬ全盛*6をうらなひて、大音寺前*7と名は仏くさけれど、さりとは陽気*8の町と住みたる人の申き、三嶋神社*9の角をまがりてより是れぞ見ゆる大厦*10もなく、かたぶく軒端の十軒長屋二十軒長屋や、商ひはかつふつ*11利かぬ所とて半さしたる雨戸*12の外に、あやしき形*13に紙を切りなして、胡粉*14ぬりくり彩色のある田楽みるやう、裏にはりたる串のさまもをかし、一軒ならず二軒ならず、朝日に干して夕日に仕舞ふ手當*15ことぐしく、一家内これにかゝりて*16夫れは何ぞと問ふに、知らずや霜月酉*17の日例の神社に欲深様*18のかつぎ給ふ是れぞ熊手の下ごしらへといふ、正月門松*19とりすつるよりかゝりて、一年うち通しの夫れは誠の商売人、片手わざにも夏より手足を色どりて、新年着の支度もこれをば當て*20ぞかし、南無や大鳥大明神*21、買ふ人にさへ大福をあたへ給へば製造もとの我等万倍の利益をと人ごと*22に言ふめれど、さりとは思ひのほかなるもの、此あたりに大長者のうわさも聞かざりき、住む人の多くは廓者*23にて良人は小格子*24の何とやら、下足札*25そろへてがらんがらんの音もいそがしや夕暮より羽織引かけて立出れば、うしろに切火打*26かくる女房の顔もこれが見納めか十人*27ぎりの側杖、無理情死のしそこね、恨みはかゝる身*28のはて危ふく、すはと言はゞ命がけの務*29めに遊山らしく見*30ゆるもをかし、娘は大籬の下新造*31とやら、七軒*32の何屋が客廻し*33とやら、提燈*34さげてちょこ〳〵走りの修行、卒業して何にかなる、とかくは檜舞台*35と見たつるもをかしからずや。

（中略）

入谷*36ぢかくに育英舎*37とて、私立なれども生徒の数は千人近く、狭き校舎に目白押の窮屈さも教師が人望いよいよあらはれて、唯学校と一ト口にて此あたりには呑込みのつくほど成るがあり、通ふ子供の数々に或は火消鳶人足*38、おとつさんは刎橋*39の番屋に居るよと習はずして知る其道のかしこさ、梯子*40のりのまねびにアレ忍び*41がへしを折りましたと訴へのつべこべ、三百*42といふ代言の子もあるべし、お前の父さんは馬*43だねへと言はれて、名のりや愁らき子心にも顔あからめるしほらしさ、出入りの貸座敷*44の秘蔵息子寮住居*45に華族*46さまを気取りて、ふさ付き帽子面もちゆたかに洋服かる〴〵と花々敷を、坊ちゃん坊ちんとて此子の追従するもをかし、多くの中に龍華寺*47の信如とて、千筋となづる黒髪も今いく歳のさかりにか、やがては墨染*48にかへぬべき袖の色、発心は腹からか、坊*49は親ゆづりの勉強ものあり。性来をとなしきを友達いぶせく*50思ひて、さま〴〵の悪劇をしかけ、猫の死骸を縄にくくりてお役目*51なれば引導をたのみますと投げつけし事も有りしが、それは昔、今は校内一の人とて仮にも侮りての処業はなかりき、歳は十五、並背にていが栗の頭髪も、おもひなしか俗とは変りて、藤本信如と訓にてすませど、何処やら釈*52といふだけの素振なり。

＊1 「大門」，吉原妓院區的正門。

＊2 大門外側的柳樹。嫖客們歸途時，在此回首再望妓樓，表示惜別，戀戀不捨。

＊3 吉原妓院區三面臨河。「齒黑溝」是對這條河的總稱。妓女們每天化妝，不斷將染過黑牙齒的廢染料棄入河中，使河水變成黑色。以此得名為「齒黑溝」。

＊4 三層結構妓樓，其酒宴燈火映照在齒黑溝的河面。也指妓院里的嘈雜景象。

＊5 運送來往嫖客的人力車。

＊6 繁榮昌盛。生意興隆。

＊7 下谷區龍泉寺町。坐落在現台東區龍泉三丁目的某神社。作者於明治二十六年（1893）七月二十日由本鄉的菊坂遷居此地，開始經營糖果雜貨鋪。翌年五月廢棄經營又回到本鄉的丸山福山町。至此期間，作者耳聞目睹了吉原一帶以賣身而營計的人們的實際生活。

＊8 そうはいっても、陽気な町である。

＊9 下谷區金杉上町。坐落在現台東區下谷三丁目的某神社。

＊10 大型建築物。大樓。

＊11 「かつふつ」，副詞，伴接否定語。「まったく……ない。」

＊12 半閉的雨窗。妓女們通宵營業。白天因休息，關着窗戶。

＊13 奇形怪狀的剪紙。有「七福神」「三番叟」等圖案。

＊14 白色顏料，原料從「板甫牡蠣」殼中提取。「田楽」，一種用竹籤串起的豆腐、茄子等塊，上面塗上醬烤制而成的食物。

＊15 大げさな扱い方。敷衍了事。

＊16 一家総出でこれにとりかかって。全家出動。

＊17 指大鳥神社的「酉市」。每年十一月「酉日」，在「鷲神社」（大鳥神社）舉行祭奠活動。在東京下谷大鳥神社的這一活動尤為

著名，出售「熊手」（編製物品，象徵吉利。用它裝飾屋間能帶來一年的買賣興隆）的貨台一直延至淺草附近。

＊18 酉市的「熊手」是寄託人們生意繁榮的祈願之物。

＊19 正月過後，手工編織專業戶開始製作「熊手」。

＊20 新年の晴着の準備も、この売り上げを當てにしているのである。

＊21 下谷龍泉寺町一百十一番地。坐落在現台東區龍泉的鷲神社。

＊22 どの人もそう言うようだが。

＊23 對妓院奉仕男女的總稱。

＊24 規格較低的妓樓。

＊25 寄存鞋的號牌。

＊26 當時的習慣，出門時為祈願平安磨打一下打火石。這裡指打火石的「潔火」。

＊27 捲入傷亡事故。使人聯想起歌舞伎劇目『籠弔瓶花街醉醒』。該劇目由第三代河竹新七所作狂言劇目，反映了明治時代的世象風俗。佐野農村的侍次郎左衛門逛妓院被花魁八橋奪心，后被八橋及其情夫榮之丞等人殺死。劇目題材為「吉原百人斬」。

＊28 「恨みがかかる」と、このような身、の意の「かかる身」をかける。

＊29 いざという時は命懸けの勤めであるのに。

＊30 物見遊山であるかのように気楽に見えるのも。

＊31 「大蘿」，規格最高的妓樓。「下新造」，吉原隨高級妓女為其辦理雜事的妓女，分有「振袖新造」、「留袖新造」、「番頭新造」等級，「下新造」比右三等級要低。

＊32 指從大門到江戶町一町目之間（煙花街）作嚮導的茶館。規格最高。將嫖客從這裡直接導向「大蘿」。

＊33 為妓院周旋嫖客。

＊34 印有店號的燈籠，用於招攬生意。

＊35　華麗舞台。華麗場所。指奉仕吉原之地。
＊36　下谷區（現東京台東區）入谷。
＊37　架空小學名。
＊38　原為「火消人足」，由鎮府方常僱用的消防隊員。「鳶人足」，從事土木建築和鎮內雜務的人。為生活保障，也兼任消防事務。一旦發生火災，這些人會立即組織起來投身救火。明治時代以後，改稱為消防組。明治十三年，現東京消防廳的前身消防本部設置由內務省警視局管轄。
＊39　吉原齒黑溝的弔式板橋。為防止妓女逃走，平常該橋被弔起。
＊40　舉行新年儀式時，一些人登在消防梯上展示各種演技。
＊41　為防盜，牆頭上插着碎玻璃或竹籤。
＊42　指「三百代言」。斥責那些未持有資格證的假律師。
＊43　外出走訪逛妓院時未能付錢的嫖客，並向其催收欠帳。
＊44　指妓樓。
＊45　屬妓樓管轄的宿舍。
＊46　「垂纓帽」。指當時學習院初等科學生戴的帽子。學習院為皇族、貴族子弟學校。
＊47　架空寺名。推測為作者居住地附近的大音寺。
＊48　指僧侶服。
＊49　僧侶的住居。轉意指僧侶。這裡指龍華寺世襲。同時和日文男孩的「坊」為諧音詞。
＊50　うっとうしく。
＊51　「引導」的本來用法是，葬禮時僧侶念經引導死者開悟。這裡用於戲言未來的僧侶信如。
＊52　「釈」，對佛家子弟的付姓。作者以此表達對尚未出家付姓的信如，增添僧侶氣氛。

【譯文】

『青梅竹馬』　樋口一葉

一

柳枝垂簾。回首眺望大門，齒黑溝水面燈火輝映，樓中喧鬧熙攘，一派繁忙。人力車晝夜奔來往去，迎送客人。這裡生意真是昌盛繁榮。大音寺前之名雖說是佛祖靜地，但卻熱鬧非凡，充滿生活氣息。三島神社拐角往裡去，已不見大型建築，而是由十間或二十間房屋連成排排長房，長房兩端傾斜歪扭。一眼便知這裡經營蕭條。半閉的雨窗，外側貼着奇形怪狀的剪紙，內側貼着像是塗有白鬍亮粉的蔬菜烤串圖案。不問哪家，每到傍晚都把早晨晾出的衣服鬍亂收回。均全家出動作此生計。轉眼時到年底。人們涌到霜月酉慣日的神社購置「熊手」，滿足求福深欲。正月的門松迎來新年，「熊手」編織戶又要開始通年忙碌，精誠敬業。商戶從五彩繽紛的夏裝到華美絢麗的正月新服，全部承受製作。無論南無、大鳥大明神社還是庶民，為招來大幅大利無不買回。人們都說，編織戶真是萬倍盈利。儘管如此認為，可據這一帶年長者所說，住在這裡的人大多是窯里男女，即便窯院低下簡陋，而門內鞋箱滿存，木屐踏路聲聲不絕，時到傍晚，窯主對着身披外衣，將要出門的窯姐，打幾下潔火，祈願平安無事，表情大有「吉原百人斬」的顯露。不免擔心「吉原百人斬」的側杖、情死之怨恨是否會降臨在身。雖然是一旦需要，奮身而上，可看起來卻似遊山玩水，閑致輕鬆。什麼女兒是「大蘺」的「下新」啦，七軒的哪院門前嫖客盈門啦，挑着印有店名燈籠奔走的學徒工，出徒了又該如何啦等等。總之，盛營之地大有滑稽。

（中略）

入谷附近有所育英學校，雖說是私立學校，但學生近千餘人。校園狹窄，學生如同擠香油。教師聲望頗高。這一帶學校僅此一家。學校都由這一帶居民子弟包員。其父有消防組的，管放弔橋的。誰家父母做什麼皆相互知曉。誰家爹學盤梯演技把竹網整折了；誰家爹是黑律師。還有，你爹欠了窯帳被追到家裡討回了吧。被質問的孩子羞得滿臉通紅。他父親去的那家窯主子弟也是這裡的學生。他身穿西服佩戴纓穗帽，一派貴族氣勢，讓人感到有說不出的利落瀟洒。學生中，人們都叫他「少爺」「少爺」什麼的，很是特出。在這些同學中間，有個龍華寺的子弟，叫信如。黑黑的頭髮剪得很短。同學們都說，何時會再也看不到他了，過不了多久，他會穿上藏青色僧侶裝的。也就是說，他總有一天要出家，只是在於本人決定而已。父親希望他接替寺院。他也十分爭氣，學習成績優秀。他原本性格溫厚，但也做過一些讓人看不順眼的惡作劇，作些多管閑事的事情。比如，他把死貓用繩子捲起來，口中說著，你立地成佛吧，然後將它扔走。但是，這已是過去的事情。現在，他已成為出類拔萃的優等生，對他誰也說不出什麼。他年方十五，個頭挺直，配上短髮頭型，瀟洒穩重。在這一帶遠近的少年中，富有他人所沒有的氣質，散發著一種難以言狀的求道氣氛。他名叫藤本信如。

【作品梗概】

吉原一帶的孩子們經常在一起玩，他們有時模仿妓女或嫖客的穿着打扮，學着大人的口氣說話。包括生活在這裡的人們，文化風俗確實與其他地區不同。吉原是著名的花街柳巷，通日十分熱鬧。這裡的周圍是闊野的農村，往遠去，便可看到田舍。住在吉原一帶的人大多數都和妓院營計有關。

吉原的孩子們分兩派，一派是以消防隊頭的兒子長吉為首的「橫町組」。一派是以正太為首的「表町組」，正太比長吉小三歲。妓院區周圍有千束、三島、大鳥等神社和龍華寺。橫町派都是住在龍華寺周圍的人。長吉十六歲開始代替父親做消防工作。這以後，他的性格也變得粗狂性急，穿着經常像黑社會的人。因此，人們說他是個粗暴野蠻的人。表町派的正太是田中貸款店家的兒子，經常幫助祖母外出收款。他善於交往，為人和氣，因此博得大人們的好評。

八月二十日是千束神社的節日。大街小巷的店鋪門前都十分紅火，兩派的孩子們也都穿上節日服裝，興緻遊逛。長吉藉此機會試圖與正太較量，為此希望龍華寺的信如加入陣勢。讀私立學校的長吉對讀公立學校的正太無論如何看不順眼。每當和他發生爭執時，大人們總是為正太撐腰。而且，在橫町派地盤居住的太郎吉、三五郎等人竟然也是表町派的人。對此，長吉更是耿耿於懷。信如聰明才智，聲望很高。長吉為了這次較量取勝，渴望信如能助一臂之力。信如首肯。

大黑屋的美登利生在紀州（今和歌山縣和三重縣部分地區），為追從在吉原賣身的姐姐，全家人離鄉移居吉原。父母做些與妓院有關的生計。姐姐叫大卷，是吉原的花魁（高級妓女、妓花）。美登利五官端正，舉止文雅大方，性格明快慷慨。人們常說，她長大了定是非凡女子。因此，她自然成為表町派的女王。

節日這天，孩子們集合在文房雜貨店前玩剪紙遊戲。這時，長吉率橫町組出現在面前並提出挑戰。美登利對此感到無理，和長吉發生口論。長吉示威聲稱，今天參加挑戰的還有信如，不可無視，並把草履投向美登利，打中她的額頭。

第二天，美登利沒到學校，去姐姐生計繁榮的中田圃稻荷神社。正太看到垂頭行走的美登利連忙對昨日發生的事情表示同情，並邀她來到祖母家，給她展示家中的錦繪和羽子板。

信如家在龍華寺。父親雖說是個僧侶，但和母親一樣善於做買賣，經常手持算盤，熱情待客。對此，信如卻很鄙視。信如和美登利都在私立育英舍上學。在四月的運動會上，信如被松枝絆倒，褲腿沾滿泥土。美登利見此連忙拿出紅色手帕遞給他。於是，朋友開始對他冷嘲熱諷。自那以後，信如似乎處處躲避美登利。美登利卻毫無介意。可是，兩人漸漸開始疏遠。節日這天，當她聽到長吉信如也將參戰的吼聲時，氣急敗壞，感到深受屈辱。

在一個風雨交加的日子，信如受差去姐姐家，當他路過大黑屋寮美登利住處時，木屐鼻緒斷裂。風雨中，加上他手中持物，鼻緒久久未能插好。美登利看到有人蹲在雨地修理木屐，似乎是很吃力的樣子。於是拿了一條縮染布條欲送到他跟前。當她認出這人是信如時，顏面熾熱，不由停住腳步。她把布條從格窗扔給了他。信如看到美登利如同陌生人。美登利回到屋中，心中湧起一股莫名其妙的感覺，他為什麼如此冷淡，如此懷恨自己。信如獃獃地望着泥濘中的紅色布條。

這年的酉市節，正太停下每日的收款活計，一邊挨家逛着店攤，一邊尋找着美登利。當他正要走出涼粉店時，終於碰到了美登利。

美登利身着美麗的和服，束着島田髪，如同艷美的京都人形。正太被美登利的美姿所傾倒，不知如何是好，只是連連說衣服很合體。可是，美登利卻無心答話，似乎在躲避着來往人們的視線。本來，她和正太約好要去大鳥神社，卻途中變卦說要回家。

「究竟是怎麼回事?」正太無論怎樣問她，而她只是臉伏床被不斷哭泣。正太連續詢問卻遭到美登利的強烈拒絕。他只好告辭。正太跑到文房雜貨店，無意聽說，信如要在近期入僧侶學校。

從這天開始，美登利如同變了一個人，有事時去姐姐處走一趟，很少再到街上和夥伴們玩。表町派立時失去以往的活力。美登利胸中深藏着信如靜靜度日。

一個霧蒙蒙的清晨，美登利發現，在自家的格窗外插着一束水仙的造花。她把它取下，一屢潔美的寂寞之情掠過胸中。

聽說就在這天清晨，信如身着藏青色僧侶服，踏上赴往僧侶學校之途。

樋口一葉十七歲時父親病故。從此，一葉不得不開始支撐家業。生活拮据，於是在東京的下谷龍泉寺町開了一家小店鋪，專賣些糖果和玩具等。來光顧的客人大多是小孩。後來，買賣衰敗。然而，作者卻從觀察到周圍的風景及人物中，得到創作這部作品的重要題材。

右示選節是作品的開場。吉原一帶是著名的煙花街。這裡居住的人家無不與此生意有關。故事的開始，使讀者感到，這條煙花街熱鬧非凡，生意興旺盛隆。而作品的主題是這之後即將出現的孩子們的故事。美登利的身心從兒童變化為少女，昨日是那樣快活的美登利今天卻變得如此憂愁。她胸中喚起人生之春，去捕捉難以言狀的追求。

作品描寫吉原妓院大黒屋的養女美登利由兒童喚醒為少女的心理變化過程，對人物及心理變化的描寫及其細膩。作品的巧妙構思和描寫，以及文章故事的流暢，以雅俗折中的手法進行寫作在當時實為首創。

她的作品在幸田露伴的影響下，巧妙地使用了雅俗折中體。在寫作手法上，學習了尾崎紅葉的現實主義構成方式。在感情描述上，接受了當時文學界各派之優點，即，清新的浪漫主義。開創了獨特的情趣世界。從她的處女作『闇櫻』（明治25 1892）開始到『青梅竹馬』為止，文學生涯不到五年。特別是代表作『濁流』、『十三夜』、『分道』、『青梅竹馬』幾乎都在明治二八年（1895）一年間發表。她也受坪內逍遙影響，作為一個忠實的作家，身居貧民區「齒黑溝」，將自己置身於周圍，去觀察和描寫充滿女性哀愁的生活情景。在她有限的視野里完成了一個無限世界情景的描繪，精細表達了人間五味，婦女哀愁，留有浪漫的餘韻。其中最有代表性作品可數『青梅竹馬』。初期作品似乎感到過於注重技巧。但由於她不懈的努力，藝術走向成熟，作為一位完美的短篇小說作家開闢了新路。可以說，她是近代短篇小說的先驅。

【作者】

樋口一葉（1872～1896），小說家。生於東京。本名夏子，戶籍名奈津。少女時代在中流家庭長大。喜讀書，七歲時熟讀滝澤馬琴『南總里見八犬傳』。一八八一年（明治14）高等科第四級以優秀成績畢業。一八八六年（明治19）入中島歌子門下學習和歌。此間深學古典文學。下級官吏的父親死後，為負擔母親和妹妹的生活，在新聞記者半井桃水協助下開始寫小說，以此維持生計。在『文學界』發表『雪日』等多數小說。一八九四年移住本鄉區丸山福山町（現西片一丁目）。在此居住期間的生活體驗成為後來發表的小說『青梅竹馬』的主要題材。這年十二月至翌年（1895）在『文學界』發表『大年夜』、『行雲』、『十三夜』等。一八九六年（明治29）在『文藝俱樂部』中，『青梅竹馬』受到森鷗外等人高度評價。同年因肺結核病逝，享年二十四歲。

四　浪漫主義的展開

一八九七年（明治30），島崎藤村的『若菜集』第一卷為近代敘情詩的確立帶來了曙光。曾經一心追求自由，追求理想，為新思想而歡呼，為黑暗現實而苦惱的北村透谷，以及明治時期的青年們，他們情熱的理想之歌，從這時開始傳頌於世，成為新的謳歌的序曲。『若菜集』成立前後，與謝野鉄幹、國木田獨歩、宮崎湖処子、田山花袋、松岡（柳田）國男、横瀬夜雨、伊良子清白、河井酔茗、土井晩翠、薄田泣菫等開始發表並展開了各自獨具風格的敘情詩。

1　浪漫主義代表作家島崎藤村和他的詩歌

日本浪漫主義一度因北村透谷的自決而中斷。島崎藤村的『若菜集』使浪漫主義走向新時期，奠定了近代詩的基礎。島崎藤村與透谷否定現實不同，他直接接受了現實的喜怒悲恨，將此用七五古調呈現出新的詩歌形式。島崎繼承透谷意願及其為之付出的艱辛，確立了日本的敘情詩。但是，當時正處在國家主義和軍國主義猖獗時期，甲午戰爭之後不久，島崎式敘情風格並沒有得到充分發揮。

『若菜集』是一部青春之歌。其中除「草枕」、「秋風歌」等新型旅情和自然之詩以外，還有數篇愛情詩傑作。這些作品充滿青春激情，也包含着青春的苦澀。之後，藤村又發表了『一葉舟』、『夏草』、『落梅集』詩歌三部曲。這些作品彙集成『藤村詩集』，深受日本青年人的喜愛。

作品選節1

『若菜集』（わかなしゅう）　島崎（しまざき）　藤村（とうそん）

「初恋」

まだあげ初（そ）めし前髪（まへがみ）の
林檎のもとに見えしとき
前にさしたる花櫛（はなぐし）の
花ある君と思ひけり

やさしく白き手をのべて
林檎をわれにあたへしは
薄紅（うすくれなゐ）の秋の実（み）に
人こひ初（そ）めしはじめなり

わがこゝろなきためいきの
その髪の毛にかゝるとき
たのしき恋の盃を
君が情（なさ）けに酌（く）みしかな

林檎畠の樹（こ）の下（した）に
おのづからなる細道（ほそみち）は
誰（た）が踏みそめしかたみぞと

【譯文】

『若菜集』島崎藤村

「初戀」

當我看到蘋果樹下的你
初次梳起的前髮
那插着的花梳
讓我深深地愛上了你

你伸過潔白而柔情的手臂
將一隻蘋果遞給我
在這秋天淡紅的果實中
開始萌生愛戀之情

你根根髮絲
充滿天真和熱情
舉起歡快的愛情之杯
斟滿情懷的瓊漿玉液

蘋果園的樹下
有條延延小路
你問何人踏出
此問才有真情

作品選節2

『若菜集』　島崎　藤村

「おくめ」

こひしきまゝに家を出で
こゝの岸よりかの岸へ
越えましものと来て見れば
千鳥鳴くなり夕まぐれ

こひには親も捨てはてゝ
やむよしもなき胸の火や
鬢の毛を吹く河風よ
せめてあはれと思へかし
河波暗く瀬を早み

流れて巌(いは)に砕(くだ)くるも
君を思へば絶間なき
恋の火炎(ほのほ)に幹(かわ)くべし

きのふの雨の小休(をやみ)なく
水嵩(みかさ)や高くまさるとも
よひ〱になくわがこひの
涙の滝におよばじな

しりたまはずやわがこひは
花鳥(はなとり)の絵にあらじかし
空鏡(かがみ)の印象(かたち)砂(すな)の文字(もじ)
梢(こずゑ)の風(かぜ)の音にあらじ

しりたまはずやわがこひは
雄々(をを)しき君の手に触れて
嗚呼(ああ)口紅(くちべに)をそのくちに
君にうつさでやむべきや

恋は吾身の社(やしろ)にて
君は社の神なれば
君の祭壇(つくゑ)の上ならで
なにゝいのちを捧(ささ)げまし

砕(くだ)かば砕け河波(かはなみ)よ
われに命(いのち)はあるものを
河波高く泳ぎ行き
ひとりの神にこがれなん

心のみかは手も足も
吾身はすべて火炎(ほのほ)なり
思ひ乱れて嗚呼恋の
千筋(ちすぢ)の髪の波に流るゝ

【譯文】

『若菜集』島崎藤村

「阿久美」

你滿懷戀情而離開了家

從這岸邊又走向那岸邊
仰望群鳥飛過來
聲聲鳴叫黃昏天

愛情捨棄父母心
這痴情火焰怎能去撲滅
河風啊，撩亂鬢髮
戀情，深藏心中

夜幕罩上河水面
岩石頂開白浪花
思你想你時不斷
愛情的火焰愈是旺

昨日綿綿細雨無休止
水漲潮滿
思念的淚水
抵得上傾瀉的瀑布

你可知道我對你的愛

不是花鳥圖繪
不是沙盤文字
更不是樹梢的風聲

你可知道我對你的愛
觸到你那有力的手
啊，這口紅
恨不得去染紅你的口唇

愛情是我的神社
你是這神社之主
只有在你這座祭壇上
才可獻上我的生命

波濤啊，任憑讓我粉身碎骨
用這唯一的生命
去游在浪端波頂
投向一位神的懷抱

我的心我的手和腳

我的全身是團火
啊，這無盡思戀的
屢屢烏髮隨波盪逸

詩選1「初戀」中「那插着的花梳 讓我深深地愛上了你 在這秋天淡紅的果實中 開始萌生愛戀之情」。詩人用膾炙的詩韻謳歌了少年時代的往事，體現出日本明治時代的青春。可以說，也是近代年輕人對自己的心情欲說而又說不出口的代辯辭，道出了日本幾代少年的心聲。我們從僅僅數行的詩中，可以感到一個時代獨特的寶貴感情和體驗。

詩選2，詩中的女主人公「阿久美」為追求愛情，甚至不惜拋棄自己的父母。她心中的戀火燒得越旺，苦痛就越深。她「從這岸邊又走向那岸邊」。對她來說，「愛情」是「神社」，這「神社」之神就是她日思夜想的戀人。「只有在你這座祭壇上 才可獻上我的生命」，這是她激情的吶喊。這種從心底愛戀的表達和以往時代有所不同。「啊 這口紅恨不得去染紅你的口唇」，通過如此感情和慾望的抒發，表白了女性對自我解放的欲求。可謂是新時代大膽而奔放的凱歌。

【作者】（參照95頁）

2　近代詩的起步

明治三十年代是敘情詩絢麗多彩的時代。日本甲午戰爭獲勝后，急速發展資本主義。這時以土井晚翠『天地有情』等為代表的作品盛行於世，他的詩文是用粗獷豪邁的漢文撰成，並活靈活現地表達了當時的氣候。

隨後，作為近代詩的起步，上田敏的譯詩集『海潮音』和蒲原有明『有明集』均為先導，從抒情詩走向象徵詩。他們的詩意中暗示和聯想觀念意識並對此加以類推，使一直以來詩意的憂鬱氣氛轉為藝術表達的多面化。

◆**高山樗牛**（1871～1902）

在評論界，由於甲午戰爭殘影的遺留，高山樗牛提倡文學作品要表現出發展國家、振興自我的浪漫主義式國家主義——「日本主義」。他的作品擁有眾多讀者。

以後，樗牛開始主張肉體本能至上的「美之生活」，移轉為極端的自我為主。從此，日本開始出現了新的文學趨勢。可以說這就是從浪漫主義走向自然主義的開始。

五　寫実主義小說的発展和自然主義文學的興起

寫實主義小說的發展

1　甲午戰爭后的小說界

甲午戰爭結束后，日本一方面發展資本主義，另一方面社會矛盾日益激化，貧富差別拉大，社會問題頻頻發生。這些無疑對文學界有很大影響。曾是「硯友社」成員的泉鏡花、山上眉山、広津柳浪等着眼於充滿矛盾的社會，把紛雜的社會問題和庶民的悲慘生活作為小說題材。鏡花的『外科室』、『夜行巡査』，眉山的『書記官』、『里表』，柳浪的『變目傳』、『黑蜥蜴』等都反映了當時的社會問題。

尾崎紅葉『金色夜叉』，德富蘆花『不如歸』等小說作品，把愛情比作金之力量，揭露家庭封建制等社會的根本問題。他們的作品深受廣大讀者歡迎。當時的文學評論家田岡嶺雲說，這些作品為生活在社會最底層的人們而哭泣，並把他們的悲傷和痛苦公佈於天下。岡田還呼籲要開創反映現實生活和民情生活的新文學。為此，要求多寫此類「社會小說」的呼聲日益強烈。於是，內田魯庵『臘月二十八』、『社會百面相』等問世。德富蘆花『黑潮』是一部以當時明治政治為主題的作品。他還發表了『回想記』，以浪漫主義手法表現出明治時期具有理想抱負的青年形象。他的『自然和人生』以作者本人尊崇清純的感受描繪了新的自然美。他的文學深受幾代青年人的歡迎。

但是在另一方面，泉鏡花也撰寫描寫神秘、幻想的具有獨特性藝術小說，這些內容比較脫離現實社會。他繼發表『照葉狂言』、『高野聖』之後，又創作了愛情小說『婦系圖』、『行歌燈』等作品。

2　社會主義文學和反戰文學

隨着社會矛盾的尖銳化，明治三十年代，近代工人運動和社會主義運動也蓬勃發展。文學也順應了歷史潮流。児玉花外『社會主義詩集』以及木下尚江『火柱』、『良人的自白』等問世，產生了社會主義文學。

木下尚江為傾向於基督教人道主義的社會主義者。日俄戰爭爆發之際，他和幸德秋水、堺枯川等共同站在反戰運動最前線。一九〇四年日俄戰爭爆發時，他發表的『火柱』就是一部在運動風浪中誕生的反戰小說。另外，在此期間也誕生了大塚楠緒子『百度詣』、與謝野晶子詩集『勿與君死』等。

3　前期自然主義文學

日本近代文學的確立波折重重，走過了艱難曲折的道路。明治三十年代後半期開始出現自然主義文學運動。在此時期，近代文學的確立終於搭成框架。這是由於受到艾米爾・左拉（1840～1902 法國作家、自然主義創始人。）的影響。日本的所謂前期自然小說代表作家小杉天外、小栗風葉、永井荷風等均有意識地學習模仿左拉的思維方式。

一九〇〇年（明治33），天外從左拉的『娜娜』得到啟示，創作並發表『初姿』。以此為開端，他的『流行歌』、永井荷風『地獄之花』相繼發表。左拉認為，人，只不過是受遺傳或環境支配的一種生物。天外等從概念上吸收了左拉自然科學的人之觀念，把它糅進作品的通俗趣向中。尾崎紅葉排除了硯友社式一味的「美好」描繪，主張人之善惡美醜要描述真實。這種求實傾向在封建道德統治下的當時無疑震動很大。

4　從詩歌到散文

在文學的浪漫主義潮流中輩出的島崎藤村、國木田獨步、田山花袋等為先，逐步把文學引向從詩歌到散文，從浪漫主義到自然主義的道路。使日本真正的自然主義文學形成了主流。

島崎藤村繼『若菜集』后，又發表了『一葉舟』、『夏草』、『落梅集』等詩集。他主張突出激烈的個性表達。然而，卻受到明治日本封建制度的阻力。不久，他轉調為「詠嘆」和「憂慮」。他在『落梅集』著名章節的「千曲川旅情之歌」中，深深詠嘆即將失去的「青春之苦悶」。他的『椰子果』中這樣寫道，

名も知らぬ遠き島より　　從遙遠的無名小島
流れ寄る椰子の実一つ　　飄來一隻椰子果
故郷（ふるさと）の岸を離れて　　他離開了故鄉
なれはそも波に幾月　　沐浴着浪花和月光

以此詩句開始了『椰子果』的抒情描寫，流露出作者遠離故鄉的切實感受，表達了詩人充滿憂鬱的思鄉之情。這時期，藤村已紮根於信州小諸附近的農民生活，面對充滿苦惱的人生，力圖將此用現實主義的手法去表達。他非常細膩地去觀察探討自然與人，開始撰寫散文。『千曲川素描』是當時的代表作。

◆國木田獨步

從詩歌到散文，從浪漫主義到自然主義的這一歷史過渡中，飽嘗激烈動搖和艱辛苦悶的作家中還有國木田獨步。他十分崇拜華茲華斯。正如獨步「自由在山林，吟吾詩，自覺沸血騰」的詩句所說，他在抒情詩中頌揚現實社會的自由，正是作家內心的自然發見，也是資本主義機械式文明中所沒有的美好之自然及其營造的清純人生。他的『武藏野』和田山花袋的『自然與人生』可謂明治時期自然主意文學的珠聯雙璧。獨步還以『春鳥』、『少年的悲哀』、『哭笑』描寫了少年們清純無垢的世界。

國木田獨步一心追求真實與自然，追求對人生的感激。他曾傾心於自然主義。然而，他又開始直視現實的深層直到晚年。他的『牛肉和馬鈴薯』、『酒中日記』、『命運論者』、『女難』、『窮死』、『二老人』等，形成了作者獨特的文

學形式。這些作品中，既有表達作者對人生之真實的驚嘆，又有強烈的浪漫心情，又有用聰敏冷靜的目光觀察人生之滄桑、悲哀和醜陋。他作為自然主義文學作家開闢了新的文學道路。一九〇八年（明治41）他逝世於明治自然主義文學的全盛期。然而，他和島崎藤村、田山花袋均作為日本自然主義文學作家立下不朽功績。

作品選節

『春の鳥』　国木田（くにきた）独歩（どっぽ）

或る日私は一人で城山に登りました、六蔵も伴れてと思ひましたが姿が見えなかったのです。冬ながら九州は暖国ゆゑ天気さへ佳ければ極く暖かで、空気は澄んで居るし、山のぼりには却て冬が可（よ）いのです。

落葉を踏んで頂に達し例の天主台の下までゆくと、寂々（せきせき）として満山声なき中に、何者か優しい声で歌ふのが聞えます、見ると天主台の石垣の角に六蔵が馬乗に跨がつて、両足をふら〳〵動かしながら、眼を遠く放つて俗歌を歌つて居るのでした。

空の色、日の光、古い城址（しろあと）、そして少年、まるで画です。少年は天使です。此時私の眼には六蔵が白痴（はくち）とは如何しても見えませんでした。白痴と天使、何といふ哀れな対照でしやう。しかし私は此時、白痴ながらも少年はやはり自然の児（こ）であるかと、つく〴〵感じました。

今一ツ六蔵の妙な癖をいひますと、此児童（こども）は鳥が好で、鳥さへ見れば眼の色を変へて騒ぐことです。けれども何を見ても鳥といひ、いくら名を教へても憶えません。『もず』を見ても『ひよどり』を見ても鳥といひます。可笑（をかし）いのは或時白鷺を見て鳥といツたことで、鷺を鳥にいひ黒めるといふ俗諺が此児だけには普通（あたりまへ）なのです。

高い木の頂辺で百舌鳥が鳴いて居るのを見ると六蔵は口をあんぐり開けて熟と眺めて居ます。そして百舌鳥の飛立つてゆく後を茫然と見送る様は、頗る妙で、この児童には空を自由に飛ぶ鳥が余程不思議らしく思はれました。

さて、私もこの憐れな児の為には随分骨を折つて見ましたが眼に見えるほどの効能は少しも有りませんでした。彼是するうちに翌年の春になり、六蔵の身の上に不慮の災難が起りました。三月の末で御座いました。或日朝から六蔵の姿が見えません、昼過になつても帰りません、遂に日暮れになつても帰って来ませんから田口の家では非常に心配し、殊に母親は居ても起ても居られん様子です。

其処で私は先づ城山を探すが可らうと、田口[*1]の僕を一人連れて、提灯の用意をして、心に怪い痛しい想を懐きながら平常の慣れた径を登つて城址に達しました。

俗に虫が知らすといふやうな心持で天主台の下へ来て、

『六さん!六さん!』と呼びました。そして私と僕と、申し合はしたやうに耳を欹てました。場所が城址であるだけ、又索す人が普通の児童でないだけ、何とも知れない物すごさを感じました。

天主台の上に出て、石垣の端から下をのぞいて行く中に北の最も高い角の真下に六蔵の死骸が堕ちて居るのを発見しました。

怪談でも話すやうですが実際私は六蔵の帰りの余り遅いと知ってからは、どうも此高い石垣の上から六蔵の墜落して死んだやうに感じたのであります。

余り空想だと笑はれるかも知れませんが、白状しますと、六蔵は鳥のやうに空を翔け廻る積りで石垣の角から身を躍らしたものと、私には思はれるのです。木の枝に来て、六蔵の眼のまへまで枝から枝へと自在に飛んで見せたら、六蔵は必定、自分も其枝に飛びつかうとしたに相違ありません。
死骸を葬った翌々日、私は独り天主台に登りました。そして六蔵のことを思ふと、いろ〳〵と人生不思議の思に堪えなかつたのです。人類と他の動物との相違、人類と自然との関係、生命と死などいふ、問題が年若い私の心に深い〳〵哀を起しました。

英国の有名な詩人の詩に*2「童なりけり」といふがあります。それは一人の児童が夕毎に淋しい湖水の畔に立て、両手の指を組み合はして、梟の啼くまねをすると、湖水の向の山の梟がこれに返事をする、これを其童は楽にして居ましたが遂に死にまして、静かな墓に葬られ、其霊は自然の懐に返つたといふ意を詠じたものであります。

私はこの詩が嗜きで常に読んで居ましたが、六蔵の死を見て、其生涯を思ふて、其白痴を思ふ時は、この詩よりも六蔵のことは更に意味あるやうに私は感じました。

石垣の上に立つて見て居ると、春の鳥は自在に飛んで居ます。其一は六蔵ではありますまいか、よし六蔵でないにせよ、六蔵は其鳥とどれだけ異つて居ましたらう。

*1　作者當時寄宿人家的主人。

*2　W. Words.worth（1770～1850）華茲華斯，小說家、英國具有代表性浪漫主義詩人。其詩歌理論動搖了英國古典主義詩學統治，推動了英國詩歌的革新和浪漫主義運動發展。是文藝復興運動以來最重要的英語詩人之一。作品特點為以純樸的熱情去讚美自然。文中詩題為『Lherewasa Boy』（1799）。

【譯文】

『春鳥』 國木田獨步

一天，我獨自登上城山。想必有六藏相陪，卻不見他的身影。冬天的九州，因為是暖國之地，因此只要好天就會是洋洋暖日。空氣清新。如果上山爬坡，冬季最佳。我踩着落葉登到天主台腳下。這時，在寥寥俏靜的山林中，傳來不知是誰的優美歌聲。順着歌聲望去，六藏騎坐在天主台石埂的一角，兩腿一邊擺動，一邊在唱歌，雙目眺望着遠方。

藍天，日光，古城，少年，宛如畫境。少年是天使。此時，我眼裡的六藏哪裡是白痴？白痴和天使，這是多麼令人感到哀憐的對照呀。可是，我在此時切實感到，儘管他是白痴，但依然是一個正常的自然的孩子。

說起六藏，他有一個奇妙的特點，那就是他喜歡鳥。當他看到鳥時，會立刻雙目有神，大張聲勢。可是，他無論看到什麼鳥都說是鳥，屢次教他鳥的名稱，他總是記不住。看到「伯勞」他說是鳥，看到「鵯」他也說是鳥。更好笑的是他看到白鷺硬說是鳥。常言道「指鷺為鳥，黑白不分」，這對他來說是理所當然的。

當高大的樹枝上伯勞在鳴叫時，他大大地張着口看得出神入迷。當伯勞飛走，他又是一幅茫然失措的樣子，目送鳥兒遠去。真是妙不可測。我想，他對在空中自由翱翔的鳥們實在感到不解吧。

我也為這可憐的孩兒費盡功夫，可並無看到明顯效果。

第二年春天，六藏身上飛來橫禍。三月末的一天，清晨便不見六藏的身影。中午過後不見他歸來，到了傍晚依然沒有回來的跡象。田口家十分不安，自然騷動。尤其他的母親更是坐立不安。

我首先提議去城山尋找。於是，決定備好燈籠和一位田口家僕同去。我懷着奇妙而沉痛的心情登上業已習慣的小道，到達了城址。

俗稱「蟲靈引路」。我來到天主台腳下。

「六藏！六藏！」我呼喊着。我和家僕不謀傾耳注聽迴音。地點僅是城址，被尋找的人僅是一個普通的孩兒。但不知為何，我卻感到是一個莫大世界的悲壯之舉。

我上了天主台，從石埂俯瞰下方。在北側最高一角的直下發現了六藏墜落的屍體。十分奇怪。當我知道六藏遲遲未歸時，我似乎已有預感，他已從此石埂墜落身亡。此空想也許會引人發笑。六藏是學着空中飛翔之鳥從這石埂跳下去的。我這樣想，鳥兒在六藏眼前，從這枝頭飛到那枝頭，暢快自由。沒錯，六藏於是自己也「飛向」枝頭。

屍骨埋葬后的第三天，我獨自一人登上天主台。六藏的事情浮想聯翩。人生之不可思議令人心痛難忍。人類和其他動物的不同，人類和自然的關係，生與死等問題，在我這年輕的心中激起深深的哀痛。

正如英國著名詩人的詩作『少年』那樣，一位兒童每到傍晚就會感到孤苦寂寞，他站在湖畔，將兩手指頭盤起，學着貓頭鷹的鳴叫。之後，會聽到湖水對岸有毛頭鷹給與回應。這樣會使少年感到十分愉悅。最終他死去躺在靜靜的墓穴中。然而他的靈魂己回歸到大自然中。

我非常喜歡這首詩，並反覆去讀。看到六藏的死，想到他的人生，想到他是一個白痴時，我感到他比詩中描寫的少年更加意義深重。

我站在石埂上，看到春鳥在自由飛翔。其中一隻難道不是六藏嗎？好，如果不是六藏，那麼他又和那隻鳥有什麼不同呢？

【作品梗概】

那是我在某地作教員時的事情。我寄宿的居所中，主人的侄子六藏是白痴，令人憐愛。他善於唱歌和登山。街鎮附近的城山上有座古城。有一天，我看到六藏騎在廢墟的石埂上唱歌，感到他就是位天使。可是有一天，六藏突然不見。我懷着沉痛的心情登上城山。六藏在天主台下，身體已冰冷。下葬后的第三天，我登上天主台不禁去思考天地自然。春鳥在自由地飛翔。其中的一隻難道不是六藏嗎？他的母親悲痛欲絕，對我說，他這樣反而幸福。他的死令人深思許多。

這是作者的初期作品，無論在思想上還是在寫作風格上均深受華茲華斯的影響。這篇作品在描寫自然和白痴中富有濃郁的抒情風韻，但也充分表達了作者起伏的悲傷心理。他正如華茲華斯的「少年」，並沒能夠把白痴看作為永遠的天使。也就是說，通過少年的死，在他與人類做比較中可看出悲哀這一內面心理。表現出不能夠在神面前俯首虔誠的現代人的苦惱。該作品以作家的角度將視點從自然現象移向人事現象，是過度時期的成形之作。作品發表在一九〇四年（明治37）三月『女學世界』，后收進『獨步集』。

【作者】

國木田獨步（1871～1908），生於千葉縣，本名折夫。少年時代隨父移居山口縣。一八八七年（明治20）上京入神田法律學校。翌年入東京專門學校（后早稻田大學）英語普通科學習。此時開始信仰基督教。後退學，擔任『青年文學』雜誌編輯。一八九三年（明治26）由德富蘇峰介紹在大分縣佐伯鶴谷學館任教員。翌年上京，入國民新聞社，甲午戰爭作隨軍記者，主筆「戰時通信」。一八九五年（明治28）與佐々城信子結婚。翌年，妻子的失蹤使他悲傷至極。一八九六年（明治29）與田山花袋、柳田國男等人相識。翌年和田山花袋同住日光山照尊院。此時完成『源叔父』的寫作。一九〇一年（明治34）出版短篇『武藏野』，翌年入東京畫報社。一九〇五年（明治38）出版『獨步集』，翌年出版『運命』，此時已在文壇深得評價。一九〇七年（明治40）出版『濤聲』，以自然主義作家活躍於文壇，並在文學界高名遠揚。一九〇八年（明治41）因患肺結核病逝，享年三十八歲。代表作有『源叔父』、『春鳥』、『牛肉與馬鈴薯』、『命運論者』、『武藏野』等。

自然主義文學的興起

1 自然主義文學的成立

一九〇六年（明治39）三月，藤村發表『破戒』。翌年，田山花袋發表『棉被』。日本以此迎來了自然主義文學的確立期。這一文學運動的中心人物有獨步、花袋、藤村、德田秋聲、正宗白鳥、岩野泡鳴、真山青果等。另外還有評論家長谷川天溪、島村抱月等。

島崎藤村的『破戒』樹立了日本自然主義文學的豐碑。這是日本第一部自然主義文學作品。作品主題描寫了為部落解放而做出不懈努力的人們的故事。未解放部落出身的青年教師瀨川丑松常常因為部落歧視而苦惱。由於父親的訓誡，他沒有勇氣說明自己是「賤民」身份。他的朋友豬子蓮太郎卻是一位獻身於部落解放鬥爭的勇士。蓮太郎的死使丑松深受打擊，也使他堅定了「破戒」的決心。從此他在學生面前公開了自己的出身。這部小說取材於未解放部落具有深刻的社會意義。未解放部落是江戶時期形成的封建身份差異。被稱為「穢多」「賤民」的部落民，長期遭受奴役和殘酷歧視。明治維新並沒有給與他們正常的社會地位。藤村以『破戒』通過主人公痛苦心情的表達，揭示了尖銳的社會矛盾和衝突。

「他寄宿在蓮華寺。」『破戒』以此文啟筆，小說主人公瀨川丑松為部落民出身，是北信州地方小城的一名小學教員。他打破父親的戒訓，在學生面前告白自己的身世。他身為長野師範畢業的優等生，卻跪在自己的學生面前坦白自己的出身。這一故事的描寫暗示了封建制度的重壓和根深蒂固，也切實表達了一個人內心的痛苦和決心。他能做到這一步，是經過了長期痛苦的折磨。藤村以對他的描寫，尖銳地批判了社會的封建制度。這是一部傑作。

之後，他又發表了自傳小說『春』。這部作品的主人公青木以透谷為形象樣本，描寫了主人公的苦鬥記和死。小說中始終貫穿於藤村本人的戀情與人生中的痛苦。藤村另一作品『家』的主題是徹底的自然主義文學。小說內容圍繞藤村自己的兩個舊家，對日本「家」的傳統意識進行探索，並以反抗的精神重新構織營造新家。如此過程，如此艱難。進入大正時代，藤村又發表了「新生」，描寫主人公在和侄子之間發生的道德過失中，自己該如何活下去的故事。

這是一部自白小說。他也有如同「風暴」等描寫兒童的短篇。在他接近晚年的一九二九年至三二年之間，又創作了長篇小說『黎明之前』。這部作品可以說也是自傳之作。他把自己的父親作為形象範本，描寫了信州馬籠庄屋青山半藏，對他不幸的生涯進行了探求，試圖挖掘作者自身的黑暗宿命之根源。在另一方面，小說主人公半藏，作為平田派學者，在明治維新前後的風雲中所產生的動搖，最後使他走上以死為終的道路。在日本歷史偉大而彷徨且痛苦的變革中，藤村的一部部優秀文學作品均產生了推動歷史發展的巨大能源。在太平洋戰爭中，他發表了『黎明之前』續篇『東方之門』。然而，這部作品以未完成而成為憾事。一九四三年（昭和18），島崎藤村以七十二歲結束了他的生涯。他歷經了明治，大正，昭和三個歷史時代。

作品選節

『破戒（はかい）』　島崎（しまざき）　藤村（とうそん）

第壱章

（一）

蓮華寺（れんげじ）では下宿を兼ねた。瀬川丑松（せがわうしまつ）が急に転宿（やどがえ）を思い立って、借りることにした部屋というのは、その蔵裏（くり）つづきにある二階の角のところ。寺は信州下水内郡飯山町（しもみのちごおりいいやままち）二十何ヵ寺の一つ、真宗に附属する古刹（こさつ）で、丁度その二階の窓に倚凭（よりかか）って眺（なが）めると、銀杏（いちょう）の大木を経（へ）て飯山の町の一部分も見える。さすが信州第一の仏教の地、古代を眼前（めのまえ）に見るような小都会、奇異な北国風の屋造（やづくり）、板葺（いたぶき）の屋根、または冬季の雪除（ゆきよけ）として使用する特別の軒庇（のきびさし）から、ところどころに高く顕（あらわ）れた寺院と樹木の梢（こずえ）まで――すべて旧（ふる）めかしい町の光景（ありさま）が香の煙（けぶり）の中に包まれて見える。ただ一際（ひときわ）目立ってこの窓から望まれるものと言えば、現に丑松が奉職しているその小学校の白く塗った建築物であった。

（略）

（二）

蓮華寺を出たのは五時であった。学校の日課を終ると、直ぐその足で出掛けたので、丑松はまだ勤務のままの服装でいる。白墨と塵埃とで汚れた着古しの洋服、書物やら手張やらの風呂敷包を小脇に抱えて、それに下駄穿、腰弁当。多くの労働者が人中で感ずるような羞恥――そんな思を胸に浮かべながら、鷹匠町の下宿の方へ帰って行った。町々の軒は秋雨あがりの後の夕日に輝いて、人々が濡れた道路に群っていた。中には立ちとどまって丑松の通るところを眺めるもあり、何かひそひそ立話をしているのもある。「彼処へ行くのは、ありゃあ何だ――むむ、教員か」と言ったような顔付をして、酷しい軽蔑の色を顕しているのもあった。これが自分等の預っている生徒の父兄であるかと考えると、浅ましくもあり、腹立たしくもあり、遽に不愉快になってすたすた歩き初めた。

（略）

【譯文】

『破戒』　島崎藤村

第壹章（一）

蓮花寺兼可租宿。瀨川丑松突然決定轉宿。租借的房間位於連着寺院廚房二層的拐角。信州下水内郡飯山町有二十多處寺院，這寺院是其中之一，屬真宗古剎。倚着二層的窗口向遠望去，有棵參天銀杏，再往遠可以看到飯山町的部分街景。不愧為信州第一的佛教之地。古香古色的小都會，奇異而富有北國風格的建築，鋪着木板的屋脊，冬季為便於滑落積雪的屋檐別具一格，還有寺院中分散各處的高大樹木和繁密枝葉——一切可盡收眼底。古鎮蒙罩着香氣。可是，視野中還有一座塗著白色的建築，那就是丑松所奉公的小學校。

（略）

（二）

離開蓮花寺是五點。學校的日常課程結束后，直接出門。丑松依然穿着勤務時的西服。衣服落着粉筆白灰，髒皺破舊。他腋下夾着包有書類、筆記本等物的小包袱，腳穿木屐，腰掛飯盒。在眾多勞動人中自然一副寒酸——他心裡一邊這樣想，一邊向鷹匠町下宿的自家走去。街旁的房屋沐浴着秋雨後的夕陽，人群移動在濕漉的街道上。也有人駐足，盯移着丑松從身邊走過，也有的人扎堆竊竊私語，似乎在說「他要去哪兒，這叫什麼事？……嗯嗯，是個教員吧」。人們投來縷縷輕蔑的目光。丑松在想，他們也許是自己學生的家長？胸中湧出不快之感，是鄙視？還是憤慨？他踢踢噠噠往回走。

（略）

【作品梗概】

信州飯山町第一小學青年教師瀨川丑松是部落民出身，他一直隱瞞着自己的身世，也害怕世人了解自己的身世。他把父親「要隱藏到底」的教誨銘記在心。但是，這也是自己的一塊心病。這塊心病如同一副精神枷鎖緊緊箍鎖着自己。

但是，和自己同族的新思想家豬子蓮太郎卻堂堂激昂地聲稱，「我是部落民」。丑松從他那裡可以感覺到一種強有力的精神力量和新的思想，他時常鼓勵自己，我們也是社會的一員，要享受生的同等權力。

然而，丑松的這種自醒反而喚起了內心的悲傷和痛苦，並推測，校長和同事該如何看待自己。他們會排斥自己。

這使他感到日日不安。

不過，讀師範時的朋友土屋銀之助和其女兒志保為他鼓氣。

有一天，他接到父親去世的噩耗，於是匆匆登上歸程。同時，也使他心裡產生了激烈的鬥爭。他不能忘記父親的教誨，去吧，去殺向戰場！父親的這種堅強精神他刻骨銘心。他對父親的精神十分敬佩。

歸程途中，他又想起第一次見到豬子時的情景。這時，他決心要去見他。

父親的訓導是要「順世」，而豬子卻是要「憤世」。丑松身居兩者之間不知如何是好。「不能說真話就是偽裝」。「你要背叛自己的親人嗎?」。他似乎聽到兩人在向自己吶喊。猶豫中，他錯過了告白勇氣的機會，再次沉入茫然中。

丑松處處感到社會的威力。這種威力是不可抗拒的。是因為陰險的政治家高柳知道自己的底細。總有一天，自己的出身會暴露在光天化日之下。丑松在迷惑，在動搖。每天感到背後的恐怖世界。這時，他甚至缺勤，去喝酒，把自己最尊敬的豬子蓮太郎的書賣掉。可是，他想起志保在養父家的悲慘情景，眼前浮現出人世間的恐怖和悲哀。

他想起文平（排斥丑松的同僚）說的「他們都是下等人」，心中第一次爆發出反抗意識。但他又抑制了它。是「遠走」還是「自決」，他選擇了後者。但是，至少要說出來，要向豬子賢兄說出來。他急急趕到豬子演說的城市。可是，意外的事情發生了。豬子遭到反對派的襲擊。他臨終時說，我們不能以部落民為恥。他的思想是那樣豪邁。比起他來，在人生中自己又如何才能稱得起是一個真正的男子漢呢?

丑松終於自醒，「要以一個新的平民，像賢兄那樣去奮鬥」。他終於打破了父訓之戒。他向自己所有的學生自白。從此，他離開這座城鎮，走向新路。

右選兩文分別為『破戒』第一章一和二的起頭文。

第一章的一是作品的開始，主人公瀨川丑松的登場，提出了他生活的環境。小鎮飄逸着宗教和古色的香氣，一切是那樣安詳幽靜。

二的啟文，通過主人公的衣着，從主人公的自卑進入世間中人對人的差別對待。面對世人的蔑視，引起主人公胸中的憤懣。然而，在作品的展開中，體現出封建傳統的桎梏不會永遠閉鎖，人間的歧視必然會引起一場社會的變革。

『破戒』是作者三十五歲（1906年）時完成寫作的，是一部日本近代最初的長篇小說。作者曾被確立為青春詩人的地位，但他立志從詩走向散文，作為小說家開始從事研究。『破戒』是他進行不斷研究的嘗試。

這部作品的主題是，通過作者筆下的丑松，這一投向偏見社會的一把利劍，表達傳統以及社會的偏見和革新的對立。也就是內心的智性和感情的相剋，而經過這場格鬥又產生了「新的個人」。

明治維新以來，在富國強民和文明開化的口號下，日本不斷得到邁進。而經過日清、日俄兩戰，日本也深感「勝利之悲哀」、「時代閉鎖之現狀」。這些作品無疑是對當時日本的啟示和批判。讓人們不得不去研究和審視「個人」這一詞彙的深意以及「個人和社會」的關係。『破戒』是新時代潮流的先鋒，是把「否定個人」作為媒介，提出了走向社會的志向。

【作者】

島崎藤村（1872～1943），詩人、小說家。信州木曾中山道馬龍（現岐阜縣中津川市）人。一八七八年（明治11）入神坂學校隨父親學習『孝經』、『論語』。一八八一年（明治14）上京，泰明小學畢業后寄宿叔父家學習『詩經』。一八九一年（明治24）明治學院普通部文學科畢業。曾為該校填寫校歌歌詞。學生時代深讀西洋文學，熟讀松尾芭蕉、[*1]西行[*2]等古典作品。一九一七年任慶應義塾大學文學科講師。一八九三年（明治26）和北村透谷創刊『文學界』，一八九七年發表詩篇處女作『若菜集』。一九〇六年完成第一部長篇小說『破戒』並出版。寫作歷時七年。受到夏目漱石等人高度評價，以自然主義文學旗手受到世間矚目，被稱為日本自然主義文學的頂峰。后，完成自然主義代表作『家』。著有文學頂峰之作『新生』、歷史小說『黎明之前』等。一九三五年設立「日本筆會」並擔任首屆會長。一九四〇年成為帝國藝術院會員，一九四二年為日本文學報國會名譽會員。一九四三年因患腦溢血逝去，享年七十二歲。

＊1　(1644～1694) 三重縣伊賀人。近世俳諧師。日本三大俳聖之一(与謝蕪村、小林一茶)。在當時俳諧歷史的轉換期中，他所探索的新俳諧被稱為「蕉風俳諧」。代表作有紀行文『奥州小路』等。

＊2　(1118～1190) 京都府人。平安末期到鎌倉時代初期的武士、僧侶、歌人。代表作有『山家集』等。

2　自然主義文學主要作家

◆田山花袋 (1871～1930)

田山花袋和島崎藤村並駕齊驅是自然主義文學運動的先驅。他的『棉被』發表於『破戒』的翌年一九〇七年(明治40)。

花袋在『棉被』中把自己作為主人公形象，赤裸裸描寫了對女弟子、中年小說家的愛情和苦惱。作為一位新小說家，如此暴露自己的內心世界可謂前所未有。他以此力圖尋求新的文學方向。但是，在日俄戰爭獲勝后，他發行的長篇小說『鄉村教師』，極其細膩地描寫了一位鄉村年輕女教師貧困潦倒而慘死的生活情景。這部小說與『破戒』的角度不同，通過對地方薄命女性的描寫，把寫作鏡頭拉到社會的最底層。花袋繼『棉被』后，接着又發表了『生』、『妻』、『緣』三部作品。此三作圍繞自己的身邊描寫了自「家」生活，屬自傳作品。特別是作品『生』中，將母親作為形象範本，深刻地雕刻了人所背負着的慘痛遭遇和命運。進入大正年代，他的長篇『時間已過』等仍然圍繞這樣的主題。這部作品的背景是西南戰役中父親戰死後時代的轉換時期。作者為此時期發出感慨，以及描繪了各種人的命運和死，是一部刻畫及撰寫民眾歷史的傑作。

此外，花袋的『一兵卒』、『一兵卒的槍殺』、『百夜』等作品也備受矚目。他在自傳式回顧小說中，描述明治、大正文學的『東京三十年』、『近代小說』也受到很高評價。

◆**德田秋聲**（1871～1943）

德田秋聲曾在尾崎紅葉門下，和小栗風葉、泉鏡花、柳川春葉等一起積極推動自然主義文學運動。他的『新世帶』達到新的境界，突出了樸素客觀的描寫手法和冷靜的自照人生等自然主義領域特徵，以此成為一名自然主義作家。在他的筆下表現出在黑暗的社會裡那些無救無援的庶民百姓們的真實寫照，特別是對那些社會最底層的婦女以及她們的悲慘命運進行了徹底的剖析。『足跡』、『黴』、『爛』等，均為自然主義時代文學的代表作。從大正末期到昭和初期，他創作了『送元枝』、『假裝人物』等小說。但是，他的『縮圖』由於當時政府的鎮壓，以未完成作品而告終。這部作品是秋聲深層探究婦女形象的力作和秀作。

◆**正宗白鳥**（1879～1962）

正宗白鳥的成名作是『塵埃』。他的寫作主題以近代知識分子對自己人生的虛無氛氛和意識為主，排除一切傷感和道德觀，冷酷描寫黯淡憂鬱之人生。這些作品都體現出作者強有力的個性。他的代表作之一『去往何處』，描寫了主人公否定一切人生的希望和目的，去追求新的人生，然而卻沒有找到應走的去路，始終陷入苦惱。之後，他又發表了『微光』、『泥人形』等，成功地描寫了平凡人生的實像。進入大正時期，他寫了『入江河畔』、『牛棚臭氣』等力作。『牛棚臭氣』以他的故鄉瀨戶內海沿岸的漁村為背景，冷淡地描寫了極貧困一家的生活，是一部自然主義漁村小說的傑作。白鳥從大正末期，開始寫作『人生幸福』、『光秀和紹巴』等戲劇作品。

◆**岩野泡鳴**（1873～1920）

在早些時候，岩野泡鳴曾以像征主義詩人而著名。發表『耽溺』以後，開始撰寫自然主義小說。他在『神秘的半獸主義』等評論中認為並主張，要把生的意義看作是一個瞬間慾望的充足，站在徹底的以自我為中心的人生觀立場，毫無保留地描寫人生的醜陋。他的代表作『放浪』，之後的『斷橋』、『發展』、『飲毒的女人』、『附體物』是自傳長篇小說的五部曲。粗狂彪悍的個性貫穿整個作品，以作者自身強烈的主觀意念一元式統一了作品世界，這是一部以特異（一元描寫）風格而著稱的小說。他自始至終反對並批判島崎藤村和田山花袋不徹底客觀主義態度。在某種意義上說，他是一位自然主義最尖刻的對立者。

◆眞山青果（1878～1948）

眞山青果作為自然派作家發表的代表作小說『南小泉村』描寫了東北貧困農村的情景。進入大正時代，眞山青果作為優秀劇作家活躍於文學界，創作了『玄朴和長英』、『元祿忠臣藏』等，均為具有個性特點的力作。

◆長塚節（1879～1915）

長塚節的代表作『土』是當時自然主義文學運動中誕生的引人注目的作品。長塚節是子規門下的歌人，他發表過『如針灸』等優秀的短歌作品。『土』細膩地觀察了故鄉鬼怒川的自然景象和那裡的農民生活。這部作品是他使用與子規共同提倡的「寫生文」手法撰成。「寫生文」是一種客觀主義的創作方法。因此，『土』也可稱為是日本農民文學的傑作。作品背景圍繞農民一家的慘淡生活及農村的四季風物而展開，一切均描寫的十分細膩。

3　自然主義對詩歌戲劇的影響

自然主義文學運動是以小說為中心而展開的。自然，這對詩歌和戲劇方面也給予很大影響。特別在詩歌方面，開始排斥空想題材及其用語，主張與實際生活相聯繫且律調自由的「口語自由詩」。一九〇七年（明治40），以川路柳虹『塵塚』為先，相馬御風、三木露風、岩野泡鳴等人的試作使新詩論開始盛行。從此，近代詩得到了新的展開。

短歌也接受了自然主義的洗禮。主要歌人有尾上柴舟、金子薫園、石川啄木、若山牧水、土岐哀果、前田夕暮等。特別是石川啄木完成了三行新體詩，成為短歌的革新人物。哀果和啄木同樣為當時社會所關注的歌人，他們尤其主張短歌的生活化。

在俳句方面，開始否定「季題」這一傳統格式，主張要有個性的生活題材，嘗試脫離定型的新的表達。河東碧梧桐、荻原井泉水極力推行這種「新傾向俳句」。然而，以高浜虛子為首的『杜鵑』卻極力維持傳統俳風。

戲劇界也開始有新動向，興起呼應自然主義的新劇運動，外國翻譯劇作風起雲湧，確立了近代劇的地位。一九〇六年（明治39），成立了以坪內逍遙、島村抱月為核心的『文藝協會』。不久，成立了藝術劇團，公演了莎士比亞的『哈姆雷特』，易卜生的『人形之家』等。小山內薰在森鷗外的支援下和市川左團次組建了「自由劇場」，一九〇九年（明治42）開始公演易卜生的『約翰・蓋勃呂爾・博克曼』（John Gabriel Bor Kman）等翻譯劇，演出了小山內、吉井勇、長田秀雄等人的創作劇。后，築地小劇場（1924）運動為近代劇發展奠定了堅實基礎。

六　反自然主義的夏目漱石和森鷗外

1　夏目漱石

在自然主義文學的洪流中，夏目漱石卻是列外。夏目漱石，父親在江戶時期具有「名主」身份，后破落。兩歲被送出去作養子，十歲因和養父家不合而重歸自家。一八七八年，入東京府第一中學學習漢學。受儒家「經國濟民」思想影響。一八八三年進入私立學舍專攻英文。一八八四年進入預備門預科（1886年改稱東京第一高等學校）就學。在校期間和正岡子規相識。一八九〇年進入帝國大學（后改稱東京帝國大學）文科英文科。一八九三年畢業。同年任東京高等師範學校英語教員。一九〇〇年作為文部省留學生去英國倫敦留學。一九〇三年回國任東京大學英文科及第一高等學校講師。

與正岡子規、幸田露伴、尾崎紅葉同年，於一八六七年（慶應3）出生的夏目漱石，和他們一樣堅定了明治二十年代初期近代文學改革的志向。夏目作為英文學者起步，而確立小說家地位是在一九〇五年（明治38）發表小說『吾輩是貓』之後。他從貓的視角對世俗進行了尖銳的揭露和諷刺，顯示了漱石對文明徹底進行批判的特點。幾乎在同一時期發表的『倫敦塔』、『幻影之盾』以及收錄在『漾虛集』中的短篇均一桿戳入人間的黑暗。『少爺』、『草枕』、『二百一十日』、『野分』等也創作於此時代。其中以中學為背景，尖刻批判世俗的『少爺』極為著名。這部作品不僅具有幽默感，還有激烈的憤慨之情。『草枕』描寫主人公那美的畫家生活，對主人公最終也沒有脫離開的繪畫寫實生活中，字裡行間沁透着作者對其的批判意識。『二百一十日』、『野分』與『貓』、『少爺』同樣，有着鮮明的對現實的批判思想。

漱石辭去教職在朝日新聞連載『虞美人草』。之後，連續發表『坑夫』、『三四郎』、『從今以後』、『門』。在『三四郎』、『從今以後』、『門』這三部作品中，他從另一側面探求文明，包括現實、道德的內在矛盾。『春風過後』、『行人』、『心』三部曲徹底剖析了人的內面所深藏的醜陋的利己主義，直到主人公最後的自殺。『道草』是漱石唯一的自傳小說。這部作品在明確的構思中，描寫了主人公建三郎夫婦及其相關的故事。故事中建三郎「你究竟為什麼來到這世上」「不會不明白的。即使明白也到不了那份兒上，總會半途碰到什麼」的自白，使人們感到在日常生活中對人生的質疑。「非道草」式的人生究竟在何處？漱石留下的最後一句話是「則天去私」。這句話的含義是否就是漱石所探究的真意呢？漱石的未完成作品『明暗』，通過眾多男女人物表現了各種複雜的心理，無情地揭露了人的利己主義。

作品選節1

『こころ』　夏目（なつめ）　漱石（そうせき）

「先生と遺書」

……私は此の夏あなたから二三度手紙を受け取りました。しかし私は返事すら上げませんでした。実を云うと、私はこの自分をどうすれば好いのかと思い煩（おもいわずら）っていた所なのです。このまゝ人間の中に、取り残されたミイラのように存在して行こうか、それとも……私はその問題に煩悶（はんもん）していたのです。あなたの手紙を読んだ時、私は返事を出そうと筆を執りかけましたが、書かずに已（や）めました。

しかし私はあなたとの約束を果たすために、たゞあなただけに、私の過去を物語りたいのです。その機会が今漸く来たのです。私は今自分で自分の心臓を破って、その血をあなたの顔にあびせかけようとしているのです。私の鼓動が停まった時、あなたの胸に新しい命が宿る事ができるなら満足です。

（略）

【譯文】

『心』　夏目漱石

「先生和遺書」

……今年夏天，我接到過你兩三封來信。均未能回信，是因為我深陷於苦悶煩惱之中。我是如此像一具殭屍般繼續活下去呢？還是……我一直在為此問題而苦惱。當我讀到你的來信時，我曾拿起筆來欲予回信。可是，卻沒能落筆。

但是，為落實曾向你的承諾，我僅對你願意說出自己的過去，這個時機終於到來。我要剖開自己的心臟，將血潑在你的臉上。當我心臟停止鼓動時，在你的胸中如能萌發出新的生命，我將會心滿意足。

（略）

作品選節2

『こころ』　夏目　漱石

「先生と遺書」

Kが理想と現実の間に彷徨してふらふらしているのを発見した私は、ただ一打ちで彼を倒すことが出来るだろうという点にばかり眼を着けました。そうしてすぐ彼の虚に付け込んだのです。私は彼に向って急に厳粛な改まった態度を示し出しました。無論策略からですが、その態度に相応するくらいな緊張した気分もあったのですから、自分に滑稽だの羞恥だのを感ずる余裕はありませんでした。私はまず「精神的に向上心のないものは馬鹿だ。」と言い放ちました。これは二人で房州を旅行している際、Kが私に向かって使った言葉です。私は彼の使ったとおりを、彼と同じような口調で、再び彼に投げ返したのです。しかし、決して復讐ではありません。私は復讐以上に残酷な意味をもっていたという事を自白します。私はその一言でKの前に横たわる恋の行く手を塞ごうとしたのです。

Kは真宗寺に生まれた男でした。しかし彼の傾向は中学時代から決して生家の宗旨に近いものではなかったのです。教義上の区別をよく知らない私が、こんなことをいう資格に乏しいのは承知していますが、私はただ男女に関係した点についてのみ、そう認めていたのです。Kは昔から精進という言葉が好きでした。私はその言葉の中に、禁欲という意味も籠っているのだろうと解釈していました。しかし後で実際を聞いてみると、それよりもまだ厳重な意味が含まれているので、私は驚きました。道のためにはすべてを犠牲にすべきものだというのが彼の第一信条なのですから、節欲や禁欲は無論、たとい欲を離れた恋そのものでも道の妨害になるのです。Kが自活生活をしている時分に、私はよく彼から彼の主張を聞かされたのでした。その頃からお嬢さんを思っていた私は、いきおいどうしても彼に反対しなければならなかったのです。私が反対すると、彼はいつでも気の毒そうな顔をしました。そこには同情よりも侮蔑の方がよけいに現れていました。

　こういう過去を二人の間に通り抜けてきているのですから、精神的に向上心のないものは馬鹿だという言葉はKにとって痛いに違いなかったのです。しかし前にも言ったとおり、私はこの一言で彼がせっかく積み上げた過去を蹴散らしたつもりではありません。かえってそれを今までどおり積み重ねて行かせようとしたのです。それが道に達しようが、天に届こうが、私は構いません。私はただKが急に生活の方向を転換して、私の利害と衝突するのを恐れたのです。要するに私の言葉は単なる利己心の発見でした。

「精神的に向上心のないものは、馬鹿だ。」

私は二度同じ言葉を繰り返しました。そうして、その言葉がKの上にどう影響するかを見つめていました。

「馬鹿だ。」とやがてKが答えました。「僕は馬鹿だ。」

Kはぴたりとそこへ立ち留まったまま動きません。彼は地面の上を見つめています。私は思わずぎょっとしました。私にはKがその刹那に居直り強盗のごとく感ぜられたのです。しかしそれにしては彼の声がいかにも力に乏しいという事に気が付きました。私は彼の眼遣いを参考にしたかったのですが、彼は最後まで私の顔を見ないのです。そうして、そろそろとまた歩きだしました。

（略）

勘定してみると奥さんがKに話をしてからもう二日余りになります。その間Kは私に対して少しも以前と異なった様子を見せなかったので、私は全くそれに気が付かずにいたのです。彼は超然とした態度はたとい外観だけにもせよ、敬服に値すべきだと私は考えました。彼と私を頭の中で並べてみると、彼の方がはるかに立派に見えました。「おれは策略で勝っても人間としては負けたのだ」という感じが私の胸に渦巻いて起こりました。私はその時さぞKが軽蔑している事だろうと思って、一人で顔を赤らめました。しかし今更Kの前に出て、恥をかかせられるのは、私の自尊心にとって大いな苦痛でした。

　私が進もうかよそうかと考えて、ともかくも翌日まで待とうと決心したのは土曜の晩でした。ところがその晩にKは自殺して死んでしまったのです。私は今でもその光景を思い出すとぞっとします。いつも東枕で寝る私が、その晩に限って、偶然西枕に床を敷いたのも、何かの因縁かもしれません。私は枕元から吹き込む寒い風でふと眼を覚ましたのです。見ると、いつも立て切ってあるKと私の室との仕切りの襖が、この間の晩と同じくらい開いています。けれどもこの間のように、Kの黒い姿はそこには立っていません。私は暗示を受けた人のように、床の上に肱を突いて起き上がりながら、きっとKの室を覗きました。洋燈が暗く点っているのです。それで床も敷いてあるのです。しかし掛け蒲団は跳ね返されたように裾の方に重なり合っているのです。そうしてK自身は向こうむきに突っ伏しているのです。

　私はおいと言って声を掛けました。しかしなんの答えもありません。おいどうかしたのかと私はまたKを呼びました。それでもKの身体はちっとも動きません。私はすぐ起き上がって、敷居際まで行きました。そこから彼の室の様子を、暗い洋燈の光で見廻してみました。

　その時私の受けた第一の感じは、Kから突然恋の自白を聞かされた時のそれとほぼ同じでした。私の眼は彼の室の中を一目見るやいなや、あたかも硝子で作った義眼のように、動く能力を失いました。私は棒立ちに立ちすくみました。それが疾風のごとく私を通過したあとで、私はまたああしまったと思いました。もう取り返しが付かないという黒い光が、私の未来を貫いて、一瞬間に私の前に横たわる全生涯をものすごく照らしました。そうして私はがたがたふるえだしたのです。

　それでも私はついに私を忘れる事ができませんでした。私はすぐ机の上に置いてある手紙に眼を着けました。それは予期どおり私の名宛になっていました。私は夢中で封を切りました。しかし中には私の予期したような事はなんにも書いてありませんでした。私は私にとってどんなにつらい文句がその中に書きつらねてあるだろうと予期したのです。そうして、もしそれが奥さんやお嬢さんの眼に触れたら、どんなに軽蔑されるかもしれないという恐怖があったのです。私はちょっと眼を通しただけで、まず助かったと思いました。（もとより世間体の上だけで助かったのですが、その世間体がこの場合、私にとっては非常に重大事件に見えたのです。）

手紙の内容は簡単でした。そうしてむしろ抽象的でした。自分は薄志弱行でとうてい行く先の望みがないから、自殺するというだけなのです。それから今まで私に世話になった礼が、ごくあっさりした文句でその後に付け加えてありました。世話ついでに死後の片付け方も頼みたいという言葉もありました。奥さんに迷惑を掛けてすまんからよろしく詫びをしてくれという句もありました。国元へは私から知らせてもらいたいという依頼もありました。必要な事はみんな一口ずつ書いてある中にお嬢さんの名前だけはどこにも見えません。私はしまいまで読んで、すぐKがわざと回避したのだという事に気が付きました。しかし私の最も痛切に感じたのは、最後に墨の余りで書き添えたらしく見える、もっと早く死ぬべきだのになぜ今まで生きていたのだろうという意味の文句でした。

私はふるえる手で、手紙を巻き収めて、再び封の中へ入れました。私はわざとそれをみんなの眼に着くように、元のとおり机の上に置きました。そうして振り返って、襖に迸っている血潮をはじめて見たのです。

【譯文】

『心』　夏目漱石

「先生和遺書」

我發現K在理想和現實之間彷徨無定。我只是想一下能把他擊倒。於是我立刻趁虛而入。我在他面前突然嚴肅地改變了態度。當然這只是出於策略，也由於心情相應的緊張。因此，我顧不上感到自己究竟是滑稽還是羞恥。我首先向他甩出一句，「精神上沒有進取心的人是愚昧的」。這句話是我和K兩人去房州旅行時K對我說的。我把這句話，完全用和他同樣的口氣又原原本本還給了他。這決不是報復。但坦白地說，這種做法比報復還要殘酷。我的這句話就是要斬斷橫在K面前那條伸向愛情的膀臂。

K出生在真宗寺的家庭。可是，他的思想傾向早在中學時代開始就沒有走進自家的傳統意識。我不懂教義上的區別，也承認自己沒有資格議論這樣的事情。我僅僅是出於男女關係這點來認為的。K過去以來一直喜歡「精勤專一」這句話。依我的解釋，這句話中有「禁慾」內涵所在。但是，後來問到實際，其涵義更為深遠。我對此吃驚不已。他的首要信條是，在事業的道路上要不惜犧牲一切。節慾和禁慾，當然即使是遠離慾望的戀情本身，也會成為事業上的障礙。K在開始自立生活當時，我就經常聽他講自己的主張。那時，我已經愛上了女主人家的小姐。我是堅決反對他的觀點的。我反駁他時總會看到他滿面憐容。對此，有其說同情倒不如說是一種蔑視。

我們就是這樣彼此交往過來。因此，「精神上沒有進取心的人是愚昧的」這句話，對K來說定是傷痛之語。但是如前所述，我對他說這句話並非否定他過去的心血積累，相反，我是想讓他繼續再積累下去。他在事業的道路上，無論是達到盡頭也好，還是登上頂峰也好，均與我無關。我只是害怕K突然轉變生活方向，和我的利益發生衝突。總之，我所說的只是出於單純的利己之心。

「精神上沒有進取心的人是愚昧的」。

這句話我反覆說了兩次。之後我便注意觀察K的反應。「愚昧透頂。」K終於回應，「我真是個蠢貨。」

他突然停下腳步一動不動，雙眼凝視着地面。我不由大吃一驚。我感到K在剎那間改變了態度。然而我卻意識到他的話音是如何的蒼白無力。我想以他的眼神來判斷他的心理。可他始終沒有正視我的面孔。之後，他又慢慢邁開了腳步。

（略）

仔細算來，夫人向K表明此事後大約兩天，K對我的態度仍然一如既往。我絲毫沒有感到有什麼異常。他超然的心態儘管只是在表面也好，委實令人敬佩。在我心裡，以我與他在理智上相比，他似乎要比我強得多。我深深感到，我是謀略的勝者卻是人格的敗者。當時我想，K才是真正蔑視着我，不由頓感顏面炙熱難忍。但時至今日，在K面前難忍的羞愧，在我的自尊心上實在是個巨大的痛苦。星期六的晚上，我躊躇不定，究竟是進好還是退好。總之，到第二天再說。可是就在那天夜裡，K自殺死去。至今，每當我想起那天的情景仍然不寒而慄。我平常習慣於頭朝東睡。可是，唯獨那天卻偶然地將床鋪成朝西睡，也許這是因為有什麼因緣吧。枕旁掠過陣陣寒風，我睜開睡眼。一看，平時我和K屋之間的拉門總是開有縫隙，這天也和平常一樣，卻沒有看到K往日站着的黑色身影。我似乎得到了暗示，一邊用胳膊肘支起身來，一邊向K的房間張望。暗暗的檯燈亮着，被褥鋪着。撩開的被角疊在上面，K匍卧在那邊。

我向他喚了一聲卻沒有動靜。我又向他喚道，你怎麼了？他依然一動不動。我立刻起身走到拉門邊，藉著檯燈的暗光環視他的房間。

此時我首先感到，那天也正是他突然坦明自己愛情的日子，幾乎是同一時間。當我看到房間的情景時，我的眼球如同兩隻玻璃假眼不可轉動。我僵直而立。眼前的一切像一場暴風驟雨席捲而過，接着我便感到，大事不好！可以說，一股無可挽回的黑光貫通了我的未來，瞬時間，又籠罩了我人生的所有。我全身開始瑟瑟發抖。

儘管如此，我卻依然沒有忘記自我。我立刻盯到桌上置放着的信。收信人寫着我的名字。我拚命拆開信封讀起來。然而，信中內容並沒有涉及到我所預想的事情。我本想，他在信中一定會寫着使我難能忍受的詞句。如果這些詞句被夫人和小姐看到，她們是如何地蔑視自己。這將是可怕的事情。我將此信通讀了一遍，感到鬆了一口氣。（在眾人面前，我表面上得救了。而這個「眾人面前」對我來說至關重要。）

信的內容很簡單，可以說是很抽象的。大致是說，自己如何意志薄弱，失去活下去的勇氣。因此選擇了自殺。信中還淡淡地加了幾句感謝我以往對他的關照。並託付我處理他的後事等等。還有，讓我轉告夫人，給她添了麻煩，代他向夫人表示歉意。最後，他讓我將此事轉告他家。該說的事都提了一下。小姐的名字隻字未提。我讀完信后，立刻發現K在故意迴避。但是，最使我痛心的是，他用餘墨在最後似乎是加寫的一段話。大概意思是，按理說我應早些了卻此生，可不知為何卻活到今日。

我用發抖的雙手把信卷好收回到信封。我故意將信放到能讓大家一眼發現的桌面上。之後，當我回過頭時才發現，拉門上濺滿血潮。

【作品梗概】

上　先生和我

我稱呼他為「先生」，因此，在這裡的人稱也為「先生」而不是其名。

有一年夏天，我在鎌倉的海水浴場與先生相識。

回到東京后，我便經常來東京他家，各方面向他求教，也蒙受夫人的關照。我向他學到很多知識。但是，更多的印象是，先生有很多令人不可思議之處。例如，先生每月在一個固定的日子，必去雜司谷墓地為朋友掃墓。他去時決不允許任何人甚至他的夫人陪伴。還有，他和夫人在表面上看非常和睦幸福，而不知怎得，總讓人感到他們之間似乎有一條深深的溝壑。為此，夫人很痛苦，而先生也心裡明白。但他們並沒有要去填補溝壑的意願。另外，先生知識淵博，教養極深。可他卻決不走出家門，進入社會，只是說，「像我這樣的人，沒有資格到社會上去說三道四。」可是，他從來不說明這是為什麼。

我從先生的言談話語中時時感到，他在生活的現實中不喜歡包括自己的那些強人。而且，似乎很堅定自己的感覺，例如，他說，人到關鍵時刻會變成惡人。可是，他對此又附言說，這儘管是事實可是毫無道理。

我曾幾度試圖解開先生的這些謎。終於有一天先生說，如果你真很認真想知道這些，那總會有機會告訴你。並說一定要告訴我自己的一切。

當時我已大學畢業，將要返回故里。先生在他家為我祝賀了畢業。三天後因父親病重，我返回故里。

中　雙親和我

回鄉后，父親病情有所好轉。父親為我的畢業異常喜悅，準備為我張羅慶祝。這時，傳來明治天皇病況的消息。結果，畢業祝賀未成，父親的病體也每況愈下。

回來后無所事事。父母希望自己求職。根據他們的建議，我給先生寫信請他幫助斡旋。但是，始終沒有接到回信。於是我試圖赴京。正當自己猶豫不決時父親病情惡化。他再度臥床不起。兄妹們都來看望。父親終於病危。這時，我接到先生一封厚厚的來信。我急忙打開仔細去讀，發現裡面有暗示自殺的內容十分吃驚。我放下病危的父親急急跳上開往東京的列車。

下　先生和遺書

……今年夏天我接到過你兩三封來信。均未能回信是因為我深陷苦悶煩惱之中。我是如此像一具殭屍般繼續活下去呢？還是……。

但是，我曾向你允諾過。因為你是一個認真的人，我要把自己的過去只告訴你。這個機會終於到來。我要剖開自己的心臟，將血潑到你的臉上。當我心臟停止鼓動時，在你的胸中如能萌發出新的生命，我將會心滿意足。

……我沒到二十歲雙親先後因病離世。我是獨生子，家裡有相當的財產，可以說是在富庶環境中長大。父母突然去世，我在叔父的照顧下生活。父母留下的遺產也就是我的全部財產，也都由叔父一手保管。自己懷着放心和感謝的心情在東京完成學業。

有一年暑假我回到故里。叔父極力勸我和堂妹結婚。起先自己並無介意。後來才知道他為矇混私吞併揮霍我的財產向我施展了勸婚手段。我氣急敗壞。從此，開始對人產生了無限的失望和憎惡。我終於把剩下的財產全部折成錢永遠離開了叔父。我明白了，「善人到了關鍵時刻會突然變成惡人。」

我來到東京，得到偶然的機會下宿在一家軍人遺屬的家裡。當時我是大學生。在這家中，我過着平靜的大學生活。有一個時候，我幼時的朋友、同一學科的K，他是醫學家庭的養子。可是他獨斷拒絕繼承家業，在大學也擅自改變了學科。為此，他和養家和自家都斷絕了關係。我知道他已斷了財路。他是一個品學兼優的人才。我為珍視他的人才，出於在生活上欲與援助的心情，主張讓他也到這裡來住。於是，K住在我房間隔壁的屋子裡。他學習十分刻苦。

這家主人是殉職軍人的寡婦。丈夫戰死在日清戰爭的疆場，家中只剩母女二人。在K來此之前，我就一直暗戀着這家小姐。可是，在我還沒有向任何人表白自己的愛戀之情時，有一天，K突然向我表明說，他愛她。我頓時感到他要先下手為強了。可是我也不示弱，趁K外出之機直接向夫人提出對其女兒的求婚。她立刻答應了我的請求。我自感自己的行為十分卑劣，心裡充滿背叛朋友的罪惡之感。我整日焦慮不安，不堪忍受。我試圖向K坦白謝罪。正當自己遲遲未行，日日等次日時，有一天夜半K突然自殺。

自那以後，自己的人生開始走進暗無天日的生涯。我雖然和這家小姐結婚，表面上看去幸福美滿，而在心底卻是背負罪惡。自己因為叔父的行為看破世塵污濁。而現在，自己卻也做着和叔父同樣的事情。如此罪惡深重不可自拔。自己的這一秘密不忍給妻子潔淨的記憶里塗上污點。因此，我沒有告訴她任何。自然，妻子也對我的心情無可理解。自己陷入罪惡的恐怖，漸漸走向無限的寂寞和孤獨。就這樣，我走過了漫長而煎熬難忍的人生之路。現在，正當明治天皇駕崩，正當明治精神告終時，我再也沒有繼續生存的勇氣，因此決意自盡。過去，我曾允諾講給你自己的過去，這不會食言。這是我最後的一封信寫給你，是為你參考我一生中的善與惡。但是，切勿把這些告訴我的妻子，希望將此一切都埋藏在心間。

『心』由上「先生和我」，中「雙親和我」，下「先生和遺書」三部構成。『心』於一九一四年（大正3）四月至八月在『朝日新聞』連載。有關此作，漱石曾在給東京朝日新聞社會部長的致函中說，此次試圖寫幾篇短篇，每個作品分別設個題目。可是，出於責預告上整體題目之需要，此作品命題為「心」。因此，『心』由「先生和我」、「雙親和我」、「先生和遺書」三部短篇構成。最後的「先生和遺書」佔有整個作品的主要比重。可以說，前兩篇起到導出此篇的作用。

「先生和我」描寫了先生的弟子對先生的崇敬，從弟子的角度提出了「先生」這一人物，並用其目光看到先生似乎有一個陰暗的過去。先生究竟有一個什麼樣的過去呢？卻無可得知，只是作為一個旁觀者觀察到，在先生的生活中似乎受到「過去」的影響。

「雙親和我」並沒有直接涉及到先生。描寫了「我」這個人物因父親病危回到故里。在故里期間和雙親你來我往的故事。但是，「我」一邊侍奉在父親床前，一邊不斷插有對先生的浮想，先生的身影在「我」的腦海中始終不可離去。

在「先生和遺書」中，第一人稱的「我」轉換了角色，以先生遺書的形式表達主題。先生通過遺書陳述了自己過去的罪惡以及此罪惡所帶來的煩惱。先生和K爭奪小姐，並且為愛情爭奪戰獲勝而使展了卑劣手段。K是先生的朋友，德才兼備，和先生同時愛上了同一個女人。K的愛情是高尚的。他出生在真宗寺，「精誠進取」是他一直以來的座右銘。他為自己的愛情而深陷苦惱。當他在先生面前道明此事時，「我」一心只想奪勝，利用K的信條反刺K的要害之處。「精神上沒有進取心的人是愚昧的」這句話徹底阻截了K伸向愛情的手臂。這是先生取勝的王牌。除此，先生又在背後施展手段，終於達到自己的目的。先生自認為，自己是謀略的勝者而卻是人格的敗者。

先生得到小姐，目的達到的同時K自絕身亡。先生為了愛情，背叛朋友，致他於死。之後自責纏繞人生。為奪愛而不擇手段，罪惡深重，苦惱致深。這苦惱最終使先生走上自絕。

作品主題揭示了人潛在的原罪意識。正如作品中屢次提到的，「善人到關鍵時刻也會變成惡人」那樣，也就是說，人所具有的倫理意識上的脆弱——利己主義必然會造成罪惡。作者對此的人之共有進行了徹底的剖析和探究。作者還提示，人不堪忍受這種罪惡意識和對其的自責，苛求自身對罪惡的代償。作品中的先生不甘忍受這些，最終身負重荷了卻人生。作者通過作品人物的描寫，揭示了明治時代及近代人思想的潛在弊端。

所謂近代人必然與其時代有關。正如「先生和遺書」尾聲中寫到。

「盛夏之際，明治天皇駕崩，接着乃木之死[*1]。我想，這意味着明治時代的永遠離去。我從報紙上讀到乃木大將所留遺文，乃木從西南戰役被時敵奪旗后，為自責而一直想去死卻活至今日。我看到這裡，掐指算了乃木想死到死之間的時間。從明治十年西南戰役開始到明治四十五年之間，乃木似乎一直在等待死的機會。藉此話題我在想，三十五年之痛和一刀切腹之痛，究竟是哪個痛苦呢？兩三天後，我終於決定自盡。」

從右文可以看出，作品中的人物和時代為一體之物。「先生」也不例外。有關作品中的「先生」，先行研究中有認為，表現出對「明治時代結束的感傷和不安」[*2]，先生的死因是「殉於明治精神」[*3]。可以說作品的人物和明治時代具有密切關係。「先生」是明治時代的體現和代言。

那麼，明治時代[*4]又是一個什麼樣的時代呢？

明治時代是日本從封建制國家走向資本主義制度國家的重要歷史轉折。明治時代的主要特點有，①發布大日本帝國憲法，決定天皇參政擴權。②導入歐洲君主立憲國憲法。③發動兩起對外戰爭，即，日清戰爭[*5]和日俄戰爭[*6]。發生一起國內戰役，即，西南戰役[*7]。④導入吸收西方文化、文明知識，加強教育，展開研究西方學問，提倡自立自強，以此富國強民。

作品「先生和遺書」中提到，「因為你是一個認真的人，我要把自己的過去只告訴你。這個機會終於到來。我要剖開自己的心臟，將血潑到你的臉上。當我心臟停止鼓動時，在你的胸中如能萌發出新的生命，我將會心滿意足」。

「先生」和「我」可以說，漱石在從明治即將跨入大正時代之際，提示了時代的對立以及舊時代對新時代寄予的希望。西方文明造就了人才，促進了資本主義的發展。但是，倫理道德觀念卻受挫折。作品中尤其批判隨着資本主義的發展而暴露出的利己主義。為維護個人利益不得不去損害他人，甚至背叛朋友。為此而不擇手段。「金錢」「美女」會引發利己主義的膨脹，引罪惡出籠，造成人與人之間的謀戰、慘戰，最終是人之悲劇。正如「我」所坦白的「是謀略的勝者，而卻是人格的敗者」那樣，他道出了時代的本質。一個時代一個國家同樣也為如此。試圖進入列強之國的政府以及統帥，他們的利己主義會引發霸佔擴張國土的爭戰，最終造成戰爭之悲劇。漱石通過作品中「先生」的描寫，批判了引進西方文化中所出現的時代的盲目和弊端，同時也告誡，要牢記血的代償。

從結論上來看，1、人的反省。利己主義為人之皆有。而引發罪惡之因是錢與物的佔有慾。利己主義會使人的慾望深化，使用各種手段去實現，最終造成人間悲劇，是血的教訓。2、時代的反省。利己主義國家意識引出掠奪他國領土的慾望，造成戰爭悲劇，是血的教訓。面對一個新時代的到來，希望能接受教訓，重新審視過去。時代的未來是光明的。3，對時代的批判。西方文明導入的真正目的在於試圖進入列強之國；利己主義是造成人間悲劇的萬惡之源；歷史的教訓負有血的代價。以此，漱石的「心」就會清晰可見。

*1　乃木希典（1850～1912），明治時代陸軍軍人，陸軍大將，長州藩士。明治十九年（1886）曾在德國留學。一八九四年（明治27）參加日清戰爭（甲午），任步兵第一旅長攻略旅順。一八九五年任中將、男爵。一八九六年首任台灣總督。一九〇四年（明治37）參加日俄戰爭，任第三軍司令官，指揮攻打旅順。失兵多人，其子勝典、保典兩子戰失。一九〇六年（明治39）任軍事參議官兼任學習院院長。九月授予伯爵。一九一二年（大正元）九月十三日，明治天皇大喪之日在東京赤坂新町自宅與妻子靜子同歸自盡。享年六十四歲。該人物特點為，是明治時代兩次參加對外侵略戰爭的戰將，效忠並貢獻與明治時代，與時代同生共死。

*2　馬興國著『日本文學史』（585頁）春風文藝社 2000年

＊3　平居謙等編『近代文學入門』（52頁）雙文社 2000 年初版。

＊4　明治天皇※　時代年號，一八六八至一九一二年為明治維新時代。一八六八年十月，將軍德川慶喜奏請大政奉還，同年十二月，明治天皇宣告王政復古，實行廢藩置縣等一系列政治革新，成立明治新政府。以此形成國家統一，為封建主義制度國家走向資本主義制度國家奠定了基礎。維新主要內容有，廢藩置縣，發布憲法，召集議會，發布教育敕語等，全面制定政治、教育新制，使國家步入近代化。

※（1852～1912）第一百二十二代天皇。善於和歌。名睦仁。孝明天皇（第 121 代天皇）第二皇子，生母中山慶子。一八六八年（慶應3）一月九日即位，十二月以天皇名義發布「王朝復古大號令」。翌年宣布「五條誓文」，改元明治。從江戶遷都東京。一八八九年（明治22）發布大日本帝國憲法，以此決定了天皇的參政擴權。法律有裁可、公布、執行權，召集帝國會議、停會、眾議員的解散，發布緊急敕令、命令，任免文武雙官，統帥編製陸海軍，發布宣戰、講和，締結條約，宣告戒嚴、大赦、特赦、減刑。主持導入歐洲君主立憲國憲法，規定天皇「神聖不可侵犯」。積極主張對外擴張，出兵台灣，發動日清、日俄戰爭，合併韓國。日清戰爭中親自扎營廣島，指揮政務、軍務。明治三七（1904）至三八年（1905）日俄戰爭獲勝，在日本國內影響力極大。主導將日本走向世界列強之國。他貫穿帝王教育，通曉國事，其執政反映出日本急速走向近代化。在日本國民來看，具有「明治日本的輝煌典範」形象。日俄戰爭后，由於長年政務纏身，患糖尿病及併發慢性腎炎，後轉為尿毒症。於一九一二年病逝，享年六十一歲。

＊5　（1894（明治27）～1895（明治28））甲午戰爭。日本發動對清朝的侵略戰爭。一八九四年發生韓國東學院之役。日本、清國共同出兵朝鮮展開豐島灣海戰，此為日清戰爭之始。日本陸、海軍（平壤、黃海、旅順）連勝。清政府妥協投降。一八九五年四月在日本下關締結不平等講和條約「下關條約」。清政府割讓遼東半島、台灣、澎湖領土，並支付庫平銀兩億兩。後，日本因受到三國干涉，將遼東半島歸還清政府。

＊6　（1904（明治37）～1905（明治38））日本和帝政俄國為在中國東北（當時被稱滿洲）朝鮮稱霸而展開的戰爭。一九〇四年二月兩國斷交，八月開始攻圍旅順。〇五年三月展開瀋陽（被稱為奉天）大會戰。五月，進入日本大海戰等，日本獲勝。九月，

由美國總統羅斯福斡旋，在勃茲瓦納成立講和條約。

＊7　一八七七年（明治10），由西鄉隆盛揭起的反亂。是不平士族針對明治政府最大且最後的反亂。西鄉隆盛自持「征韓論」遭反對后，憤然辭掉官職返回故鄉鹿兒島創辦私學。其生徒組成反亂勢力，於二月試圖舉兵攻略熊本城未果，反遭政府軍擊潰。九月自刎身亡。

【作者】

夏目漱石（1867～1916），本名金之助，江戶人。十三歲在東京府立中學學習，十五歲入二松學舍學習漢語，通讀唐詩宋詞。明治維新后在東京帝國大學學習英語。此間與正岡子規為同窗，兩人情投意合。和高浜虛子是一門俳人從事創作俳句，雅號「漱石」。曾在四國松山中學任教。一九〇〇年（明治33）被文部省派遣赴英國留學。其間患嚴重神經衰弱。在他發表的「文學論」（1907）中寫到自己兩年留學生活的不愉快心情，並認為歐洲文明的失敗。這種對現實的批判，對後來文學觀點的形成有很大影響。一九〇三年（明治36）歸國后，先後在第一高等學校及東京帝國大學任教。一九〇七年（明治40）辭去所有職務入東京朝日新聞社分管文藝欄目。一九〇九年（明治42）漫遊朝鮮和「南滿洲」。

夏目的文學生涯始於俳句及寫生文的創作。一九〇五年開始在雜誌『杜鵑』連載『我輩是貓』，后又發表『倫敦塔』、『幻影之盾』等。一九〇六年發表『少爺』。一九〇七年辭去教職入『朝日新聞』社，發表『虞美人草』。一九〇八至一〇年發表長篇『三四郎』『其後』『門』三部曲，典型反映了作者的創作風格，即，將「餘裕派」的「低回趣味」與近代小說的悲哀心理，和對知識分子的自我心理分析巧妙地糅合在一起。「餘裕派」的「低徊趣味」中，含有夏目在正岡子規寫生文的基礎上加有總結式自然主義文學流派之意。「餘裕」是夏目為高浜虛子『雞頭』所作的「序」名。該序文中寫道，天下小說可分為兩種，一種是有「餘裕」，另一種是「無餘裕」。夏目認為，作者要和作品之間保持一定距離。作者要置身旁觀的角度，以悠然的態度去玩味人生。作品不應該是作者現實生活的寫照，而應該有意識地加以虛構，給人「低徊趣味」，即，具有「獨特的引起聯想的趣味」。他還認為，與其為虛構人物而苦惱，不如嘔心瀝血去創造一個活生生的人物及其自然的角色。如果塑造的人物是生動的，活靈活現的，極其自然的，那麼，這個塑造者就是「創造者」。

夏目漱石在學生時代曾患胃潰瘍，多次嘔血，治療效果不佳。一九一一年幼小的女兒去世。這使他精神上蒙受巨大打擊。同年（明治44）拒絕文學博士的授予。一九一二年發表『彼岸過迄』，表現了知識分子的孤獨。一九一四年發表『行人』描寫了夫婦間「地獄般生活」。同年發表『心』，通過「先生」等人物，托現時代人物的特點以及暗示時代的對立。一九一五年在『朝日新聞』連載『道草』，用「則天去私」這句話表達了作者對人生的探究並提出質疑，「人生非道旁之草，但又在何處？」。一九一六年在『朝日新聞』連載『明暗』，作品未完成，因胃潰瘍複發病逝。享年五十歲。

2　森鷗外

森鷗外的文學業績首先是移入西洋美學。著名譯作有，Haruyoman 美學大綱『審美綱領』（1899）、Foru Keruto 審美的時事問題梗概『審美新說』（1900）、Riibuman 實相分析抄譯『審美極致論』等。他的作品翻譯業績直接為明治文學帶來很大影響。

他於一八八四年去德國留學。回國后，繼續從事醫務工作。森鷗外的文學活動始於發表『於母影』和『舞姫』之後。但是，曾有一時鑽心致力於評論和翻譯的指導工作。自然主義的興起以及漱石文學的抬頭使他深受刺激，於是他又重新執筆開始寫小說。一九〇九年（明治42），他為雜誌『昴』寫了『半日』、『Kitase Kusuarisu』，之後發表『青年』、『雁』，這些均為作者以現實生活為題材的小說。鷗外雖然以東洋式武士精神為支柱，但也是西歐文化最積極的倡導者。但是，作為文學者，他迴避對人生社會的直接面對，把自己的創作稱為「辭職」、「玩耍」的產物，把自己置於旁觀的位置。然而，他對當時的自然主義樸素的人生觀加以批判。『雁』的主題，描寫了明治初期女性的覺醒，不幸的大雁象徵著她們的命運。在無法抗拒的現實面前，人與人之間的關係最終還是要破碎的。他以旁觀者的角度寫了這部作品。在當時他寫的『妄想』、『青年』、『玩耍』等作品中均能審視到他對文學及人生的看法。

繼明治天皇駕崩之後，發生了日俄戰爭旅順戰役總指揮、陸軍大將乃木希典切腹殉職等一系列事件，使鷗外和漱石深受衝擊。封建武士精神的殉死，震撼着這些地道的明治時代的人們的靈魂。漱石的『心』是抓准「明治精神」終末的作品。而鷗外，卻對從此開始進入的近代人們的頹廢面加以批判，力圖重現古樸的武士道德及其精神。他在乃木大將殉職后，寫了『與津彌五右衛門的遺囑』，以此為始開始寫小說。接着，他又發表了『安部一族』、『護寺院原討敵』、『大塩平八郎』、『境事件』、『安井夫人』等。還有歷史紀實小說『歷史原貌』。『離開歷史』更加明顯表達了作者自由的內面。『山椒大夫』、『老爺和老奶』、『最後一句』、『高瀨舟』、『寒山拾得』等作品均為歷史小說。『渋江抽齋』、『伊沢蘭軒』、『北條霞亭』是鷗外的晚年作品，幾乎都是幕末考證學者們的史記人物傳略小說。例如，小說『澀江抽齋』，圍繞一位平凡的考證學者抽齋，描寫了他一家的生活史。小說的背景是幕末維新的變革時期，使用實史年號及實證系譜方法撰成。這部作品也滲透着作者本身的意念，是一部力作、傑作。

鷗外漱石，各自有着不同的天資，但是他們以很強的倫理觀以及意識性文學的寫作方法為基準，嘗試了各種形式的寫作。從努力探究對社會及俗惡人間的批判角度來看，兩人均可稱為優秀作家。兩人雖然在當時被閑卻於自然主義文學主流之外，但是，大正時代以後的文學繼承了他們的各種文學形式。直至今日，無論在寬闊視野和思想性方面，還是在近代和傳統之間的衝撞方面，無疑受到巨大啟示。鷗外之後，『新思潮』派的中心人物芥川龍之介，特別在小說方面深受其影響。

作品選節1

『高瀬舟』　森　鷗外

高瀬舟は京都の高瀬川を上下する小舟である。徳川時代に京都の罪人が遠島を申し渡されると、本人の親類が牢屋敷へ呼び出されて、そこで暇乞いをすることを許された。それから罪人は、高瀬舟に載せられて、大阪へ廻されることであつた。それを護送するのは、京都町奉行の配下にゐる同心で、此同心は罪人の親類の中で、主立つた一人を大阪まで同船させることを許す慣例であつた。これは上へ通つたことではないが、所謂大目に見るのであつた。黙許であつた。

当時遠島を申し渡された罪人は、勿論重い科を犯したものと認められた人ではあるが、決して盗みをするために、人を殺し火を放つたと云ふやうな、獰悪な人物が多数を占めてゐたわけではない。高瀬舟に乗る罪人の過半は、所謂心得違のために、想はぬ科を犯した人であつた。有り触れた例を挙げて見れば、当時相対死と云つた情死を謀つて、相手の女を殺して、自分だけ生き残つた男と云ふやうな類である。

さういふ罪人を載せて、入相の鐘の鳴る頃に漕ぎ出された高瀬舟は、黒ずんだ京都の町の家々を両岸に見つつ、東へ走つて、加茂川を横ぎつて下るのであつた。此舟の中で、罪人と其親類の者とは夜どほし身の上を語り合ふ。いつもいつも悔やんでも還らぬ繰言である。護送の役をする同心は、傍でそれを聞いて、罪人を出した親戚眷族の悲惨な境遇を細かに知ることが出来た。所詮町奉行の白洲で、表向の口供を聞いたり、役所の机の上で、口書を読んだりする役人の夢にも窺ふことの出来ぬ境遇である。

同心を勤める人にも、種々の性質があるから、此時ただうるさいと思つて、耳を掩ひたく思ふ冷淡な同心があるかと思へば、又しみじみと人の哀れを身に引き受けて、役柄ゆゑ気色には見せぬながら、無言の中に私かに胸を痛める同心もあつた。場合によつて非常に悲惨な境遇に陥つた罪人と其親類とを、特に心弱い涙脆(もろ)い同心が宰領して行くことになると、其同心は不覚の涙を禁じ得ぬのであつた。
そこで高瀬舟の護送は、町奉行所の同心仲間で、不快な職務として嫌はれてゐた。

【譯文】

『高瀬舟』 森鷗外

高瀬舟是往返在高瀨川上下游的小船。德川時代，京都的罪人一旦被流放遠島，其本人的親屬被傳呼到監獄，允許些許相處。然後罪人被載上小船途徑大阪赴島。押船的是京都町衙門屬下的奉令押送武官。押送官按照慣例，只允許罪人的一位親屬同船至大阪。這無須向上通報，只是所謂的人情通便，是個默許。

當時被押送遠島的罪人中，不用說，有犯有重罪的。但是，他們絕非是因為偷盜去殺人放火。兇犯人物佔比率並不多。乘上高瀨舟的多數罪人都是因為所謂的違心過失，本人也沒有想到會走上如此田地。舉例來看，當時被稱為對等死的情死，為了達到情死目的而殺了對方的女人，只有男方自己活下來這類的事情。

這些人上船后，當晚鐘敲響時高瀨舟起航。船背離河川兩岸，京都城黑乎乎的屋群向東，橫斷加茂川往下遊行駛。船上的罪人和其家屬通夜聊起身事，反覆訴說著後悔往事。押送官在旁聽着這些，對罪人家屬的境遇均可細有了解。這些，在町衙門的白洲，對那些只憑表面口供和桌上的訴狀來行事的判官來說，對被告境遇的真實卻連做夢也想像不到。

押送官們的性格各有不同。有的面對眼前感到煩躁，掩耳冷淡。有的聽之深感人之悲苦。因為是衙門，儘管表面無露無言，但其內心卻將其自比，胸感灼痛。有時遇上心軟的押送官，一到押送那些命運悲慘的罪人和目睹他們的親屬時就會不禁淚流滿面。

因此，高瀨舟的押送官們都厭惡自己的職務。

作品選節2

『高瀬舟』　森　鷗外

いつの頃であつたか。多分江戸で白河楽翁侯*1が政柄を執つてゐた寛政の頃でもあつただらう。智恩院*2の桜が入相の鐘に散る春の夕べに、これまで類のない、珍しい罪人が高瀬舟に載せられた。

それは名を喜助と云つて、三十歳ばかりになる、住所不定の男である。固より牢屋敷に呼び出されるやうな親類はないので、舟にも只一人で乗つた。

護送を命ぜられて、一しょに舟に乗り込んだ同心羽田庄兵衛は、只喜助が、弟殺しの罪人だといふことだけを聞いてゐた。さて牢屋敷から桟橋まで連れて来る間、この痩肉の、色の青白い喜助の様子を見るに、いかにも神妙に、いかにもおとなしく、自分をば公儀の役人として敬つて、何事につけても逆はぬやうにしてゐる。しかもそれが、罪人の間に往々見受けるやうな、温順を装つて権勢に媚びる態度ではない。

庄兵衛は不思議に思つた。そして舟に乗てからも単に役目の表で見張つてゐるばかりでなく、絶えず喜助の挙動に、細かい注意をしてゐた。

其日は暮方から風が歇んで、空一面を蔽つた薄い雲が、月の輪郭をかすませ、やうやう近寄つて来る夏の温かさが、両岸の土からも、川床の土からも、靄になつて立ち昇るかと思はれる夜であつた。下京の町を離れて、加茂川を横ぎつた頃からは、あたりがひつそりとして、只舳に割かれる水のささやきを聞くのみである。

夜舟で寝ることは、罪人にも許されてゐるのに、喜助は横にならうともせず、雲の濃淡に従つて、光の増したり減じたりする月を仰いで、黙つてゐる。其額は晴れやかで、目には微かなかがやきがある。

庄兵衛はまともには見てゐぬが、始終喜助の顔から目を離さずにゐる。そして不思議だ、不思議だと、心の内で繰り返してゐる。それは喜助の顔が縦から見ても、横から見ても、いかにも楽しさうで若し役人に対する気兼ねがなかつたなら、口笛を吹きはじめるとか、鼻歌を歌ひ出すとかしさうに思はれたからである。

庄兵衛は心の内に思つた。これまで此高瀬舟の宰領をしたことは幾度だか知れない。しかし載せて行く罪人は、いつも殆ど同じやうに、目も当てられぬ気の毒な様子をしてゐた。それに此男はどうしたのだらう。遊山船にでも乗つたやうな顔をしてゐる。罪は弟を殺したのださうだが、よしや其弟が悪い奴で、それをどんな行掛りになつて殺したにせよ、人の情として好い心持はせぬ筈である。この色の蒼い痩男が、その人の情と云ふものが全く欠けてゐる程の、世にも稀な悪人であらうか。どうもさうは思はれない。ひよつと気でも狂つてゐるのではあるまいか。いやいや。それにしては何一つ辻褄の合はぬ言語や挙動がない。此男はどうしたのだらう。庄兵衛がためには喜助の態度が考へれば考へる程わからなくなるのである。

＊1　松平定信（1759～1829），政治家、國學家。曾為白河藩（今福島縣南部）藩主。任當時首席「老中」（江戸時代職務，直屬將軍、總理政務的幕府官員。共四名或五名。從奉祿二萬五千石以上世襲諸侯中指派。），極力主張寬政改革（1787～1793）。以此著名。

＊2　淨土宗鎮西派的總本山，在京都下京區林町。法然（1133～1212 平安時代末期～鎌倉時代初期僧侶，淨土宗開祖。）入寂之地。

【譯文】

『高瀬舟』　森鷗外

那是何時之事，大概也是江戶白河樂翁侯輔政的寬政年間吧，智恩院的櫻花業已飄落。一日黃昏，晚鐘敲響。高瀨舟上押乘着一個類同少見的罪人。

他的名字叫喜助，剛過三十，住所不定。他無親屬陪送，隻身一人坐在船中。

奉命押送的羽田莊兵衛只聽說喜助是殺害兄弟之罪。當他被押在監獄和棧橋之間時，眼中的喜助面色蒼白清瘦。他的表情是那樣奇妙，那樣敦厚。自己作為這個衙役周圍総是恭敬聽使，無不奉從。被押送的罪人，往往都偽裝成一副溫順的樣子，向權勢阿諛獻媚。而喜助卻絲毫沒有如此跡象。

庄兵衛感到不可思議。上船后，他監視周圍，履行職責，但不時仔細觀察着喜助的一舉一動。

這天夜晚，黃昏時風已停息。罩在空中的薄雲中，月亮的輪廓微明微暗，即將到來的夏日暖流使兩岸及河床的泥土靄氣升騰，散逸飄繞。船離開下京鎮橫跨加茂川后，周圍悄聲匿跡，耳中只有船頭的破浪聲。

允許罪人船中入寢。然而，喜助卻置身就座。他仰望着薄雲中時明時暗的月亮，默默無聲，表情顯露着爽快，眼中含有微微異彩。

庄兵衛雖說在注意全況，但目光始終未離喜助的顏面總在想，真是不可理解。是因為，喜助的面容橫看竪看都流露着暢快，對衙役在旁毫無介意，時而吹起口哨，時而哼着小調。

庄兵衛心想，至此，自己押送這高瀨舟不知有多少次，船中罪人都一様，是那樣令人哀憐。此次這人是怎麼一回事？如同乘上了遊覽船。據說他是殺弟之罪。可是，即使其弟是壞人把他除掉，但畢竟在人情上心理不會好受。這個面色蒼白、清瘦憔悴之人不會是個不懂人情的，世上少有的狠心人吧。可是，卻絲毫看不出是如此之人。難道是身患狂疾？不會的，這是決對不會的。看不出他語言舉動有異常。這人究竟是怎麼回事呢？庄兵衛對喜助萬般猜測，卻不得其解。

『高瀬舟』　森　鷗外

暫くして、庄兵衛はこらへ切れなくなつて呼び掛けた。「喜助。お前何を思つてゐるのか。」

「はい」と云つてあたりを見廻した喜助は、何事をかお役人に見咎められたのではないかと気遣ふらしく、居ずまひを直して庄兵衛の気色を伺つた。

庄兵衛は自分が突然問を発した動機を明かして、役目を離れた応対を求める分疏をしなくてはならぬやうに感じた。そこでかう云つた。「いや。別にわけがあつて聞いたのではない。実はな、己は先刻からお前の島へ往く心持が聞いて見たかつたのだ。己はこれまで此舟で大勢の人を島へ送つた。それは随分いろいろな身の上の人だつたが、どれもどれも島へ往くのを悲しがつて、見送りに来て、一しよに舟に乗る親類のものと、夜どほし泣くに極まつてゐた。それにお前の様子を見れば、どうも島へ往くのを苦にしてはゐないやうだ。一体お前はどう思つてゐるのだい。」

喜助はにつこり笑つた。「御親切に仰やつて下すつて、難有うございます。なる程島へ往くといふことは、外の人には悲しい事でございませう。其心持はわたくしにも思ひ遣つて見ることが出来ます。しかしそれは世間で楽をしてゐた人だからでございます。京都は結構な土地ではございますが、その結構な土地で、これまでわたくしのいたして参つたやうな苦しみは、どこへ参つてもなからうと存じます。お上のお慈悲で命を助けて島へ遣つて下さいます。島はよしやつらい所でも、鬼の栖む所ではございますまい。わたくしはこれまで、どこと云つて自分のゐて好い所と云ふものがございませんでした。こん度お上で島にゐろと仰やつて下さいます。そのゐろと仰やる所に落ち着いてゐることが出来ますのが、先づ何よりも難有い事でございます。それにわたくしはこんなにかよわい体ではございますが、ついぞ病気をいたしたことはございませんから、島へ往つてから、どんなつらい為事をしたつて、体を痛めるやうなことはあるまいと存じます。それからこん度島へお遣下さるに付きまして、二百文の鳥目を戴きました。それをここに持つてをります。」かう云ひ掛けて、喜助は胸に手を当てた。遠島を仰せ附けられるものには、鳥目二百銅を遣はすと云ふのは、当時の掟であつた。

　喜助は語を継いだ。「お恥ずかしい事を申しあげなくてはなりませぬが、わたくしは今日まで二百文と云ふお足を、かうして懐に入れて持つてゐたことはございませぬ。どこかで為事に取り附きたいと思つて、為事を尋ねて歩きまして、それが見附かり次第、骨を惜まずに働きました。そして貰つた銭は、いつも右から左へ人手に渡さなくてはなりませなんだ。それも現金で物が買つて食べられる時は、わたくしの工面の好い時で、大抵は借りたものを返して、又あとを借りたのでございます。それがお牢に這入つてからは、為事をせずに食べさせて戴きます。わたくしはそればかりでも、お上に対して済まない事をいたしてゐるやうでなりませぬ。それにお牢を出る時に、此二百文を戴きましたのでございます。かうして相変わらずお上の物を食べてゐて見ますれば、此二百文はわたくしが使わずに持つてゐることができます。お足を自分の物にして持つてゐると云ふことは、わたくしに取つては、これが始でございます。島へ往つて見ますまでは、どんな為事が出来るかわかりませんが、わたくしは此二百文を島でする為事の本手にしようと楽しんでをります。」かう云つて、喜助は口を噤んだ。

　庄兵衛は「うん、さうかい」とは云つたが、聞く事毎に余り意表に出たので、これも暫く何も云ふことが出来ずに、考へ込んで黙つてゐた。

　庄兵衛は彼此初老に手の届く年になつてゐて、もう女房に子供を四人生ませてゐる。それに老母が生きてゐるので、家は七人暮らしである。平人生には吝嗇と云はれる程の、倹約な生活をしてゐて、衣類は自分が役目のために着るものの外、寝巻しか拵(こしら)へぬ位にしてゐる。しかし不幸な事には、妻を好い身代の商人の家から迎へた。そこで女房は夫の貰ふ扶持米(ふちまい)で暮しを立てて行かうとする善意はあるが、裕(ゆたか)な家に可哀(かわい)がられて育つた癖があるので、夫が満足する程手元を引き締めて暮して行くことが出来ない。動(やや)もすれば月末になつて、勘定が足りなくなる。すると、女房が内証(ないしょう)で里から金を持て来て帳尻(ちょうじり)を合はせる。それは夫が借財と云ふものを毛虫のやうに嫌(きら)ふからである。さう云ふ事は所詮夫に知れずにはゐない。庄兵衛は五節句だと云つては、里方から物を貰ひ、子供の七五三の祝だと云つては、里方から子供に衣類を貰ふのでさへ、心苦しく思つてゐるのだから、暮し穴を塡(う)めて貰つたのに気が附いては、好い顔はしない。格別平和を破るやうな事のない羽田の家に折々波風の起るのは、是が原因である。

　庄兵衛は今喜助の話を聞いて、喜助の身の上をわが身の上に引き比べて見た。喜助は為事をして給料を取つても、右から左へ人手に渡して亡くしてしまふと云つた。いかにも哀な、気の毒な境界である。しかし一転して我身の上を顧みれば、彼と我との間に、果してどれ程の差があるか。自分も上(かみ)から貰ふ扶持米を、右から左へ人手に渡して暮してゐるに過ぎぬではないか。彼と我の相違は、謂はば十露盤(そろばん)の桁が違つてゐるだけで、喜助の難有がる二百文に相当する貯蓄だに、こつちはないのである。

　さて桁を違へて考へて見れば、鳥目二百文をでも、喜助がそれを貯蓄と見て喜んでゐるのに無理はない。其心持はこつちから察して遣(や)ることが出来る。しかしいかに桁を違へて考へて見ても、不思議なのは喜助の慾のないこと、足ることを知つてゐることである。

　喜助は世間で為事を見附けるのに苦しんだ。それを見附けさへすれば、骨を惜まずに働いて、やうやう口を糊(のり)することの出来るだけで満足した。そこで牢に入つてからは、今まで得難(えがた)かつた食が殆ど天から授けられるやうに、働かずに得られるのに驚いて、生れてから知らぬ満足を覚えたのである。

庄兵衛はいかに桁を違へて考へて見ても、ここに彼と我との間に、大いなる懸隔（けんかく）のあることを知つた。自分の扶持米で立てて行く暮しは、折々足らぬことがあるにしても、大抵出納（すいとう）が合つてゐる。手いつぱいの生活である。然るにそこに満足を覚えたことは殆どない。常に幸（さいわい）とも不幸とも感ぜずに過してゐる。しかし心の奥には、かうして暮してゐて、ふいとお役が御免になつたらどうしよう、大病にでもなつたらどうしようと云ふ疑懼（ぎく）が潜んでゐて、折々妻が里方から金を取り出して来て、穴填をしたことなどがわかると、此疑懼が意識の閾（しきい）の上に頭を抬（もた）げて来るのである。

一体此懸隔はどうして生じて来るのだろう。只上辺（うわべ）だけを見て、それは喜助には身に係累がないのに、こつちにはあるからだと云つてしまへばそれまでである。しかしそれは嘘である。よしや自分が一人者（ひとりもの）であつたとしても、どうも喜助のやうな心持にはなられさうにない。この根柢（こんてい）はもつと深い処にあるやうだと、庄兵衛は思つた。

庄兵衛は只漠然と、人の一生といふやうな事を思つて見た。人は身に病があると、此病がなかつたらと思ふ。其日其日の食がないと、食つて行かれたらと思ふ。万一の時に備へる蓄（たくわえ）がないと、少しでも蓄があつたらと思ふ。蓄があつても、又其蓄がもつと多かつたらと思ふ。かくの如くに先から先へと考へて見れば、人はどこまで往つて踏み止まることが出来るものやら分からない。それを今目の前で踏み止まつて見せてくれるのが、此喜助だと庄兵衛は気が附いた。

庄兵衛は今さらのやうに驚異（きょうい）の目を睜（みは）つて喜助を見た。此時庄兵衛は空を仰いでゐる喜助の頭から毫光（ごうこう）がさすやうに思つた。

【訳文】

『高瀬舟』　森鷗外

良久，庄兵衛再也忍不住便問，「喜助，你在想什麼？」

「是」，喜助應聲並環視了一下周圍，似乎以為自己為何事要受到衙役追究，急忙糾正坐姿，注視庄兵衛臉色。

庄兵衛表明自己突然發問的目的，意識到自己必須要做出與公務無關的提問。他說，「沒什麼。我只是想問一下你赴島的心情。這之前，我用這船送過很多人。他們各有身世，可是，沒有一個不為赴島而悲傷。同船為他們送行的親屬們也都是哭哭啼啼。看到你，無論如何也看不出你有半點傷感。你究竟是怎樣心情？」

喜助微微一笑，「承蒙關心，實在不敢當。去島這事對其他人來說定是痛苦之事，那種心情我能理解。可是，他們痛苦是因為在這世上過得太舒心。京都是個好地方。在這地方，依我過去受過的苦難，我到哪兒都行。蒙大人慈悲救我一命，送我上島。島上好也好，壞也罷，畢竟不是鬼棲之處。過去，對我來說沒呆過好地。這次當大人命我上島時，我的心情反而感到安定下來，真是謝天謝地。我雖然體弱，但並沒有生過病。上島后，無論活計怎樣艱辛，身體不會垮下。還有，這次上島，大衙發我二百文，我拿在這裡。」喜助說著把手捂在胸前。按照當時的規定，對即將流放島上的犯人都要發放二百文。

喜助接著說，「自己的恥辱之事不得不說。至今為止，我的懷中從未揣過二百文。我為尋找活干到處奔波。只要有活我累斷筋骨拚命去干。掙來的錢總是右手進左手出，必須交給別人。用錢買食物時，都要經過精打細算。通常是把還了的錢再借過來。這次入了牢沒活干也可以吃到飯。這點，我對衙上深感歉疚。出牢時，我有二百文，我可用它去買食物，也可把它存起來。這對我來說是生平第一次。上島後作何苦力全然不知。我要把這二百文作為干苦力的動力，定是很愉快的。」喜助說完開始沉默。

「嗯，是嗎。」庄兵衛應聲聽着，心情不由表露於面。他許久沉默無語。

庄兵衛說來已近初老。家內為他生有四子。除此，老母健在。一家七口生活。自己除奉公服外只有套睡衣。因此，省吃儉用緊手度日。為此，甚至有人認為他是個吝嗇鬼。更讓他感到不幸的事情是，自己娶了商家高門之女。妻子善良，儘力用丈夫薪水維持家計。可是，妻子出嫁前在富裕環境中長大。如今，丈夫對她自然有不可滿足之處。家中稍有一動，月底就會出現拮据。這時，妻子就悄悄從娘家拿錢來填補帳逢。可以說這樣的借財是啃親蟲。庄兵衛自然很不是滋味。這種事到頭來還是瞞不過丈夫。就連五月男兒節，七五三時，娘家送來些祝賀物品或衣物這樣的事情，庄兵衛都感到內心至苦。因此，當他知道讓娘家填補財洞的事更是沒有好臉。在這個和平安寧的羽田家有時也有風波泛起，原因就在於此。

庄兵衛聽了喜助一席話，開始將他人比自身。喜助說，幹活掙的錢右手進左手出，分文所無，境遇委實悲慘。但是，反轉再來看我，他和我之間究竟有多少區別？自己不也是把所受公糧，從右手轉左手再交給人似地度日嗎。他和我不同，只是算盤珠桿的一位之差。相當於喜助的二百文儲蓄自己皆無。

依這算盤珠桿的一位之差，儘管是二百文，可喜助為此積攢無比喜悅，其內心完全可以理解。然而令人不可思議的是，他沒有慾望，他知足無欲。

喜助為得到一份營生而萬般艱辛。一旦有活干就會不惜一切地去拚命，只要能糊口就心滿意足。入牢后，輕而易舉得口飯，如同老天爺所賜。不勞而得固然使他驚嘆，他感到這是有生以來的最大滿足。

庄兵衛無論怎樣去看這算盤珠桿的一位之差，總之，他明白了他和我之間的巨大懸隔。自己靠公糧維持生活，儘管有時不足所用，但賬面出入基本持平，是拼搏生活。對此，幾乎沒有滿足過。自己幸運還是不幸，毫無感受。但有時內心惶惶不安，這樣度日一旦被免官又該如何？得了重病又該如何？妻子用娘家財作家計補缺，自己知道后更是心有餘悸。

究竟這種懸隔是如何產生的。只從表面看喜助沒有牽挂。而自己拖家帶口。這樣說是懸隔。可是這是自找借口。即使自己獨身一人也不會有喜助那樣的境界。這懸隔是人心靈深處的根本所差，庄兵衛想。

庄兵衛漠然，他開始思考人的一生。人，當他生病時就會想，如果不得這病會多好。當他有一天糧斷食缺時會想，如果能吃上飯那該多好。當他萬一儲蓄見底時會想，如果我有點儲蓄該多好。當他有了儲蓄時又會想，如果儲蓄再多些那該多好。不斷思慮今後，人心如此無邊無際。人，不知到何時才會有夠呢？·面對眼前的喜助，庄兵衛發現，是他告訴了我知足。

庄兵衛驚嘆不已，睜大雙眼看着喜助。此時的喜助仰面星空，他的頭頂似乎放射着光芒。

【作品梗概】

高瀬舟是往返於京都高瀬河的小船。德川時代，京都城的犯人被判為流刑后即載入該船途經大阪。擔任押船的人是京都町衙役屬下的押送武官。押船時，押送官允許其一位家屬或親眷陪送至大阪。這已成為慣例。

那是什麼時候的故事。高瀬舟上載乘着一位鮮為人見的罪犯，名字叫喜助。奉命押船武官羽田莊兵衛只聽說此人犯有殺弟之罪。以往被載入船中的犯人，無論是本人還是其家屬，都是一路哭訴一路哀傷。庄兵衛看在眼裡不禁感到憐憫。而這個喜助卻與類不同。看他的表情，是那樣安詳爽快。於是，庄兵衛問起喜助目前的心情。喜助說，自己過去拚死勞動卻饑寒度日。入牢后不勞動也有飯吃。還有發到手裡的二百文，對自己來說，是生平第一次屬於自己的儲蓄。上了島，要把這二百文作為勞動的動力。想到這些太令人高興了。

有一年疫病蔓延，喜助失去雙親，和弟弟開始孤苦生活。兄弟倆靠在外幹些活計糊口。有一年弟弟生病不能再勞動。喜助每天都要給弟弟買些食物回來。一日，弟弟俯面被中，周圍滿是血跡。喜助奔上前去。弟弟已奄奄一息。他吃力地說，自己得了不治之症，再不忍心哥哥為自己受苦。自己希望能早些死，讓哥哥喘息一下。因此，將刀捅入喉嚨了結此生。可是刀沒能順利拔出。喜助急忙張羅要找醫生。可是，弟弟死死哀求希望哥哥能助力拔刀。喜助無法將刀拔出，弟弟死去。這時，鄰居老婆婆進來，見此情景臉色大變，慌張離去。喜助被捉拿判案。於是，乘上了這條高瀬舟。

庄兵衛聽完喜助的一番敘說，兩人沉默無語。朦朧月夜。高瀬舟在悄靜中滑行在黑色的水面上。

這部作品最先於大正五年（1916）發表在『中央公論』。同年七月由春陽堂出版發行。后收進鷗外全集第四卷、現代日本文學全集鷗外篇等。

右選三節為作品的前半部。根據作者後來寫的「高瀨舟緣起」一文，這部作品的素材取自『翁草』。作品中提出兩個問題。

其一，人，欲望無盡。而作品中的主人公卻對手中的二百文感到心滿意足。作者提示了所謂財產觀念的問題。

其二，對於面對死亡而深忍痛苦的病人，在已經無可挽救的情況下，無論病人本人還是周圍親屬，會產生希望能「好受些」的想法。即「安樂死」。自古以來，從道德上來講，要置之痛苦而不可死。但醫學社會卻對此抱有疑問和爭議。高瀨舟的罪人揭示了這一問題。

這部作品是森鷗外後期代表作，無論從內容還是從年代上看，均無可論為是自然主義文學。從人的文學角度來看，這部作品可以說是提倡人道主義和新現實主義的文學之作。當時，在肯定人的自然主義文學狹隘思潮中，該作起到了拓入深層的作用。

【作者】（參照58頁）

第三章　大正時期文學

一　文學史概況

大正時期，文學的特點為新浪漫主義文學的形成和私小說的完成，流派紛呈，掀起反自然主義思潮。主要流派有昴派、白樺派、新思潮派、新早稻田派等。而白樺派是這一時期文學的主軸。

一八九七年（明治30）至一九〇七年（明治40）是市民社會逐漸活躍起來的時期。倡導浪漫主義詩歌的雜誌『明星』隨着自然主義運動的蓬勃發展而開始衰退。特別是新詩社主要成員北原白秋（1885～1942）、木下杢太郎（1885～1945）等人和與謝野鐵干（1873～1935）產生對立，聯袂退出該社。后，『明星』加速失去活力，再加上經濟狀況不佳，於一九〇八年（明治41）以百號紀念為段落而廢刊。翌年十二月，北原白秋、木下杢太郎等人創刊『麵包會』，開始和美術、文藝雜誌『方寸』主持人石井柏亭（1882～1958 畫家、美術評論家）、山本鼎（1882～1946 畫家）等人交流。同時，留在新詩社的成員也在計劃組織新刊物，平野萬里（1885～1947 歌人、詩人）、石川啄木、吉井勇（1886～1960 歌人、劇作家）經過徵求森鷗外意見后，選定雜誌名稱為『昴』。后，『昴』通過和『麵包會』的交流，和『三田文學』[*1]、『白樺』[*2]共同形成反自然主義文學勢力。

＊1　文學雜誌。機關本部設在東京都港區三田的慶應義塾大學文學部。由永井荷風牽頭於一九一〇年（明治43）創刊，持有反自然主義傾向。

＊2　白樺派文學代表雜誌。於一九一〇創刊。主要成員有武者小路實篤、志賀直哉、里見弴、有島武郎、有島生馬等人。白樺派為明治到大正時代的近代文學流派之一。提倡人道主義和理想主義。自然主義文學退潮后，該派成為大正文壇主軸。與美術界交流甚多，在普知印象派方面作出一定貢獻。

二「昴」派文學——文學新思潮的主力

1 耽美派文學

自然主義文學致力於探求人及人生所內涵的丑與暗的側面，以此衝撞了時代的水泥牆。可以說，只有經過揭露這些醜陋才開始逐漸達到藝術美和近代文明的境地，才能產生新的文學的思維。這些新思維的代表便是「昴」派的作家們。中心人物有詩人北原白秋、木下杢太郎、高村光太郎，小說家有永井荷風、谷崎潤一郎等。他們分別創刊『昴』、『三田文學』、『新思潮』等雜誌。他們也被稱為「耽美派」或「新浪漫主義」。如此文學流派的思潮傾向和日俄戰爭後日本資本主義發展以及隨此而開始的近代城市文化的興隆，和東京的繁榮緊緊相關。他們同時也是日本封建現實的批判者。然而，這種批判當時被認為是「大逆不道」[*1]，難於避免受挫，使得這些文學者最終走上「美」與「享樂主義」的道路。從明治初期開始，西歐近代文學如魚而貫，可以說自然主義至此達到頂點。不可忽視，當時歐洲所謂的世紀末文化已深深滲透到他們的心靈。

*1　一九一〇年（明治43），政府以肅清圖謀暗殺明治天皇為名目進行的鎮壓事件。眾多提倡社會主義及無政府主義的文人受到揭發檢舉。二十六人以「大逆」之罪受到起訴。其中包括無辜者的二十四人被宣告死刑。翌年一月，幸德秋水等十二人被處極刑。

耽美派主要作家

◆永井荷風（1879～1959）

小說家，本名永井壯吉。一九〇三年赴美。曾在日本大使館、正金銀行奉職。一九〇七年滯留法國。在此期間，傾心研究「西洋音樂最近傾向」、「歐洲歌劇」等，並將其介紹到日本，為日本音樂史研究建立了功績。

永井荷風剛從美、英歸來，寫了『美國物語』、『法國物語』、『冷笑』、『新歸朝者日記』等小說作品，表現出十九世紀末西歐詩人的頹廢之美，同時，也體現了他對成熟的本土文化的強烈嚮往，並對日本文明開化的底淺和俗惡加以批判。但是，由於對「大逆不道」的鎮壓，他作為文學者對自己沒能明確聲張這種非人的事實而感到愧疚。他決意棄世。他對衰敗的江戶文化的完整美十分留戀，對東京底層庶民的遊樂倍加喜致，從此轉變為諷刺、扭曲世塵的生活態度，使他趣味性作風達到爐火純青的程度，形成了他獨特的文學風格。進入大正時代，他寫了小說『較量』、『五葉竹』、『背陰的花朵』、『濹東綺譚』等名作。太平洋戰爭中，他繼續作世外桃源的旁觀者。然而，他的『罹災日録』等，以他獨特的見解記錄了戰爭中各種形狀的世態，深受矚目。

◆谷崎潤一郎

谷崎潤一郎所作『刺青』、『少年』比荷風稍晚一些的作品展現出新的耽美派風格。他在『刺青』中提到，一切美好的東西都是強者。相反，一切醜陋的東西都是弱者。在『饒太郎』中又認為，「美比起善來，更可以說是和多餘之惡相一致」，持有「耽美式」以至「惡魔式」的思想傾向。他「只求色彩，不求思想」的感覺式意識與批判文明的永井荷風不同，大膽肯定官能世界，以此表示反抗世俗。他的『殺艷』、『痴人之愛』等作品包括題材、文體，一改以往之風貌，極力表現日本式、古典式風格。這種小說風格的轉變是關東大地震后，他住在關西時期開始的。『文章讀本』、『陰翳禮讚』等評論作品體現出大正時期以來文學的摩登風格及日本傳統美意識。進入昭和時期，他發表『春琴抄』，傾心翻譯『源氏物語』等古典文學。戰後，發表『細雪』、『少將滋干之母』、『鑰匙』等。他的作品乍一看似乎「無思想」，實際上可以說是一種既成思想的「不可自律思想」。特別在所謂人性的認識方面展現出廣闊的文學魅力。

除此，在這一時期，有反自然主義的兒童文學第一人小川未明（『魯鈍的貓』），還有『三田文學』的久保田萬太郎（『末枯』）、水上龍太郎（『山手之子』）、漱石門下的森田草平（『煤煙』）、鈴木三重吉（『千鳥』）、女作家田村俊子（『木乃伊的口紅』）等。

『陰翳礼賛』　谷崎潤一郎

私は、吸い物椀を前にして、椀が微かに耳の奥へ沁むようにジイと鳴っている、あの遠い虫の音のようなおとを聴きつつこれから食べる物の味わいに思いをひそめる時、いつも自分が三昧境に惹きいれられるのを覚える。茶人が湯のたぎるおとに尾上の松風を連想しながら無我の境に入るというのも、恐らくそれに似た心持ちなのであろう。日本の料理は食うものでなくて見るものだといわれるが、こういう場合、私は見るものである以上に瞑想するものであると言おう。そうしてそれは、闇にまたたく蝋燭の灯と漆の器とが合奏する無言の音楽の作用なのである。

かつて漱石先生は「草枕」の中で羊羹の色を賛美しておられたことがあったが、そういえばあの色などはやはり瞑想的ではないか。玉のように半透明に曇った肌が、奥の方まで日の光を吸い取って夢みるごときほの明るさをふくんでいる感じ、あの色あいの深さ、複雑さは、西洋の菓子には絶対に見られない。クリームなどはあれに比べるとなんという浅はかさ、単純さであろう。だがその羊羹の色あいも、あれを塗り物の菓子器に入れて、肌の色が辛うじて見分けられる暗がりへ沈めると、ひとしお瞑想的になる。人はあの冷たく滑らかなものを口中にふくむ時、あたかも室内の暗黒が一個の甘い塊になって舌の先で融けるのを感じ、ほんとうはそう旨くない羊羹でも、味に異様な深みが添わるように思う。

けだし料理の色あいはどこの国でも食器の色や壁の色と調和するように工夫されているのであろうが、日本料理は明るい所で白っちゃけた器で食べてはたしかに食欲が半減する。たとえばわれわれが毎朝食べる赤味噌の汁なども、あの色を考えると、昔の薄暗い家の中で発達したものであることが分かる。私はある茶会に呼ばれて味噌汁を出されたことがあったが、いつもは何でもなく食べていたあのどろどろの赤土色をした汁が、おぼつかない蝋燭のあかりの下で、黒漆(くろうるし)の椀によどんでいるのを見ると、実に深みのある、うまそうな色をしているのであった。

そのほか醤油などにしても、上方では刺身や漬物やおひたしには濃い口の「たまり」を使うが、あのねっとりとしたつやのある汁がいかに陰翳に富み、闇と調和することか。また白味噌や、豆腐や、蒲鉾や、とろろ汁や、白身の刺身や、ああいう白い肌のものも、周囲を明るくしたのでは色が引き立たない。だいいち飯にしてからが、ぴかぴか光る黒塗りの飯櫃(めしびつ)に入れられて、暗い所に置かれている方が、見ても美しく、食欲をも刺激する。あの、炊きたての眞っ白な飯がぱっと蓋を取った下から温かそうな湯気を吐きながら黒い器に盛り上がって、一粒一粒真珠のように輝いているのを見る時、日本人なら誰(だれ)しも米の飯の有難さを感じるであろう。かく考えてくると、われわれの料理が常に陰翳を基調とし、闇というものと切っても切れない関係にあることを知るのである。

【譯文】

『蔭翳禮讃』　谷崎潤一郎

當我面對眼前的湯碗時，能聽到微微音聲。這音聲一直傳到耳鼓深處，似乎從遙遠之處傳來的蟲鳴。之後，我靜靜地品味食物。此時，我總會感到，自己不由得被引入忘我境地。人說，精通茶道的人聽到水的沸騰聲就會聯想到山頂松林中的風聲，會被帯入神怡忘我之境地。此時此刻，我的感受大概也似同如此吧。常說，日本料理不是食之物而是欣賞之物。如果這樣我要說，除此之外還應該是冥想之物。暗中閃動的燭光和漆制器皿諧和相隨，產生出無聲的音樂。

漱石先生在『草枕』中曾讚美過羊羹之色。據他意，其色難道不使人沉入冥想嗎？如同翠玉、半透明的暗暗色肌，她的深處卻蘊含著夢幻般的晝光。其色的深奧、複雜在西洋菓物中是絕對看不到的。奶油比起羊羹，其色則有說不出的淺顯和單調。羊羹配放在漆器菓蝶中，色肌沉於暗影，幾乎難以分清邊角，格外會使人墜入冥想。當把這清涼滑潤之物放入口中時，如同室內蔭翳變成一塊甜品在舌尖上融化。甚至並非是一塊可口的羊羹也會令人品嘗出一種非同一般的深蘊。

想來，無論哪國，無不為料理的顏色和餐具、牆壁的顏色保持協調而深下功夫。然而，在明亮處就座，面對寡白色餐盤中的日本料理，就會使人食慾大減。例如，我以為，我們每天早晨餐用的紅褐色醬湯，其色在昔日微暗的房屋裡會得到升華。我曾受邀參加茶話會，有一道醬湯。一碗普普通通、濃濃的焦土色漿液，在搖綴跳動的燭光下緩動在漆黑的碗中，委實會使人感到，其色蘊底醇厚，其味鮮美可口。

例如醬油，在碟中的生魚片或淡腌菜、涼青菜上點幾滴濃郁的醬油汁，其濃郁而泛有光澤的醬液是多麼的富有陰翳，和暗淡氛圍是如何的協調。而白醬湯、豆腐、魚糕、山藥泥、白質生魚片，置放於白亮處其色卻顯露無幾。從暗影中去看盛在黑漆容器中的米飯，則晶瑩剔透，美不勝枚，讓人食慾大增。剛剛蒸好的白米飯，一揭開鍋蓋，捲起騰騰熱氣，再將它盛入黑色器皿，宛如粒粒珍珠，晶瑩透亮。看到這些，所有日本人定會滿懷謝意。如果這樣來想就會明白，我們的料理總是以陰翳為基調，與微暗具有不可分離的關係。

【作品概要】

『陰翳禮讚』是作者著名隨筆集，代表作之一。其中收有「陰翳禮賛」、「惰情之說」、「戀愛及色情」、「厭客」、「旅行雜談」、「廁所種種」六篇。

「陰翳」造就了東方建築美，引人探討了東方建築和文化的精妙之處。現代人住在明亮的房屋裡，無感覺到黃金之美。住在微暗房屋的古人，不僅沉迷於這種美好的色圍，還懂得黃金的價值。銀和其他金屬的光澤很容易消退，而黃金能夠恆久發光，在昏暗中更能顯其珍貴。

聽說紙是中國人發明的。西洋紙，我們僅當作實用品。然而，當我看到唐紙和日本紙的肌理，立即會感到有一種溫馨和爽快。同樣是白色，而西洋的卻不同於奉書和唐紙的白色。西洋紙的色肌具有反光的情趣。而奉書和白唐紙的色肌卻如同初雪，柔軟而細密，韻融光線於其中，手感融和，摺疊起來靜而無聲，如同觸摸綠葉，柔靜而溫潤。

日本的廁所委實是安穩精神的場所。它設置在稍離主屋，走廊的深處，時時飄來植物散發的清香。微暗裡沐浴些許透過隔門障紙流入的微光。此時此刻我會不由地墜入深深的冥想之中。時而穿過格窗觀望景色庭院，心裡有難予形容的舒爽。漱石曾講過，每天早晨如廁是一享受。「享受」不如說「生理的快感」。我以為，應該再加上——悠寂閑靜的牆壁；枝葉互攜的周圍；湛藍的天空；蒼翠的樹木；微暗、清潔、靜謐——日本的廁所是天下第一場所。

右選文為隨筆集「陰翳禮贊」中的一段，為著名章節。

「陰翳」，現在的寫法通常為「陰影」，辭書中解釋為「沒有光線，陰暗之處」，「陰影」等。但作品中的「陰翳」不只是單純的「陰」「暗」。一扇半閉的窗戶，為室內帶來陰影。然而，這種「陰」或「暗」並非一成不變，而是含有微妙的變化。因此，將其細細去咀嚼就會感到其中的深蘊之意。

作者提出「湯碗」，以此引出茶道的精神。在燭光下，面對湯碗會使人沉侵於冥想境地。作者引用夏目漱石的「草枕」，用「羊羹」的色肌、深奧、複雜和「奶油」色肌的淺顯、單調作比較，用「漆器器皿……沉於暗影」解釋並讚美作者的「陰翳」，是移入「冥想」的誘導。這裡是作者意圖表達所在。作者主張人們要擺脫日常的束縛。乍一看來，我們的思維似乎豐富廣闊，但在精神上卻有乏聵的一面。作者提示，要從非日常的角度去觀察事物就會看到更加豐富而多彩的世界。

右選章節還體現了作者對東西方文化審美意識的差別。美，不光存在於物體本身，還存在於物與物之間所產生的「陰翳」之中。夜明珠置於暗處方能放出光彩，寶石暴露於陽光之下則失去美麗，離開陰翳的作用也就沒有美。西方的紙和餐具都是亮晶晶的。閃亮的東西讓人心神不寧。而東方的紙和餐具以及玉都呈現出一種潤澤的色肌，其中蘊含著歲月的滄桑。作者在這篇隨筆中還言及到，東方人對事物本質的探究注重於精神和道德意識。捨棄俗世，隱遁山中，獨自耽於冥想的人，東方人謂其為聖人或高潔之士。而在西方，不會把這樣的人看作是高潔。

右選章節最後提到「以陰翳為基調，與微暗具有不可分離的關係」。作者認為，一切事物中所謂的「美」不是其物體本身，而往往產生在實際生活中。過去我們的祖先住在昏暗的房屋裡，而就在其陰翳中發現了「美」。自古以來，在日本人傳統美的意識中，對「陰」「暗」合理去捕捉，去看出其中的多變。「陰翳」是產生新一事物之美的媒介物。這裡就是日本傳統美意識的根本。「陰翳」對日本人審美意識的培養和造就發揮着重要作用。作者試圖喚醒已被時代逐漸丟棄的日本傳統的美意識。

【作者】

谷崎潤一郎（1886～1965），小說家。東京人。從明治時期到第二次世界大戰後的昭和中期為止一直從事創作活動。在文學藝術上得到國內外極高評價，為日本具有代表性作家之一。

一九〇八年（明治41）東京帝國大學國文科在學期間，和和辻哲郎等人共同創刊第二次『新思潮』，發表處女作、戲劇『誕生』、小說『刺青』。早期在『三田文學』中受到永井荷風評價，以此確立新型作家在文壇的地位。后發表『少年』、『秘密』等多數作品，在當時自然主義文學全盛時期，體現出反自然主義風格。一九二三年（大正12）關東大地震后移居關西地區。發表『痴人之愛』、『春琴抄』、『五洲秘話』等。著名評論作品有『文章讀本』、『陰翳禮讚』等。曾在一九二六年去中國旅行，結識郭沫若，發表『上海見聞錄』等。一九五六年和一九六〇至六四年連續六次被推為諾貝爾文學獎候選提名。一九六四年（昭和39）被選為日本首位美國藝術院及美國文學藝術學院名譽會員。一九四九年獲朝日文化獎、文化勳章，一九六三年獲每日藝術獎，等。一九六五年因心臟疾患逝世，享年七十九歲。著有『谷崎潤一郎全集』全十二卷（改造社 1930）、『谷崎潤一郎全集』三十卷（中央公論 1966～70）等。譯著有『源氏物語』。

2 詩歌的耽美派

在詩歌領域，中心人物有北原白秋、木下仝太郎、高村光太郎、吉井勇等。當時一些新的文學者聚集在一起，組織了「麵包會」。他們在當時的文學環境中，以異國趣向和官能式享樂為學風，為自然主義文學添加了灰色頹廢但又清純甘美的色彩。

北原白秋的『邪宗門』，嚮往留在長崎的天主教文化，讚美這些美麗的異國風情。接着，他的『往事』，歌集『梧桐花』相繼問世，取得當時歌壇第一人的位置。他的詩歌充滿徹頭徹尾的感覺意識，其藝術修飾無與倫比。之後，他在童謠、民謠創作方面也十分活躍，作品流傳甚廣。

木下仝太郎與鷗外，齋藤茂吉（1882～1953 歌人、隨筆家、醫學博士）同樣既是醫生又是文學家，是具有代表性近代文化人之一。他的詩集『餐后之歌』等讚美「頹廢美」，但決無沉醉於此，根底涌流着高度的智慧。他以幸德事件*為背景創作的『和泉屋染物店』以及其他戲曲受到世人關注。

吉井勇是以「戀」和「酒」為主題的歌人。高村光太郎起先是『昴』派耽美主義者，後來又靠近『白樺』的理想主義。詩集『道程』是他文學傾向過渡時期的代表作。繼『道程』后，懷念亡妻之作的『智惠子抄』十分著名。

* 也被稱為「大逆不道」事件。指一九一〇年、一九一一年（明治43、44）幸德秋水等人被檢舉為計劃並圖謀暗殺明治天皇事件。根據一八八二年實施舊刑法116條以及大日本帝國憲法之後所制定刑法73條（1908年開始實施），只要對天皇、皇后、皇太子等進行加害或企圖加害者，均作為「大逆罪」予以處置。幸德秋水（1871～1911），高知人。明治時期媒體撰稿人、思想家、社會主義者、無政府主義者，主張反戰。曾師事中江兆民。譯著有『共產黨宣言』，后被禁止發行。「大逆不道」事件中被處極刑的十二人之一。

◆石川啄木

石川啄木離開同伴，離開聚集，作為新的文學者與日本民眾相依為命，獨自探索「人生」。他於一九〇五年（明治38）發表詩集『嚮往』，翌年執筆小說『雲是天才』。一九一〇年發表歌集『一把沙』，確立了歌人的地位。但比起詩歌，他把更多精力放在小說創作上。然而，他的『鳥影』、『我等一團和他』以及其他一些小說沒能達到他所希望的目標就離開人世。

他在短歌的變革中起到了巨大的推動作用，其文學思想已深入民心。他的詩型擺脫了以往的定型束縛，形式為口語調，十分上口。同時，他還創新了「三行書寫」詩型。

啄木的詩歌中充分體現了日常生活，深受自然主義影響，也以此流露出暗淡的虛無情感。他的小說在自然主義影響下得到確立。但是，他往往超越於此。一九一〇年（明治43），他寫的論文傑作「時代閉塞之現狀」，明確表示「扔掉自然主義，摒棄盲目的反抗和元祿回顧，全身心投入明日之考察——要傾注全力對我們自身的時代進行組織性考察。」以此，他開始詳細調查幸德事件，打開當時社會以及文學進路的堵塞路障，開始認真思考「社會主義」問題。他在晚年詩集『呼子和口笛』以及其他詩集中，均對日本現實表示嘆息，抱有對「明日」的期待和憧憬。

石川啄木所留業績中最引人注目的是他的評論和日記。「時代閉塞之現狀」和『我的詩』以及其他作品中，均可深感他在艱難困苦的時代中如何擺脫困境，如何去探求文學新路的熱情，也可看到他對人生社會的卓越見識。他對問題明察秋毫的思維至今仍在讀者心目中有着舉足輕重的位置。

作品選節

『一握(いちあく)の砂(すな)』　石川(いしかわ)　啄木(たくぼく)

我を愛する歌

東海の小島の磯の白砂に
われ泣きぬれて
蟹とたはむる

頬につたふ
なみだのごはず
一握の砂を示しし人を忘れず

大海にむかひて一人
七八日
泣きなむとすと家を出でにき

いたく錆びしピストル出でぬ
砂山の
砂を指もて掘りてありしに

ひと夜さに嵐来りて築きたる
この砂山は

何(なに)の墓ぞも
砂山の砂に腹這(はらば)ひ
初恋の
いたみを遠くおもひ出(い)づる日

砂山の裾(すそ)によこたはる流木(りゅうぼく)に
あたり見まはし
物言ひてみる

いのちなき砂のかなしきよ
さらさらと
握れば指のあひだより落つ

しつとりと
なみだを吸へる砂の玉
なみだは重きものにしあるかな

大(だい)といふ字を百あまり

砂に書く
死ぬことをやめて帰り来(きた)れり
（略）

【譯文】
『一把沙』　石川啄木
　愛我歌
在東海小島岩石的白色沙灘
我傷心墜泣
和一隻蟹子鬥氣

臉龐的涙水
任憑它隨便流淌
一把沙之人不可讓我忘懷

我獨自面對大海
七天八日
再也無法忍住涙流而離家出行

手指刨着沙土
沒想到 一支
銹跡斑斑的手槍出現在眼前

一夜狂風驟雨
隆起無數新的沙包
是何等墓丘

輕伏沙丘之上
已成遙遠的初戀
竟然漣漣浮現眼前

沙丘腳下半插着一根流木
悄悄環視四周
真想對它傾述衷腸

一把沙土從手指間緩緩滑落
沙拉沙拉拉
沒有生命卻刻度着流失的時空

一把飽吸淚水的沙團
沉沉的重重的
包藏着多少苦悶和哀傷

闊寬的沙地上
寫上百多個「大」字
將「死」遠遠投棄又回家園

（略）

【作品概要】

『一把沙』是作者最具有代表性作品之一，是唯一的一部歌集。作者用短歌的形式表達自己的滄桑人生。該作品是他從兩千多首和歌詩句中選出551首編輯而成，並於明治四三年（1910）發表問世。全卷分有五個題目，即，『愛我歌』、『煙』、『秋風之時』、『難以忘懷的人們』、『脫去手套時』。『煙』表達了作者對盛岡少年時期的回憶；『難以忘懷的人們』中，表述了作者對北海道以及一位女性的追憶；『脫去手套時』是最早期作品，富有濃郁的自然主義傾向。這些作品的特點為三行書寫形式，在心情表達上脫離了短歌的固有格式概念，實屬前所未有。

作者早在盛岡中學時代就加入了與謝野鐵干主持的「新詩社」，在其『明星』發表眾多和歌作品。中學畢業前突然退學，立志做一名作家而離鄉上京。后屢受挫折又屢次返回故里。曾擔任過臨時教員，在北海道放浪生活一年。明治四一年（1908），他仍不放棄初衷又一次上京。當時，他深受自然主義運動影響，立志寫小說。然而卻沒能成功。正如他在『我的詩』中所寫的那樣，「我想寫小說，我也嘗試過寫小說，然而卻終於寫不下去了。當時正是我和妻子拌嘴而遭失敗。因此我毫無理由在孩子身上撒氣，以此獲得滿足。我將自己的心情如實和盤端出，用短歌盡情表達。」他的短歌作品以此而誕生。后，他寫了兩千多首短歌。『一把沙』誕生於其中。

「在東海小島岩石的白色沙灘 我傷心墜泣……」等著名詩句人人皆知，深受喜愛。從作品中可看出，作者以一個真實而自然的身影擺脫了『明星』式浪漫主義色調，真切體現出現實生活中的自我心境和感慨，喚起眾多讀者的同感和共鳴。他以和歌形式，表達細膩、精巧，在文學藝術上獲得極高評價。有關短歌的形式他曾提到，「要從文學的迷信中解放出來。例如，31音節的詩型等，完全沒有必要受其束縛」（『我的詩』），並大膽予以實踐。作者既繼承了千年以來的傳承，又為其注入了新鮮血液。

啄木作為一個普通的人，現實生活中的人，把自己的真實感受用最貼切的語言和文學表達形式呈現給讀者。他的這些作品至今深受人們的喜愛。

【作者】

石川啄木（1886～1912），歌人、詩人、評論家。小學時代被稱為神童。岩手縣南岩手日戶（現盛岡市日戶）人，本名石川一。父親為曹洞宗日照山常光寺住持。中學時代傾心『明星』，深讀與謝野鐵干夫婦作品並加入「新詩社」，從此以號「啄木」活躍於詩壇和評論界。一九〇五年（明治38）以出版第一部詩集『嚮往』被評價為天才詩人。一九〇七年（明治40）先後任札幌北門新報社校對員和『小樽日報』記者。一九〇九年（明治42）參加創刊『昴』。任『東京朝日新聞』校對員。撰寫『羅馬字日記』。一九一〇年（明治43）完成校對『二葉亭全集』。這年發生「大逆不道」事件后，撰寫評論「所謂此次事件」。對國家思想統治及阻止鎮壓自由深感憂慮，撰寫「時代閉塞之現狀」向『朝日新聞』投稿，但沒能被採錄。九月在『朝日新聞』設置「朝日歌壇」擔任評選。十二月由東雲堂出版首部歌集『一把沙』，時年二十四歲。該作大膽使用口語體和三行詩型撰寫，體現出作者的獨特風格，確立「生活派詩人」地位。一九一二年（明治45）出版詩集『悲哀玩偶』受到文學界極高評價。同年因患肺結核逝世，享年二十六歲。

三 「白樺」派文學——大正時代文學的主軸

1 白樺派

白樺派的中心人物有武者小路実篤、志賀直哉、有島武郎、里見弴、木下利玄、有島生馬、児島喜久雄等人，還有其他一些學習院出身的年輕文學者。一九一〇年（明治43）他們創刊文學雜誌『白樺』興起新文學運動，這時也是自然主義文學的全盛期。

當時的自然主義文學者們面對現實社會處於無可適從的絕望境地。對此，白樺派要為人們開創出一條新路。武者小路認為，文學的絕境並非對黑暗社會直面的問題，而是要如何從自己內部發生變化，讓自己的「生命力」發揮作用。他聲稱，文學的使命就是要把這種「生命力」看作「人類意志」，把「人類意志」變為巨大力量表現在藝術上。

究竟能把自己的「人類意志」發揮到何種程度，正如夏目漱石在『草枕』里提到的那樣，「通過意地便是束縛」。他們要從觀念上徹底打破這個「束縛」。主張承認人之偉大力量，要把人的個性最大限度地發揮到藝術上去。一九一〇年，日本發生了所謂「大逆不道」事件，夏目漱石文學放棄了對社會的批判，走向描繪人的內心苦悶。森鷗外從現實主義走向歷史主義。耽美主義（唯美主義）走向醉心於頹廢和享樂主義。而武者小路、志賀直哉等白樺派卻走向了一條新路，他們的思想和創作方法是尊重人的個性以及人道主義和理想主義。

「大逆不道」事件和文學界深有關聯。島崎藤村的『破戒』以部落民青年告白自我的悲劇的描寫表達社會變革，以此打破了自古以來的社會偶像，否定舊道德的這一自然主義文學運動形成了當時的社會主義潮流。這與「事件」不無關係。此次事件不僅是否定天皇制的必然，還引發出暗殺天皇謀划的發生。因此，政府機構鎮壓社會主義運動的同時，對反對體制傾向、動向也進行了清除，以此威示國家權力的強大，戒示社會及主張社會主義的文學家們。

大正文學的主流自然主義文學陷入困境。耽美派、白樺派的登場拉開文學新氣象的序幕。特別是白樺派開拓了文學新路。他們主張社會的真實。面對在其背後發生的「事件」，新一代白樺青年幾乎無作任何反應。可以說明這是一場恐怖。而唯獨志賀直哉一人在日記中留有事件的記錄。白樺派、耽美派作為對自然主義的反對有其一定道理。自然主義雖然目的在於打破舊習，但未能面對時代的閉塞現狀滯留在小市民的無力人世的地位，沒能衝破這一文學區域。但，耽美和白樺打破並發展了自然主義的限界。耽美派，永井荷風之後的文學逐漸避開與國家權力的對決。白樺派，武者小路脫離托爾斯泰主義，*志賀直哉和父親的對立，有島武郎歸朝後的挫敗等，他們均避開和國家權力的對決，而是以自我解放為主題從另一角度揭示社會矛盾。這一傾向也可以說是大正文學的主流。至大正八、九年，文學的特點是開始直接離開國家體制和政治問題。但，以此作為「自明」的前提，從根本上重新審視文學與國家的問題以國家革命為目標，為此而竭力的文學是之後的「無產階級文學」，並迎來最盛期，意味着昭和文學的開始。即，「大逆不道」事件引發出文學的歷史轉換。在文學避開和國家權力的對戰而陷入僵局之中，無產階級文學誕生，以此形式告示大正文學的結束和昭和文學時代的到來。在某種意義上來說，白樺耽美派文學在歷史發展中起到推動作用。

＊ 列夫・尼古拉耶維奇・托爾斯泰（1828～1910），俄國小說家，思想家。主張寫實主義。十九世紀末到二十世紀初為最偉大文學家。十九世紀俄國偉大的批判現實主義作家，世界文學史上最傑出的作家之一。被稱為具有「最清醒的現實主義」的「天才藝術家」。作品描寫俄國革命時期人民的頑強抗爭，被稱為「十月革命」的鏡子。

2 白樺派時代背景

白樺派的特點之一是，成員和他們的出身以及生活環境均有一定關連。自然主義作家多為地方下層或中層階級出身，他們的作品更多的滯留在描寫當時黑暗社會裡庶民生活的情景。而白樺文學卻是描述在日俄戰爭到大正初期的第一次世界大戰之間成長壯大的日本新的資產階級領域中的思潮以及思想，突出表現個性為創作關鍵。以此從第一次世界大戰開始，白樺派的實力不斷擴大並在文壇站穩腳跟。這也得到了天時。這一時期正巧日本的當權者均為資產階級的官僚。白樺派乘此東風，發揮其獨特之力，奠定了白樺派文學的堅實基礎。即，他們提倡的文學基礎——民主主義、自由主義以及近代個人主義思想及其氛圍充斥日本。

然而，新出現的「勞動階級」與他們產生了對立。對勞動階級來說，歷經明治末期以來的千辛萬苦，此時正是為即將迎來使命的完成而團結奮戰的時代。一九一七年（大正6）俄羅斯革命以及翌年的「米騷動」為他們的革命推波助瀾，促使新的社會主義思想大步發展。武者小路的樂天思想受到批判。志賀的文學態度也有所變化，從最初的主動向黑暗社會以及不合理事物鬥爭轉為固執維護自己獨立的感性世界。

白樺派主要作家

◆武者小路實篤（1885～1976）

白樺派人道主義思想的代表，東京人，子爵之子。一九〇〇年（明治33）入貴族學校學習院學習，一九〇六年入東京大學社會學科，傾心於俄羅斯文學。一九〇八年和同學志賀直哉創辦雜誌『野望』。一九一〇年創刊雜誌『白樺』。在他的初期作品『喜慶之人』、『不知世間』等，均以作者自身的戀愛結婚過程為題材，描寫了一位年輕人的純真感情。作者對這種感情的描寫直截了當，不加任何修飾，文章簡潔而樸素。他明快且肯定自我創作方法，可謂為當時日本明治末期的文學界打開了敞亮的天窗。之後，他又發表了『其妹』、『友情』、『人間萬歲』、『愛欲』等戲劇和小說，描寫激情的理想。一九一八年（大正7），他去宮城縣的日向組織「新村」，以萬人皆兄弟為宗旨，營造生活上的理想主義，嘗試在社會上實現人道主義思想。然而，在日本的現實社會中，可謂困難重重。他沒能直接面對，而是一味推崇自己的理想主義。他的樂觀理想主義思想一方面帶來新鮮空氣，另一方面卻逐漸失去了當初的魅力。但不可否認，他在文學方面，發揮「個性」的藝術性以及描寫上的直言不諱，簡潔樸素，不加修飾的創作方法對後世文學的發展產生極大影響，完成自然主義文學未竟事業，推動了日本文學走向近代化的發展。

◆志賀直哉

白樺派核心人物之一。出身宮城縣舊式武士家庭。曾就讀貴族學校學習院。主張反對自然主義文學，和武者小路等人創刊『白樺』。從他的初期作品『到網走』、『某一個早晨』等可以看出，作者具有不妥協任何的堅強意志以及擺脫頽廢意識的創作風格，具有敏銳的感性。他在『大津順吉』、『和解』、『暗夜行路』前篇等作品中，通過自己的經歷，用寫實主義的創作方法，力求探究自己作為人的欲求，並將其嘗試於現實生活。在這些方面均為寫實主義的秀作。在另一側面，他還創作了『清兵衛和瓢葫蘆』這樣具有幽默感的戲劇小品。而『剃刀』和『范的犯罪』等作品卻描寫了近代人病態的神經質。他的作品客觀寫實，題材豐富多彩，顯示出作者的無限天賦。

從志賀的初期作品就可以看出作者對阻礙人生自由的封建道德的反抗意志，憎惡世間不正行為和偽裝行為。這些無疑十分吻合當時眾多青年的意識。一九一七年（大正6），他寫作『好人夫婦』、『和解』等時，作者自身生活也得到祥和變化，和多年關係破裂的父親言歸於好。自己的生活實踐使他在文學創作發展上得到進一步純熟，確立了他「苦澀」與「調和之美」的「心境小說」創作風格的純粹化發展方向。另外，他筆下的文學，社會生活的困苦，民眾生活的慘像均被大刀闊斧地坎去，只珍重自我人生的狹窄領域，以此確立了文學的穩固，這也是他作品達到完美的因素之一。他的『十一月三日下午的事情』，描寫了士兵們由於遭到酷暑，接連不斷倒下的情景，面對如此情景的心理感受。『灰色月亮』描寫在戰後的世相中自己如何去生存，應該如何去面對人生。「心境小說」的代表作『在城崎』、『濠端之居』等，以充滿祥靜調和的心境，以清澈的目光捕捉事物對象，并對其加以確切描述，以此表達了作者人生之心境。

◆有島武郎（1878～1923）

生於東京。作家有島生馬、有島弴之兄。一八九六年（明治29）入札幌農業學校，在校時接受洗禮成為基督教徒。有島武郎深刻體會階級的苦悶，他曾在良心上開始認識自己的社會。終於，他不能繼續忍受內心的虛無，毅然決然地切斷了這條「生命線」。他年輕時信奉基督教並加入教會。后赴美國接觸民主主義思想詩人霍伊托曼，受無政府主義克魯泡特金思想影響。於是，又開始懷疑信仰，對社會主義思想產生興趣，最後，終於發現自己真實的欲求。他思想的推移在長篇評論『不惜奪愛』等作品中詳有記述。

『柯英的後裔』是有島的成名作。這部作品以北海道原野為背景，描寫了一個人的悲慘命運。代表作『一個女人』，描寫了主人公葉子為自己徹底的追求，反抗世間的陳腐陋習和封建道德觀念，是一位勝氣剛健的新女性。然而，小說中的人物最終也未尋出自己該走的路，社會又該如何去看待如此女性，作者沒有解答，只好將主人公以悲劇告終。也就是說，小說中的女主人公在明治大正時期的日本社會，真正作為人來意識自我，果斷自我，拚命探究人生，卻又遭到不幸。如此文學的暗示實屬前所未有，具有十分重要的歷史意義。作者對時代和社會以最大限度地進行探究，這種認真而嚴肅的態度以及堅強的韌性十分可貴。因此，他的這些作品毫無疑問是具有時代意義的傑作。他的其他作品如『迷路』、『送給小人物』、『生來的苦惱』、『星座』等均為秀作。

在自己的出身階級以及欲求予以否定而萌生新的社會主義思想過程中，有島武郎的思考是認真的，內心是苦悶的。但是，他最後用廣闊的北海道，用這塊土地的一位平凡的佃農解放了自己。然而，最終卻依然沒有解除他的苦悶。他在悲痛中自殺。他的死和後來的芥川龍之介的死都可以說明，他們象徵著大正時期文學的頂峰。

◆里見弴（1888～1983）

有島武郎之弟。於一九一三年離開東京到大阪，脫離了白樺派。他以「誠心哲學」表現出悠悠自適的遊藝趣向。此中，他開始以一個人或一個作家逐漸找到了適合自己的場所。先後發表了短篇小說『善心噁心』，長篇小說『多情佛心』、『安城家的兄弟』等，為世人知曉。

◆長與善郎（1888～1961）

參加白樺派晚些，但也是白樺派的主要成員之一。他的長篇小說『稱為竹澤先生的人』，在東洋人調和式人格體現的完成上具有一定深度。

◆倉田百三（1891～1943）

白樺派劇作家和評論家。他的評論集『愛與認識的出發』，用獨特的文筆描寫了對鄰人愛的醒悟。把親鸞作為主人公，以『嘆異抄』教義為藍本的戲劇作品『出家人及其弟子』等而一躍成名。

◆木下利玄（1886～1925）

白樺派歌人代表作家。他的歌集『銀』，表現方法樸實，表達了深沉而寧靜的人道主義思想，一九二四年發表的歌集『一路』，表達在自然與人世中求得內心的寧靜。

作品選節

『城の崎にて』　志賀　直哉

自分は鼠の最期を見る気がしなかった。鼠が殺されまいと、死ぬに極まった運命を担いながら、全力を尽くして逃げ回っている様子が妙に頭についた。自分は淋しい嫌な気持ちになった。あれが本当なのだと思った。自分が願っている静かさの前に、ああいう苦しみのあることは恐ろしい事だ。死後の静寂に親しみを持つにしろ、死に到達するまでのああいう動騒は恐ろしいと思った。自殺を知らない動物はいよいよ死に切るまではあの努力を続けなければならない。今自分にあの鼠のような事が起ったら自分はどうするだろう。自分はやはり鼠と同じような努力をしはしまいか。自分は自分の怪我の場合、それに近い自分になった事を思わないではいられなかった。自分は出来るだけの事をしようとした。自分は自身で病院をきめた。それへ行く方法を指定した。もし医者が留守で、行って直ぐに手術の用意が出来ないと困ると思って電話を先にかけてもらう事などを頼んだ。半分意識を失った状態で、一番大切な事だけによく頭の働いた事は自分でも後から不思議に思ったくらいである。しかもこの傷が致命的なものかどうかは自分の問題だった。しかし、致命的のものかどうかを問題としながら、殆ど死の恐怖に襲われなかったのも自分では不思議であった。「フェータルなものか、どうか？医者は何といっていた？」こう側にいた友に聞いた。「フェータルな傷じゃないそうだ。」こう言われた。こう言われると自分はしかし急に元気づいた。興奮から自分は非常に快活になった。フェータルなものだともし聞いたら自分はどうだったろう。その自分はちょっと想像出来ない。自分は弱かったろう。しかし普段考えている程、死の恐怖に自分は襲われなかったろうという気がする。そしてそう言われてもなお、自分は助かろうと思い、何かしら努力をしたろうという気がする。それは鼠の場合と、そう変わらないものだったに相違ない。で、またそれが今来たらどうかと思ってみて、なおかつ、あまり変わらない自分であろうと思うと「あるがまま」で、気分で願う所が、そう実際に直ぐは影響はしないものに相違ない。しかも両方が本当で、影響した場合は、それでよく、しない場合でも、それでいいのだと思った。それは仕方のない事だ。

【譯文】

『在城崎』　志賀直哉

我並無心去看老鼠的臨別情景。只是腦海里有一種奇妙的情景：那隻鼠不可死，它背負着死亡的命運在全力奔逃。自己的心情陷於寂寞的厭惡。我曾想，那是真的。在我面對自己所希求的靜謐面前，有那種痛苦的事情委實可怕。儘管我對死後的靜寂有一種親近之感。然而，臨到死前的那種騷動尤其可怕。不懂自殺的動物，在死亡即將來臨之前是那樣地拚命掙扎。現在，如果在我身上發生和那隻鼠同樣的事情會如何呢？自己是否也會像老鼠那樣為生而去拼搏呢？我不禁感到，自己負傷活像那隻老鼠。我盡量做自己能做的事情。我決定了醫院，指定了去醫院的方法。如果醫生沒在，去醫院后無法立即手術，那會使人很為難。於是我請人事先打了電話。在半休克狀態中，腦中竟然還理清最重要的事情。事後，連自己都對此感到不可思議。況且，傷情是否致命是自己的問題。但是，即使把是否致命作為問題，自己幾乎沒有感到死亡的恐怖，在這點上我自己也感到不可思議。「病情如何，致命嗎？醫生怎麼說？」我問守護在身旁的朋友。「醫生說問題不大。」他回答說。聽到此話，我反而突然感到好多了，由興奮轉為異常的快活。如果當時聽到的是「致命的」，那麼自己又會如何？那對自己來說是有些不可想像的事情。自己太軟弱嗎？可是，按一般所想，我沒有感到死亡的恐怖。我想，即使被宣布是致命之傷，那麼，自己似乎堅信會得救，會去竭盡全力，定會和那隻老鼠的情況完全一樣。如果現在我接到死亡的宣告，我依然會這樣，那就是「順其自然」。自己所希求的安靜之死，當此刻來臨時，也不會因眷戀生而受到影響。即使兩者都存在，相互有影響也好，沒有影響也無妨。這是毫無辦法的事情。

【作品梗概】

我被東京山手線碰撞而受傷。我來到但馬的城崎溫泉療養。醫生說，背部的傷如轉成脊椎膿腫就會是致命傷。但目前還沒到那個程度，絕不可掉以輕心。傷后大約五周要忍受傷痛。

也說不清頭腦是怎麼回事，最近尤其健忘。但在心情上卻是近幾年來少有的最佳狀態。從收稻時節開始天氣一直晴好。自己獨自一人或讀書或寫作，或坐在房間前面的椅子上遐想，或去山間小路散步。

散步時，我經常走一條稍稍遠離城鎮的上山小道。在那附近，有一條叫鱒河的河流。

傍晚飯後，濕濕的冷空氣襲面而來。寂靜的河水緩緩流過秋天的山峽。此時，我時常隨之墜入沉靜的思考中。這種沉思是寂寞的，然而是安詳的。

我想，自己竟然負傷，如有一差，自己現在則已躺在青山墓地的土下。那會是一張冰冷僵硬的面孔，躺在祖父和母親的死骸旁邊。這種沉思固然是寂寞的，可是並沒感到可怕。總有一天將會如此，此刻的到來又是何時呢？

我面臨死神又以得救，我沒被殺死。自己還有許多要做的事情。於是，自己心中產生了對死的親近。

房間的二樓是安靜的和式房間。上面遮有探出的屋檐，下面便是房間的入口。屋脊的板壁上有一座蜂巢。蜜蜂們每天從早到晚，出出進進忙個不休。

有一天早上，我看到一具蜜蜂的死骸躺在門口的牆角。蜜蜂夥伴們似乎對此毫無介意，仍然在忙碌着。繁忙的蜜蜂們是如何顯示着「生」的活力。而這隻死蜂又是如何顯示着「死」的靜寂。三天過後依然如故。

每次我看到如此情景，寂寞就會油然而生，它給人一種十二分的靜。

夜裡下了場雨。第二天早晨，那具蜂屍不見了。那些整天忙碌的群峰也毫無動靜。周圍顯得死靜、清靜。於是，心中產生了對寂靜的親近。

前不久，自己寫了短篇小說『范的犯罪』。范姓中國人由於嫉妒自己的戀人和朋友的關係，於是對她產生了殺意。這篇小說的內容是以描寫范氏的心情為主。然而，現在自己在考慮，想把描寫的主線移到范氏的妻子。最終她被殺害，躺在墓穴里，想寫她墓穴中的「死靜」。

有一天上午，我散步到能夠望到円山河、日本海的東山公園。「一湯」前面的小河經流此地，注入円山河。我來到某個地方的河邊。只見有很多人在那裡喧鬧。大家在觀看一隻碩鼠。這隻鼠在拚命逃游。它的脖子上橫穿着一根七寸長的魚簽。小孩們和一個四十歲左右的男人向它扔石塊。他們總是擲不準目標。圍觀的人群中不斷傳來歡聲笑語。鼠用前爪扒着河邊的石垣，似乎在吶喊着向生的希求。人們雖然不明白鼠的表情，但是從它的動作上無疑會看出，它為生而掙命。孩子們和大人依然在興緻勃勃地向它扔着石塊。

自己並無心想看鼠的臨別情景，只是腦海里有一種奇妙的情景：那隻鼠不可死，它臨別之前肩負着命運在全力奔逃。腦中的這個情景是寂寞的，令人作嘔的。

我曾想，那是真的。在自己希望的那種靜謐面前，遭受那樣的痛苦委實是可怕的。雖然對死後的詳靜具有親近之感，但是臨死前的騷動卻是可怕的。不懂得自殺的動物在臨死前是那樣竭盡全力。如果事情落到自己頭上又該如何呢？我想，自己負傷時，已經接近於那隻鼠的境況。那時，自己做了力所能及的事情。自己決定了所去的醫院，並制定了去醫院的辦法。我請人事前打了電話，希望去醫院后能儘快接受手術治療。在半昏迷的狀態中，我竟然頭腦清晰，能夠安排好重要的事情。事後想來，不免感到有些奇妙。

如果自己聽到說：傷情是致命的，又該如何呢？那將是不可想象。但是，我感到自己想象的死並不可怕，可是，我會為求生去竭盡全力。這和老鼠沒有兩樣。如果現在接到死的宣告，我仍然會這樣，那就是「順其自然」。自己所希求的「安靜之死」，當此刻來臨時，也絕不會因眷戀生而受到影響。即使兩者都存在，相互有影響也好，沒有影響也無妨，這是毫無辦法的事情。

時隔不久的一個黃昏，我離開小鎮順着河邊散步。當我越過山陰線時，路面開始狹窄，坡度傾斜，流水湍湍不息，附近不見人家。面前所有景物都渡上了一層淡白，冰冷的空氣時時襲面而來。無限的靜寂陣陣沁入機體。桑樹葉在靜謐中嘩嘩作響。這時，自己不可思議地感到若干恐怖，但同時也有一種好奇之感。

天色漸漸罩上薄暗。這時，我發現對岸大約有半疊（約一點八平米）大小的石頭上有一隻又黑又小的蠑螈。我拾起石頭向那方向投去，試圖嚇唬它讓它進入水中。我本無心致傷與它。可是沒想到石塊正中其背，它死了。這固然是自己所為。然而，委實是一個意外的死亡。面對蠑螈和自己，我似乎感到自己成了那隻蠑螈。它是那樣悲慘，那樣令人憐憫，也讓我感到「生的寂寞」。自己偶然地沒有死，而蠑螈卻偶然地死去。

我懷着無限的寂寞回到溫泉小鎮。

死去的蜜蜂怎樣了？那隻鼠又如何呢？而沒有遭到死的我卻走在街上。這是一種值得謝天謝地的事情，然而卻絲毫沒有僥倖的愉悅。

生與死，並非是兩個極端，也無任何差別。

三周后，我離開這裡。又過了三年，自己的傷口痊癒。

故事描寫了「自己」在城崎療養期間有關三隻小動物死的故事。到了城崎的「自己」，首先想象到自己的死，去想象與死密切相關的靜寂氛圍。這裡便是「自己」認識的起點。以此為基調，在發現一隻蜜蜂之死時，更加感到死是靜寂的併產生了對死的親和感。之後，遇到死前掙扎的「老鼠」。看到它的痛苦垂死，又認識到，死，並非是單純的祥靜。其結果是，面對死亡，靜寂氛圍和對生的乞求是「毫無辦法的事情」。最後，「自己」擲石使「蠑螈」死去。對此，形成了「自己」內在的生死觀，即，生和死只不過為偶然。生與死並非是兩個極端，兩者並無差別。

這是一部典型的「心境小說」，充分體現出作者的寫作風格。

作品發表在一九一七年的『白樺』，是志賀直哉心境小說的代表作。一九一三年八月十五日，作者背後受到山手線電車的碰撞而受傷。傷後於十月去兵庫的城崎溫泉療養。作品為作者療養期間，以看到的事情為題材，描述了自己直面生與死的感受。作品中心放在對主人公的描寫，以生和死的意識來看人對生的勢態。他把昆蟲、動物擺在和人的同等水平進行象徵性描述。作品充滿祥靜而調和的心境，以清澈的目光去捕捉事物，暗示現實與自己的希求往往是相違背的，人的自我意識是無法去抗拒的。並對其進行確切地描述，以此來表達作者的生死觀。根據當時社會背景情況及作家特點，不得不使人感到作品內涵中，對阻止人生自由的封建道德抱有的反抗意識，憎惡世間的不正及偽裝行為。

【作者】

志賀直哉（1883～1971）宮城縣石卷人。白樺派核心人物之一。小說文體幹練精緻，評價極高。文體突出個性的強烈主觀願望，貫穿自我主義，從自我的根底尋出自然。素稱「小說之神」，深受當時文學青年崇拜。代表作有『暗夜行路』、『和解』、『小僧之神』、『在城崎』等。

父志賀直溫擔任過總武鐵路和帝國生命保險董事長，曾是明治時期經濟界著名人物。志賀直哉兩歲時隨父移住東京。經學習院初、中、高等科學習后入東京帝國大學文學部文學科，后中退。一九一五年（大正4）受柳宗悅所約移住千葉縣我孫子市手賀沼畔。到一九二三年（大正12）為止在我孫子居住期間結識武者小路實篤。一九四九年（昭和

24）與其深交的谷崎潤一郎共同獲得文化勳章。後半生和學習院以來的親交武者小路實篤、柳宗悅、里見弴、梅原龍三郎、安倍能成、和辻哲郎、安井曾太郎等眾多文化界、知識界人物交往。戰後移居東京澀谷。晚年執筆很少。一九七一年（昭和46）患肺炎逝世，享年八十八歲。

四 「新思潮」派文學

第一次『新思潮』（明治40・10～41・3）以小山內熏個人雜誌為始，主要內容為演出劇目。第二次『新思潮』（明治43・9～44・3）開始，作為東京大學文科系再次刊行。主要人物除小山內熏外有后藤末雄、木村莊太、和辻哲郎、谷崎潤一郎、大貫晶川等。第三次『新思潮』（大正3・2～9）主要成員有豐島與志雄、山宮允、山本有三、久米正雄、芥川龍之介、菊池寬、成瀨正一、土屋文明等十人。第四次『新思潮』於一九一六年（大正5）二月創刊至翌年三月。主要成員有芥川龍之介、久米正雄、菊池寬等第三次成員中的年輕作家。此次刊物主要為夏目漱石閱讀。

一九一六、一七年（大正5、6），芥川龍之介、菊池寬、久米正雄、山本雄三、豐島與志雄等人繼白樺之後開始活躍於文壇，使近代日本文學登上頂峰。他們都是從一高畢業進入東京大學文學部的同窗，創刊同仁雜誌『新思潮』（第三、四次）而步入文壇。他們很早就崇敬漱石和鷗外，也深受志賀和武者小路等文學家的鼓舞，因此走上文學道路。但是，他們中間大部分均出身城市或地方的貧困階層，因此，他們不像白樺派那樣對現實的黑暗和困境袖手旁觀，沒有那種一味抱有美好的理想主義或樂天主義。也不像自然主義作家們那樣，雖然把焦點放在黑暗的現實，卻毫無任何解決的辦法。菊池和芥川等人比起文學，不如說更注重「教養」和「技巧」以及近代式新的思維和新的風格，即，他們的新思潮派也被稱為新現實主義、理智的技巧派。他們的文學特點是，把現實的鬱悶社會和人相擺到另一個角度去視之，並加以智慧性解釋，使人感到一種利己主義思想及其悲哀。這些作品被巧妙地寫成一篇篇短篇組合成一部作品。他們以普通市民生活的角度去創作，以此派生出現實中的各種問題。他們用智慧去裁斷、解決這些問題。可以說，這是新思潮派作家們文學創作的原點。這種文學的寫作形式曾在鷗外、漱石等作品中有過。他們寫作的同時，也大量引進和介紹歐洲文學。

◆菊池寛

菊池寛在新思潮派作家的地位中僅次於芥川龍之介。他從四國的高松進入東京大學英文科。是新思潮的發起人之一，是一位出色的主體小說家。他和芥川一樣在細心選擇主體的基礎上，表現出強烈的理智立場。他的『忠直卿行狀記』、『恩讐彼方』、『藤十郎之戀』以及芥川的『羅生門』、『鼻』、『芋粥』等作品，均為以他們所喜愛的日本歷史和古典文學為題材而創作的作品。從這點可以說明，他們比鷗外又有了發展。但是他們沒像鷗外那樣注重於歷史的「自然」，僅僅是單純借鑒歷史人物或事件加以作者自身的人生之智慧性（理智性）解釋，是對近代個人主義思想和心情的敘說。菊池的作品有着鮮明的主題，小說多取材於作者身邊的瑣事。他和久米還把愛爾蘭劇目的素養移植過來，成功地創作了一幕劇。菊池的『父歸』，久米的『地藏經由來』等作品十分著名。

作品選節

『父帰る（ちちかえる）』　菊池（きくち）　寛（かん）

（二十年振りにて帰れる父宗太郎、憔悴（しょうすい）したる有様にて老いたる妻に導かれて室に入り来る、新二郎とおたねとは目をしばたたきながら、父の姿をしみじみと見詰めて居たが）

新二郎　お父さんですか、僕が新二郎です。

父　立派な男になったたな。お前に別れた時はまだ碌に立てもしなかったが……。

おたね　お父さん、私がたねです。
父　女の子ということは聞いていたが、ええ器量じゃなあ。
母　まあ、お前さん、何から話してええか、子供もこんなに大けうなってな、何より結構やと思うとんや。
父　親はなくとも子は育つと云うが、よう云うてあるな、はゝゝゝ。
（しかし誰もその笑いに合わせようとするものはない。賢一郎は卓に倚ったまま、下を向いて黙している）
母　お前さん。賢も新もようでけた子でな、賢はな、二十の年に普通文官というものが受かるし、新は中学校へ行っとった時に三番と降ったことがないんや。今では二人で六十円も取ってくれるし、おたねはおたねで、こんな器量よしやけに、ええ処から口がかかるしな。
父　そら何より結構なことや。俺も、四、五年前までは、人の二、三十人も連れて、ず―と巡業して廻っとったんやけどもな。呉で見世物小屋が丸焼けになったためにエライ損害を受けてな。それからは何をしても思わしくないわ、そのうちに老い先が短くなって来る。女房子の居る処が恋しゅうなってウカウカと帰って来たんや。老い先の長いこともない者やけに皆よう頼むぜ。（賢一郎を注視して）さあ賢一郎！その盃を一つさしてくれんか、お父さんも近頃はええ酒も飲めんでのう。うんお前だけは顔に見覚えがあるわ。
（賢一郎応ぜず）
母　さあ、賢や。お父さんが、ああおっしゃるんやけに、さあ、久しぶりに親子が逢うんじゃけに祝うてな。
（賢一郎応ぜず）
父　じゃ、新二郎、お前一つ、杯をくれえ。
新二郎　はあ。（盃を取り上げて父に差さんとす）
賢一郎　（決然として）止めとけ。さすわけはない。

母　何を云うんや、賢は。

（父親、烈しい目にて賢一郎を睨んでいる。新二郎もおたねも下を向いて黙っている）

賢一郎　（昂然と）僕たちに父親があるわけはない。そんなものがあるもんか。

父　（烈しき忿怒を抑えながら）何やと！

賢一郎　（やや冷やかに）俺たちに父親があれば、八歳の年に築港からおたあさんに手を引かれて身投げをせいでも済んどる。あの時おたあさんが誤って水の浅い処へ飛び込んだればこそ、助かっているんや。俺たちに父親があれば十の年から給仕をせいでも済んどる。俺たちは父親がないために、子供の時に何の楽しみもなしに暮らして来たんや。新二郎、お前は小学校の時に墨や紙を買えないで泣いていたのを忘れたのか。教科書さえ満足に買えないで写本を持って行って友達にからかわれて泣いたのを忘れたのか。俺たちに父親があるもんか、あればあんな苦労はしとりゃせん。

（おたか、おたね泣いている。新二郎涙ぐんでいる、老いたる父も怒りから悲しみに移りかけている）

新二郎　しかし、お兄さん、おたあさんが、第一ああ折れ合っているんやけに、大抵のことは我慢してくれたらどうです。

賢一郎　（なお冷静に）お母さんは女子やけにどう思っとるか知らんが、俺に父親があるとしたら、それは俺の敵じゃ。俺たちが小さい時に、ひもじいことや辛いことがあっておたあさんに不平を云うとお母さんは口癖のように「皆お父さんのせいじゃ。恨むのならお父さんを恨め」と云うていた。俺にお父さんがあるとしたら、それは俺の子供の時から苦しめ抜いた敵じゃ。俺は十の時から県庁の給仕をするしお母さんはマッチを張るし、いつかもお母さんのマッチの仕事が一月ばかり無かった時に親子四人で昼飯を抜いたのを忘れたのか。俺が一生懸命に勉強したのは皆その敵を取りたいからじゃ。俺たちを捨てて行った男を見返してやりたいからだ。父親に捨てられても一人前の人間にはなれるということを知らしてやりたいからじゃ。俺は父親から少しだって愛された覚えはない。俺の父親は八歳になるまで家を外に飲み歩いていたのだ。その揚句に不義理な借金をこさえて情婦を連れて出奔したのじゃ。女房と子供三人の愛を合わしても、その女に叶わなかったのじゃ。いや、俺の父親が居なくなった後には、お母さんが俺のために預けておいてくれた十六円の貯金の通帳まで無くなっておったものじゃ。

新二郎　（涙を呑みながら）しかし兄さん、お父さんはあの通り、あの通りお年を召しておられるんじゃけに……。

賢一郎　新二郎！お前はよくお父さんなどと空々しいことが云えるな。見も知らない他人がひょっくりはいって来て、俺たちの親じゃと云うたからとて、すぐ父に対する感情を持つことができるんか。

新二郎　しかし兄さん、肉親の子として、親がどうあろうとも養うて行く……。

賢一郎　義務があると云うのか。自分でさんざん面白いことをしておいて、年が寄って動けなくなったと云うて帰って来る。俺はお前が何と云っても父親はない。

父　（憤然として物を云う、しかしそれは飾った怒りで何の力も伴っていない）賢一郎！お前は生みの親に対してよくそんな口が利けるのう。

賢一郎　生みの親と云うのですか。あなたが生んだと云う賢一郎は二十年も前に築港で死んでいる。あなたは二十年前に父としての権利を自分で棄てている。今の私は自分で築き上げた私じゃ。私は誰にだって、世話になっておらん。

（すべて無言、おたかとおたねのすすりなきの声が聞こえるばかり）

父　ええわ、出て行く。俺だって二万や三万の金は取り扱うて来た男じゃ。どなに落ちぶれたかというて、食

うくらいなことはできるわ。えろう邪魔したな。（悄然(しょうぜん)として行かんとす）

新二郎　まあ、お待ちまあせ。兄さんが厭(いや)だと云うのなら僕がどうにかしてあげます。兄さんだって親子ですから今に機嫌(きげん)の直ることがあるでしょう。お待ちまあせ。僕がどなことをしても養うて上げますから。

賢一郎　新二郎！お前はその人に何ぞ世話になったことがあるのか。俺はまだその人から拳骨(げんこつ)の一つや、二つは貰ったことがあるが、お前は塵(ちり)一つだって貰ってはいないぞ。お前の小学校の月謝は誰が出したのだ。お前は誰の養育を受けたのじゃ。お前の学校の月謝は兄さんが、しがない給仕の月給から払ってやったのを忘れたのか。お前や、たねのほんとうの父親は俺だ。父親の役目をしたのは俺じゃ。その人を世話したければするがええ。その代わり兄さんはお前と口は利かないぞ。

新二郎　しかし……。

賢一郎　不服があれば、その人と一緒に出て行くがええ。

（女二人とも泣きつづけている。新二郎黙す）

賢一郎　俺は父親がないために苦しんだだけに、弟や妹にその苦しみをさせまいと思うて夜も寝ないで艱難(かんなん)したけに弟も妹も中等学校は卒業させてある。

父　（弱く）もう何も云うな。わしが帰って邪魔なんだろう。わしやって無理に子供の厄介(やっかい)にならんでもええ。自分で養うて行くくらいの才覚はある。さあもう行こう。おたか！丈夫で暮らせよ。お前はわしに捨てられてかえって仕合せやな。

新二郎　（去らんとする父を追いて）あなたお金はあるのですか。晩の御飯もまだ喰べとらんのじゃありませんか。

父　（哀願するがごとく眸(ひとみ)を光らせながら）ええわええわ。（玄関に降りんとしてつまずいて、縁台の上に腰を

つく）

おたか　あっ、あぶない。

新二郎　（父を抱きしめながら）これから行く処があるのですか。

父　（まったく悄沈として腰をかけたまま）のたれ死するには家はいらんからのう。……（独言のごとく）俺がやってこの家に足踏みができる義理ではないんやけど、年が寄って、弱って来ると故郷の方へ自然と足が向かいてな。この街へ帰ってから、今日で三日じゃがな、夜になると、毎晩家の前で立っていたんじゃが敷居が高うてはいれなかったのじゃ……しかしやっぱりはいらん方がよかった。一文なしで帰って来ては誰にやって馬鹿にされる……。俺も五十の声がかかると国が恋しくなって、せめて千と二千と纏まった金を持って帰ってお前たちに詫びをしようと思ったが、年が寄るとそれだけの働きもできんでな。……（ようやく立ち上がって）まあええ、自分の身体ぐらい始末のつかんことはないわ。（蹌踉として立ち上がり顧みて老いたる妻を一目見たる後戸をあけて去る。後四人しばらく無言）

母　（哀訴するがごとく）賢一郎！

おたね　兄さん！

（しばらくの間緊張した時が過ぎる）

賢一郎　新！行ってお父さんを呼び返して来い。

（新二郎、飛ぶがごとく戸外へ出る。三人緊張のうちに待っている。新二郎やや蒼白な顔をして帰って来る）

新二郎　南の道を探したが見えん、北の方を探すから兄さんも来て下さい。

賢一郎　（驚駭して）なに見えん！見えんことがあるものか。

（兄弟二人狂気のごとく出で去る）

——幕——

【譯文】

『父歸』　菊池寛

（時隔二十年歸來的父親宗太郎，臉龐憔悴，跟着年邁的妻子進屋。新二郎和阿胤眨巴着眼睛，凝視着父親）

新二郎　是父親嗎？我是新二郎。

父　長成個好小伙了。我走時，你還站不穩呢……。

阿胤　父親，我是胤胤。

父　聽說是個女孩。出落得好出息呀。

母　哎，和你說什麼好呢？孩子們都大了，這比什麼都好。

父　人說，無父孩兒照樣成人。這話說得好呀，哈哈哈哈。

（然而卻無人隨和他的笑聲。賢一郎依然身靠桌邊，默默無語）

母　阿賢和阿新也都很能幹。阿賢二十歲考上普通文官。阿新初中三年級時，成績總排在前三名。現在他們兩能掙回六十塊。阿胤也很爭氣，一處好人家說上門來。

父　好呀，這比什麼都好。我在四、五年前帶着二、三十人一直作巡迴商業。可是在吳鎮開的小物店遭火災被燒得一乾二淨，損失不小。後來，幹什麼事業都很不隨意。結果就這樣年歲不饒人，今後真是活一天少一天。開始思念起老婆孩子，就顛顛跑回來了。這把年歲了沒多長活的，就請大家關照了。（注視着賢一郎）好吧，賢一郎，給我倒杯酒來，爹近來也沒喝好酒了。你呢，我大概還記得你的模樣。（賢一郎不去隨和）

母　好吧，阿賢，既然你爹這麼說了，你們爺倆慶祝重逢吧。

（賢一郎依然無動於衷）

父　那，新二郎，你給我拿個杯來。

新二郎　好吧。（取杯欲遞父親）

賢一郎　（斷然地）停手！這杯怎麼能給呢！

母　你在說什麼呀，阿賢。

（父親用威嚴的目光盯着賢一郎。新二郎和阿胤低頭無語）

賢一郎　（昂然地）我們沒有父親。我們怎麼會有這樣的人！

父　（極力抑制着威嚴和憤怒）你說什麼？！

賢一郎　（稍帶冷淡地）我們如果有父親，八歲那年，母親就不會牽着我們的手跳身到築港海灣。母親誤投淺處我們沒有死。我們如果有父親，十歲那年就不會去做雜工。我們正因沒有父親，少兒時代沒有一天的舒坦日子。新二郎，你上小學的時候買不起紙墨痛哭流涕。連課本都買不起，拿着手抄本去學校，被同學恥笑哭着回來。這些你都忘了嗎？我們怎麼會有父親呢！要有，就不會吃盡這麼多苦頭了。

（阿高、阿胤在哭泣。新二郎雙目滿含淚水。老父由惱怒轉為悲傷）

新二郎　可是哥，母親既然這麼說了，我們忍一忍就過去了。

賢一郎　（冷靜地）母親畢竟是個女人，她怎麼想我無從所知。我要有父親，那他就是我的仇敵。我們小的時候忍飢挨餓，受苦受罪，母親經常掛在嘴邊的是，「這都怪你那老子，你們有恨就去恨他吧。」我要有父親，那就是讓我兒時受盡苦難的根子。我十歲開始在縣政府打雜，母親糊火柴盒。只要一個月沒活，母子四人就吃了上頓沒下頓。這心裡的傷痛永遠難忘。後來，我拚命學習就是為了想除掉這個仇敵。他拋棄我們而去，我就是為了要做給他看，讓他知道，他拋棄了我們，我們照樣可以長大成人。我自小沒有受到絲毫的父愛。他的父親在他八歲之前整天在外遊盪喝酒，結果身背債務，最終帶着情婦出奔。老婆和三個孩子的情愛加起來都不如一個女人。還有，我的父親離家后，又發現母親為我們積攢的十六塊存摺也不見了。

新二郎　（一邊吞着淚水一邊說）可是哥哥，父親現在，現在都已是這把年歲了……。

賢一郎　新二郎！你盡說些沒用的話。冷丁出現個既沒見過也不認識的人，說是我們的父親，就立刻跪地認親，能有感情嗎？

新二郎　可是，畢竟是骨肉一場。父母不管如何，子女總要去贍養的……。

賢一郎　你是說義務嗎？自己做了那麼多虧心事。說是老了，動不了了，又轉回來。總之，不管你怎麼說，我是決不會認這個父親的。

父　（憤然欲辯，但又極力去掩蓋心情，無力地）賢一郎！你對一個生你的人能這樣說話嗎？

賢一郎　你是說生我的人？要說你生的賢一郎，他在二十年前就死在築港海灣。二十年前，你就親自丟棄了做父親的權利。現在的我，是自己構築的，我不會去依靠誰。

（眾人無言。只聽到阿高和阿胤的哭泣聲）

父　算了算了，我走。我是來收管兩萬三萬的男人。我再破落也能混口飯吃。多有打擾了。

（悄然起身）

新二郎　別走，哥哥不願意我來想辦法。哥也是骨肉之分，心情會轉變的。等等，我無論如何也會贍養你老的。

賢一郎　新二郎！這人給你什麼了？我起碼還挨過他的一兩個拳頭。你連個灰塵都沒得到。你小學的學費是誰出的？你是受誰的養育長大的？別忘了你小學的學費是哥打雜掙出來的。你，還有阿胤真正的父親是我，我做了一個父親該做的事。你去照應他，那就隨你便吧。我不會再理你。

新二郎　可是……。

賢一郎　不服氣？那你和他一起走吧。

（兩個女人在哭泣。新二郎沉默無語）

賢一郎　我正因沒有父親才深受苦難，我夜不成眠就是不想再讓弟妹也受苦。我的艱難換來了弟妹們的初中畢業。

父　（有氣無力地）什麼也別說了。我回來擾亂了你們。我也不想給孩子們增加負擔。自己還可以養活自己。那好吧，我走了。阿高，注意身子骨，好好生活。我拋棄了你，你反而幸福呀。

新二郎　（緊步追上要走的父親）你身上帶錢了嗎？晚飯還沒吃呢。

父　（雙眼閃動着哀求的目光）算了算了。（說著低身穿鞋，腳下沒站穩雙腿跪地，順勢坐在台階上）

母　呀！沒事吧？

新二郎　（一邊扶起父親）你去哪呢？有去處嗎？

父　（茫然消沉，依然坐着）死在路旁也進不了家門呀。……（像是自言自語）我沒理踏進這家門。上年歲了心也軟了，這雙腿自然就朝向了家鄉。回到這鎮子后今天已是第三天，每天晚上我總站在這門前。可是，門檻太高我進不去呀……還是不進的好。身無一文轉回來給誰也嫌棄……。我倒也尋思過，我想喊上五十次，我想家。至少帶上一千兩千的回來向你們認個錯。這年歲已不中用了。……（吃力地站起身來）算了吧。自己的身子骨自己來對付吧。（踉踉站起身來，回頭望了一眼老妻后開門離去。之後，四人片刻無語）

母　（哀求似地）賢一郎！

阿胤　哥！

（緊張片刻后）

賢一郎　阿新！快去把父親叫回來。

（新二郎飛速跑出家門。三人在緊張中等待。新二郎面色蒼白，返回家來）

新二郎　我往路南去找，沒見蹤影。我再朝北路去找。哥哥，你也來呀。

賢一郎　（驚駭地）沒看到？怎麼會沒看到呢。

（兄弟兩人發狂般地又跑出家門）

——幕落——

【作品梗概】

黑田賢一郎經過艱苦努力，終於通過普通文官的考試進政府機構奉職，以此維持家計。他二十八歲。一家四口，母親阿高，弟弟新二郎，剛二十歲的妹妹阿胤。二十年前，父親放蕩無羈，揮霍家財，最後帶着情婦私奔，遠走他方。後來，母親帶着年幼的三個孩子生活走入絕境，於是母親牽着三個孩兒之手跳入築港海灣，了此一生。但是，不知是災是福，娘四人因投處水淺得救了。長子賢一郎經過拚命學習和勞動換來了今日。

有一天，賢一郎出勤歸來，和母親說起阿胤的婚事，認為嫁有錢人不如嫁個心地善良實在的人。這時新二郎回來並說，學校的校長曾是父親宗太郎親交。聽他說昨天晚上九點左右，在古新町看到酷似宗太郎的人，身着破爛衣衫。

三人說到外面風傳父親十多年前生活富有。又回憶起以往的艱苦歲月。大家心情很不是滋味。這時妹妹阿胤辦事回來，說家門對面有個人一直在張望這裡。時過片刻果然聽到有人敲門。母親將門打開，宗太郎出現在眼前。老妻引他進屋。二十年未見的父親面色憔悴，衣衫襤褸。新二郎和阿胤向他打招呼。為一家重逢，父親要求賢一郎斟杯酒，被拒絕。弟弟新二郎應求受到哥哥賢一郎的斥責。面對父親威嚴的凝視，賢一郎說，從二十年前開始，自己就從沒有過父親。母親和作為長子的自己經過千辛萬苦換來了今日。父親所生的賢一郎早在二十年前就在築港死去。

賢一郎所說的每句話都重重鎚在父親的胸上。宗太郎無言可對。他看着哭泣的妻子和阿胤說，自己沒落至今，還是自己管自己吧。於是欲離開家門，在門口腳沒站穩摔跪在地上，口稱自己不該回來。面對母親懇求，賢一郎依然一動不動，冷冷地目送着父親身無一文的身影。可是，就在此刻，他內心發生了突然的變化。他和弟弟一起飛出門外去追父親，消失在黑暗中。

這部作品是一幕劇，作者的初期作品之一，也是作者最有代表性的作品。一九二〇年十月作為春秋座首次公演，在新富座面世，市川猿之助擔任主演。之後，各家劇團以及學生劇組頻繁公演，成為保留劇目延續至今。作品特點為台詞精鍊，一絲不紊。作品內在深邃，體現切實真摯，戲劇性藝術表達精彩至極。在刻畫一個失去父親、苦學成長的青年形象上，巧妙地體現出家庭親情之間的感情相剋。這一形象喚醒了近代人的個人意識。作品體現出主體意識傾向，以人的心理分析為主軸，汲取愛爾蘭演劇的創作風格，寫作手法為結尾突轉為反，主題提示明快、健康。當時該劇目的公演為社會帶來極大震動，為日本創作劇的興起起到先驅作用。

【作者】

菊池寬（1888～1948），新現實主義派。小說家、劇作家、實業家、撰稿人。『文藝春秋』創設人。香川縣高松市人。出身江戶時代高松藩儒家學者世家。高松中學首席優等生畢業，由於貧困被免學費進入東京高等師範中學，因多次曠課被除學籍。后自費入明治大學法學部，志向法學家。為逃避徵兵，學籍又轉到早稻田大學政治經濟學部，邊準備應考，邊埋頭深讀井原西鶴[*1]。一九一〇年早大中退入第一高等學校，並與芥川龍之介相識。后受友人成瀨正一經濟支助入京都帝國大學文學部。但因無獲得舊制高校資格沒能在該校本科學習。人生波折。一九一六年京大畢業，歷經時事新報記者，成為小說作家。一九二三年私費創立雜誌『文藝春秋』，一九二六年組創日本文藝家協會[*2]，任首屆會長。一九三五年設立芥川獎及直木獎。經濟援助川端康成、橫光利一、小林秀雄等文學作家促進文學事業發展。一九二五年任文化學院文學部部長。一九二八年參加第十六次眾議院議員總選舉，落選。曾任日本麻將聯盟首任總裁。撰寫『日本賽馬必讀』，該書至今仍受高評。主要作品有，『屋上的狂人』、『父歸』（1917）、『忠直卿行狀記』（1918）、『恩仇彼方』（1919）、『珍珠夫人』（1920）、『藤十郎之戀』等。連載長篇小說有『心之王冠』（1938～1939）、『爭珠』（1940・

1～12)、『輝煌道路』(1941～1942) 等。

＊1 (1642～1693) 江戶前期俳人，浮世草子作家，劇作家。代表作有『好色一代女』、『武道傳來記』、『世間胸算用』等。

＊2 全稱為「公益社團法人日本文藝家協會」。由文學創作專業人員組成的團體。會員約兩千五百人。事務局本部設在文藝春秋大廈。

◆芥川龍之介

芥川龍之介是新思潮派最有代表性的作家。他出身下級官吏家庭。一九一六年從一高畢業入東京大學英文科。和菊池寬、久米正雄、山本有三等為同窗。他十分敬佩鷗外及其歷史小說。一九一四年參加第三次『新思潮』雜誌的創刊。芥川的文學特點是具有十分細膩的質感和敏銳的理智。他面對當時動蕩的日本現實，慧眼識穿自己的人生體驗和新勞動階級社會主義思想之間的深刻矛盾，以此產生了內心不安。這種不安，使他在文學創作上不得不在理智和技巧以及教養表達上深下功夫。他的『戲作三昧』、『地獄變』等在創作上均體現出強烈的藝術至上主義熱情。然而，最終仍然沒有消除他內心的不安。

他的初期作品『鼻』、『芋粥』凝聚着「和、漢、洋」三種風格的廣泛教養和技巧，文體端麗，充滿機智和幽默，使他一躍成名。但從他的晚年之作『玄鶴山房』、『河童』等作品中不難看出作者內心深深的苦悶。在他的遺稿『齒輪』、『一個獃子的一生』可以深刻感觸到，他所謂的所有理智和藝術已成為「人工翅膀」。他的命運不只代表他個人，而是代表日本近代文學家的整體狀況。

同一時期的菊池和久米正視表面的理智性質和世俗的現實主義人生，充分利用當時的大眾雜誌和婦女雜誌等媒體，開始發表「通俗小說」(菊池『真珠夫人』，久米『破船』)，開創了新的文學道路。

『羅生門』　芥川龍之介

ある日の暮れ方のことである。一人の下人[*1]が、羅生門[*2]の下で雨やみを待っていた。

広い門の下には、この男のほかにだれもいない。ただ、所々丹塗りのはげた、大きな円柱に、蟋蟀が一匹とまっている。羅生門が、朱雀大路[*3]にある以上は、この男のほかにも、雨やみをする市女笠[*4]や揉烏帽子[*5]がもう二、三人はありそうなものである。それが、この男のほかにはだれもいない。

何故かというと、この二、三年、京都には、地震とか辻風とか火事とか飢饉とか云う災いがつづいて起こった。[*6]そこで洛中のさびれた方は一通りではない。旧記[*7]によると、仏像や仏具を打ち砕いて、その丹がついたり、金銀の箔がついたりした木を、道端に積み重ねて、薪の料に売っていたと云う事である。洛中がその始末であるから、羅生門の修理などは、元より誰も捨てて顧みる者がなかった。するとその荒れ果てたのをよい事にして、狐狸が棲む。盗人が棲む。とうとうしまいには、引取り手のない死人を、此の門へ持ってきて、棄てていくと云う習慣さえできた。そこで、日の目が見えなくなると、誰でも気味を悪がって、此の門の近所へは足踏みをしない事になってしまったのである。

その代わりまた鴉がどこからか、たくさん集まってきた。昼間見ると、その鴉が何羽となく輪を描いて、高い鴟尾[*8]の周りを啼きながら、飛びまわったいる。ことに門の上の空が、夕焼けであかくなる時には、それが胡麻をまいたようにはっきり見えた。鴉は、勿論、門の上にある死人の肉を、啄みに来るのである。——もっとも今日は、刻限が遅いせいか、一羽も見えない。ただ、所々、崩れかかった、そうしてその崩れ目に長い草のはえた石段の上に、鴉の糞が、点々と白くこびりついているのが見える。下人は七段ある石段の一番上の段に、洗いざらした紺の襖(あお)[*9]の尻を据えて、右の頬(ほお)に出来た、大きな面皰(にきび)を気にしながら、ぼんやり、雨のふるのを眺めていた。

作者はさっき、「下人が雨やみを待っていた。」と書いた。しかし、下人は雨がやんでも、格別どうしようと云う当てはない。ふだんなら、勿論、主人の家へ帰るべきはずである。所がその主人からは、四、五日前に暇を出された。前にも書いたように、当時京都の町は一通りならず衰微(すいび)していた。今この下人が、永年、使われていた主人から、暇を出されたのも、実はこの衰微の小さな余波にほかならない。だから「下人が雨やみを待っていた」と云うよりも「雨にふりこめられた下人が、行き所がなくて、途方にくれていた。」と云う方が、適当である。その上、今日の空模様も少なからず、この平安朝の下人のSentimentalisme(サンチマンタリスム)[*10]に影響した。申(さる)の刻下(こくさが)り[*11]からふり出した雨は、いまだに上がる気色がない。そこで、下人は、何をおいても差当たり明日(あす)の暮しをどうにかしようとして——云わばどうにもならない事を、どうにかしようとして、とりとめもない考えをたどりながら、さっきから朱雀大路にふる雨の音を、聞くともなく聞いていたのである。

雨は、羅生門をつつんで、遠くから、ざあっと云う音をあつめて来る。夕闇(ゆうやみ)は次第に空を低くして、見上げると、門の屋根が、斜(なな)めにつき出した甍(いらか)の先に、重たくうす暗い雲を支えている。

どうにもならない事を、どうにかするためには、手段を選んでいる遑(いとま)はない。選んでいれば、築地(ついじ)の下か、道ばたの土の上で、饑死(うえじに)をするばかりである。そうして、この門の上へ持って来て、犬のように棄てられてしまうばかりである。選ばないとすれば——下人の考えは、何度も同じ道を低徊(ていかい)した揚句(あげく)に、やっとこの局所へ逢着(ほうちゃく)した。しかし、この「すれば」は、いつまでたっても、結局「すれば」であった。下人は、手段を選ばないという事を肯定しながらも、この「すれば」のかたをつけるために、当然、その後に来るべき「盗人(ぬすびと)になるよりほかに仕方がない。」と云う事を、積極的に肯定するだけの、勇気が出(で)ずにいたのである。

下人は、大きな嚔をして、それから、大儀そうに立上がった。夕冷えのする京都は、もう火桶[12]が欲しいほどの寒さである。風は門の柱と柱との間を、夕闇と共に遠慮なく、吹きぬける。丹塗の柱にとまっていた蟋蟀も、もうどこかへ行ってしまった。

下人は、頸をちぢめながら、山吹の汗衫に重ねた、紺の襖の肩を高くして、門のまわりを見まわした。雨風の患のない、人目にかかる惧のない、一晩楽にねられそうな所があれば、そこでともかくも、夜を明かそうと思ったからである。すると、幸い門の上の楼へ上る、幅の広い、これも丹を塗った梯子が眼についた。上なら、人がいたにしても、どうせ死人ばかりである。下人はそこで、腰にさげた聖柄[13]の太刀が鞘走[14]らないように気をつけながら、藁草履をはいた足を、その梯子の一番下の段へふみかける。

＊1　僕人。傭人。身份低賤的人。

＊2　平安京中央貫穿南北朱雀大路南端的正門。

＊3　平安京内城正面南朱雀門到羅城門之間的城道。路寛約八十五米，出城道。

＊4　用菅茅草編製塗漆的中高斗笠。最早由市場售物婦女興起。平安時代中期以後，上流婦女出門所用。

＊5　三角形中高帽，帽料揉制而成。柔軟而皺褶。

＊6　安元三年（1177），京都城内發生毀滅性大火災。治承四年（1180），京都中御門京極一帶發生龍捲風。同年，遷都福原，棄掉近四百年的平安城。但因新都地利不適，冬季又回遷京都。結果，京城已是一片廢墟。養和年間（1181～82），兩年連續發生乾旱、大風、洪水等自然災害。據史録記載，京城屍骨遍地，腐臭衝天，疫病蔓延，如同地獄。元暦二年（1185），京城發生大地震。據有關文中記載，地震發生，山崩地裂，水從地縫湧出，房屋廟宇倒毀，人們流離失所。三個月中餘震不斷。

＊7　史錄。素材一般指『今昔物語』。此處自『方丈記』。

＊8　宮殿屋脊兩端的魚尾形裝飾。
＊9　外套。絮有棉花的上衣。
＊10　感傷癖。感傷主義。
＊11　午後四點過後。
＊12　木製火盆。
＊13　沒裹鯊魚皮的原木刀柄。
＊14　自然滑落刀鞘。

【譯文】

『羅生門』　芥川龍之介

這是發生在一天傍晚的事情。有一傭人在羅生門下避雨。寬敞的門下，除了這個人外別無他人。只有一隻蟋蟀停在落有斑斑紅漆的高大的圓柱上。羅生門這條朱雀大路上，除了他以外，似乎有兩個頭戴斗笠或揉料禮帽的人。可是，除了他以外再不見人影。

為什麼這麼說呢？這兩三年來，京都發生了地震、火災、飢荒等等，災難接連不斷。為此，洛中的荒涼景象非同一般。根據史料記載，人們把砸碎的佛像佛具摞在街頭當柴禾賣。這些柴料處處可見塗有紅漆，貼有金箔。城裡竟然如此地步，所以，羅生門的修繕等更是無從有人過問。這荒涼景象暫且不說。門裡住進狐狸，住進盜賊。最後，甚至一些無人認領的屍骸也被扔進這門裡。這已是人所共知。每當日落時分，無論是誰都會感到毛骨悚然。因此，門的附近決不會看到人的跡象。

相反，烏鴉不知從何方飛聚而來。白天望去，幾隻烏鴉在空中盤旋。它們圍着宮頂兩端的魚尾雕甍邊叫邊飛。當門的上空出現紅紅的火燒雲時，可清晰看到，天空像布滿了芝麻。不用問，這些烏鴉是來啄食門內的死人肉的。

——大概是因為今天時辰已晚，竟然看不到一隻烏鴉。只見在荒蕪破舊，裂縫中雜草叢生的台階上貼着斑斑點點的白色鳥糞。傭人在七段台階的最高台階上，撩開洗退色的藍襖衣角坐下，一邊介意着右臉上的粉瘤，一邊獃滯地望着雨色。

作者剛才寫道「傭人在避雨。」可是即使是雨停了，這位傭人也無任何特別的事干。如果在平常，不用問，他必然要回到主人家裡。可是就在四五天前，他被主人解僱打發離開。正如上述寫到的，當時的京都城不是一般的蕭條。目前，主人是再也不會用他了。這實際上也是景氣蕭條的小小餘波。因此，有其說「避雨」不如說「雨天留人，別無所去。」這樣說更恰當。另外，今天的氣候景色使這位平安朝傭人的傷感更上一籌。午後四點多開始下的這場雨，到現在也沒有雨停的跡象。眼下，傭人最當緊的問題是明天該咋辦。——也就是說，要拿出沒有辦法的辦法。傭人無法確定，不知所向。潑落在朱雀大路的雨聲，時時不由得敲打着他的耳鼓。

雨幕包裹着羅生門，雨聲由遠而近。黑暗從空中漸漸壓低。往上看去，羅生門宮頂傾斜突出的雕甍的頂端撐着重重的暗雲。

為了這個沒有辦法的辦法，已經沒有選擇手段的餘地。如果選擇手段，那隻能是餓死在水泥牆下或路邊的泥土上，之後，像拉狗似得被人拖入這門裡。如果不擇手段——傭人的念頭經過反覆幾遭徘徊，終於主意已定。可是，這個「幹」，總是未付諸於行。傭人雖然肯定不擇手段這一做法，但卻想不出這個「幹」法，當然其後的「除作強盜別無他路」，對此只是積極去肯定卻沒有勇氣去行動。

傭人打了個大大的噴嚏，之後疲憊地站起身來。京都的傍晚涼颼颼的，甚至很需要一個火盆。隨着夜幕的降臨，風毫不留情地穿過一根根柱子。落在塗有紅漆的柱上的蟋蟀也不知去向。

傭人一邊縮着脖子，一邊裹緊棣棠花樣的汗衫，提高深藍色棉襖的肩領，環視了門的周圍。他想，這裡既不用發愁無擋風避雨之處，也無須擔心被人發現，只要有個能安安穩穩睡上一晚的地方。總之能到天明就行。於是，他發現了上樓的梯子。這梯子寬寬的還塗有紅漆。上面，要說有人也只是些死人。傭人手按腰間挎刀以防刀滑落出鞘，套着草鞋的一隻腳邁上梯階。

【作品梗概】

有一天傍晚，朝向朱雀大路的羅生門，台階上坐着一位傭人。他在等待雨停。他因主人家面臨困境而被解僱。他走在街上，迷迷茫茫，不知所向。

近年來，京都城連續遭到地震、龍捲風、火災、飢荒等災害。城裡一片衰落景象，朱雀大路上不見人影。羅生門破舊的宮頂上，盤旋着成群結隊的烏鴉。它們來啄食門裡被棄置的死人肉。傭人坐在台階上，思籌着下一步該如何是好。就此下去，只有餓死路旁。如果不餓死——那只有做強盜。

可是，傭人卻沒有去做強盜的勇氣。雨還在下着。傭人開始登上門的樓梯。樓上一片昏暗。他窺視其內情景。樓內一角閃動着一小團火光。他屏着呼吸向那裡望去。只見一個身穿褐色破衣，骨瘦如柴的白髮老太婆，一手拿着木片火燭，如同一隻猴在搬弄着死人頭。她在拔死人的頭髮。傭人立刻升騰起激烈的憎惡感。拔死人之髮，僅這點就是世間所不能容許的罪惡。他跳上樓，奔過去揪住老太婆的衣襟問其究竟。老太婆抄着烏鴉般的聲音回答說，拔下的頭髮是為了做假髮。

她又說，是呀，拔死人頭髮去掙錢是作孽。可是我現在拔的這女人，她活着的時候也做過孽。她把蛇切成段晾乾當魚乾賣給後宮門衛作菜料。我不覺得她是幹壞事。因為她不這樣做就會餓死。所以，我現在幹的也不壞。我也是為了求生呀。老太婆如同一隻高叫的蟾蜍，訴說著自己的理由。

傭人冷然聽着，他右額面的粉瘤被光影照得發亮。剛才的滿腔義憤開始發生變化。定是如此嗎？他雙目緊盯着老太婆。剛才在門下時，在餓死還是做強盜的選擇上猶豫迷茫，而這時已作出決斷。那麼，我剝掉你的衣服也不要恨我。如果不這樣我也會餓死。他懷抱着從老太婆身上剝下的衣服。老太婆死死抱住他的雙腿。傭人用腳把她踹倒在死骸堆上拔腿下樓。赤裸裸的老太婆翻起身來爬到梯口向下望去。

下面是黑洞洞一團，傭人已不知去向。

作者通過主人公「下人」在自己是餓死還是做強盜這一決定生死的選擇上，經過和「老太婆」的會戰，最終具有正義感的「下人」終於下決斷做了強盜。作品在下人的生死選擇上，對他心理迂迴變化的描寫可以說是淋漓盡致。

作品首先設置了故事發生的時間、地點、人物、做什麼、為什麼。故事場所設在皇宮所在的中心地朱雀大路的羅生門。這裡已成為住有狐狸、強盜，棄置屍骸的據點，以此來說明破落荒蕪情景。更加使讀者感到，幾經遭受自然災害的古都其荒涼和蕭條的嚴重程度。經濟的荒蕪蕭條帶來了人們生活的困惑。自然，下人受其影響而被斷了生路。作品到此作為故事的起因。

下人在雨中為今後的生存而茫然。如果為了生存只有做強盜，否則就會餓死。在這個強盜的「幹」還是「不幹」上「低回反覆」。即，從善人走向惡人的矛盾心理的格鬥。當他「只見一個身穿褐色破衣，骨瘦如柴的白髮老太婆，如同一隻老猴給小猴捉虱子一樣在搬弄着死人頭。她在拔死人的頭髮」時，傭人立刻升騰起「強烈的憎惡之感」。而文中的描寫體現出老太婆的窮困潦倒和為生而拼搏的形象。為了生存，這一毫無辦法的惡行會被饒恕，因為死者生前也曾為生存作過不道之事。如今也是她（被拔頭髮的死者）自食其果。老太婆的理論，惡行之人反而成了受害者。「下人」聽此終於不再猶豫，決心選擇生存之路——作盜賊。

作品通過下人和老太婆的會戰而提示，人在極限狀況下，面對「生」「死」一線之界如何去看「善」與「惡」。換句話說，這也是對「利己主義」的挑戰。在某一個特定的社會環境里，人在重重矛盾之中，生死和善惡又意味着什麼？

還值得一提的是，整個作品在景物、人物及其背景的技巧描寫上均達到極高的藝術效果。

例如，「當門的上空出現紅紅的火燒雲時，天空像布滿了芝麻。不用問，這些烏鴉是來啄食門內的死人肉的。」紅黑應該有靚麗協調之美。然而讀到下文時，讓人感到這種「美」是妖艷的，恐怖的，陰森的。

再如，「往上看去，羅生門宮頂傾斜突出的雕甍的頂端撐着重重暗雲」和「為了這個沒有辦法的辦法，已經沒有選擇手段的餘地……」。前者雖然是景物的描寫，但同時襯托後者，即，對這個「沒有辦法的辦法」的選擇，對一個素持正義的人來說是「沉重」的，致難的。

『羅生門』發表於一九一五年（大正4），和『鼻』（1916）、『芋粥』（1916）等被收到龍之介的第一創作集。一九一四年（大正3），芥川在東大學習期間，和菊池寬、久米正雄等人開始在第三次『新思潮』發表作品。一九一六年撰寫的『鼻』深受夏目漱石賞識。自這以後，他作為具有特異風格的短篇小說作家迎來了文壇的最盛期。第一創作集中的作品，作者的創作手法是，為使各個作品主題更加鮮明，在歷史的時間裡設定了異常的事件。當時，其初期作品的特點被稱為是「理智派」、「新技巧派」，題材新穎，充滿幽默感和諷刺意味，寫作技巧極高，可謂達到爐火純青的境地。同時，作品中蘊含著豐富而深邃的教養。以此確立了芥川短篇作品的風格和特點。作品中蘊藏着作家面對無法挽救的現實，對其矛盾及惡道持有絕望的挑戰。最後以失敗而告終。

【作者】

芥川龍之介（1892～1927），東京人，生在龍年龍月龍日龍時，為此取名為「龍之介」。東京大學英文科畢業。出生后不久母親去世由母親家收養。芥川家成員傾情歌舞音樂藝術。因此，他自幼深受熏陶，具有極高的藝術審美意識。中學時代擅長漢文、古文、歷史學，對外國作家十分感興趣。代表作有『羅生門』、『鼻』、『偷盜』、『蜘蛛絲』、『枯野抄』等。這些均為作家的前期作品。他博覽東西方文學及哲學等，自稱「從書中得知人生」。大學時同窗有菊池寬等人。和他們共同創刊第三、四次『新思潮』。后與夏目漱石結識。大學畢業后，曾在海軍機關學校任囑託教官。一邊工作，一邊從事文學創作。這時期寫了『地獄變』、『鼻』等早期作品，並開拓了歷史領域小說。為新技巧派的代表作家。前期主張否定現實主義的藝術至上主義。後期，因身心衰弱，加之在藝術上產生動搖。最終自殺。享年三十五歲。

◆山本有三（1887～1974）

山本有三在新思潮派中以戲劇創作而成名。從大正末期開始到昭和初期，新思潮派和周邊的一些作家們如江口渙、藤森成吉等人積极參加當時的「無產階級文學」。山本有三早期作為人道主義作家參加社會活動，對社會問題十分關心。後來，他的『波』、『風』、『一個女人的一生』等引起社會關注。同時，他還有『生命之冠』、『海彦山彦』等戲劇傑作。

五　私小說和大衆文學

這一時期，一般作家均追隨白樺派的「注重個性」。但是，他們在小說中一邊注意突出個性，一邊在表現手法上深下功夫，如何將個性描寫得有趣，如何令讀者感到耳目一新。為此，小說的題材多出於私生活，且不加任何修飾予以表述，以此使讀者體味「個性」。由此而誕生了所謂「私小說」或也被稱為「心境小說」。這些作家親自成就了日本具有獨特的藝術表現和藝術風格。葛西善蔵[*1]把藝術活力作為唯一的救世主，為寫小說徹底犧牲了自己的生活。他的代表作有『帶着孩子』、『湖畔手記』、『醉狂者的自白』等。広津和郎[*2]處女作『神經病時代』、『波上』等均描寫了自己的黑暗生活。宇野浩二[*3]『苦難世界』、『租子店』等，既帶幾分哀愁又有幾分幽默。他的創作意圖是將藝術從自然主義的黑暗中擺脫出來。這些作家中，大多是從自然主義派脫離出來的作家。也有從「白樺」派脫離出來的作家。例如滝井孝作[*4]也參加了「私小說」派的行列，代表作有『無限擁抱』等。之後，廣津和郎發表『要有強風暴雨』，又以批評家而活躍在文壇。他戰後的名作『松川審判』影響極大。

另外，大正時期末為止的「私小說」盛行的同時，以中里介山[*5]『大菩薩嶺』為先的「大衆小說」，以及菊池寛、久米的「通俗小說」也開始盛行並進入全盛期。此時也被稱為「純文學」和「大衆文學」的對立時期。

這一時期，早期詩人永井荷風、谷崎潤一郎等人依然嚮往着「美的世界」。佐藤春夫[*6]『田園的憂鬱』在獨特的詩情畫意中又增添了新的理智閃現，形成了獨特的詩風。詩人室生犀星『幼年時代』、『抒情小曲集』也頗有影響。這些更使大正末期的文學形式豐富多樣，異彩閃爍。

＊1（1887～1928）青森縣人，作家。代表作有『悲哀的父親』（1912）等。
＊2（1891～1969）靜岡縣人，作家、文藝評論家、翻譯家。代表作有『神經病時代』（1917）等。
＊3（1891～1961）福岡縣人，作家。代表作有『苦難世界』（1919）等。
＊4（1894～1989）岐阜縣人，作家、俳句詩人。代表作有『無限擁抱』（1927）等。
＊5（1885～1944）東京人，作家。代表作有『大菩薩嶺』（1913）等。
＊6（1892～1964）和歌山縣人，日本近代詩人，作家。代表作有『田園的憂鬱』（1918）等。

作品選節

『抒情小曲集』　室生（むろう）　犀星（さいせい）

「序曲」
芽がつつ立つ
ナイフのやうな芽が
たつた一本
すつきりと蒼空（あをぞら）につつ立つ
雪のしたより燃ゆるもの

かぜに乗り来て
いつしらずひかりゆく
春秋ふかめ燃ゆるもの

【譯文】

『抒情小曲集』　室生犀星

序曲

嫩芽直直挺立着
像一把尖刀
她爽潔的身姿
傲然在蒼天之下

他在冰雪下燃燒
乘着風勢
不知何時閃現出光亮
四季春秋盡染深色

【作品概要】

右選兩首詩是『抒情小曲集』「序曲」開頭文。

兩首詩作短而精，讀來易懂而發人深省。第一首，一株單薄的嫩芽像一把鋼劍挺拔傲立在藍天之下。身雖柔弱卻蘊含著堅忍不拔的力量，顯示出自信和豪邁的精神。第二首，寒冷的冰雪之下卻有一小團燃燒的火，他乘着風的援勢，愈燃愈烈，不知不覺他的燃燒閃現出光輝，為自然世界增色添彩，使世界變得更加美好。柔弱渺小的東西內含有挺拔堅韌的精神就會在廣闊的大自然中成長、成熟；柔弱渺小的東西身置嚴酷環境，但只要有堅持不懈的努力，有朝一日就會在世間發揮作用。無可非議，作者試圖以詩作傳遞一種「精神」。

抒情詩的精神具有微妙的恍惚和情熱，如同音樂讓人去傾心靜聽，去深琢細磨。如何聽一曲美好的音樂會使人感到是體驗某一事物的瞬間，是從中感受和諧、感慨的瞬間，讓人捫心自問人的善良、慈愛何方所在。無論是誰，當他看到真善美時會得到情不自禁的寶貴反省和自信，最善最美貫穿於精神。人們感受到這種精神就會喚出內心的淚水去清潔心靈，就會萌發勇氣，改變自己。

『抒情小曲集』發表於大正七年（1918），其中收錄詩歌有91首。卷頭附有北原白秋[*1]、荻原塑太郎[*2]以及田邊孝次[*3]的序文。北原白秋在序言中寫到，「『抒情小曲集』使人感到深邃的純真和追憶的愉悅」。荻原塑太郎提到，「這部抒情詩集充滿正直的感情，清澈純真，善良美好。作為抒情詩表現出前所未有的細膩和銳利。正如北原兄所說，是繼『回憶』之後日本唯一最美好的抒情小曲集。在藝術上可謂空前絕後」。田邊孝次提到，「這部詩作好就好在美好的敏捷感受，細膩感情的抒發是真實的，有力量的，而不是概念式的。對此，讀者定會得到美好感情的移植。這是及其珍貴的」。

＊1　（1885～1942）詩人、童謠作家、歌人。明治至昭和時期著名詩人。著有『白秋詩抄』（岩波書店 1978）、詩集『回憶』等。福岡縣柳川市設有「北原白秋紀念館」。

＊2　（1886～1942）詩人。群馬縣人。大正時期近代詩創始人，被稱為「日本近代詩之父」。著有『荻原塑太郎詩集』（第一書房版），小說『貓町』（清岡卓行編岩波文庫），隨筆『詩論與感想』、『詩人的使命』，詩歌論『詩的原理』等。

＊3（1890～1945）明治至昭和時期著名雕刻藝術評論家。

【作者】

室生犀星（1889～1962）。詩人、小說家。金澤人。本名室生照道。高等小學中退，曾在金澤地方法院奉職。和當時的上司學習俳句，志向做一名詩人。退職後上京。一九一二年（大正元）以『垂釣青魚的人』為始開始創作抒情詩。一九一三年結識北原白秋。發表『小景異情』等詩作。一九一六年（大正5）和荻原塑太郎創刊『感情』。在中央公論發表『幼年時代』。一九二九年（昭和4）發表第一部俳句集『魚眠洞發句集』。一九三〇年開始創作多數小說。一九三五年以『兄妹』獲文藝懇話會獎，任舊芥川獎選考委員會委員。一九四一年（昭和16）獲菊池寬獎。戰後以作家實力確立文壇地位，擁有詩歌、小說、隨筆等眾多作品。半自傳小說『杏子』獲讀賣文學獎，古典風格作品『蜻蛉日記遺文』（1959）獲野間文藝獎，翌年以此獎金設立「室生犀星詩人獎」。一九六二年（昭和37）患肺癌逝世，享年七十三歲。有『室生犀星全集』全十三卷・別卷（非凡閣1936～37）、『室生犀星作品集』全十二卷（新潮社1958～60）、『室生犀星童話集』全十二卷（新潮社1964～68）、『室生犀星王朝物語』上下卷（作品社1982）等。

第四章　昭和時期文學

一　文學史概況

大正末期到昭和初期是日本社會的動蕩時期。第一次世界大戰後，日本發生經濟恐慌。后，一九二三年（大正12）關東發生大地震，經濟情況惡化，加劇勞資對立，社會動蕩激烈。在如此動蕩的社會中，人們自然產生了心理不安。在文學界，作家們對未來憂心重重，驀然失策。芥川龍之介的自殺更加說明這點。大正時代的安定狀態已不見蹤影。擺在作家面前的是文學向何處去。即，像菊池、久米那樣，作為通俗作家去尋找新的路子呢？還是迴避複雜的人生社會，寫一些單純記錄作家自身生活的私小說（心境小說）呢？

無產階級文學為當時文學的死胡同打開了通路，從而確立了無產階級文學的地位。另一方面，第一次世界大戰後在歐洲興起的達達主義（第一次世界大戰中期到戰後，在蘇黎世開始興起的藝術運動。）後來波及到柏林、巴黎等城市。該主義否定一切既成權威、道德、習俗以及藝術的形式，尊重自發性和偶然性。未來派、表現派、超現實主義（二十世紀20年代繼達達主義文學派之後，在法國興起的藝術運動。）在亨格爾哲學、弗洛伊德（Sigmund Freud 1856～1939 奧地利心理學家、精神分析學派創始人。）深層心理學、阿波里耐（Apollinaire Guillaume 1880～1918 波裔意大利出生的法國詩人。）詩歌創作方法等的影響下，探究意識領域和不合理、非現實領域，探究表現與既成美學、道德無關的內在生活的衝動等，這些反寫實主義新文學藝術思潮大量流入日本，以此為始，日本興起了思想和文學技巧兩方同進的文學革新運動。

二　新感覺派文學

關東大地震翌年的一九二四年（大正13），以橫光利一、川端康成、片岡鉄兵為核心的作家率先吸收新文學主張，創刊新感覺派雜誌『文藝時代』。橫光等人的文學特點是，感覺性掌握現代機械式文明現象，將解體后的自我作為抽象的心理風景進行描繪，以此否定古板的自然主義寫實手法，將理智式方法意識首次融匯於日本的小說中。這點真可謂文學的又一創新。這一時期最初，無產階級文學作家也活躍於各種形式的交流。但是，他們還是設法迴避與當時社會現實的衝撞。隨之，他們的文學思潮也只停滯在形式上的嘗試，並沒有從根本上改變日本的文學狀況。

橫光利一（1898～1947）在新感覺派文學中佔有主導地位。福島縣人。幼年少年時代在外祖母家的三重縣生活。一九一六年（大正5）進入早稻田大學預科，但沒有畢業，卻走上文學道路。一九二四年（大正13），他和川端康成等人創刊『文藝時代』。對新感覺派文學，他曾這樣描寫過，如同「特快列車加大馬力全速前進，每到一個小站，就使他們感到有股力量」，他以一種新的、智慧型以及感覺式的敘景手法為出發點，與自然主義一直以來的古板式寫實技法逆反而行。之後，他學習英法心理主義文學，創作並發表了『機械』。接着又發表了長篇小說『寢園』、『紋章』等。這些作品圍繞當時由於社會不安因素所造成的知識分子自我意識過剩之實態，探究其心理側面。他提倡「以純文學來意味通俗小說」的「純粹小說」。除此，他還用「不安的自我意識」捕捉方法「自己觀察自己」，即，設定「第四人稱」。他在這一方法論的基礎上創作了『家族會議』。但是，他的文學方向只意味着他的文學的通俗化。在第二次世界大戰時所撰『旅愁』顯示了歐洲和東洋思想的對立——國粹主義時代潮流的構思，在本質上是妥協於現實的作品。

與橫光利一併駕齊驅的是川端康成。一九二〇年（大正9）進入東京帝國大學英文科，和菊池寬相識。一九二一年發表小說，並和橫光利一相識，成為『文藝春秋』的作家。一九二四年和橫光利一、片岡鐵兵共同創刊雜誌『文藝時代』。一九二六年（昭和元）發表初期之作『伊豆舞女』而一舉成名。作品所表現的美麗而短暫的青春，既充滿傷感又有無限的新鮮感。他的作品明顯體現出作者的特點。後來，他受西歐心理主義文學影響而創作的『禽獸』、『水晶幻想』，『雪國』等，清楚地展現了作者內心深處的傳統式抒情，確立了他清亮透澈，古雅淡泊的獨自心境，以「能」「花」「茶」等為主線，表現出日本中世的各色情趣。戰後作品『山音』、『千羽鶴』等也充滿古香古色。一九六八年（昭和43），川端獲得諾貝爾文學獎，對他作品中具有的日本獨特風格，即「日本美」予以肯定。

作品選節

『古都(こと)』　川端(かわばた)康成(やすなり)

もみじの古木の幹に、すみれの花がひらいたのを、千重子(ちえこ)は見つけた。

「ああ、今年も咲いた。」と、千重子は春のやさしさに出会った。

そのもみじは、町なかの狭い庭にしては、ほんとうに大木であって、幹は千重子の腰まわりよりも太い。もっとも、古びてあらい膚(はだ)が、青くこけむしている幹を、千重子の初々(ういうい)しい体とくらべられるものではないが……。

もみじの幹は、千重子の腰ほどの高さのところで、少し右によじれ、千重子の頭より高いところで、右に大きく曲がっている。曲がってから枝々が出て広がり、庭を領している。長い枝のさきは重みで、やや垂れている。

大きく曲がる少し下のあたり、幹に小さいくぼみが二つあるらしく、そのくぼみそれぞれに、すみれが生えているのだ。そして春ごとに花をつけるのだ。千重子がものごころつくころから、この樹上二株のすみれはあった。

上のすみれと下のすみれとは、一尺ほど離れている。年ごろになった千重子は、

「上のすみれと下のすみれとは、会うことがあるのかしら。お互いに知っているのかしら。」

と、思ってみたりする。すみれ花が「会う」とか「知る」とかは、どういうことなのか。

花は三つ、多くて五輪、毎春まあそれくらいだった。それにしても、木の上の小さいくぼみで、毎春、芽を出して、花をつける。千重子は廊下からながめたり、幹の根もとから見上げたりして、樹上のすみれの「生命」

に打たれる時もあれば、「孤独」がしみてくる時もある。
「こんなところに生まれて、生きつづけてゆく……。」
店へ来る客たちは、もみじのみごとさをほめても、それにすみれ花の咲いているのを気がつく人はほとんどない。老いの力こぶのはいった太い幹が、青ごけを高くまでつけて、なお威厳と雅致とを加えている。それに宿るささやかなすみれなど目につかぬのだ。
しかし蝶は知っている。千重子がすみれの花を見つけた時、庭を低く飛んでいた、小さく白い蝶の群れが、もみじの幹からすみれ花の近く舞ってきた。もみじもやや赤く小さい若芽をひらこうとするところで、その蝶たちの舞いの白はあざやかだった。二株のすみれの葉と花も、もみじの幹の新しい青色のこけに、ほのかな影をうつしていた。
花ぐもりぎみの、やわらかい春の日であった。

【譯文】

『古都』 川端康成

千重子發現，楓樹古老的樹榦上有紫菫花在開放。
「啊，今年又開花了。」千重子說。她和春天的和煦又一次相會。
這棵楓樹在街鎮中狹小的庭院里是棵大樹，樹榦比千重子的腰還要粗。古老而粗糙的樹皮上布滿青苔。這和千重子青春而天真的體態無法相比……。
楓樹的樹榦在千重子齊腰的高處稍向右扭身，又在相當於千重子頭頂高處彎度很大地伸向右方。彎出部分枝繁葉茂，覆蓋著這個庭院。長長的枝頭很重稍稍低垂下來。大的曲幹再靠些下方似乎有兩個小小窪處，每個窪處里分別長着一棵紫堇花。每到春天便會花朵綻開。從千重子懂事時開始，樹上的這兩棵紫堇花就有了。

上下兩棵紫堇花相隔大約一尺。已是妙齡少女的千重子想知道，「上面的紫堇花和下面的紫堇花，她們見過面嗎？她們互相認識嗎？」

紫堇花的「見面」、「相識」，究竟是怎麼一回事呢？

花有三朵，多時有五朵。即便如此，每到春天到來，她們都要在樹上的小窪坑裡發芽，開花。千重子在屋檐下的過道觀望她們，從樹根移視到樹頂，有時被她們的「生命」所打動，有時為她們的「孤獨」而傷感。

「他們竟然在這樣的地方生長，一直活着……。」

來店的顧客們都在讚美這棵楓樹，卻無人注意到樹幹上開放着的紫堇花。古老而蒼勁的粗壯樹幹，青苔一直布滿到高處，再加上幾十分威嚴和雅緻。難怪樹幹中息宿的丁點紫堇不會讓人注意。

但是，蝴蝶對她們很熟悉。當千重子注視這些紫堇花時，一群低低地飛在院中的小白蝴蝶從楓樹的樹幹飛近紫堇花。楓樹吐出嫩芽的點點紅色襯托着蝴蝶們閃動着的白色鱗羽，顯得更是鮮亮美麗。兩棵紫堇的葉和花，蘊嵌在楓樹幹嫩綠的苔蘚上，閃動着溫柔的身影。

這是一個花雲蒙罩的和煦春日。

【作品梗概】

佐田千重子是和服店的獨生女。她曾是被丟在店門口的棄嬰。心底善良的店老闆夫婦收養並十分疼愛她。在這個既有知識又有工藝的環境中，她長大成人。

過了五月的葵祭[*1]，千重子和朋友去北山觀賞杉樹林景。每棵杉樹如同雕刻的精品，山景美麗壯觀。山下有一些穿着作業服的女孩在割草。千重子從她們身旁走過時，有個女孩和她打個照面。但彼此都沒有介意。

京都的祇園祭[*2]之際，千重子來到宵山，在御旅所[*3]看到一位姑娘在祈禱。千重子曾見過她。她向她打招呼並問她在祈禱什麼？對方說，希望能早日見到失散的姐姐。

這位姑娘就是千重子在北山見過的割草女孩，叫苗子。苗子知道自己和失散的姐姐曾是一對孿生姐妹。她時刻沒有忘記要尋找自己的姐姐。她們的相會立刻感到對方就是失散的姐妹。她們相互訴說了自己的身世，知道彼此身份高低不一，並保證身世不可外漏。

和服腰帶織作坊家的兒子秀男在橋上認錯人，誤把千重子認作苗子。千重子將錯就錯，托請也給苗子製作腰帶。她為此去了北山。兩人相會在杉林千言萬語，傾吐肺腑，感到異常幸福。

幾個月後，苗子來電話說有事相告。說，秀男向她求婚。對此，苗子感到迷惑、猶豫。因為她總覺得秀男心中是千重子。還有，如和他結婚，腰帶店和和服店必然要有來往。那時會給千重子添有不便。請求和千重子能住上一晚。

數日後苗子來店。千重子請苗子留宿家中。兩人訴說了分離的寂寞和悲傷。但苗子哭着說，你我身份天壤之別，教養不一。自己不願奪去小姐的幸福。這次能在一起是人生中最大幸福，已十分滿足。她趁店員還未出勤欲告辭。外面揚雪紛紛。千重子把自己的防寒木屐等借她使用，為的是能讓她再來。苗子卻說不會再來。千重子目送雪中的苗子遠去。而苗子卻一去不再回頭。雪依然在紛紛揚揚，街上是那樣靜靜的，悄悄的。

＊1　葵節。京都下鴨神社及上賀茂神社的傳統祭奠。參加祭奠人的冠帽或牛車等裝飾葵鬘，因此而得名。此祭禮古代時在陰曆四月中的酉日舉行。現在在每年的五月一日舉行。

＊2　祇園節也稱「祇園會」。在京都八坂神社舉行的傳統祭禮。舊時從六月七日開始至十四日。現在從七月十七日開始至二十四日。以山鉾巡行而著稱。

＊3　多指京都八坂神社御旅所。山鉾巡行的終點站。

右選節為『古都』的開場文，小標題為「春之花」。故事以京都為背景，描寫了一對孿生姊妹楚楚動人、悲歡離合的故事。

右選文在表達及其效果特點上尤為突出。1，比喻表現。用老樹上生長的兩棵紫堇花暗示主題。樹幹的形狀和千重子的比較；紫堇花和千重子的異同生長，表達出這些植物和人物的密切關係。2，擬人化表現。作者用「知道」、「相識」來引起讀者注意，引向主人公的人生和命運。又用「生命」和「孤獨」示出即將要展開的故事，即，為主人公命運埋下伏筆。3，對比表現。蒼勁有力而粗壯的樹幹加上「威嚴」和「雅緻」和紫堇花的纖弱身形成為鮮明對照。老樹為讀者提示了人世的滄桑，歷史的見證。而小花使人感到天真無邪，青春之美。在其柔弱而年輕的人生中具有堅強。4，陪襯表現。楓樹嫩枝吐出的紅色，布滿樹幹的青苔的淡綠，蝴蝶飛舞的鱗翅經過光線反射，閃動出耀眼的白色，紫堇的葉（淡綠）和花（淡紫），這些絢麗而青春的色彩托出了一個美好的世界，即，春天之美，人生之美以及人生之多彩。

作品中融入京都的四季風景美如畫卷。人物和風景融為一體，在外在之美和內在之殤所形成的反襯中，達到極高的藝術效果。作品既是一部地理風土介紹，又是一部人情小說。在選考諾貝爾文學獎時被評價為「以細膩敏銳的感受描寫了日本人的神髓」。

【作者】

川端康成（1899～1972），小說家。大阪出生，父親為開業醫生。幼小失去父母和祖父母一起生活。七歲祖母過世，十五歲祖父去世。為天涯孤獨之身。他的『十七歲手記』（『文藝春秋』1925 8～9）記錄描寫了祖父的病卧生活。後由伯父收養，入茨木中學就讀。一九一七年（大正6）入第一高等中學。一九二〇年入東京大學英文學科，後轉入國文學科。一九二一年和石浜金作*等人創刊第六次『新思潮』，撰寫『招魂祭一景』得到菊池寬評價。翌年加入『文藝春秋』創刊同仁。一九二四年東大畢業，畢業論文題目為「日本小說史小論」。同年和橫光利一創刊『文藝時代』，發表小說『伊豆舞女』（『文藝時代』1926　1～2）和短篇集『感情裝飾』（金星堂1926），以此確立作家地位。一九二九年（昭和4）秋，從大森馬移居櫻木町開始所謂「淺草生活」，在東京朝日晚刊連載『淺草紅團』（1929 12～1930 2），描寫淺草獨特的風俗和人情，成為代表作之一。后發表『淺草姊妹』、『淺草日記』等。一九三一年（昭和6）出版『水晶幻想』（『改造』1931），一九三三年連載『雪國』（『中央公論』）並於一九三七年（昭和12）出版。一九四七年（昭和22）完成小說『續雪國』（『小說新潮』）。戰後積極撰寫新聞小說，取材廣泛。一九四八年繼志賀直哉之後擔任日本筆會會長。一九五七年（昭和32）主持舉辦東京國際第二屆筆會。戰後代表作有『名人』（1952）、『千羽鶴』（1949～1951）、『山之音』（1949～1954）、『東京人』（1954～1955）、『睡美人』（1960～1961）、『古都』（1961～1962）、『美麗與哀傷』（1961～1963）。隨筆集有『落花流水』（1966）等。一九五二年（昭和27）以『千羽鶴』獲日本藝術院獎。一九五三年被推選為日本藝術院會員。一九六一年獲日本文化勳章。一九六八年（昭和43）獲得諾貝爾文學獎，是日本首位獲得此獎的作家。同年十二月在瑞典受獎儀式上發表演講『美麗日本的我——其序說——』。一九七二年（昭和47）在逗子自家寫作室自殺，享年七十二歲。

＊（1899～1968）小說家，東京人。東京帝國大學英文學科畢業。一九二一年和川端康成創刊第六次『新思潮』，以新感覺派的新人作家活躍於文壇。后從事『文藝春秋』等雜誌的編輯工作。創作面廣泛，涉及小說、詩歌、作詞、劇作、隨筆、文藝評論等。

三　昭和初期文學

正當橫光利一、川端康成舉旗新感覺派時，一部分作家隨此潮流於一九三〇年（昭和5）結成「新興藝術派」。然而，他們表達當時城市一些表面的風俗情景，對色情荒謬內容描寫甚多，文學技巧輕薄拙劣，內容也很匱乏。

但是，在當時的文學環境中湧現出一批獨樹一幟的優秀作家和作品，例如嘉村礒多代表作『業苦』、『途中』，牧野信一代表作『Zeron』、『鬼涙村』，井伏鱒二代表作『朽助在谷間』、『山椒魚』、『黑雨』，梶井基次郎代表作『檸檬』，林芙美子代表作『放浪記』等。他們既維持了私小說的風格，又持有各自獨特的性格，穩步尋求自己的文學方向。

這時在詩歌領域，詩人作家創刊雜誌『詩與詩論』，興起了吸收西歐摩登主義理論及創作手法的新運動。三好達治（『測量船』）、北川冬彥、安西冬衛、西脅順三郎等詩人作家在創作方面使用新的理智式手法為日本詩歌的發展帶來極大影響。詩人及童話作家宮澤賢治的詩集『春與修羅』、『不怕雨』，童話『風又三郎』、『客戶眾多的餐館』等作品，從昭和十年前後開始在詩壇及文學界佔有重要地位。

同一時期，文學評論家小林秀雄也起到時代的先導作用。他於一九二九年（昭和4）發表評論『各自的意匠』認為，批評對象既是自己又是他人，應該是一回事。所謂批評，最終應該陳述自己質疑式夢幻。他以此表明了對馬克思主義的批判，反對外在式批評觀點。後來，他一邊主張作品要旨在表達知識分子應居於社會意識和自我意識之間的分裂中，一邊將憂慮和苦惱的實況予以肯定之「異說」，開創了近代文藝批評的新形式，對後世文學與很大影響。他擔心「概念的偽裝和欺瞞」，反對固定的既成歷史觀，主張正視古典主體隨筆「所謂無常」觀等，顯示出他獨特的文學見解。

作品選節

『黒い雨』（くろいあめ）　井伏（いぶせ）鱒二（ますじ）

一

この数年来、小畠村の閑間重松は姪の矢須子のことで心に負担を感じて来た。数年来でなくて、今後とも云い知れぬ負担を感じなければならないような気持であった。二重にも三重にも負目を引受けているようなものである。理由は、矢須子の縁が遠いという簡単なような事情だが、戦争末期、矢須子は女子徴用で広島市の第二中学校奉仕隊の炊事部に勤務していたという噂を立てられて、広島から四十何里東方の小畠村の人たちは、矢須子が原爆病患者だと云っている。患者であることを重松夫婦が秘し隠していると云っている。だから縁遠い。近所へ縁談の聞き合せに来る人も、この噂を聞いては一も二もなく逃げ腰になって話しを切りあげてしまう。

広島の第二中学校奉仕隊は、あの八月六日の朝、天満橋かどこか広島市西部の或る橋の上で訓辞を受けているとき被爆した。その瞬間、生徒たちは全身に火傷をしたが、引率教官は生徒一同に「海ゆかば……」の歌をピアニシモで合唱させ、歌い終わったところで、「解散」を命じ、教官は率先して折から満潮の川に身を投げた。生徒一同もそれを見習った。たった一人、辛くも逃げ帰った生徒からその事実が伝わった。やがてその生徒も亡くなったと云う。

これは小畠村出身の報国挺身隊員が広島から逃げ帰って伝えた話だと思われる。けれども、矢須子が広島の第二中学校の奉仕隊の炊事部に勤務していたというのは事実無根である。よしんば炊事部に勤めていたとしても、「海ゆかば……」を歌った現場に炊事部の女子が出かけている筈はない。矢須子は広島市外古市町の日本繊維株式会社古市工場に勤務して、富士田工場長の伝達係と受付係に任ぜられていた。日本繊維株式会社と第二中学とは何のつながりもないのである。

（略）

戦争中には軍の言論統制令で流言蜚語が禁じられ、回覧板組織その他で人の話しの種も統制されている観があった。それが戦後になると、追剥（おいはぎ）の噂、強盗（ごうとう）の噂、賭博（とばく）の話、軍の貯蔵物資の話、一夜成金の話、進駐軍の噂、その他いろんな噂が氾濫し、そのうち月日が経つにつれて噂も話も忘れられて行った。矢須子に関する噂もその命脈通りに行けばいいのだが、そうは行かないで、矢須子の縁談で聞き合せに来る人があるたびに、広島第二中学校奉仕隊の炊事部にいたという噂が蒸し返される。

初めのうち重松はいったい誰がそんな流言を放ったのだろうと、その元凶を探り出してやろうと思っていた。しかし小畠村の人で原爆の落ちるとき広島にいた者は、重松と家内と矢須子の他には、報国挺身隊に所属する青年と奉仕隊員だけであった。

【譯文】

『黑雨』　井伏鱒二

這幾年來，小畠村的閑間重松為侄女矢須子的婚事開始有了心理負擔。他感到，這負擔不光近幾年，在今後也很難說會解決，而且這一煩心事還會三番五次接踵而來。其理由很簡單，那就是矢須子的婚事會越來越沒有希望。有傳言說，戰爭末期，矢須子被徵集到廣島市第二中學奉仕隊炊事部勤務。離廣島距離有四十多里東方的小畠村村民中風傳矢須子是原爆病患者，還說，重松夫婦隱瞞了此事。因此，給她介紹對象的事總是以告吹為終。想為她撮合此事而來附近奔波的人最終都打了退堂鼓。

八月六日那天早上，廣島第二中學奉仕隊不知在天滿橋還是什麼地方，總之是在廣島市西部的某一座橋上，當隊員們正在接受教官訓辭時，原子彈被投落爆炸。瞬間，學生們渾身燃火燒傷。但是儘管如此，領隊教官向全體學生號召，集體清唱「走向大海……」。唱歌結束，他命令大家「解散」后，率先投入滿潮的河中。學生也一同效仿他。但，只有一個學生衝破萬障，經過千辛逃了回來。村裡人聽他講了這些。還說，那學生最終還是死了。

這些都是一位小畠村報國挺身隊員從廣島逃回后所講的事情。很明顯，矢須子當時在第二中學奉仕隊炊事部奉職的事毫無根據。即便是她當時在炊事部工作，那麼，唱完「走向大海……」后，也不可能有一個炊事部的女子從現場跑出來。矢須子在廣島市外古市町的日本纖維株式會社古市工廠工作，被任命擔任富士田工廠長的傳達員和接待員。日本纖維株式會社和第二中學沒有任何關係。

（略）

戰時，根據軍隊言論統制令規則，嚴禁散布流言蜚語。禁止以回覽板及其他方式從事散布謠言。直到戰爭結束以後，社會上風言泛濫，什麼搶劫的事，偷盜的事，賭博的事，有關軍隊儲藏物資的事，一夜成富豪的事，駐屯軍如何如何等等，流言滿世。隨着歲月流逝，流言也好，蜚語也罷，漸漸被人們忘在腦後。有關矢須子的傳言如果也是這樣那也罷了。然而並非如此。只要有人來撮合矢須子的婚事，就會再次被人翻騰起她在廣島第二中學奉仕隊呆過等等的傳言。

究竟是誰無事生非製造謠言呢？最初，重松曾想把這個元兇挖出來弄個水落石出。但是，原爆被投落當時，小畠村的人在廣島市內的除重松、她的妻子和矢須子外，就是報國挺身隊的年輕人和奉仕隊隊員。

【作品梗概】

故事發生在廣島遭原子彈轟炸幾年後，廣島縣東部的神石郡小畠村。

戰時，閑間重松和繁子夫婦住在市內遭受了原子彈轟炸。由於患有原爆後遺症，因此不能從事正常勞動。原子病的患者們在療養生活中經常散步，有時外出釣魚等。看到這些，村裡人不免議論紛紛，認為他們都是在遊手好閒。重松為避免村裡的閑言碎語，在同僚中奔走呼籲，試圖和大家造一個魚塘養殖鯉魚。

另外，重松為侄女矢須子的婚事感到頭痛。矢須子已到結婚年齡，但村裡總是風言風語，說她是原子射線患者。因此每每提出婚事都連連告吹。昭和二十年八月六日那天，重松在廣島市內的橫川車站，夫人繁子在市內千田町的家中，他們分別遭受了原爆轟擊。而矢須子當時在離原爆中心地帶距離兩公里的地方，並沒有直接沐浴原爆。儘管如此，當她每到談對象時，總會因為一些流言而受礙。對此，重松無論如何想弄個清白。於是，他讓矢須子去原爆醫院詳細體檢后開出健康診斷證明。同時，他開始清抄自己在當時寫下的日記。他想證明矢須子當時並沒有在廣島市內，也沒有直接遭到原爆轟擊。

但實際上並非如此。原爆轟擊時，矢須子為尋找重松夫婦正在去往廣島市內的途中。瀨戶內海的海面上瀑瀉黑雨。她和重松在市內的火焰中到處躲避。結果，她身上浴入射線。面對這一事實，重松該寫還是不該寫呢？當他處在猶豫不決之時，矢須子原子病發作。醫師全力努力進行治療，但毫無效果。她的病情日趨惡化，她的婚事徹底成為泡影。

日記只記到八月十五日。重松將此清抄完后，仰望着空中懸挂的彩虹，為矢須子康復默默祈禱。

作品於一九六五年在『新潮』（1～9月號）連載。一九六六年又由新潮社出版成書。作品連載當時題為『侄女的婚事』，連載期間改名為『黑雨』。一九六六年獲野間文藝獎。作者以原爆受害者重松靜馬『重松日記』和軍醫岩竹博『岩竹日記』為根據撰寫而成，主人公形象藍本為重松靜馬。

故事從重松對侄女矢須子婚事受阻感到困惑開始。他為證明侄女健康狀況開始清抄原爆當時的日記，試圖以此證明矢須子的健康狀況，使她的婚事能順利進行。作者筆下的主人公日記再次展現出當時庶民遭受原爆的情景。日記中有這樣的記載。

八月六日

瞬間出現刺眼白光，街道頓時變成火海。人們沐浴線雨恍惚地走着，不斷嚎叫的男人；悲鳴奔跑着的女人；哭訴疼痛的人；坐在路旁，雙臂向著天空不斷擺動着的人；搖搖欲墜走動着的人；邊哭喊邊爬動着的人。這是我在橫川町至三滝公園國道不足一百米內看到的。……一位看上去有三十歲左右的婦女扛着一個白包。看起來並不象是個行囊。如果是小孩會窒息的。於是，我輕輕問她，「是孩子嗎？」。「是的」她十分悲痛地回答說，「已經死了。」我聽后心立刻顫抖起來。婦女用肩膀搖動着白包傷心地抽泣起來。

八月九日

他們都有不同程度的燒傷，沒有一個人穿有像樣的衣服。有的人懷抱着骨灰盒，口中不斷念着「南無阿彌陀佛」。上午十點左右，只聽到一陣雷鳴，接着黑雲壓頂，天上落下如同鋼筆粗的黑色雨柱。明明是盛夏卻感到寒冷刺骨。雨突然停了。我去泉水邊任憑洗淨，然而沾在臉和身上的黑雨卻根本無法除去，如同已被印染固色在皮膚之中。

八月十五日

房東來訪，說一定要聆聽今天的重要廣播。他還說，廣島天滿河裡的死魚翻着肚皮又浮上來不少。用手抓起一條，魚鱗立刻脫落。還活着的鯉魚身脊光光，沒有了魚鱗，游起來搖搖晃晃的。

人們即使是沒有遭到直接轟炸，但皮膚也會出現斑點，出現脫髮，牙齒鬆動。

作品把歷史上未曾有過的人間體驗活生生托現給讀者，再現了廣島受原子彈轟炸當時的情景。作品通過矢須子的婚事提示了受害者即使是在和平時期，戰爭所帶來的痛苦卻依然沒有消除。在他們的日常生活中，由原爆以及社會所造成的精神痛苦伴隨了他們的整個生涯。而矢須子將此一切都默默忍受。「黑雨」的無辜沐浴、被射線吞噬的肌體、社會的偏見、人們的淡忘和冷漠，作者將這些由戰爭造成的人間悲劇，用文學的形式，鮮明地揭示了歷史的一段過程。無辜受害的百姓，他們所承受的災難以不同形式仍在延延繼續，也暴露了以原爆為誘因的社會問題。

【作者】

井伏鱒二（1898～1993），小說家。廣島縣安那郡加茂村（現福山市）人，本名滿壽二。曾立志作一名畫家未能實現。早稲田大學法文專業退學。一九二三年（大正12）參加同人誌『世紀』發表『幽閉』。一九二九年發表由『幽閉』改寫成的『山椒魚』，為作家處女作。一九六五年在『新潮』連載『黑雨』，獲野間文藝獎，同年獲文化勳章。一九七〇年在『日本經濟新聞』連載『我的履曆書（半生記）』。作家創作風格為注重個性藝術表達，被稱為「新型藝術派」。反對無產階級文學。滿洲事變后，發表眾多作品，有『漣漪軍記』、『本日休診』、『漂民宇三郎』等，均獲高度評價。曾任「直木獎」、「芥川獎」評委，獲日本藝術院獎、讀賣新聞獎等。一九九三年逝世，享年九十五歲。有『井伏鱒二隨筆全集』（春陽堂書店 1941）、『井伏鱒二作品集』全五卷（創元社 1953）、『井伏鱒二全集』全十二卷（築摩書房 1964）、『井伏鱒二畫集』（築摩書房 2002）等。

四　無產階級文學

無產階級文學運動的前史可以說是明治時代的社會文學和社會主義文學。經過當時所謂有關幸德秋水等人「大逆不道」事件之後，大正初年，又由大杉榮、荒畑寒村等人創刊『近代思想』，開始繼承社會文學和社會主義文學。在第一次世界大戰前後興起的民主主義背景影響下，福田正夫、百鳥省吾、百田宗治等所謂民眾派詩人開始活躍。同時，也湧現出宮島資夫（『坑夫』）、細井和喜藏（『女工哀史』）、宮地嘉六（『放浪者富藏』）等勞動階級出身的作家。但是，邁出無產階級整體運動的第一步是從一九二一年（大正10）創刊『播種人』開始的。該雜誌的創刊人主要有小牧近江、金子洋文以及當時具有代表性文學評論家平林初之輔等人。該刊物成員作家為當時活躍於廣泛領域的進步知識人士和文學家。但是，『播種人』創刊後由於關西大地震而廢刊。

一九二四年（大正13），『文藝戰線』的創刊使無產階級文學者們重整旗鼓，逐漸活躍。直到一九三一年（昭和6）滿洲事變爆發為止，『文藝戰線』一直在日本文學領域中佔主導地位。無產階級文學首次把「思想」、「階級」等問題融入日本文學，為日本文學注入了新鮮空氣。『文藝戰線』初期作家有葉山嘉樹、平林妙子（平林たい子）、黑島傳治等人，他們均為當時的知名人士。葉山的長篇代表作『在海上生存的人們』以嶄新的寫作手法，取材於貨船水夫、火夫等下等船員們的海上生活背景，描寫了他們掙扎在水深火熱之中，后逐漸成長為具有勞動階級覺悟的人士。他還創作發表了短篇『賣淫婦』、『水泥桶里的信件』等，描寫社會最底層人們的悲慘境遇，向他們投去同情和深愛。

無產階級文學的代表小林多喜二出身於秋田縣。一九二四年小樽高商畢業，進北海道拓殖銀行小樽支行工作。小林深受當時無產階級運動思想的影響，並參加工人運動。同時進行文學創作。他的中篇小說『一九二八年三月十五日』，描寫了「三・一五事件」中特高警察殘忍拷打運動活躍分子的實況。他以此作品而成名。之後又發表了『蟹工船』。該作品描寫了蟹工船的漁工們在出海北洋堪察加半島作業時，深受日本海軍監視虐待下的非人生活，以及漁工們奮起反抗，團結起來與日本海軍進行鬥爭的情景。這一作品還體現了日本資本主義整體機構的實體性質。他的作家經歷從一九二八年創作發表『一九二八年三月十五日』開始，到一九三三年（昭和8）被捕后被拷打折磨致死為止雖然不到五年，卻發表了眾多優秀作品。他的『防雪林』、『轉形期的人們』、『黨的生活』等作品均氣勢磅礴，貫穿着時代中存在的問題本質，膾炙人口。

一九二八年（昭和3）三月十五日，發生了鎮壓革命運動的「三・一五事件」。之後，為了實現革命的共產主義理論和行動的統一，結成了「全日本無產者藝術聯盟」，並創刊「聯盟」雜誌『戰旗』。后不久，無產階級文學派和社會民主主義的『文藝戰線』派產生了激烈的對立。隨之，「全日本無產者藝術聯盟」派中也湧現出一批如同小林多喜二、中野重治、德永直、宮本百合子等一批優秀作家。

無產階級文學主要作家

◆黒島傳治（1898～1943）

黒島傳治『雪橇』、『漩渦鳥群』等作品為當時的反戰傑作。兩作均描寫了作者在俄羅斯革命時期，作為一名士兵從軍赴西伯利亞的親身體驗，描寫了在荒涼無際的西伯利亞雪原，日本軍隊的殘暴行為以及對他們的強烈憤慨。他的長篇小說『武裝市街』以濟南事變為背景，描寫了中國民眾殖民統治的實況，明確體現出中國勞動群眾和日本士兵的關係。他還以一位優秀的農民作家為世人所知。『豬群』等作品，生動地描寫了他的故鄉小豆島貧困農民的生活。

◆平林 Taiko（1905～1972）

平林 Taiko『在施療室』、『敷設列車』等是時代的代表作。作品充滿暗淡的無政府主義氣氛，然而卻對現實進行了深刻的批判。她與貧困和疾病展開格鬥，具有反戰意識。

◆青野季吉（1890～1961）

青野季吉是具有代表性評論家，『文藝戰線』重要人物之一。他從提倡「調查藝術」到探究「自然生長與目的意識」問題，認為「描寫無產階級生活，表達無產階級的追求，這只是個人的滿足，因此不是完全覺悟於無產階級鬥爭目的的階級行為。明確了無產階級的鬥爭目的，才能開始邁開藝術為階級服務的第一步」。他的論點首次明確了日本的馬克思主義文學觀點。

◆德永直（1899～1958）

德永直是工人作家。成名作長篇小說『沒有太陽的街道』描寫了作者本人在印刷廠工作時組織罷工的故事。這部作品和『蟹工船』一樣，最早被譯成外文廣泛介紹到國外。之後，他創作了『失業城市東京』。戰時轉向後，他以百姓口氣創作了眾多描寫普通勞動者生活的私小說，表現出獨特風格，深受歡迎，其中有『八年制』、『勞動的一家』等。

◆中野重治（1902～1979）

中野重治詩集『黎明前的告別』、『歌』、『雨中品川站』等優秀作品顯示出作者卓越的才華和敏銳的階級意識。作品以細膩的手法和獨特的文體及風格而著稱。

◆宮本百合子（1899～1951）

宮本百合子早在大正末期少女時代就開始寫小說。她描寫農民的『貧困人群』，取材於自身結婚生活的代表作

『伸子』等均十分著名。但是，她真正的作家生涯是在日本戰敗以後。她的戰時作品『乳房』等小說，以及『越冬的花蕾』等具有很強的批判力和作者的堅強鬥志，使人感到作品中蘊涵著維護人與人之間相互信任的精神。

『战旗派』及『文艺战线派』代表作家

戰旗派				文藝戰線派	
評論	詩	戲曲	小說	評論	小說
藏原惟人	中野重治 壺井繁治	藤森成吉 村山知義 三好十郎	小林多喜二 徳永直 宮本百合子	平林初之輔 青野季吉	金井洋文 黒島傳治 葉山嘉樹 平林 Taiko

右示人物中，藤森成吉代表作有歷史小說『渡邊華山』。劇作家村山知義代表作有『東洋車輛工廠』、『暴力團之記』等。

這裡值得一提的是「日本無產者藝術聯盟」（戰旗派）的藏原惟人。他作為評論家在該組織佔有重要位置。他的文藝理論起到推動時代發展的作用。一九二八年（昭和3），他發表論文「從無產階級走向寫實主義的道路」，一九三一年發表「有關藝術方法之感想」等，主張自己要在馬克思主義的世界觀基礎上使文學的方向轉向寫實主義，表達了一位革命者的意識見解，這對當時的小林多喜二等眾多作家給予很大影響。

『蟹工船（かにこうせん）』　小林（こばやし）　多喜二（たきじ）

一

「おい、地獄さ行（え）ぐんだで！」
二人はデッキの手すりに寄りかゝって、蝸牛が背のびをしたように延びて、海を抱え込んでいる函館の街を見ていた。――漁夫は指元まで吸いつくした煙草（たばこ）を唾（つば）と一緒に捨てた。巻煙草はおどけたように、色々にひっくりかえって、高い船腹（サイド）をすれ〴〵に落ちて行った。彼は体（からだ）一杯酒臭かった。
赤い太鼓腹を巾広く浮かばしている汽船や、積荷最中らしく海の中から方袖（かたそで）をグイと引張られてでもいるように、思いッ切り片側に傾いているのや、黄色い、太い煙突、大きな鈴のようなヴイ、南京虫（ナンキンむし）のように船と船の間をせわしく縫っているランチ、寒々とざわめいている油煙（あぶらけむり）やパン屑（くず）や腐った果物の浮いている何か特別な織物のような波……。風の工合（こうごう）で煙が波とすれ〴〵になびいて、ムッとする石炭の匂いを送った。ウインチのガラ〳〵という音が、時々波を伝わって直接（じか）に響いてきた。
この蟹工船博光丸のすぐ手前に、ペンキの剥げた帆船が、へさきの牛の鼻穴のようなところから、錨（いかり）の鎖（くさり）を下していた。甲板（かんぱん）を、マドロス・パイプをくわえた外人が二人同じところを何度も機械人形のように、行ったり来たりしているのが見えた。ロシアの船らしかった。たしかに日本の「蟹工船」に対する監視船だった。
「俺（おい）らもう一文も無え。――糞（くそ）。こら。」
そう云って、身体をずらして寄こした。そしてもう一人の漁夫の手を握って、自分の腰のところへ持って行った。袢天の下のコールテンのズボンのポケットに押しあてた。何か小さい箱らしかった。

一人は黙って、その漁夫の顔をみた。
「ヒヒヒヒ……」と笑って、「花札よ。」と云った。
ボート・デッキで、「将軍」のような恰好をした船長が、ブラ〳〵しながら煙草をのんでいる。はき出す煙が鼻先からすぐ急角度に折れて、ちぎれ飛んだ。底に木を打った草履をひきずッて、食物バケツをさげた船員が急がしく「おもて」の船室を出入した。——用意はすっかり出来て、もう出るにいゝばかりになっていた。
雑夫のいるハッチを上から覗きこむと、薄暗い船底の棚に、巣から顔だけピョコ〳〵出す鳥のように、騒ぎ廻っているのが見えた。皆十四、五の少年ばかりだった。
「お前は何処だ。」
「××町。」みんな同じだった。函館の貧民窟の子供ばかりだった。そういうのは、それだけで一かたまりをなしていた。
「あっちの棚は？」
「南部。」
「それは？」
「秋田。」
「秋田の何処だ。」
それ等は各々棚をちがえていた。
膿のような鼻をたらした、眼のふちがあかべをしたようにたゞれているのが、
「北秋田だんし。」と云った。
「百姓か？」

「そんだし。」
空気がムンとして何か果物でも腐ったすッぱい臭気がしていた。漬物を何十樽も蔵ってある室が、すぐ隣りだったので、「糞」のような臭いも交っていた。
「こんだ親父抱いて寝てやるど」――漁夫がベラ〱笑った。
薄暗い隅の方で、袢天を着、股引をはいた、風呂敷を三角にかぶった女出面らしい母親が、林檎の皮をむいて、棚に腹ん這いになっている子供に食わしてやっていた。子供の食うのを見ながら、自分では剝いだぐる〱の輪になった皮を食っている。何かしゃべったり、子供のそばの小さい風呂敷包みを何度も解いたり、直してやっていた。そういうのが七、八人もいた。誰も送って来てくれるものゝいない内地から来た子供達は、時々そっちの方をぬすみ見るように、見ていた。
髪や身体がセメントの粉まみれになっている女が、キャラメルの箱から二粒位ずつ、その附近の子供達に分けてやりながら、
「うちの健吉と仲良く働いてやってけれよ、な。」と云っていた。木の根のように不恰好に大きいザラ〱した手だった。
子供に鼻をかんでやっているのや、手拭で顔をふいてやっているのや、ボソ〱何か云っているのや、あった。
「お前さんどこの子供は、身体はえゝべものな。」
母親同士だった。
「ん、まあ。」
「俺どこのア、とても弱いんだ。どうすべかッて思うんだども、何んしろ……。」

「それア何処でも、ね。」
——二人の漁夫がハッチから甲板へ顔を出すと、ホッとした。不機嫌に、急にだまり合ったまゝ雑夫の穴より、もっと船首の、梯形の自分達の「巣」に帰った。錨を上げたり、下したりする度に、コンクリート・ミキサの中に投げ込まれたように、皆は跳ね上り、ぶッつかり合わなければならなかった。

（略）

漁夫の仲間には、北海道の奥地の開墾地や鉄道敷設の土工部屋へ「蛸」に売られたことのあるものや、各地を食いつめた「渡り者」や、酒だけ飲めば何もかもなく、たゞそれでいゝものなどがいた。青森辺の善良な村長さんに選ばれてきた「何も知らない」「木の根ッこのように」正直な百姓もその中に交っている。——そして、こういうてんでんばら〳〵のもの等を集めることが、雇うものにとって、この上なく都合のいゝことだった。（函館の労働組合は蟹工船、カムサツカ行の漁夫のなかに組織者を入れることに死物狂いになっていた。青森、秋田の組合などゝも連絡をとって。——それを何より恐れていた。）

（略）

漁夫の「穴」に、浜なすのような電気がついた。煙草の煙や人いきれで、空気が濁って、臭く、穴全体がそのまゝ「糞壺」だった。区切られた寝床にゴロ〳〵している人間が、蛆虫のようにうごめいて見えた。——漁業監督を先頭に、船長、工場代表、雑夫長がハッチを下りて入って来た。船長は先のハネ上っている髭を気にして、始終ハンカチで上唇を撫でつけた。通路には、林檎やバナナの皮、グジョ〳〵した高丈、鞋、飯粒のこびりついている薄皮などが捨てゝあった。流れの止まった泥溝だった。監督はじろりそれを見ながら、無遠慮に唾をはいた。——どれも飲んで来たらしく、顔を赤くしていた。
「一寸云って置く。」監督は土方の棒頭のように頑丈な身体で、片足を寝床の仕切りの上にかけて、楊子で口をモグ〳〵させながら、時々歯にはさまったものを、トットッと飛ばして、口を切った。

「分かってるものもあるだろうが、云うまでもなくこの蟹工船の事業は、たゞ単にだ、一会社の賭仕事（もうけしごと）と見るべきではなくて、国際上の一大問題なのだ。我々が――我々日本帝国人民が偉いか、露助が偉いか。一騎打ちの戦いだんだ。それに若（も）し、若しもだ、そんな事は絶対にあるべき筈がないが、負けるようなことがあったら、睾丸（きんたま）をブラ下げた日本男児は腹でも切って、カムサツカの海の中にブチ落ちることだ。身体が小さくたって、野呂間（のろま）な露助に負けてたまるもんじゃない。

「それに、我カムサツカの漁業は蟹罐詰ばかりでなく、鮭、鱒と共に、国際的に云ってだ、他の国とは比らべもならない優秀な地位を保って居（お）り、又日本国内の行き詰った人口問題、食糧問題に対して、重大な使命を持っているのだ。こんな事をしゃべったって、お前等には分かりもしないだろうが、ともかくだ、日本帝国の大きな使命のために、俺達は命を的に、北海の荒波をつッ切って行くのだということを知ってゝ貰わにゃならない。だからこそ、あっちへ行っても始終我帝国の軍艦が我々を守っていてくれることになっているのだ。……それを今流行（はや）りの露助の真似（まね）をして、飛んでもないことをケシかけるものがあるとしたら、それこそ、取りも直さず日本帝国を売るものだ。こんな事は無い筈だが、よッく覚えておいて貰うことにする……。」

監督は酔ざめのくさめを何度もした。

【譯文】

『蟹工船』　小林多喜二

一

「唉，我們要去地獄了呀！」

兩人像伸開身軀的蝸牛靠着甲板的欄杆，望着四周環海的函館城街。——漁夫將已燃到手指的煙頭隨著唾沫一起唾向海面。煙頭擦着高高的船幫，折轉翻旋地落入下去。他滿身酒臭。

海邊的水面上浮動着眾多紅色大肚的汽船；似乎正在裝貨的船岸側船幫被緊拉着，傾斜着的黃色、粗壯的煙囪，像大鈴鐺似的雙腳蹬；船幫之間如同臭蟲般急急被穿梭着的午餐；冰冷的油煙濃霧，浪埂浮動着麵包屑、腐臭水果等等，像推簇着一條條特別的縷衣……。煙霧擦着浪花隨風蕩漾，偶爾送來熱烘烘的煤炭烟味兒。起重機轟隆轟隆的響聲隨着浪聲時時震動耳邊。

這條蟹工船博光號的前面，挨着一條油漆斑點的帆船。船頭像牛鼻窟窿處錨索在下行滑落。甲板上，只見有口叼大煙斗的外國人，還有兩人如同機器人來回穿梭著同一地方。好像是條俄羅斯船。這確實是對日本蟹工船的監督船。

「俺是身無一文呀。——真臭，媽的。」其中一漁夫說著挪了挪身，一把握住對方漁夫的手按到自己腰間外衣下方燈心絨褲的褲兜。好像有個小盒。對方無語，看着這漁夫的臉。

「嘻嘻嘻……」漁夫笑着說，「是撲克兒牌。」

小船甲板上，有個像「將軍」似的挺身直腰的船長，一邊溜溜達達一邊在吸煙。吐出的煙霧在鼻尖處突轉角度，朵朵騰飛而上。腳下拖着一雙木屐，拎着食物桶的船員拚命奉行出入於「門面」艙室。——所有在告示準備就緒，即要出發。

從上往下去看雜夫們所在的艙口，裡面混暗污濁，艙底的架子上，如同每個巢眼露着只只鳥頭在相互騷動。他們都是些十五、六歲的少年。

「你從哪來的?」

「××町。」他們是同鄉，都是函館貧民窟的孩子。同鄉結群。

「那邊的架子呢?」

「南部。」

「那邊呢?」

「秋田。」

每架上的人都來自不同之地。

「秋田的什麼地兒?」

「北秋田唄。」唇上拖著像膿條似的鼻涕，眼角糊着眼屎的少年說。

「是個百姓?」

「嗯。」

空氣混濁，好像是什麼水果腐爛的酸臭。隔壁是儲藏室，裡面有幾十大缸的腌制蘿蔔，和這些氣味交織在一起，如同糞臭瀰漫空間。

「在家是和爹摟着睡吧。」——漁夫說著哈哈大笑。

昏暗的旮旯里坐着一位大概是母親，頭上圍着折成三角形的包袱皮，上身穿着前襟疊壓的棉衣，下身是細筒褲。她把削掉皮的蘋果喂到趴在架上的孩兒口中，一邊看着，一邊吃着一圈圈鏇下的蘋果皮。她在說著什麼，手中擺弄着孩子旁邊的小小包袱，解開了又結好，不斷反覆。這樣的人大概有七、八個。有從內地來的孩子們，沒人為他們送行。他們時不時偷偷地看着這些情景。

一位渾身滿面沾着水泥粉的女人從盒裡拿出糖來，遞給周圍的孩子們每人兩塊，說，「要和我家健吉處好幹活呀。」那是一雙如同木柴老皮，粗糙而笨拙的大手。

有的人捏着孩子的鼻子擤鼻涕，有的人用手巾給孩子擦臉，有的人和自己的孩子悄聲細氣說著話。

「你家孩子挺壯的呀。」母親們聊起來。

「還湊乎吧。」

「我家的又瘦又小。以後苦重，該咋辦呀……。」

「誰都一樣呀。」

——兩漁夫從艙口向甲板探頭看看放下心來。他們默默無語，悶悶不樂地從雜夫「穴」回到船首自己梯形的「巢」子，船錨索鏈一上一下地開始滑動，漸漸被收回到像水泥筒攪拌器的錨眼中。人們你擁我擠，急急跳上船來。

（略）

漁夫中，有的曾是北海道內地開墾地或鐵路鋪設建築工地的勞工，有的是謀生各地的「流浪漢」，有的是有酒即為所有。也有的來自青森，他們只是受到好心村長的推薦，對其他事情「一概不知」。儘是心直「如木」的百姓。——這些人從四面八方匯聚而來。對於僱用者來說是再好不過的勞工了。（函館工會拚命想在蟹工船和去往堪察加的漁夫中物色吸收會員，也和青森和秋田等地的工會展開聯繫。——這樣的事情對他們來說是個威脅。）

（略）

漁夫「穴」，燈泡如同海濱的茄子。抽煙的人聚為一團，煙霧繚繞，空氣污濁，臭氣瀰漫。整個「穴子」就是個「糞壺」。每個劃分好的床位上，人們橫躺豎臥像一條條蛆蟲。——漁業監督為首接着是船長、工廠代表、雜夫長下了船艙走進來。船長介意着他的翹鬍鬚，始終用手絹捂着嘴唇。通道里，滿世的蘋果或香蕉皮，木屐草鞋橫七八豎，到處扔着焦飯嘎嘣，簡直是一道止流的污泥溝。監督轉着眼珠巡視着這些，毫無客氣地吐了口唾沫。——他們個個赤面紅眼，滿口酒氣。

「先說清楚。」監督身強體壯，像一個砸土大夯抬起一隻腳重踩到床沿上，嘴裡嚼動著牙籤兒，不時從嘴裡突突地飛出牙縫裡的食垢。

「這，你們是知道的。不用說，這蟹工船，不能只看作是個公司單為賺錢。我們的事業是國際上的大事情。我們——日本帝國人民偉大？還是它俄國佬偉大？就看這一戰了。如果，如果敗給他們，這是絕對不會的，也是絕對沒有的事情。如果輸了，敗了，你們這些褲襠里吊著雞巴的日本漢子就是個孬種，只能切肚，然後，呼通一聲丟到那堪察加海里。你們個子小點，但決不甘敗在那些蠢笨的俄國佬手下。」

「還有，我堪察加漁業，不光作蟹罐頭，還要做大馬哈、鱒魚罐頭。這已經傳到國際上了。我們要保持最優勢地位，他們哪國都比不上。還有，日本鍋台大的地方擁擠的人口問題，糧食問題，對這些，我們有重大使命。我講這些，你們這些人也不懂。總之，為了日本帝國的巨大使命，你們要把命子當靶子，頂着北海的野浪狂波衝進去。這點要讓你們明白。所以，我們去哪，始終會有我帝國軍艦護守。……，你們如果照着現在流行的老毛子學，去煽動鬧事，就是沒救，就是對日本帝國的背叛。這樣的事情不會有。但，你們要記在腦子裡……。」

監督訓話中，連打了幾個醒酒噴嚏。

【作品梗概】

蟹工船是一條「工船」，在帝國陸軍護衛下出航蘇聯堪察加海域，進行捕魚、製作作業。這條船因不屬於「航船」，因此，以「不在航海法制約之內」、「不受工廠法管轄」為理由，船員們深受地獄般的強制勞動。

蟹工船的監督體格強壯，腳踩工人的床沿檄言訓話，「不用說，這蟹工船，不能只看作是個公司單為賺錢。我們的事業是國際上的大事情……」。

船上的工人大多數只有十四、五歲，來自函館等地的貧窮家庭。漁工基本都是曾在北海道內地開墾地或鐵路鋪設建築工地當過勞工的人，有的是謀生各地的「流浪漢」。還有十幾個被帶來的東京的學生。蟹工業上了八艘川崎船。

工人們結束一天的工作后，排着隊回到自己的休息室——糞壺。他們的胳膊和手如同冰凍的粗蘿蔔，整個身體幾乎失去了感覺。他們像一個個蠶繭，挨着個兒默默地進入寢架。飯運來了。已是飢腸轆轆的工人們狼吞虎咽。出航后第二天凌晨，舵機室向船長報告，收到同僚船隊「秩父號」的求救信號。正當船長即刻要下達救助命令時卻被監督制止。監督拒絕救助說，「秩父號」上了保險，船沉反而會大賺。船長當聽到「船已沉海」的無線電信號時，十分痛苦。

服務童把看到眼裡的船長和監督爭執及船沉情況告訴了工隊的學生。開始引起學生們的注意。其中一個人認為事態不小。

離開函館的第四天，人們已經難以承受重勞。船里有個作業工因再也無法忍受下去，藏到船中什麼地方，飢餓使他走出來。當他在鍋爐房前跌跌撞撞爬行時被抓住。他只穿着單薄的襯衣被關入廁所。兩天後，他已是滿面憔悴，說不出話來。而監督更是不讓，強迫他進入勞動。

中午過後，突然有人一邊喊着「兔子在飛跑呀，兔子！」，一邊跑上甲板。海面上，三角波濤頂端浪花飛濺，正像無數只兔子在飛奔。早晨，監督已經收到先程船停航的「大風」警報，也得到川崎船急速返航的「聯絡」。然而，他卻聽而不聞。漁工們都氣憤地說，「難道人的命就該這樣對待！」傍晚前，川崎船除兩艘外其他全部歸港。一艘船因進水無法使用，船員們是轉乘到另一艘川崎船回來的。還有一艘去向不明。次日早晨，一方開始搜索那條失蹤的川崎船。而另一方，決定繼續追蹤蟹群。總部忙乎其然。川崎船依然杳無音信。

三天後，那條川崎船平安歸來。這艘船走得最遠，遇到風暴后操縱失靈。第二天，船奇迹般被推上堪察加海岸。俄國人救了他們。他們在那裡逗留兩天，修整好后登上歸航。回來的那一天，俄國人中有個中國人。他無序的日文，再加上手勢和船員們交流一番。大概意思是說，「你們是無產階級。真正勞動的工人貧困潦倒，而那些不勞動的人反而是有錢的，蠻行霸道的。所以，工人要聯合起來和那些大款們鬥爭。」對此，大部分船員都有同感。

後來，船上的勞動更是苛酷，數人因過勞而病倒。被監督打傷，船醫只是敷衍幾句了事。很多人因營養不良患了「腳氣」（由於缺乏維生素而引起的心力衰竭和中樞神經障礙疾病）無法行走。沒有洗浴，船工們的衣服上生滿虱子和臭蟲。夜間的「糞壺」里，時常聽到夢語和突然的嚎叫。有人在難於入眠時常常想，「竟然還能活着……」。

工人們掙扎在生死線上。有一天，他們和往常一樣開始作業。川崎船的下方有四五個漁工。滑下的鋼索突然發生故障不可控制。瞬間，鋼索垂直砸向漁工頭部。他的頭顱被夯入胸腔。同伴們即刻把他送到船醫，請求開出診斷證明。被拒絕。然而，他沒有死。而患腳氣的漁工山田死去，年僅二十七歲。

監督反對為他守靈。船工們決定傍晚八點為他守靈。他生前曾表示過自己死後不願水葬。而監督卻要水葬處理。工人們只能向他含淚告別，「我們和你同在堪察加海上。九月以後，船都啟程歸去，這裡成了冰海。你定會寂寞。那時你要忍耐呀。」淚水灑在屍袋上。

團結既從此開始。「我們不能就這樣被殺死！」，「死也要死個痛快！」。工人們日漸覺醒。意志在迅速擴傳，也自然產生了幾位帶頭人。工人們團結一致向監督展開鬥爭。中心人物是那幾個學生，「不願被殺死的人就過來呀！」他們提出宣傳號令。川崎船的工人、漁工、船員、服務童等都走到一起，形成一股力量。他們秘密計劃，開始「怠工」。

監督嗅到對抗氣氛，和驅逐艦取得聯繫試圖制壓。然而，工人們為掙脫「屈從」，和驅逐艦正面決戰的意志更加堅強。

「等死不如決鬥！」——他們站起來了。

作品發表於一九二九年。

作品名的『蟹工船』是條置有螃蟹加工設備的大型作業母船。「川崎船」的網船分有八艘，在樺太或堪察加海域漁場中分離網船，然後在母船上即刻把捕獲的蟹子製成罐頭。戰前，進入蘇聯海域進行作業較為常見。蟹工船在日本海軍驅逐艦的護守下從事作業。一次航海，資本家就會淨得三四十萬日元（按當時計算）裝入腰包。一九二五年（昭和元）當時，蟹工船作業未屬航海法及工廠法制約之內，因此，資方把破舊船進行改裝，加入保險，如同人身買賣招來上百勞工。他們上船后，正如作品中描寫的那樣，受盡苦難和虐待。而資方卻獲取巨大法外利益。

這樣的船當時鮮為人知。一般人也不會知道資本和勞動的關係中會出現如此令人難以置信的實態。作者以小説的形式為人們揭露了這一實態，並將其內幕公佈於眾。作者通過作品也塑造和體現出昭和初期日本無產階級鬥爭歷史發展的起步過程。作為現代記錄文學（報道文學）的先驅，表達鮮明，內容深刻。在小說作品的結構上，特別在描寫作為人的萌醒以及團體反逆意識等方面，可謂是一個大膽而嶄新的嘗試。

作品從蟹工船「博光號」從函館離港開始。其中的每個出場人物和艙底勞工，各種貧窮寒酸的形象，監督以及訓話，這些均活生生地體現出昭和初期日本民眾以及資方的世態。工船向嚴寒的北洋出航。進入宗谷海峽時，遇到驚濤駭浪。面對僚船瀕於滅亡，監督卻置若罔聞，拒絕救助。這一情節深刻揭示了船內殘酷的勞務管理和奴隸式勞動現實。面對無處可逃的工人們，船監任意揮舞棍棒，恣意虐肆，殺一儆百，讓他們從事體力遠超極限的強制勞動。有的人為擺脫煤礦爆炸的境遇來到這裡，卻又面臨著酷勞、疾病、事故的死神。在這些掙扎在最底層各種形象的描寫上，作者的視點既有普遍性又有廣闊性，以複數人物背景，為體現團體力量的創作意圖埋下伏筆。極度疲憊、精力耗盡、混沌汚穢、殘忍肆虐等等，這是一幅活生生的地獄圖。日夜生存其間，必然會產生「思考」、「要說」、「要做」。

作者為作品的創作曾進行過兩年的細緻調查。他深入停泊的蟹工船之內，親自和工人們交流，翻閲大量有關漁業工會及北海道拓殖銀行小樽分行（作者當時在此工作）的資料，潛心研究青野季吉主張的文學「調查藝術」，領會藏原惟人「無產階級主義」的核心主張。作為無產階級文學作家，在日本文學史上開拓了新的視野，塑造了人之素像。是一部充滿革命激情的無產階級主義最具有代表性作品之一，是昭和初期謳歌青年一代革命思想的里程碑。作品被多種外國語譯出，在國際上獲得高評。

【作者】

小林多喜二（1903～1933），秋田縣農家出身。日本無產階級文學代表作家、小說家。四歲喪父移居小樽伯父家。在小樽高等商業學校（現小樽商科大學）期間對文學創作、繪畫深感興趣，並向文藝雜誌投稿。擔任『校友會誌』編輯，積极參加文學作品的創作活動。深受當時家庭經濟緊迫和社會蕭條的不安，開始參加工人組織運動。畢業后就職於北海道拓殖銀行小樽分行。一九二八年在『戰旗』發表以三・一五事件[*1]為題材的『一九二五年三月十五日』。作品中描寫的特別高等警察拷問實況引起「特高」不滿。此為後來作者受特高拷問而被致死的原因之一。一九二九年在『戰旗』發表『蟹工船』受到矚目，並一舉成為無產階級文學之旗手。同年因在『中央公論』發表『在外地主』被拓殖銀行解僱。翌年移居東京，擔任日本無產階級作家同盟書記長。一九三〇年為阻止禁止出售『戰旗』，和江口渙[*2]等人遊說於京阪等地区。五月因受嫌援助日本共產黨資金而被捕，后被釋放。七月，因『蟹工船』受「不敬之罪」被關入豊多摩監獄，三一年保釋出獄。十月加入非合法日本共產黨組織。十一月訪問住在奈良的志賀直哉。一九三二年轉入地下活動，並執筆生活體驗題材的『黨生活者』。一九三三年，陷入特高警察圈套被捕，最終受嚴酷拷問致死。

二〇〇三年為紀念作家誕辰一百周年，白樺文學館主持舉行「小林多喜二國際研討會」。二〇〇五年，在中國河北省河北大學舉行「第一屆多喜二國際研討會」。當今時代，由於貧困層及非正規僱用擴大等社會原因，於二〇〇八年再次掀起『蟹工船』讀書熱。『蟹工船』、『黨生活者』（新潮文庫）發行量突破五十萬冊，二〇〇九年已影視化。

＊1　一九二二年（大正11）對非法結成的日本共產黨組織進行的第一次鎮壓事件。

＊2　（1887～1975）小說家、兒童文學作家、歌人、評論家。一九一二年發表處女作『掛船』，確立耽美派作家地位。其後開始研究社會主義，並以社會主義作家發表眾多作品。一九二〇年（大正9）被推選為日本社會主義同盟中央執行委員。一九二九年（昭和4）加入日本無產階級作家同盟，翌年任中央委員長。一九三七年（昭和12）以違反治安維持法遭投獄，翌年釋放。戰後發表回憶錄『我的文學前半生』等。一九七〇年發行歌集『生命之歌』獲第二屆多喜二獎和百合子獎。

五　戰時文學

一九三一年（昭和6）由於滿洲事變的發生，日本文學也發生了很大動蕩。日本軍國主義在國內加緊鎮壓無產階級文學作家。當時整個文學界處於前所未有的動蕩和混亂之中。人們的心中充滿焦躁和不安。在如此背景下，出現了「文學的轉向」，主要特點為，屈服於上風勢力，放棄作為馬克思主義作家的政治和思想意識。第一個出場的典型的「文學轉向」作品是島木健作的『癩』，作品的「精神主義苦惱」表現深受當時廣大青年人的歡迎。因而該作品問世后便一躍成名。作品中描寫了主人公駿介的人生。駿介結束城市學生生活，回到故里和農民一起構築自己無批判式的、自我滿足的勞動生活。主人公的這種「生活探求」迎合併對當時國家的「增強生產力政策」起到一定作用。從此，日本文學界又產生了「農民文學」和「生產文學」。

在這一時代的不安與動搖的另一面，舟橋聖一『行動主義』，武田麟太郎等人創刊『人民文庫』，主張提倡「人道主義」、「寫實主義」文學有很大發展性趨向。可以說，這種趨向不得不對時代所產生的「頹廢」「虛無」予以肯定。轉向作家高見順『忘卻故舊』、太宰治『晚年』等表達了作者各自獨特的藝術觀點和風格。當時受到評價頗高的阿部知二『冬宿』、石坂洋次郎『年輕人』、『不枯麥』等均為時代的佳作。『年輕人』描寫了一位無知女性任憑自己本能的肉體欲求。但在寫作方法上，對其加以潤填理智性人生的空虛感。丹羽文雄『鮎』（香魚），武田麟太郎『下界的眺望』、『銀座八丁』等作品均為放棄批判現實社會的風俗小說。

此時期，一些文學大家反而活躍起來。德田秋聲『假裝人物』、永井荷風『濹東綺譚』、谷崎潤一郎『春琴抄』以及『源氏物語』的現代翻譯等文學水準很高的藝術性文學的發表，為當時已枯竭的社會帶來了春雨。

一九三六年（昭和11），日本國內發生了「二・二六事件*」，翌年七月日中戰爭爆發。從此，日本政府機構對整個文化領域開始嚴格管制。與此同時，為迎合妥協於當時的背景，一些戰爭文學、國策文學作品開始問世。此時，國內開始大量徵兵，作家也被列入徵召和從軍範圍。一直到戰敗，日本文學處於黑暗時代。保田與重郎等日本浪漫派作家們極力提倡文學復古，以此鼓舞士氣，積極參戰。這時期文學的代表作有火野葦平『麥與兵隊』、石川達三『活着的兵隊』、丹羽文雄『不歸的中隊』、『海戰』等。但這些作品均屬報告文學，並不屬於純粹的戰時文學。

雖說是黑暗時代，但也出現了一些優秀的文學佳作。這些文學家們在當時的惡劣環境下，在僅有的可能中，創作出十分珍貴且藝術價值極高的文學作品。它們有德田秋聲『縮圖』、谷崎潤一郎『細雪』（上卷）、真船豐『鼬』、久保榮戲曲『火山灰地』、井伏鱒二『多甚古村居住記』、堀辰雄『不起風』、『菜穗子』、伊藤整『德能五郎的生活和意見』、本庄陸男『石狩川』、中山義秀『碑』、中島敦『山月記』、『光和風和夢』、『李陵』、壺井榮『曆』、『二十四隻眼睛』、上林曉『父母之記』、岸田國士『暖流』等。活躍於詩壇的作家有小熊秀雄、金子光晴、小野十三郎、中原中也、立原道造等人。他們在日本文學史上從戰爭文學跨向戰後文學中起到橋樑作用。

＊ 又稱「帝都不祥事件」、「不祥事件」。一九三六年二月二六至二九日發生在日本帝國的一次失敗兵變。日本帝國路軍部分「皇道派」青年軍官率領千餘名士兵對政府及軍方高級成員的「統治派」進行刺殺的政變事件，最終遭到失敗。

作品選節1

『山月記（さんげつき）』　中島（なかじま）　敦（あつし）

袁傪（えんさん）は部下に命じて、筆を執つて叢中（そうちゅう）の聲に随って書きとらせた。李徵の聲は叢（くさむら）の中から朗々と響いた。長短およそ三十編、格調高雅、意趣卓逸（たくいつ）、一読して作者の才の非凡を思はせるものばかりである。しかし、袁傪は感嘆しながらも漠然と次の様に感じてゐた。成程、作者の素質が第一流に属するものであることは疑ひない。

しかし、この儘では、第一流の作品となるのには、何處か（非常に微妙な點において）缺ける所があるのではないか、と。

舊詩を吐き終った李徴の聲は、突然調子を変え、自らを嘲るがごとくに言った。

羞しいことだが、今でも、こんなあさましい身と成り果てた今でも、己は、己の詩集が長安風流人士の机の上に置かれてゐる様を、夢に見ることがあるのだ。岩窟の中に横たはつて見る夢にだよ。嗤つて呉れ。詩人に成りそこなつて虎になつた哀れな男を。（袁傪は昔の青年李徴の自嘲癖を思出しながら、哀しく聞いてゐた。）さうだ、お笑ひ草ついでに、今の懐を即席の詩に述べて見ようか。この虎の中に、まだ、曾ての李徴が生きてゐるしるしに。

袁傪は又下吏に命じて之を書きとらせた。その詩に言ふ。

偶因狂疾成殊類（偶狂疾に因って殊類と成る）
災患相仍不可逃（災患相仍って逃るべからず）
今日爪牙誰敢敵（今日爪牙誰か敢へて敵せんや）
當時聲跡共相高（当時は声跡共に相高かりき）
我為異物蓬茅下（我は異物と為りて蓬茅の下にあれども）
君已乘軺気勢豪（君は已に軺に乗りて気勢豪なり）
此夕渓山對明月（此の夕べ渓山明月に対し）
不成長嘯但成嗥（長嘯を成さずして但だ嗥を成すのみ）

時に、残月、光冷やかに、白露は地に滋く、樹間を渡る冷風は既に暁の近きを告げてゐる。人々は最早、事の奇異を忘れ、粛然として、この詩人の薄倖を嘆じた。李徴の聲は再び續ける。

何故こんな運命になつたか判らぬと、先刻は言つたが、しかし、考へやうに依れば、思ひ當ることが全然ないでもない。人間であつた時、己は努めて人との交を避けた。人々は己を倨傲だ、尊大だといつた。實は、それが殆ど羞恥心に近いものであることを、人々は知らなかつた。勿論、曾ての郷黨の鬼才といはれた自分に、自尊心が無かつたとは云はない。しかし、それは臆病な自尊心とでもいふべきものであつた。己は詩によつて名を成さうと思ひながら、進んで師に就いたり、求めて詩友と交つて切磋琢磨に努めたりすることをしなかつた。かといつて、又、己は俗物の間に伍することも潔しとしなかつた。共に、我が臆病な自尊心と、尊大な羞恥心との所為である。己の珠に非ざることを惧れるが故に、敢て刻苦して磨こうともせず、又、己の珠なるべきを半ば信ずるが故に、碌々として瓦に伍することも出來なかつた。己は次第に世と離れ、人と遠ざかり、憤悶と慙恚とによつて益々己の内なる臆病な自尊心を飼ひふとらせる結果になつた。人間は誰でも猛獣使であり、その猛獣に當るのが、各人の性情だといふ。己の場合、この尊大な羞恥心が猛獣だつた。虎だつたのだ。之が己を損ひ、妻子を苦しめ、友人を傷つけ、果ては、己の外形を斯くの如く、内心にふさわしいものに変へて了つたのだ。今思へば、全く、己は己の有つてゐた僅かばかりの才能を空費して了つた譯だ。人生は何事をも為さぬには餘りに長いが、何事かを為すには餘りに短いなどと口先ばかりの警句を弄しながら、事實は、才能の不足を暴露するかも知れないとの卑怯な危惧と、刻苦を厭ふ怠惰とが己の凡てだつたのだ。己よりも遥かに乏しい才能でありながら、それを専一に磨いたがために、堂々たる詩家となつた者が幾らでもゐるのだ。虎と成り果てた今、己は漸くそれに氣が付いた。それを思ふと、己は今も胸を灼かれるやうな悔を感じる。己には最早人間としての生活は出來ない。たとへ、今、己が頭の中で、どんな優れた詩を作つたにした所で、どういふ手段で発表できよう。まして、己の頭は日毎に虎に近づいて行く。どうすればいいのだ。己の空費された過去は？己は堪らなくなる。さういふ時、己は、向うの山の頂の巖に上り、空谷に向つて吼える。この胸を灼く悲しみを誰かに訴へたいのだ。己は昨夕も、彼處で月に向つて咆えた。誰かに此の苦しみが分つて貰へないかと。しかし、獸どもは己の聲を聞いて、唯、懼れ、ひれ伏すばかり。山も樹も月も露も、一匹の虎が怒り狂つて、哮つてゐるとしか考へない。天に躍り地に伏して嘆いても、誰一人己の氣持を分つて呉れる者はない。丁度、人間だつた頃、己の傷つき易い内心を誰も理解して呉れなかつたやうに。己の毛皮の濡れたのは、夜露のためばかりではない。

漸く四邊の暗さが薄らいで來た。木の間を傳つて、何處からか、曉角が哀しげに響き始めた。

【譯文】

『山月記』　中島敦

袁傪命令部下拿出紙墨，將草叢中的聲音筆錄下來。李征的聲音從草叢朗朗傳來。長短詩文大約三十篇，格調高雅，意趣卓逸，讀來令人驚嘆不已，作者實為才華不凡。可是，袁傪感嘆之餘不免有些漠然。毫無疑問，作者素質實屬一流，可作品僅滯於此，未免流露着微妙之中的缺憾。

李征吐完舊詩，突然聲調一轉用自嘲的口氣說，自愧自愧，自己如今即便落入這步田地卻依然還在做夢。有朝一日，自己的詩集也能放在長安城內風流人物的桌上。我臥於岩洞，確實做過這樣的夢。你笑我吧，沒成詩人反倒為虎，你笑我這個哀憐之人吧。（袁傪想起過去就有自嘲癖的李征，悲哀至極。）是的，你笑我這根稻草吧。我想以詩即席表達現在的心懷。虎性中，依然可嗅到活生生的李征。

袁傪再次命部下取紙筆錄。詩曰：

偶因狂疾成殊類　災患相仍不可逃
今日爪牙誰敢敵　當時聲跡共相高
我為異物蓬茅下　君已乘軺氣勢豪
此夕溪山對明月　不成長嘯但成嗥

殘月，冷輝，白露灑滿大地，陣陣冷風從林中掠過。不知不覺拂曉已經來臨。人們已忘記這場奇異的交流，肅然為詩人之宿命而嘆息。李征的聲音再次傳來。

不知為何，我的命運就該如此？正如剛才所說。但是，想來也有預感。我還是人類時，一心努力奮鬥，避開和人交往，立志以詩作成名。人們說我孤高自傲，自尊心太強。其實，人們卻不知我是要面子幾乎到首位。當然，自己曾被稱為鄉黨鬼才，自尊心並非無有。但是，應該說那是懦弱的自尊。我一心想以作詩而揚名，然而，卻沒有主動從師學習，沒有與詩友交流，與他們切磋研究。還有，我潔身自好，不願與俗物為伍。歸根結底，是因為我懦弱而自尊，傲慢而求面子。我害怕自己才疏，因此不去刻苦磨練。我半信自己成器，因此沒有和人去好好交往。這使我漸漸遠離人世，疏離人群。鬱憤，恥辱，切恨，到頭來，致使自己的懦弱和自尊愈加膨脹。人，無論是誰都在駕馭猛獸，這個猛獸可以說就是每個人的性情。我的傲慢而死求面子就是洪水猛獸，是只老虎。我自損自害，苦了妻子，傷了朋友，最終，自己的外形正為如此，變成一副與內在一致的外表。現在想來，自己曠廢了僅有的才華。有警言道，人生，不成事的過長，而成事的卻太短。事實上，懼怕才華匱乏的暴露，厭惡深鑽細研，怠惰消極，這就是我的一切。比我遙遙無能之人，由於他們潛心琢磨，不少人已是堂堂詩家。如今，我身已成虎，才終於感到這點。想到這些，自己悔恨至極。我已經不適合人的生活。現在，即使在我的腦子裡作出再好的詩文，又能用什麼樣的手段去發表呢？何況我的思維在日益接近於虎。我曠廢的過去該如何才好。我無可忍受。每到這時，我常常奔上山頂的岩石，向著空曠的峽谷怒吼，我多麼希望向誰訴說這灼痛的悲哀。昨天傍晚，我也在對面的山頂上向著明月咆哮，有誰能理解我的苦楚呢？然而，獸類們聽到我的吼聲只是畏懼萬分，俯身發抖。山谷，樹木，月光，霜露聽到我的吼聲，僅僅認為只不過是一隻虎在狂怒，在咆哮。我無論向天跳躍還是伏地悲哀，沒有人會理解我。這和我還是人類時一樣，沒有一人能理解我內心易傷的灼痛。我的皮毛濕濕漉漉，打濕它的不只是露水。

漆黑的夜空漸漸泛白，森林中回蕩起陣陣報曉的角笛聲，是那樣悲哀，那樣低沉。

【作品梗概】

隴西的李征博學識廣，才華出眾。天寶（742～756）末年，年輕有為的李征通過官吏錄用考試，赴任江南尉（尉，古代的武官）。李征狷介廉潔，對那些托情辦事的昏庸俗吏感到無可容忍，於是毅然辭掉官職。他回到虢略故里隱居生活，斷絕與世人交往，埋頭從事詩作。他想，與其屈膝於渾愚俗惡的上司，不如以詩成名，垂史百年。可是，揚名成家並非易事。家計日益拮据，使他漸漸感到焦慮不安。儘管如此，他依然眉清目秀，目光炯炯，英姿煥發，絲毫不減當年考取進士時的風采。數年後，他因無法繼續維持生計再度東赴，奉職地方官吏。為此，他對自己的詩作志向感到無可從心。這時，曾和他一起考取進士的同僚個個晉陞高位。在他們面前，自己卻處於唯命是從的位置。這對當年佼佼在上的李征來說，自尊心受到毀滅性挫傷。他每日怏怏不樂，漸漸變得孤僻冷漠，和世間格格不入。一年後，他公出外地，下宿汝水河畔一家旅館。這時，他突患狂疾。夜半，他猛然驚醒，顏色巨變，起身下床。不知何故，他在黑暗中，一邊吶喊，一邊向山下狂奔。從此銷聲匿跡。衙署曾派人在附近山林尋找卻一無所獲。之後就再也無人知曉李征的去向了。

翌年，監察御史、陳郡的袁傪奉敕令去南嶺視察，途中宿營商於。第二天，他欲凌晨趕路。驛吏勸阻說，前面路上經常出現吃人猛虎，上路的人都乘白天趕路。現在天還沒亮。等天亮再走也無妨。袁傪聽后未納其意，命令多增護衛，照常出發。一行藉助殘月的光亮行路。當他們進入林中小道時，突然一隻猛虎越出草叢。可是，它又立即落下身來回到草叢。這時從草叢中傳來反覆的聲音，「好險呀。」袁傪聽到此聲覺得耳熟，驚恐中叫道「聽這聲，你不是我的好友李征嗎？」

袁傪和李征同年及第進士。對孤家寡人的李征來說，袁傪是他為數可遇的摯友。因為性格溫和的袁傪和剛直的李征很少發生爭執。

片刻，草叢中毫無動靜，卻不時傳來抽泣聲。不久傳來低沉的聲音，「沒錯，我就是隴西的李征。」

袁傪忘記恐懼，下馬靠近草叢，闊敘久別，又問為什麼不出來露面。李征的聲音回答，自己已身變異類，無顏面對故友。再說，如果看到如此身姿，定會產生恐懼嫌惡之感。今日沒想到能和摯友相會，一時忘記愧報之念，委實闊別已久。無論如何請求袁傪不嫌醜陋，和這個以往之友的李征予以交談。

說來也怪，這時的袁傪竟然十分自然地接受了一個極非尋常的異象。於是他命令部下停止前行，自己站在草叢邊，和不見其人的聲音對談起來。他們談到城裡的事情，舊友們的情況，袁傪現在的地位，李征對此的祝賀等等。他們的交談依然如故，氣氛十分和諧。之後，袁傪問李征為什麼身變如此。草叢中傳來聲音回答說。

「一年前自己外出，下宿汝水河畔，那天夜裡一覺醒來，睜開眼睛時只聽到窗外有人喚我名字，我隨聲出去。呼喚聲一陣緊似一陣，我身不由己地順着那聲跑去。我拚命追着聲音跑。當跑進山林時，不知怎的，自己在雙手伏地行走，感到渾身充滿力氣，可以輕輕躍上岩石。這時，我又發現自己的手背胳膊似乎生滿絨毛。晨空少許放亮，我對着峽谷的河水看着自己的面容，那是一隻老虎。我無論如何不相信自己的眼睛。這是在做夢，因為我曾做過這樣的夢。當我知道這已是現實時茫然不知所措。我驚恐萬分，絕望致極。我不明白也不可想象，世上竟然會發生如此的事情。然而，面對這被強制的不明真相，我只能任從。不明不白地活着是我們這類的天命。我也有過死的念頭。可是，當一隻兔子從我眼前跑過時，我的人性就會立刻消失。當我再次恢復人性時，自己的嘴角淌着兔子的血，周圍散亂着兔子的毛。這是我為虎之後的第一次體驗。自那以後，我又有過多次這樣的經歷，實在不堪而言。一天中只有數小時恢復人性。這時我與往日一樣，也會操着人語去思考複雜的事情，去吟誦經書的章句。也就是在這樣的時候，才可看到自己的虎暴虐行。回顧自己的命運，真可謂有無限的悲嘆、郁恨和一千萬分的恐懼。可是，這人性恢復的僅僅幾小時的時間也在日益縮短。以前我常常想，我為什麼要成為虎。而現在我卻在想，過去我為什麼是人。這是多麼令人可怕的事情。再過些時候，我的人性就會被獸性所吞噬。如同古老的宮殿它的柱基就會被沙土埋沒一樣。這樣，我會忘記過去的一切，是一隻猛虎整日狂繞。那時，像今天這樣途中遇到的故友是陌生之物，我會將你立即撕裂吞食。獸也好，人也好，他們的本來面目究竟是什麼？最初我還記得這些，後來漸漸被遺忘。開始，我難道不是這樣看現在的自己嗎？不，這些統統都去見鬼吧。自己的人性徹底消失也罷，這樣也許反倒是幸福的事情。相反，由於自己人性意識的存在，就會感到極其恐懼。哎，多麼可怕，可悲，可泣，這人性記憶的消失。我如此心情誰能理解？自然誰都不會理解，除了我自己。在我即將失去人性之前有一事相求。」

袁傪一行屏着呼吸，傾聽着草叢中傳來的話語。聲音在繼續。

「並非他事。本來，自己一心志向以詩成名。然而，事業未竟卻墜入這般境地。自己曾寫作數百詩文均未面世，手稿所在也不知去向。憑着自己的記憶還能吟誦十數首。懇請為我記錄下來。這樣做並非顯示自我，而是希望能傳與後代。否則我會死不瞑目。」

袁傪命令部下拿出紙墨，將草叢中的聲音筆錄下來。李征的聲音從草叢朗朗傳來。長短詩文大約三十篇，格調高雅，意趣卓逸，讀來令人驚嘆不已，作者實為才華不凡。可是，袁傪感嘆之餘不免有些漠然。毫無疑問，作者素質實屬一流，可作品僅滯於此，未免流露着微妙之中的缺憾。

李征的聲音再次傳來。

「不知為何，我的命運就該如此？正如剛才所說。但是想來也有預感。我還是人類時一心努力奮鬥，避開和人交往，立志以詩作成名。人們說我孤高自傲，自尊心太強。其實人們卻不知，我是要面子幾乎為首位。當然，曾被稱為鄉黨鬼才的自己，自尊心並非無有。但是，應該說那是懦弱的自尊。我一心想寫詩出名，然而卻沒有主動從師學習，沒有與詩友交流，與他們切磋研究。還有，我潔身自好，不願與俗物為伍。歸根結底，都為我懦弱而自尊，傲慢而求面子所致。人，無論是誰都會駕馭猛獸，這一猛獸可以說是每個人的性情。我的傲慢而死求面子就是洪水猛獸，就是只老虎。我自損自害，苦了妻子，傷了朋友，最終自己的外形正為如此，變成了一副與內在一致的外表。現在想來，即使在我的腦子裡作出再好的詩文，又能用什麼樣的手段去發表呢？我無論向天跳躍，還是伏地悲哀，沒有人會理解我。這和我還是人類時一樣，沒有一個人能理解我內心易受的傷痛。我的皮毛濕濕漉漉，打濕它的不只是露水。」

夜的漆黑開始泛白，報曉的角笛聲在林中陣陣回蕩，笛聲是那樣悲哀，那樣深沉。

時辰已到，必須要還原虎身。即將要告別了。李征說，告別前還有一事懇請相托。是我妻兒的事情。他們還在故鄉虢略。其實，他們對我如此命運一無所知。袁君如從南方歸朝，請轉告他們我已不在人世。千萬別把今天之事告訴他們。真是厚顏之託。可憐他們孤弱無援，今後不至於餓死街頭，懇請予以酌情照應。本人萬分感激，戴恩不盡。

話音一落，只聽草叢中傳來楚楚泣聲。袁傪眼中泛起淚花，欣然接受李征所求。於是，李征即刻又用自嘲的口氣說，按理說如果我是人，應首先拜託此事。然而，比起饑寒交迫的妻兒，自己的拙詩敗業竟然更為重要。正因本末倒置才墜為獸身。

李征最後囑咐袁傪，從嶺南踏上歸途時切勿經由此地。因為那時自己也許已無可辯認敵友，任意撲去嘶咬吞食。此離去時，希望能在百步之距的山坡上回首一望，自己會含恥露容。這並非自生勇氣，而是以丑容告誡故人，打消再會的念頭。

袁傪面向草叢懇切告別，翻身上馬。草叢中又傳來陣陣悲戚聲。袁傪幾度回首，含淚上路。

一行按照李征所說，他們走上山坡向草叢望去。只見一隻猛虎跳上野草繁密的林路。猛虎向著殘輝的圓月，昂首幾聲咆哮后消失草叢，再不見身影。

作品主題「明月」，即，志向，高尚的理想；「溪山」，即，遭到挫傷失敗的人生。兩者既有統一又有對立。所謂的統一是，人要有志向，但還要去承認現實，客觀處置周圍，需要不斷努力，正確對待自己。這樣，理想會接近現實。對立的是，志高的理想往往不能如願以償，這才是現實。

李徵才華出眾，志向高潔，但沒能剋制自己性格的弱點。其弱點，第一是懦弱而自尊、傲慢而虛榮。雖然人才優秀，受到社會讚揚和尊重。但是他害怕暴露自己的弱點損傷面子，因而不去繼續鑽研學習，拜師交友，最終使自己的才華付之東流。第二是傲慢而孤高。自認保持清廉，不可融入社會。面對現實社會的不公平、不公道、腐朽風氣不能去客觀對待。使自己走向孤立。最終毀了自己，苦了家人。

作者通過李征告誡人們，世間之人都有自己的生存價值。如何面對社會的現實並且去客觀認識，如何去克制和改善自己是每個人的課題。李征不可融入俗世，背道而馳，因此成為異類。然而，他成虎后依然還在堅持。「比我遙遙無能之人，由於他們潛心琢磨，不少人已是堂堂詩家」一文道出了現實。換句話來說，道出了我們每個人的所處環境。在我們每個人的生活環境中，自己身邊有很多事情存在不合理、不公道現象。面對這些，定會產生心理的不平衡，有鬱悶，有憤懣。如同李征向山谷怒吼，向蒼天訴說。這一文的表達在眾多讀者中引起共鳴，發人深省。可以說，李征是所有人的代言人。

理解作品時，首先要抓准並理解文中反覆提到的關鍵詞，即1「懦弱的自尊」（臆病な自尊心），2「傲慢的虛榮」（尊大な羞恥心）。對1理解為，懦弱而自尊，害怕暴露自己才疏，因此不去拜師結友潛心研磨。玉非琢而不成玉。對2理解為，傲慢而求面子。因此，不願和俗物（一般人和事）交往。半信自己能成器，卻為保全面子而成為孤家寡人。這裡有必要重新確認左示詞彙。

「懦弱」 軟弱無能，不堅強。怯懦。

「自尊」 尊重自己，不向別人卑躬屈節。也不允許別人歧視侮辱自己。

「羞恥心」 感到不光彩，不體面的心理。虛榮心。

「自嘲」 用言辭自我嘲笑。

作者右述關鍵詞的使用，在人物性格的刻畫和理解上至關重要。懦弱而自尊，傲慢而虛榮，作品主人公對這種性格無可控制和克服，結果這一性格勢如猛虎，造成了事業的失敗和人生的斷送。作品主題中也揭示了人的這種性格是造成事業失敗的因素。

這部作品是在作者離世后才被登載問世。作品的藍本為唐代作家李景亮所作「人虎傳」。「人虎傳」出典自中國宋朝至清朝之間編撰的誌異、志怪說話集『太平廣記』、『古今說海』、『唐人說薈』等中「一男子變為虎身」的故事。中島敦以『唐人說薈』中的「人虎傳」為題材撰寫了「山月記」。雖然「山月記」與藍本「人虎傳」在人物及其背景方面酷似，但情節和主題卻不同。「山月記」的主人公因沒能剋制自己的孤高自傲、自尊虛榮這一人的固有弱點，反而使其弱點逐漸擴大膨脹，成為強勢，最終毀滅自己。而「人虎傳」故事情節為，孤高自傲的主人公放火出逃，受到官方追捕，最終變為虎身。

作品中的漢詩是作品整體的概括，是一首七言律詩。所謂律詩，特點為格律嚴謹。即，每首八句，二、四、六、八句要押韻，三、四和五、六兩句要對稱。此漢詩為「起、承、轉、結」構造文，也稱為「首聯、頷聯、頸聯、尾聯」的構成格式。「首聯」為第一、二句，說明事由，起因。成疾化為異類，禍不單行。「頷聯」為三、四句，承接首聯，用對稱句形式表達自己的如今和過去。「頸聯」為五、六句，話題一轉達到高潮。用對稱句形式把自己和對方作比較。「尾聯」為七、八句，結論。「溪山」和「明月」為對稱詞，隱喻「現實」和「理想」。「長嘯」，悠揚雄壯。這裡比喻傑出的詩作。「短嗥」，狼嗥氣絕。暗示詩句的拙劣。表達主人公在受挫的現實中依然嚮往未能實現的志高理想。這裡的「明月」是小說主題的真髓。

【作者】

中島敦（1909～1942），小說家。東京出身。祖父中島慶太郎、伯父中島端藏均為漢學家。父中島田人為銚子中學（舊制中學）漢學教員。為漢學世家。畢業於舊制一高（現東京大學教養學部）文科、東京大學文學科（1933）。二十四歲任橫浜高等女學校教員。后因哮喘病複發退職。自幼深受漢學家庭熏陶，教養致深。以中國為題材的作品甚多。喜歡登山，培植花草，欣賞音樂等。曾去中國旅行。因哮喘病於一九四二年逝世，享年三十三歲。主要作品有『光風夢』（築摩書房 1942），絕筆之作『李陵』（小山書房 1946），『山月記』（1942），『名人傳』等。一九四二年，『光風夢』在『文學界』發表后被立為芥川奬候選作品。文集有『中島敦全集』（筑摩書房）、『南陽通信』（書簡集中央公論BIBLIO）、『中國小說集』（講談社文庫）等。

作品選節2

『二十四の瞳』　壺井 栄

一、小石先生

十年をひとむかしというならば、この物語の発端はいまからふたむかし半もまえのことになる。世の中のできごとはといえば、選挙の規則があらたまって、普通選挙法というのが生まれ、二月にその第一回の選挙が行われた、二ヶ月後のことになる。昭和三年四月四日、農山漁村の名がぜんぶあてはまるような、瀬戸内海べりの一寒村へ、わかい女の先生が赴任してきた。

百戸あまりの小さなその村は、入り江の海を湖のような形にみせる役をしている細長い岬の、そのとっぱなにあったので、対岸の町や村へいくには小船でわたったり、うねうねとまがりながらつづく岬の山道をてくてくあるいたりせねばならない。交通がすごくふべんなので、小学校の生徒は四年までが村の分教場にいき、五年になってはじめて、かた道五キロの本村の小学校へかようのである。

手作りのわらぞうりは一日できれた。それがみんなはじまんであった。まい朝、あたらしいぞうりをおろすのは、うれしかったにちがいない。じぶんのぞうりをじぶんの手でつくるのも、五年生になってからのしごとである。日曜日に、だれかの家へあつまってぞうりをつくるのはたのしかった。

小さな子どもらは、うらやましそうにそれをながめて、しらずしらずのうちに、ぞうりづくりをおぼえていく。小さな子どもたちにとって、五年生になるということは、ひとり立ちを意味するほどのことであった。しかし、分教場もたのしかった。

分教場の先生はふたりで、うんととしよりの男先生と、子どものようなわかいおなご先生がくるにきまっていた。それはまるで、そういう規則があるかのように、大むかしからそうだった。

教職室のとなりの宿直室に男先生はすみつき、おなご先生は遠い道をかよってくるのも、男先生が、三、四年を受け持ち、おなご先生が一、二年とぜんぶの唱歌と四年女生の裁縫をおしえる、それも、むかしからのきまりであった。

生徒たちは先生をよぶのに名をいわず、男先生、おなご先生といった。年よりの男先生が恩給をたのしみにこしをすえているのと反対に、おなご先生のほうは一年かせいぜい二年すると転任した。なんでも、校長になれない男先生の教師としての最後のつとめと、新米の先生が苦労のしはじめを、この岬の村の教場でつとめるのだというわさもあるが、うそかほうとかはわからない。だが、だいたいほんとうのようでもある。

そうして、昭和三年の四月四日にもどろう。その朝、岬の村の五年以上の生徒たちは、本校まで五キロの道をいそいそとあるいていた。みんな、それぞれ一つずつ進級したことに心をはずませ、足もともかるかったのだ。

（中略）

きょうはじめて教壇に立った大石先生の心に、きょうはじめて集団生活につながった十二人の一年生のひとみは、それぞれ個性にかがやいてことさら印象がかくうつったのである。

このひとみを、どうしてにごしてよいものか。

その日、ペダルをふんで八キロの道を一本松の村へとかえっていく大石先生のはつらつとしたすがたは、朝よりいっそうおてんばらしく、村人の目にうつった。
「さよなら。」
「さよなら。」
出あう人みんなにあいさつをしながら走ったが、へんじをかえす人はすくなかった。ときたまあっても、だまってうなずくだけである。そのはずで、村ではもう大石先生批判の声があがっていたのだ。
――みんなのあだ名まで帳面につけこんだそうな。
――西口屋のミイさんのことを、かわいらしいとゆうたそうな。
――もう、はやのこめ（さっそく）から、ひいきしよる。西口屋じゃ、なんぞもっていっておじょうずしたんかもしれん。
なんにもしらぬ大石先生は、小がらなからだをかろやかにのせて、村はずれの坂道にさしかかると、すこし前こごみになって足に力をくわえ、このはりきった思いを一刻も早く母にかたろうと、ペダルをふみつづけた。あるけばたいして感じないほどのゆるやかな坂道は、いきにはこころよくすべりこんだのだが、そのこころよさがかえりには重い荷物となる。そんなことさえ、かえりでよかったとありがたがる、すなおなきもちであった。
やがて平坦な道にさしかかると、朝がた出あった生徒の一団もかえってきた。
――大石（おおいし）、小石（こいし）。
――大石、小石。
いくにんもの声のたばが、自転車の速度につれ大きくきこえてくる。なんのことかはじめはわからなかった先生も、それがじぶんのこととわかると思わず声を出してわらった。それがあだ名になったと、さとったからだ。わざと、リリリリリとベルをならし、すれちがいながら、高い声でいった。
「さよならあ。」
わあっと喚声があがり、また、大石小石と、よびかける声が遠のいていく。
おなご先生のほかに、小石先生という名がその日生まれたのである。からだが小つぶなからでもあるだろう。あたらしい自転車に夕日がまぶしくうつり、きらきらさせながら小石先生のすがたは岬（みさき）の道を走っていった。

【譯文】

『二十四隻眼睛』 壺井榮

如果說十年為一輪，那麼，故事發生在兩輪有半之前。說起當時世間大事，應該是修改選舉規定，誕生了新的普通選舉法。二月進行第一次選舉。故事發生在其過後兩個月。昭和三年四月四日，一位年輕女教師赴任瀨戶內海某一島嶼沿岸的一個小小寒村。

小島伸出狹長的岬角，瀨戶內海的海水流滯於島身凹處，如同一汪湖面。百餘戶人家的小村子坐落在岬角的岸邊。人們想去岬角另一面的小鎮或村莊，必須乘船或沿着綿延崎嶇的山路跋涉步行。由於交通很不方便，小學四年級以下的學生在村裡的分校上學，到了五年級，學生要走讀到五公里以外的本村小學去上學。

手工編製的草鞋一天就用破一雙。學生們以此為自豪。每天早晨，當看到備有一雙新的草鞋時自然會感到格外高興。自己的草鞋要自己親手編製，但這是上了五年級以後的事情。每到星期天，大家聚在誰家編製草鞋，委實是件十分快樂的事情。

這對小孩子們來說真是讓人羨慕。他們看着他們，日常天久，不知不覺掌握了編草鞋的技能。但是，去分校學習也很快活。

分校有兩位教員。年紀較大的男老師和如同少女般的年輕女老師。這樣的教員配置似乎如同規則，已成慣例。職員室旁邊是夜間值班室，男老師住在房間的一角。而女老師則每天要從遠方通勤。男老師負責教三、四年級學生，女老師負責教一、二年級和全年級的唱歌以及四年級的縫製課。這些也是從過去例行下來的。

學生們對老師的稱呼從來不叫名字，叫「男老師」「女老師」。上年歲的男老師最愉快的事情是坐等發工資。女老師的赴任期最多一到兩年。島嶼寒村中紛言紛語，那男老師還不適應做校長，這兒就是他最後的工作了；剛來的老師，新來乍到，很不容易。這些不知是否可信。但情況基本如此。

話題返回昭和三年的四月四日這天。一大早，島村五年級以上的學生們踏上了去本校的路程，離這兒有五公里。同學們又升到高一年級，個個喜氣洋洋，走起路來英姿颯爽。

（略）

今天，大石老師第一次登上教室的講台。她的第一印象是，從今天開始十二位一年級的學生即將成為一個班集體，十二雙眼睛中閃動着異彩，顯露出各自不同的性格。

怎樣才能使他們的眼睛更加明亮呢？

大石老師家住在離此有八公里路程的村子——「一棵松」。那天，她腳踩踏板蹬着自行車，輕鬆活潑地飛馳在回家的路上。比起早上來校時，似乎更是雄心滿懷。她的身影引起村裡人的注目。

「再見。」

「再見。」

「再見。」

她一邊飛馳一邊向路邊的人們打招呼。但回應她的卻寥寥無幾。即使有人回應也只不過點頭示意一下而已。正為如此，村裡人對大石老師說三道四，沒抱好感。

——聽說點名冊上都寫下外號了。

——聽人說，她還誇西口店兒家的小眯長得喜人什麼的。

——所以呀，偏心眼兒嘛。西口店兒不管怎麼說也許會來事唄。

村裡人議論的事情大石全無所知。身材小小的她輕快地蹬着自行車，當她行到離開村口的上坡路時，身子稍稍傾向前用力蹬着踏板，毫無間歇地跑着。她想把自己一天的感受儘快告訴母親。

雖說是坡路但有些地段還算平坦。她想，回家時很吃力，但好就好在去學校時一路爽快。

正當她行駛在較平坦的路面時，遇到早晨的學生們也在歸途之中。

——大石，小石。

——大石，小石。

只聽到童聲齊呼。隨着自行車的速度，呼聲越來越大。起先，她不知是怎麼一回事。可是即刻明白，原來他們是在叫自己，她不由得笑出聲來。她突然明白那是給自己的綽號。她故意鈴鈴鈴地響着車鈴，一邊和他們擦身而過，一邊高聲喊着「再見——。」

「哇——」大家齊聲歡叫起來。接着又是「大石小石」地歡呼着。聲音漸漸遠去。

這天，除「女老師」外，「小石」這一名字誕生了。也許是因為她身材小巧玲瓏的緣故吧。在夕陽的反照下，嶄新的自行車十分耀眼。車輪閃動着光環，小石的身影滑行在岬角的山路上。

【作品梗概】

昭和三年（1928）四月四日，一位年輕女教師赴任瀨戸內海某島嶼只有百戸人家的寒村。這裡因交通不便，所以只設有小學分校。

分校有兩位教員。按照歷來做法，男教員負責教三、四年級，年輕女教員負責一、二年級教學並擔任全校各年級的音樂課和四年級女生的縫紉課。學生升到五年級時就要每天走讀母校，單程五公里。

早晨，幾個學生一邊興緻勃勃地走在去學校的路上，一邊議論即將見到年輕女教師的事情。這時，他們看到一位穿着套裝衣裙，騎着自行車的女子。女子朝他們笑笑喊道，「早安呀！」自行車隨着聲音飛過孩子們的身旁。孩子們望着遠去的背影，半天說不出話來。從此，身着西服，腳蹬自行車的女教師成了村裡人們議論的話題。

女教師名叫大石久子，家住入江岸背面的村子，村前有一顆大松樹。父親已去世，為了照顧母親，師範學校畢業后在分校工作一年。家離學校單程八公里，每天往返通勤。租用的自行車按月付款，西服是母親把和服染成黑色改制的。但是，儘管如此，村人們還是議論紛紛，認為她太趕時髦，看不慣。

自己任教的第一節課開始了。十二個學生一雙雙充滿生機活力而又顯露着不同性格的眼睛給她留下深刻印象。怎樣才能使他們的眼睛更加明澈呢？

然而第二天，村裡就有人對她開始說三道四。說她把學生的外號記到點名冊上；偏向長得好看的孩子等等。對此大石卻一無所知，騎着自行車飛馳在回家的路上。當她遇到自己的學生時，只聽到「大石小石、大石小石」的喊聲。年輕的女教師摸不清頭腦。當她知道是在叫自己時，不由得笑出聲來。學校生活開始了。她感到第一件苦惱的事情是，村人不能夠接受她的自行車和西服。

第二學期初，村子受到風災。大石向孩子們詢問村人受災的情況。她決定領着學生慰問村人，可是卻沒人響應。大家一起掃除時，「老師，仁太家的牆塌了，可看到屋裡面。奶奶躲進壁櫥看着天花板」。益野說著，歪着臉學着仁太奶奶看天井的樣子。老師不由得笑起來。

「那老師真是的，有什麼好笑的！是幸災樂禍吧！」雜貨店的老闆娘怒氣沖沖地和旁邊店子的老闆娘故意大聲宣揚，老師對人受災還哈哈大笑呢。

老師看到孩子們很沉悶於是說，「別說這些了，是小石不好。我們在海濱唱歌吧。」她的嘴角是在笑着，而眼睛里卻滿含着淚水。這些都沒有逃出孩子們的眼睛。只有唱歌才會提起精神。

唱完歌，我們回家吧。老師說著起身拍拍衣裙的塵土。當她一隻腳後退時，只聽到一聲慘叫。她的腿落入陷阱摔倒了，孩子們慌亂一團。老師的腳疼痛難忍，終於被送到街鎮的醫院。

十天半個月過去了還不見老師歸來。教員室外立着的自行車上已落滿灰塵。孩子們個個無精打采。她在孩子們中間已人氣很高。村人們也感到不是個滋味，都在後悔自己對老師的不當態度。

特別是一年級的孩子們非常想念老師。「我想去看老師。」「那好。我們去看老師吧。走着去。給她個驚喜吧。」十二個孩子上路了。山路彎彎，「一棵松」遙遙無望。八公里的路程這對孩子們來說還是第一次體驗。興緻勃勃的孩子們漸漸默默無語，心裡越來越沒底。孩子們已經飢腸轆轆，疲憊不堪。竹一和美佐子的一隻草鞋鼻緒斷了。竹一把另一隻草鞋讓給美佐子，自己打起赤腳走路。有幾個女孩蹲在路旁哭起來。她們實在是走不動了。

這時，只見前方有一輛客運公共汽車響着警笛開過來，車窗探出一張熟悉的面孔。孩子們沒有想到，她就是日思夜想的大石老師。他們頓時歡欣鼓舞，不由得跟在車后跑起來。老師拄着雙拐在等他們。她滿面笑容卻湧出淚水。孩子們在老師家吃了麵條，又在一棵松前合了影。大石老師腳傷治癒后返回母校。

四年後（昭和7年），孩子們升學母校，和時隔已久未見的大石老師重逢。日本遭到東北饑饉，接連發生滿洲事件、第一次上海事變等。戰爭的暗影投向大石和她的學生。昭和八年（1933），村裡充滿好戰氣氛。學生們都志向於參戰，做個戰鬥英雄。「作漁民不如去打仗！」，「我要做一個軍人！」對此，大石卻說，「你們還是要好好考慮考慮。」她感到一種難以言狀的寂寞籠罩心頭，因為她的學生中一半以上都希望去打仗。學校開始進行戰時教育。

新學期開始大石辭去教職。後來的八年裡大石結婚，已是育有三子的母親。國民都在接受全身心投入戰爭的教育。昭和十六年（1941）十二月，島村的孩子們出征赴戰。出發之日大石為他們送行，贈送他們在一棵松前的合影，並囑咐他們，「不去榮譽戰死，而是要活着回來。」

戰爭結束第二年，大石丈夫死於疆場，排行老三因病離世。她以臨時教員回到學校。當她在一年級十個學生面前點名時，發現其中有不少是曾教過的十二個學生的親戚或後代。看着他們一雙雙異同前代的眼睛，悲傷難忍。

在益野經營的料理店，大家準備為大石老師舉行復職歡迎會。五個男孩子中，竹一、阿正、仁太三人陣亡，富士子失蹤。琴江死去。她死前，既無醫又無葯被擱置一旁，當人們發現時她已停止呼吸，享年二十二歲。早苗和小鶴實現了理想，一個當了教員，一個做了助產士。益野繼承料理店的家業。磯吉雙目失明，以做按摩師維持生計。他們聚為一堂。一棵松的照片成了話題。磯吉面對照片，「我能看見照片，最中間的是老師。老師前面是我和竹一還有仁太，我們三個並排。老師的右面是益野，這邊是富士子。然後是……」。

磯吉手指摸着上面的人物一個個確認着自己的學友，人物和其名一一錯開。「對，對，沒錯。」大石老師點頭應答，聲音明快。然而，淚水卻如同泉涌。益野唱起『荒城之月』，早苗已泣不成聲。

「如果說一輪為十年，那麼，故事發生在兩輪有半之前。說起當時世間大事，應該是修改選舉規定，誕生了普通選舉法。二月進行了第一次選舉。故事發生在其兩個月過後。昭和三年（1928）四月四日，一位年輕女教師赴任瀨戶內海某一島嶼沿岸的一個小小寒村。」

這是小說的開場白，文體構成精巧至極。極其簡明的敘述中卻使人感受到歷史和社會實況。主人公以此背景出場。昭和初期，身穿制服腳蹬自行車的女教員出現在寒村鄉間。這樣的摩登人物無論如何是令人接受不了的。但是，她對十二名學生的教育傾注心血，贏得學生信賴。學生們把她看作母親。村人也漸漸對她排除了偏見。

故事背景是香川縣的小豆島。描寫了女教員大石和她的十二個學生的滄桑人生。樸實而單純的學生，因為一場戰爭使他們的命運發生了翻天覆地的變化。作品潛藏主題毫無疑問是對戰爭的批判。但是，作品中卻絲毫看不到有激烈的批判詞句和口號。作者以庶民百姓的視點出發，通過人物展示出國民的生活實況，以人物在現實生活中的心理變化體現出日本昭和時代的歷史，以及歷史造成的人間悲劇。

作品是部長篇小說。最先在基督教雜誌『Nuage』（昭和27年（1952）二號～十一號）連載。十二月由光文社發行單行本。后受到世人矚目。一九五四年，又由松竹製片廠拍成電影（導演木下惠介，主演高峰秀子），票房率創空前紀錄。

【作者】

壺井榮（1899～1967），小說家、詩人。活躍領域主要為兒童文學。香川縣小豆島人。創作主題主要體現「反戰」、「反核」、「戰災孤兒」、「庶民生活」等。內海高等學校畢業。少女時代深受『少女之友』[*1]、『少女世界』[*2]影響。一九一五年（大正4）開始，歷經奉職於小豆島郵電局及村政府。一九二五年（大正14）上京，與著名詩人壺井繁治[*3]結婚，並與林芙美子、平林Taiko、宮本百合子等成為摯交，開始寫小說。一九三八年在『文藝』[*4]發表『蘿蔔葉』一舉成名。后發表眾多作品。一九四一年『曆』獲第四屆新潮文藝獎。一九五一年『有柿樹的住舍』獲第一屆兒童文學獎。一九五二年『沒有母親的孩子和沒有孩子的母親』獲第二屆藝術選獎文部大臣獎。一九五四年『二十四隻眼睛』（1952年創作）影視化，轟動全國，成為不朽之作。一九五五年（昭和30）獲日本第七屆女作家獎。一九六七年（昭和42）病逝，享年六十七歲。有『壺井榮作品集』全25卷（築摩書房1956）、『壺井榮全集』全10卷（築摩書房1968）等。一九七六年香川縣設置面向兒童的「壺井榮獎」。

*1 一九〇八年（明治41）由「實業日本」創刊。屆時曾登載過川端康成「乙女之港」、中原淳一插畫作品等。名氣頗高。一九五五年休刊。

*2 一九〇六年（明治39）由博文社創刊的少女雜誌。登載過川端康成「薔薇幽靈」（昭和2・10）、與謝野晶子「金魚女傭」等眾多文學作品。曾創發行量達近二十萬冊紀錄。

*3 （1897～1975）詩人，小豆島人。早稻田大學英文科中退。一九二二年（大正11）創刊個人雜誌『出發』。一九二五年（大正14）與同鄉岩井榮結婚。曾任「詩人會議」運營委員會委員長。代表作品有『風船』等。有『壺井繁治全詩集』。

*4 日本五大文藝雜誌（『新潮』（新潮社發行）、『文學界』（文藝春秋發行）、『群像』（講談社發行）、『昴』（集英社發行））之一。

一九三三年由改造社創刊，一九四四年由河出書房接替主持。右記五大雜誌多有登載短篇、中篇文學作品及芥川獎候選作品。

六　戰後文學

1　老文學家的復活

日本戰敗當時，老文學家永井荷風『舞女』、『荷風日曆』、谷崎潤一郎『細雪』（中・下）、正宗白鳥『戰災者的悲哀』、志賀直哉『灰色月亮』等先後亮相，形成了出版系列的文學景象。不久，文學界開始出現新氣象。

2　民主主義文學

一九四五年（昭和20）末，曾經在無產階級文學佔主導地位的作家宮本百合子、中野重治、德永直、佐多稻子成立「新日本文學會」，重新舉起「民主主義文學」旗幟。宮本『播州平野』、『兩個庭院』、『道標』、德永『妻，你安息吧』等十分矚目。他們樹立了新的寫實主義，使以往的無產階級文學得到進一步發展。

3　戰後文學的湧現

在民主主義文學興起的同時，「戰後派文學」（指戰後派。法國第一次世界大戰後出生的新一代年輕作家，反逆戰前風俗、習慣、道德、文化，在文學概念和寫作技巧方面主張改革寫實主義。）也逐漸走向盛行。代表作品有野間宏『黑暗繪畫』、椎名麟三『重流之中』、梅崎春生『櫻島』、中村真一郎『死影下』等。這些戰後派作家克服了日本文學傳統舊模式，力求吸收西歐二十世紀文學新風尚，受到世人注目。一九四五年（昭和20）末，創刊『近代文學』，代表人物有荒正人、平野謙、佐々木基一、本田秋五、埴谷雄高、山室靜、小田切秀雄。他們認為，在過去的無產階級運動時代，自己這代人忍受過不盡人意的屈從，因此主張文學要脫離政治色彩，確立「近代的自我主張」。

但是，由於一九五〇年（昭和25）后社會情形的變化，他們的主張也開始趨於改變，漸漸體現出文學的個性化，作家們也都各自一方從事活動。這期間，戰後第二批文學秀作問世，有三島由紀夫『假面告白』、武田泰淳『蝮末』、大岡昇平『俘虜記』、『野火』、堀田善衛『廣場的孤獨』、安部公房『壁』，劇作家木下順二『夕鶴』等。他們的作品被稱為戰後第二代文學。

4 虛無主義文學

有一部分作家對日本近代文學的傳統持有深疑和批判態度，代表有志賀直哉等人。他們作為戰前文學家直到戰後，作品體現了「虛無主義」和「頹廢」主義思想。織田作之助『世相』、太宰治『斜陽』『人間失格』均為當時的代表作。他們都曾在年輕時深受馬克思主義影響。然而也正是從這時起，他們脫離了馬克思主義。由於心靈的挫折使他們的文學風格體現出悲觀和自滅傾向。坂口安吾『白痴』、石川淳『黃金傳說』以獨特的反俗精神為基調，展現出新的文學風格，充分表達戰後虛無和頹廢的實像。他們作為戰後文壇的主將十分活躍。

5 理智性文學

令人矚目的作品高見順『在我心底』、阿部知二『朦朧夜』、伊藤整『鳴海仙吉』、『火鳥』等，展現出知識型和理智型風格。伊藤整通過『小說的方法』開展文學批評活動，主張廣泛吸收西方文學教養，探究日本近代文學中私小說的特點。

6 私小說和風俗小說

傳統式私小說或用寫實手法描寫戰後荒廢風俗的「風俗小說」開始盛行，並在文壇佔有主要地位。被稱為正統私小說的有上林曉『在聖使徒約翰醫院』、尾崎一雄『蟲之種種』等。風俗小說代表作有丹羽文雄『令人生厭的年齡』、田村太次郎『肉體之門』、舟橋聖一『鵝毛』、石坂洋次郎『青色山脈』、石川達三『被風吹動的蘆葦』等。系統派作家的作品有林芙美子『晚菊』、原無產階級文學作家平林 Taiko『這樣的女人』等。另外，歷史小說和畫書也開始流行。

戰後文學中，川端康成『山音』、『千羽鶴』、井伏鱒二『遙拜隊長』、中山秀義『Tenian 末日』、野上彌生子『迷路』等均擁有眾多讀者。

7 戰後文學的曲折道路及其新氣勢

一九五〇年朝鮮戰爭爆發，締結講和條約。日本「戰後文學」形勢也開始發生變化。在當時的社會動搖和危機中，中國文學研究大家竹內好以及眾多日本文學研究者發起了新的運動，他們對日本文學進行全面反省，試圖將其推向「新國民文學」。在「大眾傳媒」現象不斷發展中，所謂純文學的中間小說和商業主義小說逐漸流行。

一九五二年（昭和27）前後，戰後第二代新人群開始活躍。主要作品有野間宏『真空地帶』、武田泰淳『風媒花』、大岡昇平『武藏野夫人』、椎名麟三『自由彼岸』等。這些作品的問世一掃以往文學中籠罩的「晦澀」。接着，第三代戰後文學派逐次誕生。如，安岡章太郎『惡友』、吉行淳之助『驟雨』、庄野潤三『游泳池邊小景』、遠藤周作『白人』、島尾敏雄『死棘』。第二代新人文學風格特點是設定異常極限條件，反逆式意識較強。而第三代新人的文學特點則是首先設制日常性和非政治性框架，欲求藝術上的完美。這種傾向至今為日本社會在相對或現象的穩定上起到了很大作用。這一時期，如井上靖、松本清張等具有堅實技術的素材派作家作為優秀的短篇小說家開始活躍起來。

進入一九五五年（昭和30），石原慎太郎『太陽的季節』誕生。內容上，果敢地脫離道德且毫無目的構思迎合了大眾媒介的要求，引起巨大轟動。乘其新氣勢，翌年，深澤七郎『楢山節考』誕生。伊藤整『泛濫』、三島由紀夫『金閣寺』等十分引人注目。幾乎在同一時期，金達壽『玄海灘』、西野辰吉『秩父困民黨』、霜多正次『沖繩島』等作品，用寫實主義手法直接表達現實的政治狀況。然而，年輕作家大江健三郎『惡苗早除』、開高健『赤裸王』、井上光晴『地群』、阿部公房『砂女』等突破一般，以完全異質的、嶄新的且多樣化寫作風格，探究了包括社會性和政治性人生價值及人之社會。

一九六〇年（昭和35）六月，日本為反對新安保條約的批准發起五百八十萬人參加的空前規模的遊行示威活動。眾多文學者以安保為主題，對政治大加發言。之後，政治運動、學生運動、文化運動連連興起，提出戰後以來文學中存在的各種問題以及對此的重新認識。純文學和大眾文學問題也列入此列。一九六二年（昭和37），純文學和大眾文學問題成為議論的主題。與此為關聯，有作家提出「以戰後文學為幻影」的發言。在討論戰後文學本身問題的同時也討論了戰後民主主義實體問題。也就是說，「明治維新的百年中，戰後二十年的文學意味着什麼？」這一問題成為議論的焦點。

年輕一代作家的旗手大江健三郎也認為這是一個大課題。批評家江藤淳以『夏目漱石』和『小林秀雄』再次提出文學的傳統秩序問題。小田實以『什麼都要看』、『美國』，高橋和巳以『悲器』、『憂鬱黨派』，提出了自己的獨特見解，力圖徹底剖析現實。北杜夫（『夜霧之隅』、『楡家人』）是位幽默作家。吉本隆明（『藝術的抵抗和挫折』、『語言的「美」是什麼』）在安保問題以後，作為評論家積極活動，給年輕作家與極大影響。大西巨人長篇『神聖喜劇』也是一部徹底探究戰後文學現狀的作品。

上一世紀七〇年代是動蕩時期。戰後文學也可以說是日本文學新的創造。

作品選節

『芽むしり仔撃ち』　大江　健三郎

第一章　到着

夜更けに仲間の少年の二人が脱走したので、夜明けになっても僕らは出発しなかった。そして僕らは、夜のあいだに乾かなかった草色の硬い外套を淡い朝の陽に干したり、低い生垣の向うの鋪道、その向う、無花果の数本の向うの代赭色の川を見たりして短い時間を過ごした。前日の猛だけしい雨が鋪道をひびわれさせ、その鋭く切れたひびのあいだを清冽な水が流れ、川は雨水とそれに融かされた雪、決壊した貯水池からの水で増水し、激しい音を立てて盛りあがり、犬や猫、鼠などの死骸をすばらしい早さで運び去って行った。

　それから鋪道に村の子供たちや女たちが集まってき、彼らは好奇心と恥らいと、鈍重なふてぶてしさをたたえた眼で僕らを見つめ、彼らの間で低く熱っぽい囁きと不意の高笑いとをかわし、僕らを憤らせた。僕らは彼らにとってまったくの異邦人だった。僕らのなかには生垣まで歩みよって、自分の小さく赤っぽい杏の実のような未発育なセクスを、彼ら村の人間たちに誇示する者もいた。子供たちの群れのくすくす笑いと動揺とをかきわけて、前に進んで来た村の中年の女が唇を緊張にとがらせてそれを覗きこみ、顔を真赤にして笑いながら、乳飲児をかかえた彼女の友人たちに卑猥な言葉で報告する。しかし、僕らにとってその遊びはあまりに数かずの村でくりかえされてきたものであったし、感化院の少年たちの間で行なわれる一種の割礼と、それをこうむったセクスへの恥しらずで昂奮しやすい農婦の大仰な反応も、すでに僕らを楽しがらせるものではなかった。

　そこで僕らは、生垣の向うに執拗に立ちつくして僕らを見つめている村の人間たちをすっかり無視することに定めるのだった。僕らは檻のなかの獣のように生垣のこちら側を歩きまわり、あるいは陽に乾いた踏石の上に腰をかけて濃い褐色の地面の淡い葉かげを見つめ、そのともすると揺れうごくあさぎいろの輪郭を指さきでなぞったりする。

　しかし、僕の弟だけは、生垣の霧の水滴をこびりつかせている硬いつばき科の革質の葉のむらがりに上着の胸を濡らしながら乗り出して、逆に村の人間たちを見まもり観察していた。弟にとっては、村の人間たちのほうが極めて珍しく好奇心を眼ざめさせる異邦人なのだった。そして弟は、時どき僕のところへ駈けてきては、感動に声をうわずらせ熱い息を僕の耳たぶにからませて、村の子供のトラコーマにおかされた眼、割れた唇、村の女たちの畑仕事のために黒ずみつぶれている魁偉(かいい)な指さきなどについて熱中して説明するのだった。僕は村の人間たちの注視のなかで、弟の薔薇色(ばらいろ)に輝く頬、うるんだ虹彩(こうさい)の美しさを誇りに感じたものだった。

（略）

【譯文】

『劣苗早除』　大江健三郎

第一章　到達

深夜，有兩名少年夥伴逃走。為此，天明後我們沒能繼續趕路。於是我們時而把夜裡打濕的僵硬的草綠色外套放在早晨淡淡的陽光下鋪開晾曬，時而眺望赤黃色的小河流水。低低的石埂牆外是一條鋪路，鋪路對面有幾棵無花果樹，樹的對面流淌着河水。我們在此將度過片刻。昨天的一場大雨使鋪路裂縫條條，這些尖刻的縫隙中流動着清冷的水流。河水摻和着雨水和融雪，儲水池的水從潰口灌入河中，河槽漲滿。嘩嘩流水聲陣陣傳來。湍湍急流快速利落地流送着貓狗鼠類的屍骸。

村裡的小孩和女人們聚集在鋪道，用好奇而羞澀的眼光注視着他們。那是一雙雙獃滯而又目中無人的眼睛。他們中間，有的人一邊熱烈私語，一邊暢心高笑。其意費解。這使我們很氣憤。對他們來說，我們都是徹頭徹尾的西洋景、外星人。我們中間，也有人走到石埂牆邊，裸露出小而發紅，如同杏果尚未發育成熟的恥部向村裡的人們誇示。一堆小孩中發出哧哧笑聲，騷動一番。走到前列的中年婦女緊張地撅起嘴唇觀望着這些，臉上泛起赤潮。她一邊笑着一邊和抱着嬰兒的女人們用下流的語言描述着看到的情形。然而對我們來說，這種玩法已經習以為常。因為我們每走到一個村子都會有這樣的演示。感化院少年進行的這種割禮和蒙受裸露展示的恥部，使村婦們忘卻羞恥，輕而易舉與奮起來。她們這種虛張聲勢的反響，對我們來說已經不會再感到開心。

我們完全無視那些執意站在石埂矮牆外側目不轉睛盯着我們的村民。我們如同被關在籠中的獸類，在石埂牆內側來回走動，或是坐在灑滿陽光已經乾燥的踏石上，凝視映照在褐色地面上淡淡的葉影，或是用手指在地上畫著隨風移動的淡綠色的影廓。

但是，只有弟弟卻不同。他把石埂上積存的露水用僵硬的山茶樹葉舀起來，一邊往上衣的胸前抹着，一邊開始注視觀察村人。對弟弟來說，村人們才是怪怪的，才是讓人好奇的西洋景、外星人。弟弟時而跑到我跟前貼着我的耳朵，呼着熱氣，飄飄然而又激情滿懷地描述村人的群像，村孩兒的沙眼；裂着血口的嘴唇；女人們因做農活而變得粗壯乾裂、熬黑的手指，等等。在村人的眾目睽睽之中，弟弟的臉龐卻泛着玫瑰色的光彩，如同彩虹般美麗。使我感到自豪。

（略）

【作品梗概】

第二次世界大戰末期，「感化院」的少年們被集體疏散到山裡一個偏僻的寒村。在這個村子里少年們受到強制勞動。由於疫病蔓延，村裡人都外出躲避，封鎖了出村的唯一道路。少年們別無出路，於是，他們決心團結起來試圖在村裡建設「自由王國」。後來，村人返回村裡，發生了暴力事件。少年們和村裡人產生了嚴重對立。被困在村裡的少年們在「團結」的意識下提出「自由」。然而最終卻被返回的村人打得粉碎。少年們被禁閉罰跪。村長對少年的行為沒有通報教官。村人們的生活一如既往，要求少年們統一口徑說村裡沒有發生疫病。少年們開始時對村長具有反抗意識，後來漸漸迫於屈從。但是，堅持「抵抗」到底的「我」最終被流放出村。

「深夜，有兩名少年夥伴逃走。因此，天明後我們沒能繼續趕路。」

這段是作品的開場文。文中的「我們」是感化院的少年，他們被集體押送將要到達一個偏僻的山村。文中的「趕路」是指他們正在去往目的地的途中。這時有兩位少年脫逃。領隊的教官聯繫警方並要求協助尋找。他們徒步行路去往目的地。在此期間，途中路經的幾個村子，均遭到不予接受，因此這次路程最終用了三周的時間。他們一行十五人再加上一名教官懵懵懂懂地行路，尋找着能夠落腳的村子。

有研究認為，故事發生在昭和十九年至二十年（1944～45）之間，是一個實事的話題。作者在具有實事性事件中注入創作力和想象力。被疏散到偏僻寒村的少年是「高牆內之人」。這一表象是作者處女作『奇妙工作』以來提示出的對人的認識。而在這次作品中描寫的「人」是一批柔弱人群。這些所謂的「人」，日常是被動的，作為是徒勞的，人生是絕望的。這種對人的認識上，作者發揮充分的想象力，構築了一個戲劇性的完整世界。被描寫的主人公是未成年之人。作者筆下的「未成年人」包含着多重意義。其一，已經失去孩兒的天真；其二，對社會風俗的反抗。為此，他們遭到慘重失敗。最終結果不得不說，一切都是徒勞的，絕望的。這裡涵有作者的創作意圖，即，面對現實習俗這堵牆壁，作為弱者，不會讓人們所接受。作者的「高牆內之人」，即，弱者即使是掌握並堅持正確而到頭來只不過是徒勞一場。作品的主人公們無疑被賦予了弱者的性格。但是，作品中的「弱者」在日常一切均被動的情況下，並沒有坐等待斃。他們力圖獲取自由，衝出高牆，為此做出巨大努力。然而，最終卻遭到徹底挫傷和失敗。但是，作品對他們為爭取自由而覺醒的構圖上，可以說，作者在作品的戲劇性構成中起到了重要的轉折作用。

作品最後有一段村長的訓話，「對你們這樣的傢伙，從小就沒抱什麼希望。劣苗要早除。我們都是庶民百姓，不成器的芽子就是要即早掰掉。」這段話也是作品題目命名的由來。題目體現出作者創作意圖的蘊涵，即，我們的少年們被圍在社會習俗的圍牆之中。這堵高大而堅厚的牆壁攻不可破。作者把其中非人的內幕和現實托現和揭露給讀者。

這部作品發表於昭和時代的一九五八年，是作者第一部長篇小說。他在事後回憶中提到，「這部小說對我來說是一部最令人感到幸福的作品。同嘗從童年的回憶到人生的甘苦，自己的這些心懷用小說的形式能夠自由而坦誠表白，委實是一件非常愉快的事情。」作者在『大江健三郎作家談自己』（新潮社 2007）中談到這一作品時還說，那是一個殺人的時代。戰爭如同巨大的洪水猛獸吞噬人類，使人類在情念上變得狂虐暴行。在那個瘋狂、殘忍、暴虐的時代，有光滑皮膚和栗色汗毛的人，有無惡不作的人。這些人中間，有對具有不良傾向的少年進行判定的人。致使被判定之人受到監禁，失去人生自由。這些人有着一種奇妙而變態的狂熱。作品的描寫是黑暗而污穢的，無法明快起來。如此表達的可能是因為，無論作者也好，時代也好，通過創作的想像，就是要把世人無法知曉的恐怖托現出來。

【作者】

大江健三郎（1935～）愛媛縣人，小說家、活動家。東京大學法文學科畢業。被稱為繼承第三代新人之後的新一代作家。一九五七年學生時代時，在『東京大學新聞』連載處女作『奇妙工作』獲五月祭獎。同年在『世界文學』發表『死者奢華』，以學生作家一舉成名。一九五八年（昭和33）發表第一部長篇小說『劣苗早除』。同年發表小說『飼育』獲芥川獎（當時23歲，為該獎項史上最年輕獲得者）。后受薩特存在主義*影響活躍於文壇並發表作品。一九五九年東京大學畢業，畢業論文題目為『探討薩特小說形象』，發表長篇小說『我們的時代』，描寫了青年人的憂鬱和虛無感。一九六三年患有智障的長子誕生，使他在創作思想上得到轉變，作品尤其托現青年一代對戰後社會所持有的失望、絕望和反抗意識。一九六四年發表『個人體驗』獲第十一屆新潮社文學獎。代表作之一『鳥』以想象力直面現實，創作手法獨特。其想象力成為他以後在寫作方面的根本概念和主題，也是其創作手法之一。作者創作特點為，用奇異的描寫表達戰後日本的閉塞和恐怖感，作品具有獨特的風格和文體。潛心探討核武器使用及國家主義等人類中存在的問題。具有讀破萬卷外國文學的讀書經驗。在與故鄉的自然以及長子（作曲家）的交流中，積累了豐富的「個人經驗」，又將淵博而廣泛的知識和自己的豐富經驗及思想融匯一體，形成多重世界觀。創作中繼承前人優秀之處，廣泛思考探究人類中存在的各種課題，並以大膽手法予以創作。一九九四年成為日本第二位諾貝爾文學獎獲得者。授獎理由為，「以詩一般想象力，創造出凝聚着現實和神話交織為一體的夢幻世界。構畫出現代人多種而深刻的實像」。

作者多次訪問廣島參加國際規模的反核活動，並將此體驗寫成作品『廣島筆記』，提出核武器戰爭造成「人類固有悲劇」。在政治方面，一貫持有反對國家主義和天皇制觀點，否定自衛隊作用。二〇〇六年（平成18）應中國社科院等部門邀請，在北京大學演講，在提到當時首相小泉純一郎參拜靖國神社時說，「是對日本和中國年輕一代未來的最大損害。」在釣魚島和竹島領土問題上，主張「是日本侵略行為所致。」

主要作品還有『萬延元年的足球』（講談社 1967）、『洪水及魂』（新潮社 1973）、『新人吆，覺醒吧』（講談社 1983）、『人生的親戚』（新潮社 1989）、『燃燒的綠樹』（雜誌『新潮』連載 1993～1995）、『溺死』（講談社 2009）等。隨筆有『世界的年輕人們』（新潮社 1962）、『小說的經驗』（朝日新聞社 1994）、『大江健三郎談自己』（新潮社 2007）等。眾多作品譯有英、法、德、俄、中國、西班牙等文版。

＊ Existentialism。指讓・保羅・薩特*、阿爾貝・加繆和德・博瓦爾為代表的無神論存在主義。又稱「薩特的存在主義」，簡稱「存在主義」。意為存在、生存、實存。存在主義哲學論述觀點不是抽象的意識、概念、本質的傳統哲學，而是注重存在，注重人生。但也不是指人的現實存在，而是精神的存在，把這種人的心理意識（焦慮、絕望、恐怖等低覺的，病態的心理意識）同社會存在與個人的現實存在相對立，把它當作唯一的真實的存在。

＊ Jen Paul Sarte（1905～1980）。法國二十世紀最重要的哲學家之一，法國無神論存在主義主要代表人物，西方社會主義最積極倡導者。一生中拒絕任何獎項的授予，包括一九六四年的諾貝爾獎。在戰後歷次鬥爭中都站在正義一邊。對各種被剝奪權力者均表示同情。也是優秀的文學家、戲劇家、評論家和社會評論家。主要作品有『存在和虛無』、『自由之路』等。

第五章　現代文學

一　現代文學

日本的所謂現代文是指明治維新以後所寫的文章，除小說、評論、隨想、日記外還包括詩歌、短歌、俳句、戲曲等。其中大部分作品用口語（現代語）撰成，但也有用文語（古語）寫成。本章選擇的作品主要為口語文。

現代文怎樣去讀？尺度有所不同。即，讀了。讀懂了。讀出味道了。對任何語言文字的文章均為如此，能正確理解其文其意，並達到深層理解實為不易。特別是文學作品中的「詩」尤其難予讀懂。例如，宮澤賢治的「不畏風雨」易讀易懂，而西脅順三郎[*1]的「天氣」就會感到很難讀懂。再例如，看到米勒[*2]的『晚鐘』會立刻明白，「黃昏時刻」，夫婦結束了一天的勞動。容易理解。而康丁斯基[*3]的『構成』（Composition）就讓人費解。就是說，文學和藝術作品大體有兩種表達，一種是具體的，一種是抽象的。畢加索的『赫尼卡[*4]』系列作品，對其畫意確實難以理解。不過，首先去了解作品創作背景以及他的素描就會得到答案。

自古以來，人們都認為花瓶口是圓形的，這是事實。但，與其相隔六米去看，瓶口並非圓形。這裡是問題的提起。人類花費了數千年才發現了這個問題。他們把事物的原本和觀察到的不可能做到統一。說明了人類在觀察事物中，最大的障礙是持有「固有觀念」。這種觀念也許存在，但換個角度去觀察，會出現不同結論。瓶口的例子說明，觀察事物最重要的是，要理論性、邏輯性去觀察和思考問題。不可帶有情緒和固有觀念，心中要回到白紙一張。欣賞文學作品，理解其深層含義，探究作家創作意圖，理論式考察思考是基本。

＊1　（1894～1982）詩人、評論家、翻譯家、水墨畫家。新瀉人。慶應義塾大學理財學科畢業。曾獲讀賣文學獎（1957）、勛二等瑞寶章（1974）。戰前為「現實主義」、「達達主義」、「Shururearisumu」運動的核心人物。一九六八年曾和谷崎潤一郎一起被列入諾貝爾文學獎候選人。代表作品有詩集『第三神話』（東京創元社 1956）、『現代寓話』（創元社 1953），評論隨筆有

『超現實主義詩論』（厚生閣書店 1929）、『西洋詩歌論』（金星堂 1932）、『西脅順三郎詩和詩論』全六卷（筑摩書店 1975）等。

＊2 Jean Francois Millet（1814～1875），法國十九世紀著名畫家。在巴黎南方的巴爾比宗村定居。他以該村風景和農民生活以及風土人情為畫題進行創作。被稱為當今「巴爾比宗派」代表畫家。大部分作品描寫大地及農民形象，並注入濃厚的宗教感情。繪畫特點為，細膩柔和，色彩明快，以神話故事為題材的作品尤為如此。代表作有『播種人』（Lesemenr 1850）、『晚鐘』（L Angelus 1857）、『拾麥穗』（Desglaneuses 1857）等。早期被介紹到日本，深受農業國度日本的青睞。

＊3 Wassily Kaninsky（1866～1944），俄羅斯著名抽象派畫家。莫斯科出身，莫斯科大學法律、政治經濟學畢業。深受法國印象派畫家莫奈的影響，三十歲立志走向畫家之路。組創「青騎派」，為「抽象表現主義」創始人。曾任莫斯科大學教授。

＊4 畢加索六十三幅系列畫作品總稱。刻畫並揭示了一九三七年納粹空軍轟炸西班牙赫尼卡慘狀。

二　文學的散文

本節中收進具有代表性文學作品中的小說、隨筆等。對每一作品從語句理解、段落劃分、人物和主題的把握以及表達等方面進行分析。這樣去讀就會積少成多，就會逐漸理解作者的創作意圖以及作品的意義和文學價值所在。不懂文學的人讀起小說有時也會感到愉悅。如同不知道水分子式及其構造也照樣喝水，不知道大氣中的氣體容積百分率也照樣呼吸一樣，文學作品，首先要讀起來，從基本開始由淺入深。正如右述的畢加索，看懂他的作品先看他的素描的例子一樣。

讀文學作品時不免要藉助字典或工具書。但字典如同一隻蝴蝶的標本。僅靠字典並不能完全了解詞意的所有。例如「初戀」一詞，字典解釋為「第一次的愛戀。」確實如此。但是對一個人來說，初戀是何時，那種內心的甜美、緊張，那種心臟的鼓動、楚痛卻沒有解釋。

「蝴蝶」，字典解釋為「鱗翅目昆蟲。有一對美麗的翅羽，花中采蜜傳蜜。種類繁多。幼蟲為青蟲、毛蟲。」字典做了詳細解釋。可是，卻沒能描寫一隻活着的蝴蝶有多麼美。圖鑑、標本固然重要，但是，如果自己不去親眼見識蝴蝶就不會理解到蝴蝶真正的美。

列那爾*這樣解釋蝴蝶，「一封對摺的情書在尋找着花叢中的門牌號碼。」這是一隻活生生的蝴蝶。見過蝴蝶的人也未必會如此來解釋蝴蝶。這就是詩人的想象。

蝴蝶有着一對美麗的鱗翅。字典上確實這麼說。但是也有缺掉一邊翅羽的蝴蝶。文學作品內涵着人的喜怒哀樂，會出現不是標本的、殘缺翅羽的蝴蝶。因此，缺了翅羽的蝴蝶，不能因為字典上沒有就不去承認它是蝴蝶。在現實中，殘缺翅羽的蝴蝶也許會很多。

看到一張異國的觀光廣告，廣告上晴空萬里，白雲飄飄，白雪晶瑩的阿爾卑斯山脈，油油綠色的牧場，教堂美麗的屋頂等等。看到這張廣告的人都想去旅行一遭。可是，那裡也有風雨。生活在那裡的人們也有艱辛如苦的勞作。這才是生活的實際情景。

從文學中知道的是，看到蝴蝶標本就要想到殘缺翅羽的蝴蝶，看到美好的觀光廣告就要想到那裡人們的艱辛。文學並不是特別為人準備的美好世界，她是人心的寫照。直接去表達並非能正確說明人的心理。一束鮮花靜靜地放在情人面前，以此表達愛情；天空慢行的朵朵白雲，凝視着它們會治癒心中的寂苦；一個對故去之人的描寫，會使人感到他永遠活在自己的心中。我們通過文學作品，去看人間世像以及人們的言行、情感就會體會到他們的心理世界。可以說，這就是人與人之間相互理解的前提。

* Jules Renard（1864～1910），法國著名小說家、詩人、劇作家。

1 詞彙的理解

同樣的詞彙也有不可融通之處。

「狗」這一詞彙無人不曉。面對「你是否喜歡狗」這一提問，不同人會浮現出狗的不同形象，狼狗，絲毛狗，愛犬，野狗……。自然，回答也會各有不同。因此，某個詞彙在這篇文章中如何使用，要根據文章內容去理解它的內涵表達。

地圖記號和詞彙是表意的記號。

登山或定向運動家，他們看到地圖就會判斷出實際地形。「文」或「㊫」（地圖學校標記）的記號為「教育設施」之意。無論城市的大學還是山村的小校舍，此記號均為統一，是具有含義的記號表達。詞彙亦如此。語言和地圖不同於照片，在人們眼中不是一個明確的形象，而是表達某個意圖的記號。靠地圖旅行的人不了解地圖的記號就會迷失方向。一張地圖包含着多種而大量的信息。如何去使用首先要正確讀解地圖。文章亦如此，要注意理解詞彙語句的含義，掌握關鍵詞、指示詞、接續詞在文章中所起到的作用。

本節文章讀解要點，1詞彙的含義和語感。理解除字典解釋外在文章中的意思表達。細看語感上下的文章內容。2關鍵詞。特別注意反覆使用的詞彙。3指示句的內容。原則上放在指示語前。也要注意到句、文及兩文以上的敘述。4接續詞的作用。順接、逆接、添加、並列、轉換等，先注意到這些詞的作用，再看內容的展開。

作品選節1

『吊るしの服』　新川（しんかわ）　和江（かずえ）

よい音楽をきいていて、それを奏でつつある人に、はげしく嫉妬することがある。いや、じつは、音そのものに嫉妬しているのかもしれない。
　言葉には吊るしの服みたいなところがあって、たとえば「あなたが好きです。」という言葉に袖を通してしまうと、袖付けが多少きゅうくつでも、上衣の丈が長すぎても、それで間に合わなければならない。いわゆる字あまりの感情や思惟はスカートやズボンの中にたくしこんで、街を歩いて行くことになる。着こなすどころか、服に着られて、背中のあたりがむず痒(がゆ)いのをがまんして。
　もっとサイズを豊富に揃えた店へ行けば?と人はいうだろう。たしかにそうだ。言葉も、分厚い辞書の中へでも探索に出かけて行けば、もって思いの寸法にぴたりの言葉に出会えるかもしれない。しかしそれとてすでに縫製された言葉で、それに袖を通すほかはないのだ。勝手な造語は私の趣味ではない。
　既製の言葉にあてはまらない微妙な感情、また言葉としてあらわしてはならない禁忌(きんき)の情念をも、音楽はこまやかに表現して、きき手の心を素手で摑(つか)むことができる。少なくとも私にはそう思える。感覚から感覚へ。この直接的受け渡しが可能な芸術に、言葉による伝達がままならず焦(じ)れている時など、とりわけ嫉妬を覚えるのだ。
　音楽にたずさわる人にとっては、音は言葉であるのだろう。そうして音は音階に縛られていて言葉よりもさらに融通のきかない、型もサイズも乏しい吊るしの服であると、嘆じられることだろう。音そのものは感覚的であっても、それを構成するしごとは、あるいは詩や小説を書くこと以上に、数理性論理性を要求される作業であるのにちがいないのだから。
　音楽というと、いつもすぐさま浮かんでくるのはキーツのつぎの詩句だ。出口保夫(でぐちやすお)氏の訳になる『ギリシャ古甕(こよう)のうた』の一節。

耳にひびく音楽は美しい、だが
耳にひびかぬ音楽は
ことさらに美しい。
さあ、その静かな笛を
吹いておくれ。
人の耳にではなく、もっとしんみりと
霊魂に、音のない歌を
吹きならしておくれ。

「美しい」という言葉が、これほど場所を得て用いられている例を、私はほかにあまり知らない。

このようにうたわれてみると、私たちの耳にはまだ聞きとられていない音楽が、宇宙いっぱいに瀰漫(びまん)しているように思えてくる。

そうして「美」とは、その音楽もさることながら、それを聞きとろうとして耳を傾ける心のうごき――運動のほうにあるのだと、言いたくなってくる。

詩も一編の作品としてかたちをなす前の作者の心の運動のほうに、いきいきとした詩があるように思う。ためらわずにそれを私は「美」と呼ぶことにする。

【譯文】

『吊排衣服』　新川和江

欣賞美好音樂時，面對演奏音樂的人，我曾產生過深深的嫉妒。不，實際上，我也許是在嫉妒音樂的音聲。語言，有時如同吊排掛着的衣服。例如，「我愛你」用吊排的衣服去比喻，這句話必須要穿過袖筒。而這衣服的袖筒多少窄些，身長有些過長，也必須要順應它。所謂「字余」[*1]的感情或思維，被放在裙或褲中行走在街上，非但不合體，反而只能忍受着背上的痛癢。

也許有人會說，去尺寸俱全的衣店如何？言之有理。詞彙也為如此，去厚厚的大辭海中查找，也許會碰到與自己想要表達的尺寸適中的詞彙。可是，那已是縫製好的語言，只能是必須要穿過袖筒的語言。隨手造語並非我的興趣。不能用既制語言去生拉硬套的人之微妙感情、非可言狀的禁忌情念，用音樂可以細膩表達，也會以此來感人肺腑，我至少這麼想。也就是說從感覺到感覺。對於這種藝術上直接傳授的可能，深感語言的傳授很不如意，總之，不免會使人產生嫉妒。

對從事音樂的人來說，也許音聲就是語言。而這種音聲卻又受到音階的束縛，比起語言更有不可融通的一面，簡直就是一件款式、尺寸均為乏匱的衣服。對此，音樂家也會嘆息。儘管音聲本身是一種感受之物，但是，作家在作品的創作構思或寫作詩歌、小說時，畢竟會受到數理性、理論性的約束，是一個在束縛下的作業。

提起音樂，我腦海里就會立即浮現出濟慈[*2]的詩句。這首詩由出口保夫[*3]譯為『希臘古甕之歌』。其中一節如下。

震動耳鼓的音樂是優美的
然而，沒有震動耳鼓的音樂更美
啊，吹起這恬靜的竹笛吧
那音聲不是震動耳鼓
而是深深震撼着心靈
吹奏起這無聲之歌吧

「美」這一詞彙能得到如此應用。這個例子我從他處無從所得。使我想到，要傾聽這樣的音樂，也就是說，在我們的耳邊還有很多無聲的音樂，而這樣的音樂卻充滿着整個宇宙。

所謂的「美」，音樂自然也為如此。我想說，要去駐耳傾聽心的鼓動——心中的萌動。

我以為，一首詩在成形之前，作者心中的萌動就已誕生了動人篇章。我毫不猶豫地呼喚，這才是真正的「美」。

＊1　「字余り（じあま）」。俳句技巧用語。指超過制約的字數。

＊2　約翰・濟慈（John Keats 1795～1821），英國浪漫主義詩人。七歲時父親落馬身亡。母親改嫁后離異。一八一四年在地方醫院學習。一八一七年發表處女作『詩集』。一八一八年出版寓意敘事詩『恩底彌翁』（Endymiōn）。一八一九年發表代表作『秋頌』（To Autumn）、『希臘古甕頌』（Odeona Grecian Um）。一八二一年患肺結核逝世，享年二十五歲。

＊3　（1925～）日本英國文學家、英國文化研究家。

這篇作品收在『新川和江』（花神社）一書。

所謂的「吊排衣服」是指服裝店裡掛售的衣服。衣服的款式、尺寸、顏色均在有限範圍。當然也有量體裁衣的時候，但依然有一定限制。文中說，「語言有如同吊排衣服之處」，即，詞彙如同衣服受到款式尺寸的限制，是「已經縫製好的詞彙」，也就是說「已經是創造好的詞彙」。而「字余」，即，超出詞彙範圍的人的感情和思維用有限的詞彙去表達，往往不盡人意。因此，作者「嫉妒」音樂。因為音樂能使人們在心靈上得到溝通。然而，音聲也受到音階的束縛。

作者用吊排衣服作比喻，認為文學和音樂不應該受到語言文字和音階的制約，不能只拘泥於視覺和聽覺的認識。所謂的「優美」，不僅僅是看到的或是聽到的，而是要用心去傾聽作家在初創時期的「心的萌動」，也就是說，要去領會作品中的深蘊涵義。震撼心靈的感動才能夠達到文學和音樂「美」的享受。

【作者】

新川和江（1929～），女詩人，小說家。茨城縣人。活躍於昭和後期及平成時代文壇。十七歲結婚後上京，開始發表小說和詩歌。一九五三年（昭和28）出版詩集處女作『睡椅』（思潮社）獲室生犀星獎，以新鮮自由之感讚頌母愛及各種人間之情。寫作特點為，巧妙使用比喻表達。『季節花詩集』（1960）獲第九屆小學館文學獎。一九八三年（昭和58）創刊『現代詩拉・梅爾』，直到一九九三年該雜誌終刊為止，領頭參加支援婦女詩人活動。作品眾多，有詩集『羅馬之秋及其他』（思潮社 1965）獲室生犀星獎，『碎麥抄』（花神社 1986）獲第五屆現代詩人獎，『星星的耕作』（1992）獲日本童謠獎，『記憶水』（思潮社 2007）獲現代詩花椿（第25屆）及丸山薰（第15屆）獎，等。多數詩歌被編寫成音樂詩。

作品選節2

『無口（むくち）な手紙』　向田（むこうだ）　邦子（くにこ）

自分がおしゃべりのせいか、男も手紙も無口なのが好きである。特に男の手紙は無口がいい。

昔、人がまだ文字を知らなかったころ、遠くにいる恋人へ気持ちを伝えるのに石を使った、と聞いたことがある。

男は、自分の気持ちにピッタリの石を探して旅人にことづける。受け取った女は、目を閉じて掌（てのひら）に石を包み込む。とがった石だと、病気か気持ちがすさんでいるのかと心がふさぎ、丸いスベスベした石だと、息災（そくさい）だな、と安心した。

「いしぶみ」というのだそうだが、こんなのが復活して、

「あなたを三年待ちました。」

沢庵石をドカンとほうり込まれても困るけれど（ほんとうにそうだとうれしいが）、「いしぶみ」こそ、ラブレターのもとではないかと思う。

現代は、しゃべりすぎの時代である。ラジオのディスク・ジョッキー、テレビの司会者、そして私などにも一端の責任があるのだが、ホームドラマがいけない。そのせいか、男の手紙が、特に若い人の手紙がおしゃべりになってきた。字や文章だけでは、男か女か分からなくなっている。

しゃべるように手紙を書くことは、手紙文例集の引き写しのこわばった、死んだ文章*に比べればけっこうなことだが、少しばかり「女々しい」のである。反対に女の手紙が「雄々しく」なってきた。男女同権がおかしなところで実を結んでいる。

月並みなことだが、

簡潔

省略

余韻

この三つに、今、その人でなければ書けない具体的な情景か言葉が、一つは欲しい。

ヨーロッパへ旅行中の友人から絵葉書が届いた。その日食べた朝・昼・晩のメニューだけが書いてあった。

この絵葉書を、私はずいぶん長いこと、料理の本のしおりに使っていた。

いい手紙、特に葉書は、字余りの俳句に似ている。行間から、情景が匂い、声が聞こえてくる。

＊ 指寫信的格式用語。

【譯文】

『簡言信函』　向田邦子

也許是由於我愛絮叨，男人也好寫信也好，我喜歡簡明扼要。尤其男人寫信，還是簡言為佳。

我曾聽說，過去文字還沒有普及時，人是用石塊來向遠方的戀人表達心情的。

男人尋找一塊和自己心情相吻合的石頭，託過路人捎給女方。收到這塊石頭的女人閉着眼睛雙手捧着石頭。如果是塊有稜有角的石頭，她會擔心對方是否健康不佳，則意亂悲傷。如果是塊圓而光滑的石頭，她會感到對方平安無事，自然放心。

聽說這就是「石文」。我想應用這種方式來表達。

「我等了你三年。」

「咚」的一聲，一塊蘿蔔腌菜石撴在面前。此時會感到這可如何是好呢？（可是內心卻萬分喜悅）。我以為，「石文」才是情書的根本。

如今時代話語過剩。廣播的音樂播音員、電視節目的主持人、還有我們這樣的人，說話要負有一定責任。然而，家庭故事劇就很難說了。也許和此有關，男人的信，特別是年輕男子的信漸漸冗長起來。僅從字裡行間、通篇文章中來看分不清是男是女。

寫這些過於啰嗦的內容，比起書寫信件的僵硬的格式死語還可以說得過去。但是，未免顯得有些「女里女氣」。相反，女人的信卻漸漸「粗獷彪悍」起來。男女同權在不應該出現的地方開花結果。

雖是極為普通之事，但寫信要簡明，扼要，餘韻。

這三點中那怕能有一點也好，渴望有人能把具體情景精而括之。

我曾接到過朋友去歐洲旅行時寄來的明信片。信上只寫了那天一日三餐的菜譜。很長時間，我把這張明信片作為烹飪書籍的書籤。

一封精彩的信函特別是明信片，如同「字余」的俳句。字裡行間可嗅到情景的氣息，可聽到那裡的聲音。

這篇作品收在『沉睡酒杯』（講談社文庫）中。作者首先指出在現時代的書信和表達上存在着絮叨、冗長、男女用語混淆參雜等弊病。作者認為，人情表達正如「石文」一樣，應該以感覺去理解。表達要有深藏和含義，而不是累積辭藻。作者提倡寫信要簡明扼要，富有餘韻。一篇好的文章，讀起來使人感到簡潔清麗，發人深省。「簡明、扼要、餘韻」，作者總結的這三大要點不僅限於書信，寫任何文章均應如此。

【作者】

向田邦子（1929～1981），東京人。做過電影雜誌編輯。后，成為著名電視劇作家、小說家。一九八〇年（昭和55）短篇連作『花名』『水獺』『犬小窩』獲第八十三屆直木獎。電視劇代表作品有『七個孫子』（TBS 1964）、『蘿蔔花』（NET 1970）、『寺內貫太郎一家』（TBS 1974）、『家族熱』（TBS 1978）、『幸福』（TBS 1980）等。小說代表作有『寺內貫太郎一家』（產經新聞社出版局 1975）、『父親的道歉信』（文藝春秋 1978）、『心靈之通』（文藝春秋 1981）、『冬天的運動會』（新潮社 1985）、『如同蠍蛇』（新潮社 1986）、『源氏物語鄰居女人』（新潮社 1991）、『沉睡人形』（Line Books 1993）等。作品特點為，通過人物等描寫，以家庭溫馨體現底層民眾的生活實況。一九八一年（昭和56）台灣旅行中因飛機失事身亡，享年五十一歲。

2　段落的分析

自然段落如同旅行相冊。在整理旅行照片時，要經過選擇和組合作業，要把其中主要照片沖洗放大，力圖突出主要內容，充分體現旅行的氣氛。這種作業，即是一種自然段落的區分和整體構成的作業方式。

一張照片是一個場面及其場景。根據自己的需要，經過剪裁就會製作成有突出重點的像冊。對文學作品，如何去捕捉某一段落、某一場景，不僅需要理解部分內容還要掌握整體內容。又如，一部電影，導演經常會採用使畫面急劇或緩慢變化的切換手法，也使用一個畫面逐漸離去而新的畫面又會出現的重疊拍攝手法。作家在文學作品的描寫中同樣也使用類似的變換手法。

因此，讀解文章需要注意，1段落區分——改行。根據改行進行分段歸納。2小段落和大段落。根據內容把數個小段落歸納為一個大段落。3內容展開的層次和文章的整體結構。即，發起，展開，高潮，結尾四部構成。*

* 起、承、轉、結，泛指文章構成法、格式，寫文章常用的行文順序。「起」，故事開始的背景，起因。「承」，承接上文。根據故事的起因，對故事的展開。「轉」，故事的轉折，高潮。「結（合）」，故事的結尾，結論。結構例文如，

龜兔賽跑。（起）

兔天生腿快遙遙領先。（承）

於是，兔放心大睡。（轉）

龜獲勝。（結）

作品選節1

『良識派（りょうしきは）』　安部（あべ）　公房（こうぼう）

昔は、ニワトリたちもまだ、自由だった。自由ではあったが、しかし原始的でもあった。たえずネコやイタチの危険におびえ、しばしばエサをさがしに遠くまで遠征したりしなければならなかった。ある日そこに人間がやってきて、しっかりした金網（かなあみ）つきの家をたててやろうと申し出た。むろんニワトリたちは本能的に警戒し

た。すると人間は笑って言った。見なさい、私にはネコのようなツメもなければ、イタチのようなキバもない。こんなに平和的な私を恐れるなど、まったく理屈にあわないことだ。そう言われてみると、たしかにそのとおりである。決心しかねて、迷っているあいだに、人間はどんどんニワトリ小屋をたててしまった。
ドアにはカギがかかっていた。いちいち人間の手をかりなくては、出入りも自由にはできないのだ。こんなところにはとても住めないとニワトリたちがいうのを聞いて、人間は笑って答えた。諸君が自由にあけられるようなドアなら、ネコにだって自由にあけられることだろう。なにも危険な外に、わざわざ出ていく必要もあるまい。エサのことなら私が毎日はこんできて、エサ箱をいつもいっぱいにしておいてあげることにしよう。
一羽のニワトリが首をかしげ、どうも話がうますぎる、人間はわれわれの卵を盗み、殺して肉屋に売るつもりではないのだろうか？とんでもない、と人間は強い調子で答えた。私の誠意を信じてほしい。それよりも、そういう君こそ、ネコから金をもらったスパイではないのかね。
これはニワトリたちの頭には少々むずかしすぎる問題だった。スパイの疑いをうけたニワトリは、そうであることが立証できないように、そうでないこともまた立証できなかったので、とうとう仲間はずれにされてしまった。けっきょく、人間があれほどいうのだから、一応は受け入れてみよう、もし工合（ぐあい）がわるければ話し合いで改めていけばよいという、「良識派」が勝ちをしめ、ニワトリたちは自らオリの中にはいっていったのである。
その後のことは、もうだれもが知っているとおりのことだ。

【譯文】

『良識派』　安部公房

很早以前雞們還很自由。雖是自由卻是原始的自由。他們經常受到貓和黃鼠狼的威脅。有時為尋食必須要遠征他處。有一天，人來到這裡，說，給你們造一所結結實實的絲網房。當然，雞們開始本能地警覺。於是人笑着說，你們看看，我既沒有貓那樣的銳爪，又沒有黃鼠狼似的利齒。我如此和平而你們卻這樣害怕，毫無道理。雞們聽此感到確實在理。當他們遲遲未斷，個個迷惘之時，雞房已經建造完工。

雞房的門上了鎖。每次出門都要麻煩人來開門，否則就不會有出門的自由。雞們向人訴說，這樣的地方我們再也無法住下去。人笑着回答說，這門，如果向你們的自由開放，豈不是向貓和黃鼠狼也自由開放嗎？外面四處危險，你們沒必要特意出門。要尋食吃嘛，我可以每天運來，把你們的食槽裝得滿滿的。

一隻雞百思不得其解，他說得未免過於巧妙。人難道不是想偷我們的蛋，送我們去肉店屠宰售肉嗎？何有其事！人說著口氣強硬起來，要相信我的誠心誠意。與此相反我想說，你莫非是拿了貓的經費充當他的間諜吧。

這個問題對雞的智能來說些許難解。這隻被懷疑為間諜的雞正如無法證明這是事實一樣，也無法證明這不是事實。因此，他終於被排斥到雞僚們的圈外。結果大家一致認為，既然人這麼說了那就先接受吧。如果情況不妙再交涉解決。「良識派」顯示出他們的獲勝。雞們主動走入籠中。

事後如何可想而知。

良識派指能夠正確分析判斷善惡是非，在社會中是具有遠見卓識的人。作品以伊索寓言故事的形式，用雞和人的迂迴對故事進行展開。人為利己而心懷詭計，對雞進行統治。其中一隻雞看穿了人的陰謀詭計提出質疑，反而受到同伴們的排斥。最終雞屈從於人。作者以此提示並批判所謂良識派的愚鈍和盲從。所謂的良識派，對事物不加分析，迴避原則，就事論事，走一步看一步的處事哲學，結果自己給自己脖上套上了繩索。

文章為「起、承、轉、結」構成法，可分為四段。第一段為「起」，人提議為雞建造房屋。即，事情的起因。第二段為「承」，圍繞人的提議，雞和人的問答。承接上段的起因對故事的展開。第三段為「轉」，一隻雞提出疑問受到人的反駁。即，故事的轉折。第四段為「結」，「良識派」主動接受了人的提議。文末「事後如何可想而知。」為作者對故事結局的附言。

【作者】

安部公房（1924～1993），小說家、劇作家、評論家，東京人。父親曾為中國東北醫科大學醫師。原籍北海道旭川市。祖父母原本四國人，后參加北海道開拓團移居北海道。一九二五年（大正14）一家移居中國滿洲奉天（現瀋陽市）開辦醫院。先後在千代小學和第二中學學習至十六歲。一九四〇年（昭和15）入舊製成城高中理科乙類（德語）學習，同年病休回瀋陽靜養。一九四三年（昭和18）入東京帝國大學醫學部。當時太平洋戰爭即將深化。由於痛惡法西斯主義而拒絕登校，埋頭讀書。一九四四年返回瀋陽。一九四五年父親病故。此間深得戰敗境況體驗。一九四七年復學赴京，但因經濟困貧未能登校。一九四八年（昭和23）東京大學醫學部畢業后開始寫詩和小說。九月出版處女作『結束的路標』。一九五一年（昭和26）在『近代文學』發表「壁——S卡爾馬氏的犯罪」獲第二十五屆芥川獎。作品以具有獨特的前衛風格受到世間矚目。同年發表『紅色蠶繭』獲第二次戰後文學獎。之後活躍於小說、戲曲、評論各界的執筆活動。主要作品有『壁』（月曜書房 1951）、『闖入者』（未來社 1952）、『飢餓同盟』（講談社 1954）。戲曲『幽靈在這裡』（新潮社 1959）獲岸田演劇獎，等。作家從事多彩文學活動作品眾多，選出主要作品難度很大。但著名代表作『砂女』為作家成名之作。

一九六二年（昭和37）出版長篇小說『砂女』（新潮社）獲第十四屆讀賣文學獎。該書馳名世界並受到關注。有英、俄、德、捷克、丹麥、比利時、葡萄牙、芬蘭、波蘭等多國文字譯文版。作品描寫了受到飛砂災難，被困在貧困海邊村莊的昆蟲採集人和村中一女在砂穴中的奇妙生活，以及為脫離砂穴而進行的掙扎舉動。此作表達了作者的人生體驗，主題體現出脫離故鄉，拒絕定着，主張自由等問題，用極成熟的前衛表現手法進行創作。

作品選節2

『手品師と蕃山』 薄田泣菫

手品師というものは、余り沢山見ると下らなくなるが、一つ二つ見るのは面白いものだ。むしろ、備前少将光政[*1]が、旅稼ぎをする手品師の岡山の城下に来たのを召し出して、手品を見た事があった。いったい大名や華族などというものは、家老や家扶[*2]たちの手で、始終上手な手品を見せつけられているものなのだが、備前少将は案外眼の明るい大名だったので、用人達もこの人の前では、「二三が六」と手品の算盤珠を弾いて見せる訳にはいかなかった。で、少将は一度手品というものが見たくて堪らなかったのだ。

手品師は恐る恐る御前へ出た。夏蜜柑のような痘痕面をした少将の後ろには、婦人のような熊沢蕃山[*3]や、津田左源太などが畏まっていたが、手品師の眼には顔の見さかいなどは少しもつかなかった。大勢の顔が風呂敷包みのように一かたまりになって動いた。

手品師は小手調べに二つ三つ器用な手品を見せた。それから金魚釣りといって居合わせた小姓の懐中から、金魚を釣り出そうという自慢の芸に取りかかった。

小姓は気味を悪がって、小さな襟を掻き合わせたりした。手品師はさっと釣針を投げて、勢いよく小姓の襟先を掠めて、それを引き上げたが、釣針の先には何もかかっていなかった。

手品師は慌てて、二度三度同じ事を繰り返したが、その都度手先が段々そそっかしくなるばかりで、金魚は少しも釣れなかった。そして終いには金魚の代わりに小姓の前髪を釣り上げた。小姓は鮒のように泳ぐ手付きをした。それを見て一座は声を揚げて笑った。

手品師は真っ赤になって畳の上に這いつくばった。額からは油汗がたらたらと流れた。「これまで一度だって仕損じた事のない手品なのでございますが、今日はまたさんざんの不首尾で、お詫びの申し上げようもござりませぬ。」手品師は子供の手のひらでべそをかく蝉のような声を出した。「私めの考えまするには、このお座敷には人並み秀れた偉い御器量のお方が居らせられますので、それでどうも手品が段取りよく運ばないかのように存じられまする。」

備前少将はそれを聞くと、にやりと軽く笑った。後ろの方では蕃山と左源太とが肚のなかで頷いたらしかった。

手品師め。手品には失敗したが、巧い事を言ったもので、少将と蕃山と左源太とは、各自肚のなかでは、「その偉い器量人は多分乃公だな。」と思ったらしかった。この人達にだって自惚は相当にあったものだ。金魚は釣れなかったが、手品師は素晴らしい物を三つ釣り上げている。

＊1　池田光政，備前岡山藩主。

＊2　官僚、貴族家庭中的管家。

＊3　熊澤蕃山，岡山藩代理，江戸前期儒學家。

【譯文】

『戲法師和蕃山』　薄田泣菫

變戲法這種東西看得多了也就膩味起來。可看上一個兩個的還是很有意思。從前，備前少將光政曾差請走江湖的戲法師來岡山城下展術戲法，並看過他的戲法。

大體而言，在諸侯、貴族等這些人的家庭里，家臣或管家們親自變個戲法娛樂，法術十分完美。備前少將眼力敏銳。因此，這些人在他面前，手撥算盤珠的「二二得六」這類是矇混不了他的。所以，少將實在是想看一次真正的戲法變術。

戲法師戰戰兢兢地走上前來。如同夏柚皮的麻臉少將身後，有像個女人似的熊澤蕃山、津田左源太等人，個個恭敬端坐。可是，在戲法師的眼裡，分不清每個觀眾的面容，眾多面孔就像用包袱皮裹成的塊頭在蠕動。

戲法師試手先來了兩三個精巧戲。之後，聲稱變個拿手好戲，要從伺童懷中釣出一條金魚。

小伺童有些害怕，連忙合緊自己的前襟。戲法師「嗖」地一聲甩出魚鉤。魚鉤不偏不倚掠過伺童的衣襟，即被收鉤。可是，魚鉤上不見任何。

戲法師慌了手腳，又反覆兩三次，越來越慌張。最後金魚沒釣上來卻勾住了伺童的劉海兒。伺童順勢做了個鯽魚游水。眾人見此哄堂大笑。

戲法師滿面通紅，五體投地，額頭冷汗連連。「這戲法，過去從沒失手過。今天真是在各位面前丟醜了。不知如何賠個不是。」戲法師滿腔哭喪調向大家道歉。他接著說，「我這種人尋思，在座的都是明察秋毫的偉人。因此，這雙手怎麼也不靈便了。」

備前少將聽此輕輕一笑。坐在後面的蕃山和左源太點點頭示為諒解。

這個戲法師，手藝失敗卻說了巧話。少將、蕃山和左源太似乎都各自心想「那個偉人非己莫屬了。」戲法師的花言巧語使他們得到十分的滿足。金魚沒有釣上反而釣了三個大好貨。

作品收在『茶花』（岩波文庫 1988）中。

作品中以明察秋毫的備前（現岡山）少將、凡庸諸侯等貴族們和超技戲法師形成了鮮明的人物對比。「二二得六」的算盤高技暗示了弄虛作假的巧妙手腕或處世手段。文中的戲法師在釣金魚一幕上為自己的失敗巧言圓場，反而更加贏得了光政等官僚們的滿足。戲法師的手技失敗了，而處世術卻獲得巨大成功。

作品以故事的發端、展開、結尾三段層構成。第一、二自然段為故事的發端，三、四、五、六自然段為戲法師的實際演作，其中五、六段描寫演技失敗。此四小段可分為一大段，為故事的展開。第七自然段為戲法師對自己失敗的辨解，第八自然段為觀眾的反應，故事的結局。第九自然段為作者感受。

作品在表達上，比喻和說明是一特點。比喻表現中例如，「夏蜜柑のような痘痕面（如同夏柚皮的麻臉）」；「婦人のような熊沢蕃山（像個女人似的熊澤蕃山）」；「大勢の顔が風呂敷包みのように（眾多面孔就像用包袱皮裹成的塊頭）」；「子供の手のひらでべそをかく蟬のような聲を出した（滿腔哭喪調似的）」。通過這些比喻表達使人物栩栩如生。說明文內容例如，「手品というものは…（變戲法這東西…）」，對戲法的說明；「備前少將光政が…（備前少將…）」，對出場人物的介紹；「いったい大名や華族などというものは…（大體而言，諸侯、貴族等這些人…）」，備前少將區別於其他人，心明眼亮；「少將は一度…（少將實在想看一次…）」，這裡為故事發端動機。這些說明文使文章內容層層展開，導入故事境域並達到刻畫人物性格的藝術效果。

【作者】

薄田泣菫（1877～1945），明治後期詩人、隨筆家。岡山縣淺口郡連島村（現倉敷）人。岡山尋常小學二年級退學。一八九四年在漢學塾二松學舍學習。崇拜島崎藤村等並深愛他們的詩歌作品。深受石川啄木、北原白秋影響。一八九九年（明治32）出版首部詩集『暮笛集』。該詩集以具有溫雅的冥想詩歌風格而一躍成名。一九〇〇年（明治33）入大阪每日新聞社。擔任過關西文藝雜誌『小天地』主任編輯。一九〇七年（明治40）發行詩集『白羊宮』被譽為近代定型詩之頂峰。主張藝術至上主義。詩作自由使用古語、雅語，精雕細刻，端莊典雅，以具有王朝藝術品位而著稱。是明治時代浪漫主義代表詩人。

3　人物的把握

人，無論面孔、性格還是心理表達等均千差萬別，各有不同。現實社會中，只要有人的存在就有必要相互理解。因此，分析人物，掌握其特點和個性很重要。讀文學作品亦為如此。通過對每個出場人物描寫，分析他們的人物性格、特點和人物之間的關係。

人，究竟想要表達什麼呢？一份履歷表確實記述着本人的經歷。但是，這如同字典里對詞彙的解釋，雖然正確但卻不是一個活生生的人。從簡歷的文字中可以了解本人的一些情況，但更重要的是去尋找本人的活動和思想。文學作品對人物、場面、事件、觀點等進行加工，通過作品的虛構及烘托描寫，出現的人物不是單純的人，而是一個活靈活現的形象。讀出這個活生生的「形象」是讀解文學作品的基本。從其中理清人物和事件的關係，通過人物行為去把握其整體。

本節讀解要點為，1人物性格和心理表達。從表情、動作及會話中抓准人物性格、心理和思想感情。觀察人物心理起伏變化。注意直接和間接的場景描寫。2理清人物相互間的關係。理解父子、友人關係等，不可停滯在文字的表面，要內涵理解其中是親情還是抱有敵意。3把握人物和事件的關係。出場人物和事件的展開有何關係？特別要分析主人公的言行，看準他的整體形象。

作品選節1

『投網（とあみ）』井上（いのうえ）靖（やすし）

私はもう一度磧（かわら）*1で辰吉（たつきち）に会った。こんどは彼は一人ではなかった。岸から少し離れた磧の一角で、三人の洋服姿の男を前にして、彼は何かしゃべっていた。洋服姿の男の一人は役場の吏員（りいん）で、他の二人は農林省か何かの役人らしく、この土地の御料林*2でも視察にきたといった風体（ふうたい）の男たちであった。

辰吉は投網の技術を彼らに見せることを依頼されているらしく、傲慢といっていい態度で投網について説明をしていた。私も彼らの仲間入りをして、それを聞いていた。

辰吉は網の鉛（なまり）の沈子（ちんし）*3のくっついている部分をひとかたまりにして左腕にのせ、網を打つ姿勢を取ってから、

「ふつうの者だと、網が重いので、左腕の方がどうしても下がるんだ。少しでも下がると、投げたとき網は輪を描くように飛んでゆく。そうすると、網の裾は水平にひろがらないで、どこか一方が先に水の中へ落ちてしまう。そんなことじゃあ魚はとれない。網は水平に飛んでいって、水の上でぱあっと裾が全部いっせいにひろがらなきゃあだめなんだ。」

いちおうは説明するが、とうていお前らにはできないんだ、辰吉はそう言っているようであった。それから彼は、網を一人ずつ聴講者の左腕にかけて、その重さを知らせた。私も辰吉の手によって、いきなり左腕へ網をのせられた。なるほど石のような重さだった。

「投網を十年二十年やった人でも左腕は下がってしまう。下がらないのは、このK川沿いの村ではおれ以外には一人か二人しかないんだ。」

辰吉は言った。人を人とも思わぬ不遜（ふそん）な調子の話し方だった。それから、

「おれが打つから見ていな。」

そう言って、一同を磧に待たせておくと、彼は自分だけ流れの中へはいっていった。

（略）

辰吉は膝まで流れの中へ入れて、網をいつでも投げられるようにして、流れの上手（かみて）を睨（にら）んでいたが、やがて瞬間口をきつくひん曲げると、腕を大きくふるった。

網は空中に舞うといった感じではなく、まるで水面に向かって叩きつけられでもするような格好（かっこう）だった。そ

して水面まぢかで網の裾は大きい輪にひろがり、それはそのまま水中に落ちた。
やがて網が手もとに操（あやつ）られ、磧の上で開けられると、何匹（なにひき）かの鮎（あゆ）が飛び出した。
「もう二、三回打ってみよう。」
辰吉はそう言って、さっさと磧を上流へとさかのぼって行った。私たちも彼に従った。
三十分ほどのあいだに、彼は何回かつぎつぎに格好な瀬（せ）を求めていっては、そこで網を打った。ときには、一匹も入らないことがあった。そんなとき、一度私が、「逃げちゃったのかなあ。」と言うと、彼はじろりと私の方を見て、
「おれが打ってかからないんだから、ここには一匹もいないんだよ。」と言った。
私はそのとき何回か辰吉が網を打つのを見ていたが、あとで考えてみるに、彼にたいする憎しみのようなものが、私の体に入（はい）り込んできたとすれば、このときではなかったかと思う。
網を左腕にかけ、少し体をねじったまま、水面を睨んでいる姿態はたくましいの一語につきた。そしてその目は意欲的というか自信にみちているというか血走った光を帯びていた。ほんとうに水中に一匹の魚でもいれば、それは彼の目を逃（のが）れることはできないであろうと思われた。
私は磧に腰をかけたまま、巽（たつみ）辰吉のたくましい肉体の一部に嵌（は）め込まれた二つの目を、何かたまらなく嫌なものとして、そのとき感じていたようである。

＊1　河灘。
＊2　皇室所有林。
＊3　鉛坠。

【譯文】

『投網』　井上靖

我又一次在河灘見到辰吉。這次不只是他一個人。在離岸不遠的河灘一角，他面對三個身穿西裝的人在說著什麼。三人中，一個是政府官員，其他兩人從裝扮來看，似乎是來視察皇林的。

辰吉可能是受委託為他們展示投網技術。他為他們說明有關投網的要領。可以說是一種傲慢的態度。我也參加其中聽他講解。

辰吉把漁網帶有鉛墜的部分團成一團放在左臂，做出即將投撒出去的姿勢說，「對一般人來說，漁網很沉，所以左臂會自然下沉。膀臂角度稍有下垂，投撒出去的網就會弧度飛出。這樣，網邊就會有哪處先落水中。這樣就打不上魚來。飛出的漁網要水平鋪落在水面。「啪」地一聲網邊均一展落水中，這才行。」

總之先說明一番。辰吉似乎在說，你們這些人無論如何是做不到的。之後，他把漁網輪流放在每位聽講生的左臂，讓他們知道一下網的重量。辰吉一下子將網放在我的左臂。的確，漁網像塊重石壓來，死沉死沉的。

「即使投網二、三十年的人也未必能保持左臂平穩。能保持膀臂不下垂，在這K河沿岸一帶，除了我以外也就是那麼一兩個人吧。」辰吉說。他說話的口氣傲慢十足，完全不把人放在眼裡。之後說，「我要投了，你們看着。」他讓我們在河灘等着，自己向河流中走去。

（中略）

辰吉走到河中沒到膝蓋的深處，做好隨時投網的姿勢，雙眼緊盯着河水上流。霎那間，他嘴角向下一撇，膀臂大大甩開。

漁網沒感到在空中飛舞，而是貼着水面恰如其分地展扣在水面。漁網展鋪落入水中。

漁網受到得心應手的操作展落河中，只見幾條香魚躍水而出。

「再投兩三次看看。」

辰吉說著大步逆走上流。我們也隨他而去。

半小時之間，他連續幾次把網投向河川的淺處，試圖網上魚來。投出的網中，有時空空如也。這時，我便說了一句，「魚都逃跑了吧。」他白了我一眼說，「你沒看見是我網魚嗎？是因為這裡壓根兒就沒魚。」

當時，我看着他幾次的投網。事後想來，如果說我對他如此懷恨也就是從這時開始的。左臂搭網，扭着身軀，目不轉睛地盯着河面。他的這一姿勢是剛毅一語的體現。他那雙充滿血絲的眼睛，說不清是含有執著的意志還是信心十足。使我感到水裡哪怕有一條魚也逃不出他的眼睛。

我坐在河灘，從那雙嵌在強健肌體中的雙目中，似乎感到有一種不可忍受的厭惡。

【作品梗概】

這年八月末，「我」回到時隔一年未歸的故里伊豆山村，得知小學時代比自己高兩三年級的巽辰吉已經離世的消息。他是在山崩時被沙土埋沒而死去的。

我小學畢業后離村在外地讀書，畢業後進入社會。因此，兩三年才探親回來一次。村裡人基本都沒有文化知識，互相之間也從不過問。但是，辰吉卻例外。每當回村時，耳邊聽到的幾乎都是有關他的事情。至今為止的很長時間，辰吉時常出現在「我」的腦海。尤其是他那雙精悍而銳利的眼睛。坦率講，我把他做為世中之敵，痛恨在心。

小學時代的辰吉，我對他並無特別感覺。他是峽谷對面部落鐵匠的兒子。他和其他少年人不同，有着一身令人矚目的強健身軀。他給我留下決定性的印象是，中學二年級暑假的一天傍晚，他為來村視察皇林的三位政府官員做投網展示。當時，辰吉已是方圓數村的投網名手。他為他們解說投網要領，態度顯得十分傲慢。他左臂搭網，扭着身軀，目不轉睛地盯着河面。他那雙充滿血絲的眼睛使我感到，水裡哪怕有一條魚也逃不出他的眼睛。我從那雙嵌在強健肌體中的雙眼中，似乎感到一種不可忍受的厭惡。

我走出學校進入社會後，曾看到過和辰吉相同的眼睛。

在「北支」[*]野戰生活時，敏捷年輕的小隊長，本來沒有必要他也要高昂激情地組織「敢死隊」。整列點名時，我總是盯着他的眼睛，胸中有一股強烈的憎惡之感。

我還憎惡一個人的眼睛。他也有一雙類似辰吉似的眼睛。他是個秀才，聲稱自己是滿洲國的貴族成員。我和他說起高名藝術家時，他立刻就說，他畫的珍品我就有兩幅。提起我所敬仰的學者時，他即刻說，前幾天我還和他吃過飯。萬事均為一調。這位具備所有的年輕人，在他無表情的白皙面孔上卻有着一雙異樣的眼睛，是一雙自欲均所獲的眼睛。面對這雙眼睛，我腦海中曾閃現過投網青年的眼睛。

我極力警戒不讓自己的眼睛類同於他。我既不喜歡打網，更不喜歡與人爭勝負。然而，辰吉的眼睛似乎使我如此的性向有所改變。

回到故里，得知辰吉去世后三天，我接受了辰吉長子的來訪。他希望我為父親寫記錄生涯的碑文。他遞過來草擬文的紙片。我看后問他，「投網名手是否要加進去?」他說，「嗯。不過，那只是年輕時的事。」他說得很乾脆。

「是中途放棄了?」

「患了眼病後，釣魚、投網都不行了。雖然他非常喜歡這些。」

「患了眼病?」

「三十五六歲時得了眼病，曾好過。但到了晚年舊病複發，很厲害需要手術。可是他不甘敗陣，忍着病痛去幹活。如果他的眼睛要好，就不至於被砂崩埋沒。」青年說。

聽此我不由得想，長久以來，我和他挑戰什麼呢?我恨他什麼呢?

我看到院中即將開花的百日紅在風中搖擺。我將那張寫着幾行辰吉生涯的紙片放到桌上。

* 日本侵略中國時，對駐屯在華北地區軍隊編製的稱呼，司令部設在北京。

這是一篇自傳作品，收在『井上靖全集4』（新潮社）中。這段是『投網』中的一部分。作品中的「我」回伊豆山村的故里探親，得知自己的上年學友巽辰吉已經去世。「我」回想起辰吉那雙銳利的眼睛。那曾是一雙令人憎惡的眼睛。中學二年級那年回鄉度暑假時，他已成為投網名手。作品是對這段的回憶。作者筆下的辰吉，面對外行的人們說話傲慢，眼中不放任何。在他每句話，每個投網動作及人物刻畫上，無疑使讀者感到，作品中的人物對投網事業的執著，深信自己的技術無敵於天下。「傲慢」即自豪。他對自己投網的失敗，加上「我」對他的戳痛，他力圖去做挽回。可以使人感讀到，他對生活對事業具有一種認真和拼搏精神。「我」那時從他的眼睛中感到的無可忍受的「厭惡」中，充滿着對辰吉的敬佩。作者在讚美辰吉堅韌不拔的意志和精神的同時，也在反省自我。

【作者】

井上靖（1907～1991），小說家。北海道上川郡旭川町人。父井上隼雄曾為陸軍二等軍醫。父親從軍期間，隨母親八重回靜岡湯島故里。后移居父親在任之地，輾轉靜岡、豐橋等地。一九一三年（大正2）離開母親在故里由祖母養育，度過幼年時代。一九二〇年祖母去世。由浜松中學轉到沼津中學。畢業后赴父親任地台北及入金澤高中學習。中學時代傾心閱讀倉田百三、武者小路實篤、菲利普的作品。一九二七年入第四高等學校理科，熱衷於柔道部選手活動，並深受「青春放浪」之影響。一九三〇年（昭和5）進九州大學法學部學習，三二年中退，轉入京都大學哲學學科專攻美學。一九三五年（昭和10）放棄畢業考試參加『新劇壇』演出活動，和京都大學名譽教授足立文太郎長女芙美結婚。一九三六年幾次入選『周刊每日』徵文獎。『流轉』獲千重龜雄獎。八月入每日新聞社。一九三七年被徵召入伍赴北京（丰台）駐屯。翌年因病退伍。一九四〇年（昭和15）開始，和野間宏*等人交往，在報社社會部、藝術部作記者，撰寫戰敗後日本社會問題及終戰報導。一九四一年，時隔十一年重新執筆的『鬥牛』（『文學界』1949・12）獲芥川獎（1950）。這時是他四十三歲後作家生涯的最活躍期被稱為「百萬人文學」。主要作品有「事實小說之先驅」的

『漆胡樽』（『新潮』50・4）、『黯潮』（『文藝春秋』連載1950・10完結）、『玉碗記』（『文藝春秋』1951・8）、『黑蝴蝶』（新潮社1955・9）、『風林火山』（新潮社1955・9）、『冰壁』（新潮社1956）獲一九五九年日本藝術院獎、『天平之甍』（『中央公論』1957）、『海峽』（『周刊讀賣』1957・10～1958・5）、『樓蘭』（『文藝春秋』1958・7）、『敦煌』（『群像』1959・1～5），右記兩作獲一九六〇年（昭和36）每日藝術獎。『蒼狼』（文藝春秋新社1959）、『楊貴妃傳』（中央公論社1963）、『額天女王』（每日新聞社1968），『孔子』（新潮社1989）獲第四十二屆野間文藝獎，等。詩集有『井上靖絲綢之路詩集』（日本放送出版1982）等。隨筆有『歷史的光和影』（講談社1979）等。作家作品眾多，創作題材可分三類，第一類社會題材。第二類自傳題材。第三類歷史題材。一九六四年（昭和39）成為日本藝術院會員。一九七六年（昭和42）獲文化勳章，被授予日本文化功勞者。獲多項文學獎。一九六八年授予北京大學名譽博士。曾多次訪問中國。

＊（1915～1991）小說家、詩人、評論家。兵庫縣神戶人。一九三八年京都帝國大學文學部法語專業畢業。在學期間積极參加學生反戰運動。一九四一年被徵召赴中國、菲律賓等地，后因感染瘧疾回國。一九四三年因有參加社會主義運動經歷被追究為思想犯入獄，服刑半年。戰後加入日本共產黨。一九四六年發表『黑暗的繪畫』，開始從事作家生涯。一九五二年『真空地帶』獲每日出版文化獎。一九五四年執筆斯大林讚美詩『星的歷程』，一九六四年因追隨蘇聯被日本共產黨除名。一九七一年『青年之環』獲谷崎潤一郎獎。一九七四年被推選為「日本亞洲非洲作家會議」首任議長。一九七七年『狹山審判』獲松本治一郎獎。有『野間宏作品集』全十四卷（岩波書店）等，以貢獻與文學成就獲一九八八年度朝日獎。。

作品選節2

『途中下車（とちゅうげしゃ）』　宮本（みやもと）　輝（てる）

今から十三年前、私は友人と二人して、ある私立大学を受験するため上京した。というより、上京するため確かに東京行きの列車に乗ったのである。世の受験生と同様、私たちもまた幾分の不安と心細さを抱いて、窓外(そうがい)の景色(けしき)を眺めていた。そんな気持ちを和(なご)めようとして、自然に口数だけは多くなっていった。ところが、京都から乗り込んできたひとりの女子高生が私たちの隣の席に座ったことで様相は一変した。めったにお目にかかれないほどの美人だったからである。私も友人も何となく態度が落ち着かなくなり、口数も減っていった。友人が意を決してその女子高生に話しかけたのは静岡を過ぎてからであった。

彼女は京都の大学を受験して、伊豆の大仁(おおひと)に帰る途中だった。友人はそっと私に耳打ちした。

「伊豆の踊り子やなァ。」

なぜ踊り子なのか判(わか)らなかったが、私は、うんうんとうなずき返した。彼女もだんだんうちとけてきて、三人が無事に受験に成功したら、再びどこかで逢(あ)ってお祝いをしようなどと言いだした。そして私たちの心をさんざん乱したまま、艶然(えんぜん)たる微笑を残して三島で降りてしまった。

「俺、もう東京の大学なんかやめにして、京都の大学を受けようかなァ……。」とまんざら冗談*でもなさそうに友人は呟(つぶや)いた。

「俺もさっきから考えてたんやけど、ことしは受験しても多分落ちると思うわ。一年浪人してじっくり実力をつけて、来年にそなえたほうが賢いでェ。」

私もまた本気でそう言った。話はあっさり決まった。私たちは親からもらった東京での宿泊費(しゅくはくひ)を伊豆の旅にまわすことにして、そのまま熱海(あたみ)で降りてしまったのだった。何とも親不孝な息子であった。そしてこれが私の人生における最初の途中下車であった。私たちはいい気分で伊豆の温泉につかりながら、大仁のどこかにいるであろう美しい女子高生を思った。住所も電話番号も教えてもらっていたが、私たちはその紙きれを見つめるだけで何もしなかった。三日後、いかにも試験を受けてきたような顔をして家に帰った。
　それから半年たった頃、友人の父が死んだ。彼は家業の運送店を継ぐために、進学を断念した。
　私はといえば、受験勉強などそっちのけで、小説ばかり読みあさっていた。だが二人の心の中から、列車で知り合った女子高生の面影は消えなかった。私たちは逢うとその話ばかりしていた。彼女が京都の大学に受かったのかどうか気になって仕方がなかった。ある日、ジャンケンで負けたほうが、彼女の実家に電話をかけようということになった。私が負けて、ダイヤルを回すと、ちょうど何かの用事で京都から帰って来ていた彼女が出てきた。無事試験に合格し、丸太町の親類の家に下宿しているのだという。
「ところで、あなた、ふたりのうちのどっち？」
と彼女が訊いたので、私はほんの冗談のつもりで、友人のほうの名を言った。しばらく考えてから彼女はこう囁いた。
「逢うのなら、あなたと二人だけで逢いたいな。」
　私は黙りこくったまま、じっと電話をにぎりしめていた。そしてそのまま電話を切った。もっとうまい方法があったはずなのに、十八歳の私は打ちひしがれて、ほかにどうしていいのか判らなかったのである。
「なあ、どうやった？どない言うとった？」
　友人は目を輝かせて何度も訊いた。私は嘘をついた。彼女は受験に失敗して勤めに出ている、もう電話などしないでほしい、そう言ってガチャンと電話を切られたと説明した。
「ふうん、見事にふられたなァ。」
　友人はペロリと舌を出して笑った。
　このことは、いつまでも私の中から消えなかった。生まれて初めての失恋が、私の心に傷を残したというのではない。私は自分のついてきた数多くの嘘の中で、この嘘だけを決して自分でも許すことができなかった。私がいまそれを文章にできるのは、にっくき恋敵（こいがたき）であるその友が、交通事故で死んでからもう十年もたったからである。

＊「満更（まんざら）」副詞，下接否定。「並不完全……」。

【譯文】

『中途下車』宮本輝

十三年前，我和朋友兩人為參加一所私立大學的高考而赴京。不如說，我們是為了上京，確確實實坐了赴往東京的列車。和所有趕考人一樣，我們懷有幾分不安和毫無着落的心情看着窗外的風景。為了穩定心情，我們盡量尋找些話題。可是，從京都上來一位高中女生坐在了我們的鄰席，使我們的情況一轉天地。因為她是一位罕見的美女。我和朋友都說不出為什麼，開始坐立不安寡言少語了。朋友決意和她搭訕是過了靜岡以後。

她投考了京都的大學后，在返回伊豆大仁的途中。朋友在我耳邊悄悄說。

「是位伊豆舞女＊呀。」

我不知道他為什麼稱她為伊豆舞女。只是一個勁兒嗯、嗯地點頭應答。她漸漸和我們熟悉起來。大家互相祝願考試成功，並表示能何時在哪重逢相賀等等。她徹底攪亂了我們的心，留下嫣然微笑便在三島下車離去。

「俺決定不考東京了，想去京都的大學……。」朋友嘟嘟囔囔地說。似乎很一本正經。

「俺剛才也這麼想來着。今年也許考不上。再做一年浪人加強實力，還是來年考明智。」我也認真地說。

話就這麼說定了。我們把父母帶給去東京的路宿費挪用到伊豆的旅行。在熱海下了車。我是多麼的不孝之子。

這就是我人生中第一次的中途下車。我們侵泡在伊豆溫泉心爽氣爽，琢磨着那位在大仁的什麼地方的美麗的高中少女。她留下了地址和電話號碼。我們只是盯着那張紙條，沒做什麼。三天後裝作終於考試完了的樣子回到了家。

半年後朋友的父親去世。他因繼承運輸行的家業而放棄了繼續升學。

要說我呢，把應考學習撂在一邊，埋頭盡讀小說。可是，在我們兩人的心裡，那位在列車上相識的少女的身影卻從未消失過。我們總是在說一定要見她。我們一心惦記着她是否考上了京都的大學。有一天，我們用出剪刀布決定，誰輸了誰就給她家裡打電話。我輸了。於是撥轉電話號碼。正巧，因事從京都回來的她接起了我的電話。她說已考上大學，投宿在丸太町親戚家。

「可你是兩人中的誰呢？」她問。我真正處於玩笑，說出了朋友的名字。停留片刻她悄悄說道，「要見，我只想見你一個人。」

我聽后，手裡只是握着話筒卻說不出話來。最後沒說任何便掛了電話。應該有更好的辦法去對應。然而我這個十八歲的少年卻被打得落花流水。我不知該如何才好。

「她說啥了？」

朋友眼睛里放射着異彩幾度問我。我編造謊言說她沒考上大學已工作了。還說不要再給她打電話，說完就把電話卡嚓一聲掛掉了。

「噢，被她甩了個乾脆呀。」朋友吐吐舌頭朝我一笑。

這件事在我心中一直不可磨滅。我有生以來的第一次失戀倒也沒留下什麼傷痛。而是在我編造的眾多謊言中，這次連我自己都決不可饒恕。現在，我之所以把這件事寫下來，是因為我的情敵、我的朋友，他因交通事故已故去十年。

＊　引用川端康成代表作品『伊豆舞女』（原作名『伊豆の踊子』）。

這篇作品收在宮本隨筆集『二十歲的火影』中。

作者記述了高中畢業前後，相識一位女高中生。時至今日對她依然戀戀不忘。以此來懷念已故去的朋友。

作品在人物描寫上可分為三個部分。和女高中生的相遇；和女高中生的電話始末；現在的感慨。第一部分，大阪的高中生「我們」赴京投考。在列車上，因惦記考試而心神不安。但是由於一位少女的到來，「我們」不僅解除了緊張情緒，甚至改變了人生的方向。回到大阪后，少女時時在勾起心中的懷念和嚮往。也就是說，和美麗少女的相識使「我們」「中途轉向」，徹底「改變了人生」。第二部分，正當少年的自己和少女通話，在無限的愉悅中由於純情害羞而打出了友人的旗號。結果事情發生了巨變。「我」對朋友產生了妒恨，編造謊言欺騙他。以「眼睛中放射着異彩」，也就是說明知他的渴望期待，卻竟然遏制了他的情愛發展。電話始末描寫了主人公的心理變化。即，由於少女傾心朋友而對朋友產生了深深的妒恨和背叛。第三部分，日文「にっくき」的表達使讀者感到，與其說妒恨不如說「眼紅」。美麗的少女選擇了他，是從內心對他的讚美。這裡的「妒恨」應該是一種幽默的表達。謊言的欺騙並非出於本意也非惡意。風華少年在初戀面前的無知所措，表現出少年的純情、滑稽。當朋友逝去十年，「我」寫下這一段故事表達了對朋友深深的歉意、懷念和敬意。

【作者】

宮本輝（1947～），小說家。本名宮本正仁，兵庫縣神戶人。後轉居愛媛、大阪、富山等地。関西大倉高等學校、追手門學院大學文學部畢業。曾在產經廣告社做廣告撰稿人。二十多歲時曾患重度「精神不安症」深感痛苦。入創價學會。一日雨夜，讀到名作家小說感到語言表達匱乏，於是立志寫作。數年後開始嶄露頭角。一九七七年（昭和52），以自身幼時為主題的『泥河』獲第十三屆太宰治獎，以此一舉成名。一九七八年『螢川』獲第七十八屆芥川獎，確立了作家地位。后曾因結核病療養而一時休筆。一九八七年（昭和62）『優駿』獲吉川英治文學獎，為該獎歷史上最年少（41歲）獲獎者。二〇〇九年（平成21）『骸骨廳之庭院』獲第十二次司馬遼太郎獎，二〇一〇年秋獲天皇紫綬褒章。現為芥川獎評委成員。代表作品有『泥河』（新潮文庫 1977）、『螢川』（筑摩書房 1978）、『道頓堀川』（同右 1981）。隨筆有『二十歲的火影』（講談社 1980）、『星星的悲哀』（文藝春秋 1981）、『人間幸福』（幻冬舍 1995）、『草原的椅子』上下（每日新聞社 1999）、『森林中的海』上下（文光社 2001）、『花的迴廊』「流轉之海第五部」（新潮社 2007）、『宮本輝全短篇』（集英社 2007）、『宮本輝全集』十四卷（新潮社 1992）等。

4 主題的把握

作品的主題是作者和讀者產生共鳴的基本。作者通過作品究竟想要表達什麼？而讀者又要讀出什麼？作品讀後的印象、感受十分重要。作者的心聲直接送到讀者的感受之中，作者的心動直接敲震讀者的心扉。這就是心聲之共鳴。

主題是作品所有部分以及故事構成和描寫的精華。創作時，作家為突出主題往往會在文章的各個方面深下功夫。本節的『信念』，試圖通過人物的性格、心理表現及人物關係來理解主題。特別要注意透過語言表述來捕捉內涵的刻畫及其主題的深刻意義。

本節讀解要注意，1主題。作者在作品中想要表達的核心思想是什麼。2主題表達方式。內涵意義的刻畫原則上是用語言表達。3捕捉主題。首先是讀後的直接感受。文章的每個部分以及構成描寫都和主題有關。注意標題詞句在文章中反覆使用的作用。

作品選節

『信念（しんねん）』　武田（たけだ）泰淳（たいじゅん）

将軍は故郷へもどっても誰にも会わなかった。町の者は彼の帰国を知らなかった。遇ってもわからぬほど彼は憔悴していた。古い城壁のある丘へ彼は登った。青黒く藻をうかべた堀を背にして、そこには彼の銅像が建てられていた。銅像はまだサーベルを握って傲然と町を見下ろしていた。元将軍は自分の銅像をぬすみ見ながらコッソリ歩き廻った。今では銅像は他人のようで、馬鹿げていたが、それでも苦笑しながら彼はたち去りかねていた。

ある日、銅像は青年たちの手で打ち倒された。どこかへ運び去られるまで、堀のへりに打ち棄てられてあった。青黒くこわばった銅の顔は空を仰いで、やはり傲然としていた。そのころがった銅の身体に彼はさわってみた。それは石より冷たかった。フト見ると、銅像の石の白々とした土台の上に老婆が一人しゃがみ込んでいた。石の上には花束が置かれてあった。「この方は偉いお人だったのに」と老婆は話しかけた。彼女は相手が誰か気づいていなかった。彼女の息子は将軍の指揮していた師団に入隊したのである。「なにしろ遺骨も公報もあてになりませんで。あてになるのはこの御方だけですから」

彼女は毎日銅像を拝みに来ていたと告げた。「あの方が生きてござらっしゃれば倅も生きているでさ。あの方が死になさったら、倅も死んでるでさ」

元将軍はギョッとして足がすくんだ。そして老婆と銅像のかたわらを離れた。

彼は、その日から老婆に遇うのをおそれた。銅像はまだ運ばれず、その全身は泥しぶきで汚れていた。自分の分身が、そんなにみじめに、ぶざまであることは彼を悲しませた。まるで自分が裸で地面にころがり、さらし物になっている気がした。「いっそ堀の中へ落ちてしまえばいいのに」と彼は思った。銅像の下の土は雨でゆるんでいた。少しくずせばずり落ちるかもしれなかった。彼は人知れず努力した。ある夕方、銅像は傾き、枯れ草の斜面をずり落ち、そして鈍い音をたて、白い輪の泡を吐きながら堀の底へ沈んだ。彼は痛む腰を伸ばして、しずまりかえった堀の水面を呆然と見下ろしていた。
突然、強い力で背を突かれ、彼は前のめりに倒れた。「何ていうことをするだ！罰あたり！」あの老婆が怒りに小さな身体をふるわせながら夕闇の中に立っていた。「あの御方に対して、何てまねをするだあ、あの御方に……」老婆は彼を呪い、彼に向って唾を吐きかけ、泣き叫びながら丘の路を走り降りて行った。

【譯文】

『信念』　武田泰淳

將軍已返回故里卻沒去見任何人。鎮里人對他的回國也無人知曉。他體瘦憔悴，和當年判若兩人。他登上古城附近的山丘。那裡建有一尊銅像，銅像背對着護城河。河面上漂浮着黑綠色的水藻。銅像人物依然手握洋刀傲然颯爽，俯瞰着城市。老將軍一邊偷偷地看着自己的銅像，一邊悄悄地繞它而行。如今，銅像如同他人顯得很是愚昧無聊。儘管如此，他還是苦笑着不肯離去。

有一天，銅像被青年們親手推倒棄置在河邊，等待運往何處。暗黑而僵直的銅像仰面朝天，依然是一副堅毅傲然。他用手觸摸了一下横倒着的銅體，比石頭還要冰涼。他抬頭一看，銅像白色的石台上坐着一位老太婆，石台上放着一束花。「他過去是那麼的偉大」老太婆開始說起話來。她並沒有覺察到對方是誰。她的兒子曾經在將軍指揮的所屬師團從軍。「不管怎麼說，既然沒有遺骨通知什麼的，這人就是我唯一的寄託。」

她告訴我說，她每天都來銅像前祈禱。「這人要活着就說明我兒子還活着。這人要死了，那我兒子也死了。」

聽此，老將軍一下感到兩腿發軟。於是他離開了老太婆和銅像。

自那以後他害怕再遇到老太婆。銅像還未運走，渾身沾滿泥水。自己的分身竟然是如此慘狀，不堪入目。這使他非常悲哀。他感到自己赤身裸體倒在地面，又被遭劫成物什。「乾脆把它推到河裡也罷。」他想。銅像下面的泥土已被雨水泡得鬆軟，稍推一下也許就會落入河中。他乘人不知做了一番努力。在一個黃昏之時，銅像傾斜順着枯草的斜坡滑落河中。河水發出鈍沉的聲音，河面泛起的波圈吐着層層白沫。隨之銅像沉向河底。他直起酸痛的腰身，呆然俯視着靜靜的河面。

突然，背後被用力戳了一下險些向前倒去。「你在幹什麼！要遭報應！」那老太婆站在黃昏的夜幕中怒言撲來，矮小的身軀瑟瑟發抖。「你想把他怎麼樣？你想把他……」老太婆詛咒他，向他吐唾沫，哭喊着跑下山去。

作品收在『武田泰淳全集』（築摩書房 1978 ~ 1979）第一卷中。

作者武田泰淳在二十五歲時，曾做為日本侵略者的一員赴中國參戰。這篇作品以作家本身的體驗，在作家思想方面的體現上具有十分重要的意義。作品使人能夠深深感到在他的意識中，一個侵略者「恥辱」的反省。簡短而精鍊的作品，在不知姓名的老將軍和老太婆這兩個人物以及銅像的描寫上，體現出時代的非同意義，銅像象徵著對舊權威的唾棄充滿寓意。

作品描寫了戰敗后老將軍回到故里的故事。其中的銅像是一個重要提示。即，同一人物而在不同時代會有不同認識，也會得出不同結論。所謂「信念」，一般人解釋為相信正確的思維。作品中的主題「信念」又為如何？

人物的出現。將軍於戰敗后憔悴歸鄉。當他看到自己的銅像時，雖然感到愚昧無聊卻不願離去。老太婆，兒子在將軍部下從軍而戰死。但她堅信銅像就是兒子和將軍同生共死的見證。青年推到了銅像。銅像是將軍之像，建在戰前。老太婆崇敬的對象。

人物的象徵。老將軍是舊權威的具現。喪失權威后在摸索今後的人生。老太婆是舊權威（銅像）的信仰者。青年打倒舊權威，是時代的改革力量。

人物的心理表達。將軍曾是軍隊權威的頂峰。如今一切卻已成為幻滅。但是，老太婆將銅像作為兒子生存的見證，對曾是將軍的自己如此信仰。面對眼前空幻的現實，將軍「兩腿發軟，離開了老太婆和銅像。」他「害怕再遇到老太婆」。

而對老太婆來講，將軍是兒子生還的寄託，是她心中的信仰。她對舊權威依然堅信不疑。作為母親，祈願兒子生還是必然的選擇。但是當銅像沉入河底時，母親對兒子生存的希望也隨之徹底破滅。儘管她不知使銅像入水的人就是將軍，但她戳他的背，咒罵他，向他吐唾沫。她沒有得到時代的喚醒，依然是被時代及其政治所愚弄的平民百姓。

作品中的主題「信念」在於哪方人物？將軍戰敗前是軍隊的權威。戰敗后權威失去。他不能夠直視舊權威的象徵（銅像）。他躲避老太婆，親手將渾身沾滿污泥的銅像推入河中。老太婆作為母親堅信將軍的權威就是兒子的生存。青年們清算歷史，志向於現在和未來。以此來看，這信念應該是老太婆「相信將軍的權威，希望兒子生還」。

所謂信念並非所有均為客觀正確。生存在某一個時代，有很多人懷有信念。然而，隨着時代的發展，人們也知道其信念成為空幻，成為錯誤。作者把「信念」的焦點聚在老太婆這一人物上，提示了被某一時代的政治權威所捉弄、蒙蔽的老百姓。

作品用象徵性的標題暗示了作家的創作意圖。主題的「信念」就是老太婆的信念。而將軍知此幻滅時，他害怕她，並絲毫沒有要告訴她真相的意圖。將軍對權威的真相自知醜陋卻欲極力欺瞞。作品用將軍和老太婆這兩個人物揭示出近代日本黑暗時代及其矛盾，以此所造成的悲劇。作品最後老太婆的「戳他，咒他，吐他」，最終不知將軍何許人也具有象徵性意義。對崇仰舊權威的老太，畏懼其信念的將軍，推倒銅像的青年們——通過他們的表現描繪出戰後日本的現實。另外，青年們——時代的改革者，推倒銅像后再無出現。以此，作者是否給讀者留有課題。即，日本的未來又該如何呢？

【作者】

武田泰淳（1912～1976），小說家，東京人。父親大島泰信為東京都本鄉東片町潮泉寺住職。隨師僧武田芳淳而改姓武田。父親與兄長均畢業於東京大學。兄大島泰雄為水產生物學家，曾任東大教授。叔父渡邊海旭為佛教學者、社會事業家。妻子為隨筆家。女兒為攝影家。

京北中學四年級時，因芥川龍之介自殺而深受打擊，對文學產生質疑。開始深讀『紅樓夢』以及魯迅、胡適等人作品。一九三一年浦和高中畢業，入東京帝國大學中國文學科，結識同級生竹內好。[*1] 期間參加左翼聯盟，曾被逮捕。一九三三年（昭和8）和竹內好等人組織並創刊『中國文學研究會』。一九三四年創刊『中國文學月報』，發表「新漢字論」、「唐代佛教文學的民眾化」等論文。一九三七年（昭和12）在『文藝』發表「抗日作家及其作品」為人所知。后被徵召入伍赴中國擔任事務工作。此期間深讀永井荷風、[*2] 司馬遷所撰書籍。兩年後被除隊。由於在中國的生活體驗，增加並豐富了他對人及社會的認識。發表著名論文有「支那的思考」、「美國留學中的胡適」等。曾獲日本文學大獎（1973）、野間文藝獎（1976）。一九七六年（昭和51）因胃癌病逝，享年六十四歲。代表作品有『揚子江文學風土記』（竜吟社 1941）、『司馬遷』（日本評論社 1943）、『風媒花』（日本大雄辯會講談社 1952）、『在流人島』（同右 1953）、『人間文學歷史』（厚文社 1954），有『武田泰淳全集』全十六卷（築摩書房 1971～73）、『武田泰淳中國小說集』全五卷（新潮社 1974）等。

*1 （1910～1977）詩人、小說家、評論家，中國文學研究學者，日本魯迅文學研究及日文版翻譯權威。長野縣人。一九三一年入東京帝國大學中國文學科，和岡崎俊天、武田泰淳等人創辦「中國文學研究會」。和周作人為摯友。一九三五年創刊『中國文學月刊』（后改稱『中國文學』）並任總編。一九三二至四二年之間曾多次往返中國。著有『魯迅』（日本評論社 1944）。一九四三年被徵召入伍赴大陸，在湖南省迎來日本戰敗。四六年回國。他的『魯迅』和武田泰淳『司馬遷』被日本評論社推為東洋思想叢書。該人把研究和翻譯魯迅文學作為畢生事業。

*2 （1879～1959）著名小說家。明治三四十年代（1898～1909）日本興起自然主義文學風潮。該人在此風潮中揭起「昴」派之旗為核心人物之一，被稱為「耽美派」。文學主張真實描寫和反映人的善惡美醜。

5　表達的分析

表達是作者的內心展現。通過表達來說明作者的創作意圖。

表達方式是語彙的使用，也是文體的構造和表達的技巧等。作者通過這些方面的加工，文章就會精彩，內容就會豐富。表達技巧背後深含奧妙。通過技巧的裝飾，一個具有無限魅力的文學作品就會展現在我們面前，就會使讀者得到藝術的享受。

表達是超越記號的記號。語言是記號。但是，在語言的使用上深下功夫加以技巧性策劃，語言就會超越其本身的表意範圍。例如在廁所的標記上，男廁是黑色人像或是一頂黑色禮帽，女廁是紅色裙裝人像或是一隻紅色高跟鞋等等。這裡禮帽的標記並非禮帽，而是男士之意。同樣，高跟鞋的標記也並非是高跟鞋，而是女士之意。甚至可以說完全沒有圖案本身的意思。就是說在文學中，「比喻」是表達技巧之一。但是，右意表達使用生物的雌「♀」雄「♂」就很不合適。因此，比喻表達還要講究是否恰到好處。另外，表達僅僅用比喻或技巧去體現還不夠。描寫什麼？如何去描寫？還要關係到題材、人物、背景、事件等所有。

本節作品分析重點為，1表達。圍繞主題的語句是作者意圖表達的關鍵詞。2體會表達的理解方式。掌握作品及作家習慣使用的文體、技巧等特點；注意文中比喻、逆轉接續、反問強調表達等，正確理解文意以及語言技巧表達的效果。表達是作者意圖的體現。因此，除理解問題、修辭等表達外，還要根據這些掌握作者的創作目的和意圖。

本節讀解要點，1表達。所謂表達是為表述文章中心思想所用的語言，是作者向讀者轉達意圖所用的語言。2正確理解和研磨表達方法。①準確掌握作品和作者所體現的文體形式、技巧特點。②特別注意比喻、反說、反問表達。正確理解內容，感悟其表達效果。③表達是作者轉達意圖的手段。因此，不可停滯於個別詞彙、技巧的理解上，要根據文章整體引伸理解作者的表達意圖。

『文明の旅――アンデルセンの秘密――』　森本哲郎

「一八〇五年四月二日のころ、この町のみすぼらしい長屋の一室に、結婚して間もない、靴直しの夫婦が住んでいた……。」とアンデルセンは自伝に書いている。

みすぼらしいというが、いま見るこの小路に軒を連ねた長屋は、赤や、黄や、緑に塗られたおもちゃのようなこぎれいな家々で、決してみすぼらしくはない。この家並みはアンデルセンの当時とたいして変わっていないはずだ。この一軒の家で、ある伯爵の棺を支えていた木の台を改造したベッドで、アンデルセンは産声をあげたのである。

彼の自伝を読んで、おや、と思うことがいくつかある。父は靴直しであったが、アンデルセンが生まれてから二、三日の間というもの、寝台のそばにすわって大声でホルベア[*1]の喜劇を読んでいたというのだ。北欧のモリエール[*2]といわれる文豪の喜劇と、靴直しとがどうかかわりあっていたのだろう。

アンデルセンは極貧の家に育ったと書いている。靴直しの道具と寝台と赤ん坊の寝かされている小さな箱しかないたった一部屋の生活だった。それなのに一人っ子だったせいか「まるで華族さまの坊ちゃまのように」育てられ、夜になると父親がラーフォンテーヌ[*3]の「寓話」や、ホルベアの喜劇や、「千一夜物語」を読んできかせたという。

彼は十五歳のとき、俳優になりたくてコペンハーゲンへ出た。しかし俳優になれず、声楽家を志したが、それにもなれなかった。失意と貧困とにさいなまれながら、しかし、まるでおとぎ話のように、いつも善意の暖かい手に救われて「即興詩人」を書いたという。このようなアンデルセンの人生が、そのままデンマークという国の不思議議さを語っている。

むろん、この国にも貧困はあった。「マッチ売りの少女」の物語は、アンデルセンが腸（はらわた）からしぼり出した貧しさへの抗議であったろう。けれど、貧しさはいつも——もし自伝に書かれているのが眞実だとすれば——善意の保障によって、どうにか克服されてきたのである。

＊1　路維・郝爾拜（Ludvig Holberg 1684～1754），丹麥著名劇作家、作家、哲學家。
＊2　莫里哀（Moliere 1622～1673），法國著名劇作家。
＊3　讓・德・拉封丹（Jeandela Fontane 1621～1695），法國古典文學代表作家之一，著名寓言詩人。

【譯文】

『文明之旅　——安徒生的秘密——』　森本哲郎

安徒生曾在自傳里寫到，「這是一八〇五年四月二日的事情。一對結婚不久的修鞋匠夫婦住在鎮里破陋長屋的一室……。」

雖說是破陋，但現在看到的小路邊一個個小房連接的長屋被塗著顏色，有紅的、黃的、綠的。這些像玩具似的、小美一下的家家們絕不破陋也不寒磣。房屋的情景和安徒生當時絲毫沒有變化。在這棟長屋其中的一室里，把支放某位伯爵的棺材台改造成一張床，安徒生就在這張床上呱呱問世了。

讀他的自傳不由得讓人感到有些不解。父親是位修鞋匠。但他在安徒生出生后兩三天就坐在嬰兒床邊大聲讀着郝爾拜的喜劇。這位文豪、被稱為北歐莫里哀的喜劇，又和修鞋匠有着什麼關係呢？

安徒生寫到，他出生在赤貧如洗之家。他們生活用的所有傢具，只有修鞋工具、睡床和安睡嬰兒的小箱子。儘管如此，也許是因為是個獨生子，他卻如同華麗家族的小少爺在生活成長。每到夜裡，父親就讀些拉封丹的「寓言」、郝爾拜的喜劇或是「一千零一夜」給他聽。

他十五歲那年一心想當演員，於是去了哥本哈根。但是，演員沒有當成，又志向於聲樂家。結果也事與願違。雖然他受到挫敗和貧困的雙重摺磨，但真是像童話里的故事那樣，總有人向他伸出溫暖的雙手幫助他。於是他寫了『即興詩人』。也就是說，安徒生本人的一生就可以說明丹麥這個不可思議的國家。

當然，這個國家也有過貧困。「賣火柴的女孩兒」，這個故事就是作者安徒生面向貧困而發自內心的抗議。可是，如果他的自傳里寫的都是真實，那麼——貧困、窮寒由於受到善意的保護，最終一定會被克服，被戰勝。

這篇作品收在『文明之旅 ——歷史的光和影——』中。

安徒生家庭貧寒潦倒，但卻在「富有」中成長。他的人生中正因為遇到過貧困和挫折才成為一位偉大的童話作家。安徒生在困難時總能得到溫暖幫助使他戰勝了一切。他將童話故事送給那些患難艱辛、朦朧成長中的人們，給予他們精神的慰藉和美好的寄託，這也是一種善意的幫助是他對所有善意之人的回報。

作品中在表達手法上有一個特點，即「比喻」。例如，「這些像玩具似的、小美一下的家家們」；「北歐的莫里哀」。兩者都為比喻文，但性質有所不同。前者為「直喻」，後者為「隱喻」。而隱喻的內涵密度更高。比喻技巧在文學表現上會產生重要效果。下面歸納列出比喻種類。

＊直喻（直喩、明喩）為敘述某一事物，用其它之物進行表達。（「のようだ」「まるで」「に似ている」）
＊隱喻（隠喩、暗喩）被舉事物和既舉事物之間具有密切關係。（「のよう」立板に水の弁舌。）
＊諷喻（諷喩、寓喩）言外之意表達。此方法多表現在寓言故事。（花より団子。）
＊活喻（活喩、擬人法）以非生物作為生物或把非生物、動植物及抽象之物比作人。（花は笑み、風はささやく。）
＊提喻（提喩）提示、暗示比喻。（小町→美人。市女笠→市女笠をかぶった女。花→桜。）
＊聲喻（聲喩、擬聲語、擬態語）。（鳩がクークー鳴く。ひょろひょろ歩く。）

文章以右舉「這些像玩具似的……」的直喻文，意圖在於使讀者經過聯想在事實面前得到美好的慰藉。另外，原文「こぎれい」這一詞，呼應前句的比喻，產生出「丑中一美」的幽默感。這裡日文的「こ（小）」，意為「沒什麼大了不得的」之意。例如，小才がきく（露點兒小才），小利口（小聰明），こうるさい（小討厭），小憎たらしい（小可恨）等。在其他表現中也有對對方蔑視的意思。

讀這一作品時，還需注意對語句意思的理解。例如，文中「まるでおとぎ話のように」一文，「おとぎ話」中文譯為「童話」。但是，這和日文的「童話」又有微妙不同。「賣火柴的女孩兒」、「醜小鴨」等，這些安徒生的童話故事，往往會給人一些「悲慘」的感覺。而「おとぎ話し」更多給人一種消遣。也就是說，苦難中具有一絲的甜蜜和希望。因此，正確理解詞意十分重要，也是讀解作品的基本。

這裡順便歸納列出右述「比喩」以外的有關表達技巧種類。

＊引用（引用）引用他人的文章、故事、成語、諺語、詩歌等。引用古文中的節句、詩歌。

＊誇張（誇張）過度的誇大表達。（垂涎三尺。白髮三千丈。）

＊朧化（朧化）非明確表達。朦朧暗示。包括忌言、隱語等。（とうとういけませんでした（死んだ）。）

＊反語（反語）反問強調表達。明確表示事物本來事態的真相、性質。也有諷刺表達。

＊逆說（逆說）反說表達。以反說的方法來表達真理。（天才はいない。いるのは努力家だけだ。）

＊連鎖（連鎖）接尾令式表達。（日は朝、朝は七時。）

＊省略（省略）以省略表達以示餘韻、余情。或作為暗示。常使用「省略號」和「破折號」。（鬼は外、福は內。）

＊漸層（漸層）漸層法。表達內容一環套一環，一浪高過一浪。也為文章的構成法。

＊反覆（反復）疊語。語句的反覆使用。（正々堂々。知らず知らず。）

＊對照（対照）正反對照表達。列舉類似進行對照的表達。包括對稱句。

其他還有倒置（倒置）、問答（問答）、現在（現在）（把過去、未來的事情作為現在的事情進行敘述）、詠嘆（詠嘆）、插入

（挿入（そうにゅう））、並列（並列（へいれつ））等。

【作者】

森本哲郎（1925～2014），東京人。評論家。以日本文明批判第一人而著稱。東京大學文學部哲學科畢業。該大學研究生院碩士課程修完后入朝日新聞社任文學部副部長。曾任朝日新聞社編輯委員。一九七六年退社。歷訪世界各地。后以評論家從事文明批判及旅行記的創作活動。曾於一九八八年（昭和63）至一九九二年（平成4）任東京女子大學教授。二〇一四年（平成26）因患心臟病逝世，享年八十八歲。主要作品有『撒哈拉幻想行 哲學的迴廊』（河出書房1971）、『詩人與謝蕪村的世界』（講談社學術文庫1969）、『我的哲學日記』（集英社1999）、『語言！生存思維50話』（PHP新書2000）、『日本語表與里』（新潮文庫1985）、『文明之旅——歷史的光和影——』（新潮選書1967）、『生存研究』（新潮社1994）、『森本哲郎世界之旅』全十卷・別一卷（新潮社1993）等。

三　論文的散文

散文中理論式論述作品主要有評論和說明文。所謂理論的文章是把某個思考經過符合道理的、準確無誤的說明，從簡明到具有高度思維的論述。雖然難易度各有差異，但作者均力求把自己的思考論點能正確向讀者交待。作者通過自己的文章在徵得讀者對觀點的贊同之前，首先希望能夠對自己的論述有一個正確理解。為此，作者要在文章寫作上深下功夫。換句話來說，讀者理解了作者的苦功研磨就會正確理解他的理論觀點。

作者用論述語言和文章的形式來表達。因此，要正確理解詞彙語句。很早以前，神聽到了人們企圖想要登天的不遜之言，他於是把他們的詞彙故意製造混亂，使他們的登天計劃破滅。這是『舊約聖經』「創世紀」中巴比倫塔的故事。語句不同或沒有正確理解就不可能正確理解文章所表達的思想。

一九二〇年，在印度的孟加拉州發現狼孩兒。她們用四肢走路，用嘴啃吃生肉，不懂人語。不懂語言也就不可能轉達意圖。我們從生下來開始就在語言環境中生活，不知不覺掌握了語言。感到理解語言並非難事，但也十分有必要對語言語句有重新的認識。

海倫・克拉出生后耳口目失聰。她的家庭教師經過一番努力，最初使她懂得了「水」這一詞彙的含義，使她越過三重障礙，留下偉大奇迹。「水」，用手可以觸摸到，而雲彩卻是不可能觸摸到的。玫瑰花可以觸摸到，也可以嗅到它的芳香。可是，卻無法去理解花瓣是紅色的。如果是你，如何向一位雙目失明的人去解釋「雲彩」和「紅色」呢？絕非易事。真正理解詞意亦為如此。

陳述理論有必要選擇恰如其分的詞彙。我們在日常生活中自然記住了一些語言詞彙。因此，往往沒有習慣從客觀角度看待語言。中國人都使用中文，日本人都使用日文，但使用同一語言未必一通百通。例如「雪」一詞，沖繩的人認為，只是從電視中見過，是白色的，從天而降。東京的人認為，我喜歡滑雪，一聽到這詞就躍躍欲試，激動不已。而新瀉的人卻說，雪，讓人想到漫長冬日，寒冷度日，除雪作業的艱辛困苦，讓人惆悵滿懷。

「雪」，這個一般詞彙竟然會有如此不同的反應。作者思想意圖的反映只有通過語言才得以實現。因此，作者在詞彙的選擇上要慎之又慎。

理論的文章要用心動腦去讀。有三點很重要。第一，克服帶有固有觀念。往往會有人認為，讀理論式文章，按照順序去讀就可以了。其實並非如此。不用心動腦去讀就會陷入曲解。讀文章或作品切勿固持己見，帶有固有概念或意識。面對每個詞彙，句子，論述，不去認真琢磨就急於下結論會使自己的理解進入歧途。第二，掌握論述展開的方向。論述的展開往往段段相聯，層層相套。必要注意文章主流中的「論點」如何在移動。在沙漠中行走的人，自己認為在照直前行，然而卻發現又轉回原地。這時會感到需要把山或星座定為路標。掌握論述的方向性是讀解文章的基本。第三點是，理論的產生是對立的。一個問題只有正反兩論的對立存在才能成立。即，理論對立而成立。雙方各自主張自己的正當性。這些往往不一定僅局限於日常感覺而論。太陽從東方升起西方落下，這似乎是絕對的真理。但未必如此。夏天的北極「沒有落日」才是正確的。了解什麼樣的場所、什麼觀點，以此為基本的展述至關重要。

具有廣泛知識是讀解文章的基礎。在理解論文式文章方面同樣需要知識面廣。僅限於眼前的學習還不夠，還要注意掌握報紙、廣播、電視等大量信息和知識。例如，水庫閘門吐出的水是無用之水。專業用語稱之為「死水」。但是，它們真是沒用的水嗎？並非如此。由於這些水的棄置使上面的水下沉，產生壓力而發揮作用。如果沒有死水，活水就無法發揮作用。所以，這些「死水」應該稱為「無名英雄」。

讀一篇文章時，有些語句節段看起來似乎和主題無多大關係，但其中包含且指出各種知識、感受以及理論因素。如果自己具有廣泛的知識就會容易展開理解的思路。

語言里包含着力量和心聲。每一部作品是每位作家寄予讀者的精神指南。深解其意是筆者的最大心愿。本節選出的作品具有論文式文章結構和思路。在掌握論文式文章讀解方法的同時，也可以體會和掌握一些論文的撰寫方法。

1 語句的理解

語言的含義和範圍。「狗」一詞無人不曉。『現代漢語詞典』（商務印刷館）解釋為，「哺乳動物，種類很多，嗅覺和聽覺都很靈敏。是一種家畜」等。解釋的是所有「狗」的共同性質，是詞彙的「範圍」。但是，「獵犬」一詞，除右記解釋外，還要附加上「用於獵捕鳥獸」等內容。而適用於該詞彙範圍就比較窄。例如，「馬耳他」是狗而不是獵犬。就是說，含義小（意思說明少）而範圍（適用說明）廣。相反，含義大而範圍小。抓准文章使用的詞彙含義以及所指範圍十分重要。

理解詞彙是讀解文章的關鍵。理解詞彙的基本意思固然重要，但在基本詞意的基礎上，還要掌握其派生出的含義和微妙之處，以此去加深對詞彙的理解，達到對作品的引深理解。

本節作品讀解要點為，1通過文脈理解語句的內涵和其所指範圍。2理解語句含意。在理解語句基本意思的基礎上，進一步理解其派生含意有何不同。3聯繫整體內容，理清主題表達。聯繫文章脈絡理解詞意，尤其注意文中的對比表達。4理解關鍵詞、指示詞、接續詞在文中的作用。

作品選節1

『言葉の力』 大岡信

美しい言葉とか正しい言葉とか言われるが、単独に取り出して美しい言葉とか正しい言葉とかいうものはどこにもありはしない。それは、言葉というものの本質が、口先だけのもの、語彙だけのものではなくて、それを発している人間全体の世界をいやおうなしに背負[1]ってしまうところにあるからである。人間全体がささやかな言葉の一つ一つに反映してしまうからである。そのことに関連して、これは実は人間世界だけのことではなく、自然界の現象にそういうことがあるのではないか、ということについて語っておきたい。

京都の嵯峨に住む染色家志村ふくみ[2]さんの仕事場で話していた折、志村さんがなんとも美しい桜色に染まった糸で織った着物を見せてくれた。そのピンクは、淡いようでいて、しかも燃えるような強さを内に秘め、はなやかでしかも深く落ち着いている色だった。その美しさは目と心を吸い込むように感じられた。「この色は何から取り出したんですか。」「桜からです。」と志村さんは答えた。素人の気安さで、私はすぐに桜の花びらを煮詰めて色を取り出したものだろうと思った。実際はこれは桜の皮から取り出した色なのだった。あの黒っぽいゴツゴツした桜の皮からこの美しいピンクの色がとれるのだという。志村さんは続けてこう教えてくれた。この桜色は、一年じゅうどの季節でもとれるわけではない。桜の花が咲く直前のころ、山の桜の皮をもらってきて染めると、こんな、上気したような、えもいわれぬ[3]色が取り出せるのだ、と。

私はその話を聞いて、体が一瞬ゆらぐような不思議な感じにおそわれた。春先、もうまもなく花となって咲き出ようとしている桜の木が、花びらだけでなく、木全体で懸命になって最上のピンクの色になろうとしている姿が、私の脳裡（のうり）にゆらめいたからである。花びらのピンクは、幹のピンクであり、樹皮（じゅひ）のピンクであり、樹液（じゅえき）のピンクであった。桜は全身で春のピンクに色づいていて、花びらはいわばそれらのピンクが、ほんの先端（せんたん）だけ姿を出したものにすぎなかった。

　考えてみれば、これは真実にそのとおりで、樹全体の活動のエッセンスが、春という時節に桜の花びらという一つの現象になるにすぎないのだった。しかし、われわれの限られた視野の中では、桜の花のピンクしか見えない。たまたま志村さんのような人がそれを樹木全身の色として見せてくれると、はっと驚く。

　このように見てくれば、これは言葉の世界での出来事と同じことではないかという気がする。言葉の一語一語は、桜の花びら一枚一枚だと言っていい。一見したところぜんぜん別の色をしているが、しかしほんとうは全身でその花びらの色を生み出している大きな幹、それを、その一語一語の花びらが背後に背負っているのである。そういうことを念頭におきながら、言葉というものを考える必要があるのではなかろうか。そういう態度をもって言葉の中で生きていこうとするとき、一語一語のささやかな言葉の、ささやかさそのものの大きな意味が実感されてくるのではなかろうか。それが「言葉の力」の端的な証明でもあろうと、私には思われる。

＊1　「否応無しに（いやおうな）」，連語，副詞。不管願意不願意。不容分辯。

＊2　（1924～）日本染織家、「紬織重要無形文化財保持者」、隨筆家。滋賀縣近江八幡人。一九四二年文化學院畢業。三十一歲時深受作家柳宗悅民藝運動影響開始和母親學習染織。一九五七年第四次日本傳統工藝展入選參展，獲該展第五次獎勵獎。任第六、八次日本文化保護委員會委員長。獲第七次朝日新聞獎。一九〇〇年被認定為「紬織重要無形文化財保持者」（人間國寶）。一九八六年獲天皇紫綬褒章，一九九三年被授予文化功勞者稱號。隨筆活動中，獲二〇〇六年井上靖文化獎，代表

作『一生一色』獲第十次（1983）大佛次郎獎。

＊3 「えも言われぬ」，連語，連體詞。難以形容。妙不可言。

【譯文】

『語言的力量』　大岡信

人常說，優美的詞彙，正確的詞彙。然而，單獨拿出一個詞彙來就沒有「優美」「正確」這麼一說了。不容分辯，這是因為語彙的本質不僅在於口頭上的表達，也不在其語彙本身，而是它背負着一個人的心聲。因為一個人的全部都用這片言隻語來抒發來表達。有關這個問題我想說，這不光能說明人的領域，同樣也可以用自然領域的現象來說明這個問題。

那是發生在京都嵯峨印染家志村 Fukumi 作坊的故事。志村給我看了她縫製的和服。這件和服的布料是用染成櫻花色的線織成，色彩美麗絕倫。其粉色淡雅而含有熾熱的力量，華麗而又深沉穩重。其美麗使人賞心悅目。我問，「這色從何處提取?」志村回答，「櫻花。」外行的我立刻認為，大概是將櫻花的花瓣煮后提取染料。原來，這顏色是從櫻花樹皮中提取的。聽她說，從那些黑乎乎僵巴巴的櫻樹皮中能提煉出如此美麗的粉色。志村繼續告訴我，這櫻花的顏色並非一年四季都可以採集提取到。而是在櫻花即將盛開前夕，采來山櫻樹皮提取染料。於是便成為這樣氣質高雅、難以形容的顏色。

聽她這麼一說，我瞬間感到身體在搖顫，實在令人難以置信。這是因為在我的腦海中浮現出櫻花樹搖擺着的身影。初春的櫻樹在她即將萬花怒放前夕，不光是花瓣，而樹幹整體都在整裝待發，全力備好最佳之粉色。花瓣的粉是樹幹之粉，樹皮之粉，樹液之粉。也就是說，櫻樹的全身心都在負有春天的粉色。然而，這粉色卻僅體現在花瓣的頂端。

想來確實如此，櫻樹整體的生命之源只不過在春天這個季節里以花瓣的形式來體現。但是，在我們有限的視野里，只有看到櫻花才是粉色。偶爾像志村這樣的人能讓我們看到樹木渾身蘊含著的顏色，令人驚嘆不已。

如果這樣來看，櫻樹的這種現象不也和語言的世界一樣嗎？語彙的一言一語可以說是一枚一片的櫻花花瓣。一眼看去顏色各有不同，而實際上真正用全身心來產生花瓣顏色的樹幹，它才是一言一語這些花瓣的生命之源。我以為，用此道理去認真思考語言語彙難道沒有必要嗎？要以這樣的態度在語言中生存之時，難道不該從一言一語這些每個小小詞彙中去體會和理解其更大的含義嗎？我想這就是「語言的力量」的直接證明。

這是一篇評論作品，收在『語言的力量』（花神社 1978）中。

作者主題強調語句背後的深蘊含意。一言一語看起來單薄而背後卻深含力量。一個詞彙或語句是作者表達心聲的體現。隻言片語背負着作者的思想和精神。每個詞彙和語句如同櫻花的每片花瓣。

人們往往認為或看到，櫻花的「粉色」只屬於花瓣。印染家志村的說明使作者悟到，和服美麗的粉色，它的染料提取不是花瓣而是樹皮。誰能想到黑乎乎、皺巴巴的老樹皮會蘊含著如此美麗的顏色呢？其顏色淡中有艷，柔中有剛。甚至用言語無法去表達它的美。就是說，櫻花的粉色體現在人們的視野中僅僅是小小一部分，而真正的大色卻蘊藏在人們看不到的地方，即，樹幹、樹皮、樹液以及春天和整個的自然世界。

語言語彙亦即如此。一言一語如同一片片櫻花的花瓣，看起來似乎薄弱，但它蘊藏着人的精神世界，具有無限之力量。換句話來說，世間一切小中有大，淺中有深。人們的視野中所看到的僅僅是事物的體現和感覺，而沒有看到的部分卻有更大的世界。作者提示並糾正了人們對問題觀察、理解的狹窄意識，提倡通過語句、詞彙去深思和深解其內涵及精神所在。

文章結構為，大段中分層次進行展述。開場文以「人們常說，優美的詞彙，正確的詞彙……。」，提出圍繞「詞彙」這一論題。后，承接論題提出作者主張，語言表達，其表達意圖不只滯留於詞彙本身，而是其中蘊藏着人的整個世界。為引深說明，作者例舉志村印染作坊的啟示，用櫻花染色的事例作論據展開論述，以此證明作者「語言的力量」的觀點。

【作者】

大岡信（1931～2017），詩人、評論家、翻譯家。靜岡縣三島市人。其父大岡博為和歌詩人。在文學家庭中熏陶長大。日本戰敗后，中學三年級時和友人創刊雜誌『鬼詞』，開始創作詩歌和短歌，深受日本浪漫派影響。一九五〇年（昭和25）入東京大學先後專攻法文和國文，但幾乎全部缺勤，和日野啟三等人創刊『現代文學』。畢業論文題目為「夏目漱石論——修善寺吐血以後——」。一九五三年畢業后入『讀賣新聞』社。十年後任明治大學教授。詩集處女作『記憶和現在』（書肆 Yurioka 1956）作為戰後詩表現出前所未有的智性和感性。一九五九年與清岡卓行等人創刊『鰐』。一九六九年（昭和44）『盪兒家系』（新潮社 1969）獲藤村紀念歷程獎，一九七二年（昭和47）『紀貫之』（筑摩書房 1971）獲讀賣新聞獎，一九八〇年（昭和55）『時令之歌』（朝日新聞社 1980）獲菊池寬獎，一九八九年（平成元）『向故鄉之水致詞』（花神社 1989）獲現代詩花椿獎，一九九〇年（平成2）『詩人菅原道真的美學』（岩波書店 1989）獲藝術選獎文部大臣獎，一九九三年『地上樂園的下午』（花神社 1992）獲詩歌文學館獎、法國藝術文化勳章、日本藝術院獎（1995）、一九九六年度朝日獎。一九九七年（平成9）被授予文化功勞者，二〇〇三年（平成15）授予文化勳章。有『大岡信詩集』（新潮社 1968）等多數。作品中體現了現代詩發展的影響力，顯示出作家極深的教養及透徹的感受性思考，在自體現代詩的創作上可謂達到頂峰。

作品選節2

『顏（かお）』　鷲田（わしだ）　清一（きよかず）

人びとは顔を隠さなくなった。
顔がいたるところで溢れている。盛り場やオフィスに、ブラウン管のなかに、雑誌の表紙に、電話ボックスのチラシや商店のポスターに……。ところが一方で、顔を感じる、顔に接するという経験がとても乏しくなっているような気もする。われわれはたいていの要件を電話やファクシミリで済まし、実際に顔をつきあわせて交渉することはめずらしくなっている。デパートに行っても店員の笑顔にはよく接するが、それがほんとうに顔なのかといえば、むしろ記号であるといったほうが実感にあう。「顔」はいま、氾濫しているのか、それとも困難になっているのか、過剰なのか、過少なのか。

わたしがここで考えてみたいとおもうのは、「顔」という現象についてである。が、どの「顔」からはじめるか、「顔」にどこから接近するかになると、これが意外にむずかしい。

たとえば、「顔」はつねにだれかの顔である。そうだとすると、「だれ」という問題をぬきにして、あるいは「だれ」という契機を外して、だれの顔でもない顔一般について語ることに意味があるだろうか、という疑問にまずとらわれる。われわれは他人の顔を思い描くことなしに、そのひとについて思いをめぐらすことはできないが、そうだとすると、この問いのなかにすでに、人称（だれ）と顔の関係という、「顔」をめぐるもっとも基本的な問題の一つが現れでている。

あるいは、同じひとの「顔」といっても、いったい彼のどの顔に定位したらよいのか。われわれは次にこのような奇妙な問いにも突きあたらざるをえない。顔というものは不安定である。顔は静止していない。男性の場合、朝に整えた顔も夕方になれば脂ぎっててかてか光ってくるし、髭もめだってくる。女性の場合、化粧を落とせば別人のような顔が現れる。さらにひとは顔を「作る」場合もある。こうして他人の顔に関しては、われわれがふつう接するのはそのうち一つか二つの顔にすぎない。しかもその顔は、それがだれに向けられるかによって、まるでチャンネルを替えるかのようにそっくり変化する。そのうちどれが本来の顔、あるいはありのままの顔かと問われたら、おそらくだれもが返答に窮することだろう。

しかも顔は、そのように自然に変化するよりもっと先に、あるいはだれかの前で拵えられるよりも先に、われわれ自身によってすでに加工され、変形されている。整髪・洗顔・髭剃り、そして化粧。顔はいつも技巧的にメイク・アップされている。そうするとありのままの顔、「自然の」顔というものは、そもそも不可能な顔のことなのではあるまいか、そのような対象としての「顔」の同一化の問題がここで生じる。

さらに「顔が利く」「顔が広い」「顔を貸す」、あるいは「顔役」「顔つなぎ」「顔負け」といった、「顔」についての比喩的な表現をいま仮に視野の外に置き、「顔」という現象を身体の表面に限定するにしても、はたして「顔」は顔面ないしはそこでの現象に還元できるだろうか、という問題もでてくる。

【譯文】

『面孔』　鷲田清一

人們已經不再掩臉遮面了。

面孔充斥各處，繁華街有，辦公區有。還有，顯像管里、雜誌封面和電話亭里的廣告單上、商店的海報上……。但從另一角度來看，似乎感到直接面對的面孔卻又很匱乏。我們在日常事務中，基本使用電話或傳真去處理，而真正面對面的交流卻越來越少。商店的店員笑臉相迎。然而我卻着實感到，那種面孔如果說是面孔倒不如說是記號。如今的「面孔」，是泛濫呢還是困難呢？是太多呢還是過少呢？

在此，我想考慮的是有關「面孔」這一現象。可是，這一探討從何種「面孔」開始？又從何處開始去看「面孔」呢？這是一個意外的難題。

譬如，「面孔」往往應該是誰的臉。如果這樣，我會首先提出疑問，把「誰」這一問題放在一邊，或者把「誰」這一機會除外，泛泛討論誰也不是的臉那還有意義嗎？我們在腦海里不去描繪那個人的臉，那麼，就不能夠想象到那個人。如果如此，問題中就會出現人稱（誰）和臉之關係這一「面孔」的最基本問題。

或者即使是說同一人的「面孔」，那麼他的臉又該如何去定位呢？我們會不得不遇到這個奇妙無比的問題。所謂的臉，不會是固定的靜止的。男人的臉，早晨修整一新而到了傍晚卻油脂滿滲，光光亮亮，胡茬顯赫。女人的臉，卸妝後會判若兩人。更有甚者，人也可以「造臉」。如此看來，我們日常所看到的臉只不過是其中之一二，而且，那張臉根據其面向不同，就會如同轉換電視頻道一樣變化多端。如果要問這張臉，哪種是其本來面目或自然表情恐怕誰也難於回答。

臉在自然變化之前或面對誰去裝扮之前，首先，我們根據自身需要已經被加工，被變形。整髮、洗面、剃鬚、化妝。臉，總是在被巧妙地描繪、美化。這樣，天然之臉，「自然」之面孔難道不陌生嗎？以此為對象的「面孔」，這裡會出現同一化問題。

還有用臉的比喻表達，例如，「大體面」、「面子廣」、「替人出面」，「會面相識」、「負責出面」等，這些用臉的表達暫且排除到視野之外，如果把「面孔」現象限定於身體表面，那麼就會出現一個問題，那就是「面孔」是否能夠還原到臉面或其現象本身呢？

這篇作品是『面孔現象學』的開場文。作者通過面孔這一現象批判人的不自然、不真實。即，面孔和內心的不一致。

面孔原本是人心的寫照，坦誠的標誌。但在現實社會中，尤其在電腦信息發達的新時代，人的面對面交流越來越少，代替人的直面交流是電腦、傳真等信息工具。而眼前到處充斥着的「面孔」，更多僅僅是一張面孔，是經過了裝飾的面孔。無論是男是女，化妝，修整，美容加工等等，看上去的面孔是美了許多，可是人真正的內在卻深深地被掩蓋起來。以致社會中充滿張張假面、假象，未免使人感到真實究竟又在何處？

人們提倡「微笑服務」。微笑是周到服務的重要一環固然有理。為達到微笑標準，每天對着鏡子練習微笑。仔細去觀察，一些「微笑」更使人感到是「苦笑」、「澀笑」，僅僅是面部肌肉的「定位運動」。看到這樣的面孔，有其說實情的感受，不如說讓人替他們難受。因為這些「笑臉」不是出自內心而是在訴說著其內心的苦楚，是不經意的笑臉。

作者提示面孔應該還原於肌體的本來位置。人需要一張自己的面孔，坦誠的面孔，而不是隨合外界來改變的工具。人的真正面孔應該是其真實和坦誠的寫照。

作品是一篇評論文。第一自然段首先以「人們已經不再掩臉遮面了」這一社會現象提出問題。第二自然段承接第一段，以「面孔充斥各處」，導出一系列具體事例。表達面孔的「泛濫」和接觸真正面孔的「困難」，用「泛濫」和「困難」的詞彙表達，指出兩者的對立。在第三段中，作者觀察所謂「面孔」這一現象后，提出面孔究竟意味着什麼？仔細想去，從何種「面孔」開始？又從何處開始去看「面孔」。抛開人稱，單獨去討論一張面孔是一個意外的難題，無法理出考察對象。這裡是作者表達的重點意圖。第四段，不僅承接三段內容，而且用第五、六段擴述第三段主旨，逐漸闡明作者觀點。到第六段為止，在論述展開上，每段之間都有着密切關係。第七段表明作者對「面孔」語義的擴大表達，例舉有關「臉」的慣用句，「大體面」、「面子廣」、「替人出面」、「會面相識」、「負責出面」等。對此，作者以現象學的角度，隱晦批判輕易使用人體部分表達傾向。

【作者】

鷲田清一（1949～），哲學家（臨床哲學、倫理學），大谷大學教授、大阪大學名譽教授。歷任關西大學文學部教授、大阪大學校長。京都府出身。一九七二年（昭和47）京都大學文學部哲學專業畢業。后修完該大學研究生院博士課程。歷任日本倫理學會會長、人間文化研究機構評議員、文部科學省文化審議會委員、日本藝術文化振興會評議會委員等多職。現任京都服飾文化財團評議員、京都市立藝術大學經營審議員，京都獎、大佛次郎獎、河合隼雄學藝等獎項選考委員會委員。作品『分散理性——現象學的視線』（勁松書房1989）、『模式的迷宮』（中央公論社1989）獲一九八九年三得利學藝獎，『「聽」力』（TBS不列顛1999）獲第三屆桑原武夫學藝獎，『「磨磨蹭蹭」的理由』（角川學藝出版2011）獲二〇一二年讀賣新聞獎。代表作品有『人稱與行為』（昭和堂1995）、『看得到的權利——「面孔」論』「面孔的現象學」（講談學術文庫1995）、『自己——不可思議的存在——』（講談社現代新書1996）、『不死的理由』（小學館2002）、『「人」的現象學』（筑摩書房2013）等。二〇〇四年（平成16）授予天皇紫綬褒章。

2 段落的區分

一篇長文，為便於理解有必要先分就數個段落。在讀解文章時，根據段落的分層會使內容步步深入易於理解。也就是說，理論式文章的段落和其理論的展述是不可分開的。分段作用體現出內容的深度和廣度。

陳述事實和意見也是說服的技巧。讀理論性文學作品時，文章首先要提示事實。對此，一般來說，筆者要對所提事實闡述意見。用身邊事物或具體事實去說明會易於理解主題。但有的筆者往往在展開論述的同時還要做些比喻說明。要讀清哪些是事實，哪些是比喻，哪些是筆者的主旨意見。事實說明不一定在文章的整體中體現，要根據作者的論旨，在其中的一部分從特殊的觀點、視角開始才可看出。因此，有必要掌握文章以如何的表達形式來提出事實，這點十分重要。

本節作品讀解要點為，1掌握段落作用。段落，並非所有段落都是同一作用。在文章整體中每個段落各自有不同比重。2事實與意見的論述。確認好事實的提示方法。3段落區分。理清小段落的表達意思，根據論述展開的層段，把數段意歸納為一個大段意。4分清段落之間的關係。看清文章整體構造。

『速度による美学』　黒井　千次

山陰のある古い町へ出かけた時のことである。夕暮れ、目ざす土地についてバスを降りると、道に車の影の少ないのがまず印象的だった。紀行文を書くのがその旅の目的であったので、ぼくは早速翌日からの計画をたてることにした。人口五万人前後の小さな町である。史跡や名刹が少なくないとはいえ、二、三日かけて縦に横に歩きまわれば一応のものを見ることは出来るだろう。

次の日、地図を片手に朝からぼくはひたすら歩き続けた。しばらく歩くうちに、狭い道にはいってくる車の意外に多いことに気がついた。注意してみると、いずれも観光客を乗せたハイヤーやタクシーである。ところどころで車をとめては運転手が客に説明しているらしい。ぞろぞろと車を出た客が古い屋敷跡をのぞきこんだり、老木を振り仰いだりすることもあるけれど、窓のガラスをおろすだけで腰もあげずに見物をすませてしまう客がいる。中にはスピードをゆるめるだけで通り過ぎていく車さえある。あれで観光になるのだろうか、とぼくは首をかしげた。

次に気づいたのは、自転車に乗っている学生風の若者達によく出会うことだった。春休みのシーズンだったせいかもしれない。いずれも後ろに大きくナンバーを書きこんだ観光客用の貸自転車である。彼らはグループをつくって風のように走って来た。特に夕方、見物先に時間の制限のあるところでは、一群の鳥に似た若者達が飛来しては自転車を道端に置いて目的の場所に飛びこみ、また駆けもどって来ると自転車にまたがっては慌ただしく次の目的地に飛び去るのだ。

そんな人々を見ていると、自動車にも自転車にも頼らなかった自分の方法の好ましさをぼくは改めて認めることが出来た。それは時間の経済性などといったものとは別の、いわば速度による美学とでも呼ばれるべきものに属する問題なのである。

つまり、自動車に乗る人は自動車の目になって物を見てしまう。自転車を利用する人は自転車の目を自分からとりはずすことができない。そしてそれらの目が歩行する目と大きく違うとしたら、それは地上を移動していく速度が異なるからだ。

たとえば、自動車で走り去る人には古い土塀の表面が剥げ落ちた跡にどんな表情が浮かんでいるかを楽しむことが出来ないだろう。自転車のペダルを踏む人は、石垣の隙間から這い出している草の花を咲かせようとする気配を見落としてしまう。歩くものは、字の消えかかった看板にも、破れた垣根の奥の光景にも一つ一つ向き合うことが出来る。今、目の中にいれたものをゆっくりと咀嚼しながら考え考え足を運ぶことが出来る。

それとは逆に、自動車に乗ってスピードを増やせば増やすほど前方視界が両側から絞られて狭くなることも知られている。

速度によって失われるものは、ぼくらが考えている以上に大きいかもしれない。

【譯文】

『速度的美學』　黑井千次

那是發生在我去山陰某古鎮旅行時的故事。黃昏，我來到目的地。一下車首先給我的印象是路旁車影很少。我這次外出旅行的目的是為了寫一篇紀行文。因此，立刻開始進行第二天以後的旅行計劃。這裡是五萬人口左右的小鎮，可以說擁有不少史跡和古寺，花兩三天時間徒步縱橫基本可以面面觀覽。

次日清早，我手持地圖開始徒步行走。不久，我發現在一條狹窄的路上意外地進來不少車輛。仔細看去，原來這些車輛或出租車都是運載遊客所用。在一些地方，司機把車停下來似乎給客人在講解什麼。有些遊客，一個個下車看看古建築的遺址，再仰面朝天望望參天老樹。可是，有的遊客卻只搖下車窗，探出頭來張望了事。甚至有的車只是放慢車速穿過遊覽區而已。對此我感到費解，這些人們能夠達到觀光之目的嗎？

之後，我又屢次遇到騎自行車的像是學生的年輕人。也許因為是春假期間。他們騎着的自行車，車尾上掛着大大的噴有觀光客用字樣的出租車牌。這些年輕人一團一組，如同一陣陣風似地刮來刮去。特別在傍晚，有些參觀遊覽點已到關門時間。一群年輕人像鳥似地飛了過來，把自行車放在路旁跑向目的地，之後又跑回來跨上自行車慌慌張張飛向下一個觀光點。

我看到他們再次感到，自己沒有依靠車輛或自行車，而採取自行徒步的方法最為上策。當然，如果要說這和時間的經濟效率相比則另當別論，可稱之為是個屬於速度之美學的問題。

也就是說，乘車的人以車的目光去看事物。而騎自行車的人看事物也不會脫離開自行車的目光。如果這些人的視界和步行的視界有很大不同，那是因為地上移動的速度有所不同。

例如，乘車的人無法觀賞古城牆表面脫落的痕迹中所顯示的歷史的表情，蹬自行車的人也無法觀賞到從台階石縫中探出的花身草影。而步行的人，可以對那些字跡業已褪色的木牌，對古牆舊壁的深處均能一一盡情觀賞。一邊細細咀嚼眼前的實物，一邊可以深深思考。

與此相反也會知道，乘車的速度越快，眼前的視界就會被兩旁奪去，會變得越窄。

由於速度而失去的東西，也許比我們想象的還要大。

這篇作品為評論文，收在『美麗的蠶繭』（北洋社 1977）中。

作品根據自然段落分成，通過敘述具體事實闡述作者的兩點意見。這種寫作方法往往也用於論文形式的文學。第一自然段為作者意圖的導入文，訪問某個小城鎮以及對其的第一印象，進行旅行計劃。第二自然段，作者看到乘車觀光的現象併產生疑問。第三自然段，看到騎自行車的觀光現象，以此進一步進行事例說明。第四自然段，根據現象來肯定自己的徒步方法。第五自然段，以肯定自己的觀光方法，提出對乘車和騎車觀光方法的批判。第六和第七自然段，分別用第五段的具體事例進行論證並說明意見。最後一段承接二至七段總結作者意見。最後三段是文章的論旨重心。

第四段言及作品主題「速度的美學」。這裡首先要注意文中的「也可稱之為是屬於速度之美學的問題」的提法，以「美學」和「時間的經濟效益」的論題，引入下段。即，乘車、騎車和步行各自的觀光視界。這裡所說的「美學」，應該是作者對美學進行判斷的尺度和思考。乘車，騎車，步行，這三種方法從時間的角度來看，按順位其經濟價值觀各自不同。但從欣賞某種事物時，其順位卻又顛倒過來。歸根結底，在時間上謀求的經濟效益越大，而觀賞價值的損失就會越大。作者讓我們引深去思考，隨着時代的變化所帶來的價值觀念也有所不同。在通過電波的映像、音聲的現時代信息發達的社會裡，應該如何去看待「讀書」和「思考」這一漸被忘棄的問題。

【作者】

黑井千次（1932～），小說家，東京都人。一九五五年（昭和30）東京大學經濟學部畢業后入富士重工業公司，到一九七〇年（昭和45）退職為止期間，一邊體驗工廠生活一邊開始寫小說。一九五九年（昭和34）發表處女作『藍色工廠』（『新日本文學』2月）、『冷淡工廠』（『新日本文學』1961 8～10）等，通過描寫企業內部人物，做為新型企業小說受到世人矚目。其寫實風格中又導入了幻想式和戲劇化，從外側探索自己。代表作品有『兩個夜晚』（『文藝』1963・11）、『穴與空』（『層』NO7，芥川獎候選作品）等，凝視內部，以日常事物為主題，表達體現了現代社會的不安世象。『時間』（『文藝』1969・2）、『無星房屋』（『文藝界』1969・10）均為芥川獎候選作品。『時間』獲一九六九年度藝術選獎文學部新人獎。其他代表作品有『奔跑家族』（『文藝』1950・5）、『陌生家路』（『新潮』1970・8）、『搖晃之家』（『文藝』1971・4）等。作品深刻揭示社會問題，確立了現代小說的地位並取得成果，為「戰後文學」繼承人作家之一。出版有雜文、散文集『假構和日常』（河出書房新社 1971）、『黑井千次集』（河出書房 1972）等。為日本藝術院會員，曾獲谷崎潤一郎獎（1970）、讀賣文學獎（1995）、日本藝術院獎（2001）、野間文藝獎（2001）、旭日中綬章（2008）等。

作品選節2

『砂漠の風景』　池澤　夏樹

サハラ沙漠を自分の足で歩いたことがある。今からきっちり十年前の話だ。こういう話はついつい大袈裟になりがちだから、はじめに明らかにしておくと、別に沙漠をはじからはじまで踏破したわけではなく、歩いたのはたったの二キロメートル、時間にして三十分だった。

東西五〇〇〇キロはあるサハラの東の隅、地理的にはヌビア沙漠という別の名で呼ばることの多い地域である。その時ぼくはナイル河に沿ってアフリカ大陸を南下する旅行の途中だった。エジプトの南端にアスワンという町があり、アスワン・ハイ・ダムがナイル河をせきとめてできたナセル湖という大きな人造湖がある。そこを三日がかりで船で渡った。

湖の上で国境を越える。到着するワディ・ハルファという港はもうスーダンの領土だ。ここからは汽車に乗って首都のハルトゥームに向かうここになっている。みんなが船を降りて汽車に乗るのだから、要するに青函トンネルが出来る前の青森駅と同じことだ（北海道側から見て）。港の前ですぐに汽車が待っているだろうと思ったところが、アフリカでは話はそんなに安直には進まない。船を降りると、目の前は延々と沙漠、はるか地平線のあたりに駅舎らしいものがあり、その背後に連なっているシルエットが客車の屋根だった。

なぜ港と駅がこんなに離れてしまったのか、あるいはなぜ線路を港まで延長しないのか、その理由はわからない。不便だから線路を延ばそうというような短絡的な考えはたぶんアフリカ的ではないのだろう。大量の荷物を持って汽車を降りた人々は、当然のようにこの二キロの道のりを歩きはじめた。少しお金を出せばジープの便もあったのだが、この場合は歩く方が正しいように思われた。

バックパックを背負って、砂の上を歩いた。後ろに船がいて前には駅があるのだから、迷う心配は絶対にない。砂は日本の海岸のそれなどよりもずっと黒く、重量感がある。たぶん少々の風では飛んだりしないのだろう。それを踏んで歩く。途中でちょっと立ち止まって、ぐるりと周囲を見まわし、写真を撮ったりする。

道のりの半ば（なか）あたりでは、沙漠にいるという臨場感（りんじょうかん）はなかなかのものだった。背後（はいご）の船は遠くなり、駅はまだだいぶ先で、どちらでもない方向を見ていれば、本当に沙漠の真ん中にいるようだ。遠方には砂丘（さきゅう）がなだらかな丘（おか）のように見えた。そちらに向かって歩き出せば、ぼくはまるで違う運命の中へ入ってゆくことになる。そういう通俗小説めいた誘惑（ゆうわく）を一瞬感じる。

長い人生であったの三十分。前後には白いガラビア*を着た他の乗客たちが歩いていたし、彼らにすれば、これはわれわれが青森駅のあの長い跨線橋（こせんきょう）を渡るのとまったく同じことだったのだろう。しかし、この二キロの沙漠体験はこちらの精神の中になかなか大きな影響を残した。

われわれはふだん見慣れているのは、都市の中にせよ農村にせよ、人間によって手なずけられた風景ばかりだ。あるいは人間を甘やかす風景といってもいい。そういうところだけを見ていると、世界全体が人間のために用意されているという錯覚（さっかく）に陥（おちい）る。われわれはほんの隅っこを借りて住んでいるにすぎないのに、地球の主人であるような気持ちになる。沙漠の風景はそういう勝手な幻想を消して、世界の本当の姿を再確認するための視覚装置だ。

人の手に由来するものが何もない光景は、意識の深いところに沈んでゆっくりと効果を発揮する。本当ならば、人はみな一年に一度は沙漠に行って、ぼんやりと砂をながめてすごすべきなのだ。そこで退屈を感じるとすれば、それこそ正しい退屈ではないか。

＊　埃及的民族服裝。

【譯文】

『沙漠風景』　池澤夏樹

我曾在薩哈拉大沙漠里走過。那是距今整十年前的事情。這話會使人感到很誇大，因此要事前交待清楚。我當時並非徹頭徹尾地在沙漠里漫行，而只是走了兩公里，時間也就是三十分鐘。

東西五千公里的薩哈拉荒漠東處，在地理上，通常人們稱這裡為努比亞沙漠地帶。當時，我沿着尼羅河從非洲大陸南下旅行，這是途中的一段故事。埃及的南端有個叫阿斯旺的小鎮。這裡有一汪很大的人工湖，叫納賽爾湖。湖是尼羅河上阿斯旺水壩截流而成的水庫。我用了三天時間乘船渡河。

我在河上越過國境，到達叫做瓦迪哈勒法的港口。這裡已是蘇丹的領土。我決定從這裡乘車到蘇丹的首都喀土穆，因為大家都在下船乘車。總之，景象如同青函海底隧道建成之前的青森車站。我想，港口前定會有火車站候客。然而在非洲，這並非易事。下了船，眼前是一望無際的沙海。遙遠的地平線上好像有個車站，在其背後連着的輪廓，那就是客車候車房的屋頂。

為什麼港口和車站會如此遠離呢?或者說，為什麼不把鐵路延伸修至港口處呢?其緣由不明。因不便把鐵路修建至港口，這樣最簡單不過的概念也許在非洲很難行通。人們扛着大量行李下了火車，理所當然開始步入車站與港口之間兩公里的路程。花點錢可以搭乘個吉普車之類。可是在這種情況下，步行似乎是明智的。

我背着大行囊走在沙原上。後有船港前有車站，因此根本不用擔心會迷失方向。沙子比起日本海岸的沙礫，顏色要黑得多，使人感到有重量感。大概小小風暈掠過時，沙土會紋絲不動。我踏着它們行走。途中，我時而停下腳步環視四周，時而拍些照片。

路程走到一半時，我確確實實有一種身處沙漠的臨場感。背後的港船漸漸遠離，前面的車站遙遙在先。我望着說不清的方向，真正感到自己就在荒漠之中。遠方，流線圓滑的沙丘映入眼帘。如果往那裡走去，自己的命運就會完全進入另一個世界。瞬時，在我腦海里掠過了類同通俗小說中所描寫的誘惑。

這是漫長人生中僅僅的三十分鐘。前後走着的還有身穿白色卡拉比亞服裝的乘客們。對他們來說，和我們當年走過青森站長長的跨線橋完全一樣。但是，這兩公里的沙漠體驗卻給我的精神世界帶來極大影響。

在日常生活中無論城市還是農村，我們看慣的只是人多地熟的風景，或可以說這是嬌慣人的風景。如果只看這樣的地方就會陷入錯覺，認為世界所有都是為人所備。我們只不過借住於小小一處，卻往往以為自己是地球的主人。沙漠荒景使人消除了這些自以為是的幻想，使人們以視覺重新確認了世界的本來面目。

和人沒有任何關係的風景，讓我們發揮了去深思意識的效果。按理說，人，應該一年一度走入沙漠，獃獃地、深深地望着沙原去度過一些時光。這時如果感到寂寞無聊，那麼這種感覺才是正確的。

這是一篇紀行文學，收在『遠離伊甸園』（朝日新聞社 1991）中。

作者記述了自己在沙漠中行走的體驗和以此而引起的思考。在文章構成上可歸為前後兩大段。前大段（1～7自然段）是作者的紀實體驗，後大段（8～9自然段）是作者提出的思考問題。我們可根據體驗紀實內容進行分段。即，1介紹沙漠行走的體驗。2體驗背景。非洲大陸南下之旅。3曾體驗過瓦迪哈勒法情景（非洲的狀況）。4步行情況和感受（非洲的落後）。5步行體驗（興緻的體現）。6途中景觀和感想（感到沙漠荒原的嚴酷）。7步行后的感受（在自己精神世界上留下深刻印象）。根據這七段內容可歸為三段，1步行沙漠體驗介紹（1）。2體驗地點的介紹和說明（2・3・4）。

3體驗的實際狀況並交織感受（5・6・7）。以此分成可進一步看清論述的流向。即，啟頭文→體驗背景→體驗實踐。

第七自然段的作用十分重要。作者提出的沙漠行走只不過才兩公里三十分鐘。此段內容和第一自然段形成呼應關係。以重複表達強調「小體驗大收穫」，並涉及到作者「精神」的內心感受，以此導入第八自然段的結論。

作者以荒漠沙原引起了深思和反省。人類原本生存在自然中，只不過是自然的一個小小部分而已。然而在日常生活中，人們看慣的只是人多地熟的風景，或可以說這是嬌慣人的風景，認為世界所有都是為人所備。也就是說，大自然中渺小之物的我們，借住於地球小小一處，卻往往以為自己是地球的主人。人的享樂思想以及傲慢和幻想意識，應該去反省，去重新審視自己。而沙漠荒原給與人重新認識自我的啟示。獨自面對天地一色的黃海沙原自然會感到寂寞、無聊、無所適從，甚至會產生不安、煩躁和怨悔。但是，這漠闊荒原在自然面目的展現中發揮了效用。即，使人真正能認識到自然的本來面目，自然之大我之渺小，人沒有資格恣意傲慢。因此作者認為，這種「寂寞」才是正確的，有價值的。

【作者】

池澤夏樹（1945～），小說家、詩人、翻譯家、評論家，日本藝術院會員。北海道帶廣出身。原名福永夏樹。一九五〇年父母離異，翌年隨母親上京。母親改嫁后改姓池澤。一九六三年入埼玉大學理工學部物理學科學習，后中退。一九七二年（昭和47）畢業於御茶之水女子大學。後周游世界各國。一九七五年（昭和50）和家屬移居希臘，三年後回國，出版詩集『鹽路』（書肆山田1978）。一九八四年（昭和59）在『海』（5月號）連載長篇小說、處女作『夏季早晨的成層圈』（中央公論社1984）。小說『sutiruraifu』（中央公論1988）獲中央公論社新人獎、第九八屆（1988）芥川獎。小說中，『Mashiasugili的失足』（新潮社1993）獲谷崎潤一郎獎，『運花妹』（文藝春秋2000）獲每日出版文化獎，『靜靜的大地』（朝日新聞社1992）獲親鸞獎。隨筆中，『自然之母的乳汁』（新潮社1992）獲讀賣文學獎（隨筆、紀行部門）。評論中，『愉悅的終結』（文藝春秋1993）獲伊藤整文學獎（評論部門）。編集有『世界文學全集』三十卷（河出書房2007）等。

小說、詩歌、隨筆、評論、翻譯作品及獲獎作品眾多。曾任芥川獎選考委員。現任谷崎潤一郎、讀賣新聞獎選考委員。二〇〇七年（平成19）被授予天皇紫綬褒章。

3 論述的展開

在這一節里，我們通過讀解論文式文學作品，在掌握論證方法的同時，也可在論文的思考方式和撰寫方法上得到啟示。掌握論述的展開主要有以下幾點。

ⅰ 文章的主流

論文式文章的特點為，由論點論述的主流和為其作輔助說明的支流組成。讀這類文章時，要弄清展開論述的主流是什麼以及說明的附加部分在為陳述主流中起到的作用是什麼。

ⅱ 宏觀與微觀

論述的展開在形式和模式上無固定程式。文章整體及每節段落文都起到論述展開的作用。因此，讀解文章時，在掌握文章主流的同時也要注意掌握文章的部分和節次。

ⅲ 論文的格式

在讀論文式文章時要看段意。論文一般由「序論（論點）」，「總論（說明）」，「結論（總結）」三部分組成，可歸納如下幾種模式。

1尾括型（歸納型）

1論點→2說明　3說明　4說明→5結論

2頭括型（演繹型）

1結論→2說明　3說明　4說明

3雙括型（1・2的總和）

1假說→2說明　3說明　4說明→5結論

當然，文學作品中很少有右示這樣的整然模式，不排除各種形式之變化。因此，讀解文章時不可拘泥於文章的格式，而最重要的是找准筆者想要陳述的中心思想，讀出其創作目的和意圖。

ⅳ 論證方法

任何文章不可有論證上的矛盾、飛躍以及事實的錯誤。要求在論據和事實上的準確。論據展述在邏輯和論證等方面也要準確。

理論性文章在右示所列模式作為參考外，下面將例舉一些短文以便參考論證方法。

ⅰ　直觀法

所謂「直觀法」為，在尚無理論式思考和論證情況下直接認識問題的本質。判斷論據多為主觀意見。在這種情況下，不能說有嚴謹的論證和推斷論證，即使有根據也缺乏一定的說服力。

例文　「那位青年看着我。他的眼睛一汪清澄。我看着他的眼睛心想，他不是犯人。」

ⅱ　類推法

所謂「類推法」為，將尚無確切的事實，根據其他類似事物予以類推。可以說是「從特殊到特殊」形式。此類文作為論證並不完整，有必要在論證上加以補充。

例文　「假期的一個早晨，西山上空布滿烏雲，午後下了一場雨。兩三天後又是相同的天候。今晨，西山上空又是烏雲密布，天氣一定很糟。」

ⅲ　歸納法

所謂「歸納法」為，通過觀察，從每個事實中所引出的一般性規則並給與結論。可謂「從特殊到一般」形式。但，在結論說服力方面，要在所例舉同等範疇事例中有充分的「質」與「量」的力述。另外，不排除對預先測定結論的不適例證。

例文１　「蔬菜和魚類以及衣類和日常用品都漲價了。聽說月票最近也要漲。總之，當今的物價是直線上升。」

「物價直線上升。蔬菜和魚類……」。這種形式也可以說是歸納法的論證。

例文２　「蔬菜和魚類以及衣類和日常用品都漲價了。聽說月票最近也要漲。這是政府經濟政策的失敗。」

右舉例文２中，事例與結論上的論述飛躍跨度大，缺乏說服力。

iv 演繹法

所謂「演繹法」為，從公認的普遍事實和規律中引伸到具體判斷。正與「歸納法」相反，可稱為「從一般到特殊」的推論。再看和「歸納法」類同例文。

「今年以來物價一直上漲。因此，目前的學費和月票也會上漲。」

右示例文在推論上為「大前提」，「小前提」，「結論」三段論法。例，

「所有的花總是會落的。 ↓大前提

玫瑰花是花。 ↓小前提

因此，玫瑰花一定會落。 ↓結論」

在右例情況下，如前提有誤或在論理上有飛躍或插入異同性質事例等，即使格式構造井然有序也會導致結論錯誤。

例文「人，在中學時代很容易受朋友的影響。前幾天，初三學生A的朋友發生了一起傷害他人事件。因此，A很有可能發生同樣的事件。」

v 辯證法

所謂辯證法用英語叫做DIALECYIC，來源於「對話（DIALOGUE）」一詞。正如「對話」和「議論」詞義所表示的那樣，在某一問題的思維中或看法上，通過議論達到高元次統一以及新的認識和思考。

後頁下為辯證法「虛」「實」「正」三者關係圖解。「虛」是文學的虛構。「實」是真實的體驗。「正」是矛盾和對立的統一。即，意味着藝術的正確表達。

任何論證和推理僅拘泥於形式的文章均無說服力。這裡的說明僅供參考。更重要的是要確認自己的論點中是否存在矛盾和飛躍。要應用恰如其分的具體實例，紮實進行論證。

本節讀解要點，1中心思想和附加說明。要分清論證的主流以及對其的附加說明。2整體與部分。讀解文章時

不僅注意論點的整體論證，還要注意各段落所陳述的論點。3論證展開的格式。論文式文章的格式由「序論（論點）」，「論證（說明）」，「結論（總結）」三部分組成。通過把握這三部分流程理解作者表達意圖。4掌握文章宏觀的整體設計。注意總和概觀包括敘述、用辭、標題等文章的整體設計，準確掌握論述的展開。

將兩者統合為高元次思考，解決問題的思考

正

實 ↓×↑ 虛

與其對立的思考　對某一問題的思考

作品選節1

『ミロのヴィーナス』　清岡（きよおか）卓行（たかゆき）

ミロのヴィーナス[*1]を眺めながら、彼女がこんなにも魅惑的であるためには両腕を失っていなければならなかったのだと、ぼくは、ふとふしぎな思いにとらわれたことがある。つまり、そこには、美術作品の運命という、制作者のあずかり知らぬ何ものかも、微妙な協力をしているように思われてならなかったのである。

パロス[*2]産の大理石でできている彼女は、十九世紀のはじめごろ、メロス島[*3]でそこの農民により、思いがけなく発掘され、フランス人に買い取られて、パリのルーヴル美術館に運ばれたと言われている。そのとき彼女は、その両腕を故郷であるギリシャの海か陸のどこか、いわば生ぐさい秘密の場所に、うまく忘れてきたのであった。いや、もっと適確に言うならば、彼女はその両腕を、自分の美しさのために、無意識的に隠してきたのであった。よりよく国境を渡って行くために、そしてまた、よりよく時代を越えて行くために。このことは、ぼくに、特殊から普遍への巧まざる跳躍であるようにも思われるし、また、部分的な具象の放棄による、ある全体への偶然の肉迫であるようにも思われる。

ぼくはここで、逆説を弄（ろう）しようとしているのではない。これは、ぼくの実感なのだ。ミロのヴィーナスは、言うまでもなく、高雅と豊満の驚くべき合致を示しているところの、いわば美というものの一つの典型であり、その顔にしろ、その胸から腹にかけてのうねりにしろ、あるいはその背中のひろがりにしろ、どこを視（み）つめていても、ほとんど飽きさせることのない均整の魔が、そこにはたたえられている。しかも、それらに比較して、ふと気づくならば、失われた両腕は、ある捉えがたい神秘的な雰囲気、いわば生命の多様な可能性の夢を、深々とたたえているのである。つまり、そこでは大理石でできた二本の美しい腕が失われたかわりに、存在すべき無数の美しい腕への暗示という、ふしぎに心象的な表現が、思いがけなくもたらされたのである。それは、確かに、なかばは偶然の生みだしたものであろうが、何という微妙な全体性への羽搏（はばた）きであることだろうか。その雰囲気に、一度でもひきずり込まれたことがある人間は、そこに具体的な二本の腕が復活することを、ひそかに恐れるにちがいない。たとえ、それがどんなに美事（みごと）な二本の腕であるとしても。

＊1　米洛的「維納斯」被稱為是古代贈送給現代的最高尚之美。有關她的誕生有眾多傳說。一八二〇年，梅洛斯島農民謠爾格斯(yorugosu)在古代墓地遺址處耕田時發現。他挖掘巨大木根時地面突然下陷，出現了一座石築地下室。室中有一尊大理石雕像。雕像上下身分離且沒有雙臂。旁邊放着一對掉落的膀臂。農民想也許能賣個好價?於是，他把雕像的上半身拉回家藏到馬圈裡，下半身為不被人發現埋藏土中。之後尋找買主。雕像在安放盧浮宮美術館之前幾經眾人爭奪，甚至曾引起過外交糾紛。

＊2　愛琴海的島嶼。

＊3　愛琴海的島嶼，也稱為米洛島。

【譯文】

『米洛的維納斯』　清岡卓行

我觀賞着米洛的維納斯曾不可思議地認為，她正因為失去了雙臂才如此美麗迷人。也就是說，她不得不使人感到，一個美術作品的命運會使作家和作品有一種莫不可測的、微妙而巧合的合作。

她用帕羅斯島產的大理石雕制而成。據說，十九世紀初在梅洛斯島一位農民無意發掘了她，後來被一個法國人買走運到巴黎的盧浮宮美術館。當時，她在希臘故鄉的海上或陸地的某處，也就是說在哪個活生生的秘密場所把自己的雙臂忘個一乾二淨。不，更確切地說，她為了自己的美貌卻把雙臂無意識地隱藏了起來，為了順利遠渡國境，為了愉快進行跨時代的旅行。我以為，這是一個從特殊到普遍的無可巧言的跳躍，正因為有了部分的放棄才使某一整體得到偶然之完美。

在此，我並非故弄逆述。這確是自己的實際感受。不言而喻，米洛的維納斯，她的高雅和豐滿顯示出令人驚嘆的合致，可以說是美之典範。她無論是面容還是從胸到腹部的線條，還是背部的展闊，從任何一個角度去賞視都會感到是一組均稱之最，讓人百看不厭。在她所有部位的比較中我突然意識到，失去的雙臂帶來一種難以捕捉的神秘氛圍，也就是，她在深深地讚美着生命的多種可能的夢幻。總之，她雖然失去用大理石所雕制的美麗雙臂，但是她卻暗示着無數雙健存的美麗膀臂。即，她為人們帶來令人無可預測的心象表現。雙臂的失去固然為運途中偶然發生的事件所致，然而卻使她獲得了靠攏微妙之整體的振翅飛翔。在如此氛圍中被深深吸引的人們，他們至少有一次定會從內心感到可畏：如果復活一副具體雙臂，即使那是一副完美的雙臂。

作品以人所共知的「維納斯」為題材用論文形式進行了撰寫。對大理石雕像維納斯人們都非常熟悉。作者在這個普知的話題上卻提出非凡的思考。一般人認為，維納斯失去雙臂令人遺憾，都希望能補修雙臂使她更完美。然而作者卻用不同視點提出相反思維，維納斯正因為失去雙臂才使人感到有更加無窮的魅力。即，不完美中的完美。

根據文章效果來看可分兩部。第一部為有關「維納斯」這部美術作品之具體。第二部為作者圍繞「雙臂」展開的反論陳述。論述的展開解析如左。

第一段提出論點。作者認為，為保持她的魅力她必須失去雙臂；她失去雙臂和作家創作的自然巧合。第二段分別用五個方面內容闡述作者的意見。包括第一段，作者的論述從事實展向意見。尤其在第二段用祥和的描述方法說明美術作品從最初到失去部分的這段經歷和命運。論述的展開，1她被發現出土，賣出，安置盧浮宮的經過。2在某個時候「她忘記帶走自己的雙臂」。3「更確切地說，她巧妙地隱藏起了自己的雙臂」。4「是因為她為了更好的越過國境，跨過時代」。5「這是一個從特殊到普遍的巧合的跳躍。正因部分的放棄才使某一整體得到完美」。右記1至5的論述漸層深入，精細具體。5是論述核心，也是結論。

第三段換了另一種說法進一步展開論述。在現實中的維納斯身上加上幻想的雙臂，對此作者認為是「靠向微妙之整體的振翅翔飛」。這裡的「振翅翔飛」是指現實和幻想的融合將會達到高元次之美的跳躍。末尾文，作者用倒裝句的寫作手法提出，試圖為維納斯裝置一副雙臂，這種人為的造美反而是不可想象的、十分遺憾的事情。

【作者】

清岡卓行（1922～2006），詩人、小說家。中國大連出生，本籍高知縣。曾任日本野球聯盟事務局職務和法政大學教授等職。一九四四年（昭和19）入東京大學法語學部，與后屆生原口統三*為親交，共同對死抱有「甜美之夢」，傾心研究「憂鬱之哲學」。一九四五年兩人同歸高知。包括戰爭年代在大連滯留三年。其間通過對妻子澤田真知的人生感受，多年對死親傾轉向對生的意欲。但此間，摯友原口留下遺作『純潔之理論』、『二十歲的練習曲』自殺。青春期的清岡始終迂迴於「生與死」的交錯之間。但最終選擇了「生」。一九五四年（昭和29）開始從事創作，處女作、詩集『冰炎』（書肆 Yuliika 1959）描寫通過女性的存在，使自己認識到「生的價值」。一九六八年（昭和43）妻子離世后，寫作內容轉向戰前後的體驗實錄並開始寫小說。第一作為悼念妻子的『清晨的悲傷』（『群像』1969 5）。之後的『槐樹之大連』（『群像』1969 5）描寫了終戰前和妻子在大連的相遇，寫作及抒情手法博得好評，獲第六十二屆（1969）芥川獎。代表作品還有長篇小說『海的明眸』（『文學界』1971・1～7）。該作品特點為，根據自己的體驗將美與明快的情緒藝術化，以此確立了詩人的意志。創作風格以「私小說」和「散文」兩種各持不同。小說『藝術的握手——中國旅行回顧——』（文藝春秋 1978）獲讀賣文學獎。詩集『初冬的中國』（青土社 1984）獲現代詩人獎，『圓形廣場』（思潮社 1988）獲八九年藝術選獎文部大臣獎，『不解之鏡的店鋪』（思潮社 1989）獲九〇年讀賣文學獎詩歌俳句獎，『巴黎的五月』（思潮社 1991）獲九二年詩歌文學獎。詩集『一瞬』（思潮社 2002）和小說『沉醉太陽』（講談社 2002）獲二〇〇三年每日藝術獎。代表作還有，小說『大連小景集』（講談社 1983）、『在大連港』（福武書店 1987）、『蝶與海』（講談社 1993），隨筆『手的幻想』（美術出版社 1966）、『櫻花落葉』（每日新聞社 1980）等。文集『清岡卓行詩集』（新潮社 1977）、『清岡卓行大連小說全集』上下（日本文藝社 1992）、『清岡卓行論集成』（勉誠出版 2008）等。一九九一年（平成3）被授予天皇紫綬褒章，一九九八年（平成10）獲勛三等瑞寶章。二〇〇六年（平成18）患肺炎病逝，享年八十三歲。

＊（1927～1946）詩人、小說家。朝鮮半島京城府（現首爾）出生，本籍鹿兒島。曾在大連一中就讀。少年時代四方流轉生活對其精神有極大影響。東大期間和清岡卓行、橋本一明等人為摯友。性格孤獨。一九四六年入海自殺。其遺作『二十歲的練習曲』（前田出版 1948）由橋本一明編輯出版。該作以夭折詩人佳作受到世人矚目。清岡卓行『海的明眸』（文藝春秋 1971）為描寫原口之作。

『生きること考えること』　中村　雄二郎

この世に生まれてきたものとして、私たちはだれでも、生涯を生きなければならない。境遇や環境や条件はちがっていても、みな自分の一生を生きなければならない。生まれてきた以上、死ぬまでは生きなければならない。生まれてきたのは自分の意志でなくとも、生きるのは自分が生きなければならない。これは不合理でも、みとめないわけにはいかない出発点だろう。また、私たちは生きていく上で何も思わず、なにも考えないわけにはいかない。まだ幼かったり、あるいはただ漠然と生きたり、なにかに心を奪われて夢中に生きたりして、とくにものを考えないで過ごす時期もあるだろう。しかし、そういう時期があっても、それがいつまでもつづくわけではないし、それに、とくにものを考えていなかったように思われた時期でも、あとでふりかえってみると、そのときどきに断片的には多くのことを感じ、思っていたことに気がつくものだ。無念無想ということばもあるが、これは、思慮や整った考え方に欠けていることを、でなければ私心や妄念を去った状態をいうのであって、なにも考えないということではない。

だから、あらためて思索とか思考とかと言わずに、思い、考えるということを広くとれば、職業や境遇の区別なく私たちの一人一人にとって、思い、考えることと生きることとは、ほとんど切りはなすことができない。人間として生きるかぎり、思い、考えることは生きることの一部分であり、人間として生きている活動そのものであるとさえいえる。

このように生きることと考えることとが不可分であってみれば、私たちはほとんど、よく考えることなしには、よく生きることもありえない。およそ考えるのは頭であり、生きるのは体である、などと思ってはならないだろう。また、よく考えるとか、よく生きるとかいうのは、なにも周囲の環境や状況に適応してただうまく考えること、巧みに生きることではないだろう。適応することも、ときには大事である。まったく適応を欠けば生存できないのだから、適応することもよく生きるための条件ではある。しかしそれ以上のものではない。よく考えるとかよく生きるとかいうのは、それ以上の、充実感のうちに積極的に考え、手ごたえのあるかたちで生きることだろう。

【譯文】

『生存和思考』　中村雄二郎

我們無論是誰只要生到這個世界就要完成自己的生涯。儘管每個人境遇、環境和條件各自有所不同。然而，都要度過自己的人生，就要活到最後。來到人世並非意志所為，但是活着就要自己去活。儘管不合理，但首先要承認這一事實。其次我們活着還要思考，去想問題。當人還在幼小時期，或生活茫然或由何因而熱衷於某件事情的時候，也許會有些無思考時期。但是這樣的現象不會延續永久。還有，即使是認為自己有過無思考時期，但過後回顧起來還是可以發現，那些時候也有過許多片斷感觸。有這樣一句話「萬念皆空」。這句話的意思是，有其說缺乏完整思慮或思考不如說是保持遠離私心或妄想的狀態。「萬念皆空」並非無任何思考之意。

所以，不再說是思考或思維，而是要廣泛理解思考、思維的含義。對我們每個人來說，職業和處境儘管不同，但思考和生存兩者相依相存不可分割。可以說，人只要活着動腦思考就是生存的部分，是生命的運動。

如此來看人生與思考的相依關係，如果我們沒有動腦的思考活動，也就不可能得到美好的生活。不可認為思考靠腦，生存靠體。還有，認真思考幸福生活，如果不去顧及適應周圍環境也不是周全的思考，也不會賢智地生活。適應環境往往也很重要。如果完全缺乏適應能力就不可能去生存。因此，適應環境也是生存的一個先決條件。所謂的認真思考幸福生活，就是在充實的生活中積極地去思考，有效地去生活，這樣的人生才有意義。

作品收在『哲學的現在』中。

作品以「人生」、「人活着」這一現實問題為主題的起始，探究人怎樣生存才能更有意義更有價值。人只要生存就要思考，思考還要適應周圍的客觀環境。

人無論是誰，來到此世雖然並非自己意志所定，但只要來到這個世間就要完成自己的生涯。儘管每個人的處境、環境、條件等各有差異，活着就要去承認現實，一活到底。這裡是生存的起點。活着就要思考。生存和思維，兩者息息相關缺一不可。而為了更有效、更好地去生存還要適應周圍的環境。

作品的論述方法採用「漸層法」。在「生存」、「思考」、「適應」三點的論述上，層層相聯步步深入。重心強調「思考」。對此，作者提出兩例加以說明，即，人在幼小時期其實也有過思維；佛教的「萬念皆空」（無念無想）並非「無思考」之意，而是處於「拋去私心妄想」的狀態。因此，思考是人生中不可排除的重要活動。思維是生命的活動、活力。思維靠腦，生存靠體，似乎有人分開來看。但兩者應該是互動互促不可分解。在此之上，思考還要適應環境順應自然。否則，單純思維也不會成立。客觀面對現實加以分析和思考並得出對應。這樣的思考會更有效，才能使自己達到生存的效果，才能感到生活的樂趣、生存的意義和價值所在。

【作者】

中村雄二郎（1925～2017），哲學家，東京人。東京大學文學專業畢業，就職於文化放送。曾任明治大學法學部教授、名譽教授。在哲學、日本文化、言語、藝術、科學等廣泛研究領域中從各角度研究現代思想，著書眾多。主要著作，上世紀六十年代有『帕斯卡及其時代』（東京大學出版會）、『日本文化的焦點和盲點』（河出書房）等。七十年代有『感性之覺醒』（岩波哲學叢書）、『現代日本思想史3』（青木書店）、『共通感覺論』（岩波現代書庫 1979）、『哲學的現在』（岩波新書1977）等。九十年代有『所謂臨床之智』（岩波書店）、『日本文化的惡與罪』（新潮社）等。本世紀十年代有『何謂宗教』（岩波現代文庫）等。有著作集第一期十卷（岩波書店1993），收有『情念論』、『制度論』、『言語論』等。著作集第二期十卷（岩波書店2000），收有『惡的哲學記錄』、『增補21世紀問題群/術語集Ⅱ』等。作者在上一世紀七十年代和山口昌男[*1]活躍於雜誌『現代思想』界，八十到九十年代和大江健三郎、大岡信、武滿徹[*2]等人活躍於『赫魯墨斯』（Helumesu）（岩波書店）。代表作『魔女藍達考』故事背景在巴厘島，描寫受到母親魔女藍達迫害的王子，體現對母親之愛和對魔女之恨的對立情感。在兩重背反關係中克服遵從與格鬥的矛盾，以超越單純理性知識感受為基本進行實踐。該作以「演劇式知慧」的表達形式探索了「近代智性的解體」。

＊1 （1931～2013）日本文化人類學家。曾任東京外國語大學亞非言語文化研究所所長、靜岡縣立大學國際關係學部教授、札幌大學校長等職。被授予瑞寶中綬章、文化功勞者稱號。

＊2 （1930～1996）東京人。音樂家、作曲家，世界現代音樂界知名人士。小說家。著有『武滿徹著作集』全五卷（新潮社2000）。代表作品有『夢與數』（著作集第五卷1987）、『傳向遠方的呼聲』（新潮社1922）、『時間的園丁』（新潮社1996）等。

作品選節3

『「である」ことと「する」こと』　丸山（まるやま）　真男（まさお）

学生時代に末弘厳太郎（すえひろいずたろう）[*1]先生から民法の講義をきいたとき、「時効」という制度について次のように説明されたのを覚えています。金を借りて催促されないのをいいことにして、ネコババをきめこむ不心得者（ふこころえもの）がトクをして、気の弱い善人（ぜんにん）の貸し手が結局損をするという結果になるのはずいぶん不人情な話のように思われるけれども、この規定の根拠には、権利の上に長くねむっている者は民法の保護に値しないという趣旨も含まれている、というお話だったのです。この説明に私はなるほどと思うと同時に、「権利の上にねむる者」という言葉が妙に強く印象に残りました。いま考えてみると、請求する行為によって時効を中断しない限り、たんに自分は債権者であるという位置に安住していると、ついには債権を喪失するというロジックのなかには、一民法の法理にとどまらないきわめて重大な意味がひそんでいるように思われます。

たとえば、日本国憲法の第十二条を開いてみましょう。そこには「この憲法が国民に保障する自由及び権利は、国民の不断の努力によってこれを保持しなければならない」と記されてあります。この規定は基本的人権が「人類の多年にわたる自由獲得の努力の成果」であるという憲法第九十七条の宣言と対応しておりまして、自由獲得の歴史的なプロセスを、いわば将来に向かって投射したものだといえるのですが、そこにさきほどの「時効」について見たものと、いちじるしく共通する精神を読み取ることは、それほど無理でも困難でもないでしょう。つまり、この憲法の規定を若干読みかえてみますと、「国民はいまや主権者となった。しかし主権者であることに安住して、その権利の行使を怠っていると、ある朝目ざめてみると、もはや主権者でなくなっているといった事態が起こるぞ。」という警告になっているわけなのです。これは大げさな威嚇でもなければ教科書ふうの空疎な説教でもありません。それこそナポレオン三世のクーデターからヒットラーの権力掌握に至るまで、最近百年の西欧民主主義の血塗られた道程がさし示している歴史的教訓にほかならないのです。

アメリカのある社会学者が、「自由を祝福することはやさしい。それに比べて自由を擁護することは困難である。しかし自由を擁護することに比べて、自由を市民が日々行使することはさらに困難である。」といっておりますが、ここにも基本的に同じ発想があるのです。私たちの社会が自由だ自由だといって、自由であることを祝福している間に、いつの間にかその自由の実質はカラッポになっていないとも限らない。自由は置き物のようにそこにあるのでなく、現実の行使によってだけ守られる。いいかえれば日々自由になろうとすることによって、はじめて自由でありうるということなのです。その意味では近代社会の自由とか権利とかいうものは、どうやら生活の惰性（だせい）を好む者、毎日の生活さえなんとか安全に過ごせたら、物事の判断などはひとにあずけてもいいと思っている人、あるいは、アームチェアから立ち上がるよりもそれに深々とよりかかっていたい気性（きしょう）の持ち主などにとっては、はなはだもって荷厄介（にやっかい）なしろ物*2だといえましょう。

＊1　（1888～1951）日本著名法學家。

＊2　「なす」接尾、連體詞，「……のような」。

【譯文】

『權利與權利的行使』　丸山真男

學生時代曾聽過末弘嚴太郎先生的民法講義。我記得當時他對有關「時效」這一制度作了說明。他說，借錢的人沒有被催款還債趁勢把借來的錢歸己所有。這種行為不端的人佔了大便宜。而膽小善良的放款人卻吃虧受損。其結果使人感到不盡人意。但是，此規定的根據中包含着一個宗旨，那就是說，躺在權利上酣睡的人是不值得民法保護的。如此說法言之有理。我尤其對「躺在權利上酣睡的人」這句話印象極深。現在想來，要求還款的行為只要沒有中斷時效，如果僅僅是有名無實的權主，那麼最終就會喪失權利。這一理論不僅只限於民法之理，還包含着更加重要的意義。

例如，讓我們翻開日本國憲法第十二條來看，其中明示「此憲法所指保障國民自由及權利，在於要根據國民的不斷努力，必須對其權利予以維護。」這一規定是與基本人權「人類經過多年為獲得自由而努力之結果」的憲法第九十七條宣言相應而成立。可以說，是把獲得自由的歷史過程展向未來投向未來。再看剛才所提的「時效」，會使人感讀到與憲法精神有着鮮明的共同之處，不無道理，並非難解。對憲法換種讀法去看，也就是說憲法在警告人們，「國民現在是權主。但如果僅僅躺在權主上高枕無憂，怠惰權利的行使，那麼有朝一日當你睜開睡眼時，你已經不再是權主了。這樣的事情會隨時發生。」這既不是誇大事態的恐嚇，也不是課本式空洞的說教，而是一個從拿破崙三世政變到希特勒掌握政權這個經過近百年的西歐民主主義血染道程所示的歷史教訓。

有一美國社會學學者稱，「祝福自由容易，擁護自由很難，而市民日日去行使自由卻更難。」這裡也有一個基本相同的思考。我們的社會總在說自由，自由。在自由的祝福中不排除總有一天會變成有名無實的自由。自由不是裝飾用的擺設，只有在現實中予以行使才能得到保護。換句話說，每天行使自由才可獲得自由。在此意義上來說，所謂主張近代社會的自由和權利，對於那些生活上嗜有惰性的人、每天貪圖安生得過且過，判斷處置事物統統推搡給他人的人、或者說坐在安樂椅上，與其站起來倒不如深深窩在椅子里，有這種秉性的人，對於他們來說，自由和權利的維護只能是一個沉重的包袱。

作品收在『日本的思想』中。

作品以「時效制度」為引子，論述主題「權利及其行使」。論述展開的大前提為，躺在權利上酣睡的人不值得受到民法的保護。小前提為，持有債權不去履行催促還債義務，而是躺在權利（債權）上酣睡的人。結論為，放款人不履行催債義務就不應該受到民法的保護（時效制度使其喪失債權是理所當然的）。

第一自然段要掌握好論述的展開方法。文章以右記大前提為主軸，起筆末弘嚴太郎的一次講義。講義中提到三種人，即，1放款而不去催款的人。2因不去催款而沒有得到還款的人。3躺在權利上（不去行使權利）酣睡的人是不值得受到保護的人。前兩者對問題具體事例考察做出抽象總結。這種文章結構屬於前述的「三段論法」。

第二自然段，作者用日本憲法第十二條「此憲法所指……」和「（憲法在警告人們）國民現在是權主。但……」兩文為比較表達，提示作者對憲法的理解。作者認為，憲法中說的「保障國民自由及權利，在於要根據國民的不斷努力，對其權利必須予以維護」，意為「如果僅僅躺在權主上高枕無憂，怠惰權利的行使就不再會是主權者」。作者為強調憲法對國民的這一「警告」，以第三段拿破崙三世和希特勒的歷史教訓進行論述。

結尾「沉重的包袱」是指近代社會中只在口頭上高喊自由、權利的人。作者的意圖主張為行使自由的權利更主要的是要落實到行動，切實履行義務。

【作者】

丸山真男（1914～1996），政治學家、思想家。研究領域為日本政治思想史。丸山學問被稱為「丸山政治學」、「丸山思想」。大阪府出身，長野縣人。四谷第一小學、府立一中（現都立日比谷高校）畢業后入舊制一高（現東京大學教養學部、千葉大學醫學部和藥學部的前身）。一九三三年（昭和8）一高三年級時，因參加聽講長谷川如是閑唯物論研究會受到[*1]警察訊問。一九三四年入東京帝國大學法學部，發表論文「政治學的國家概念」。一九三七年開始研究日本政治思想史。一九四四年（昭和19）任東京帝國大學法學部助教，被徵召入伍赴朝鮮半島，后因病回國。四個月後（1945）再次被召入伍歸屬廣島宇品陸軍船舶司令部。八月六日，離該司令部五公里處被投下原子彈。戰後回歸大學。一九四六年在雜誌『世界』（第5號）登載論文『超國家主義的論理和心理』，對戰前日本軍國主義及法西斯主義展開一系列論考，在當時戰敗的日本和人們中產生巨大影響。他的「戰前天皇制是無責任體系」言論尤為著名。一九五〇年（昭和25）任東京大學法學部教授。一九六〇年為支持安保鬥爭的知識分子活躍於舊金山和平條約的辯論舞台。也就在這一時期，他被作為「充滿欺瞞的戰後民主主義象徵」受到全共斗[*2]學生的攻擊。后因病於一九七一年（昭和46）辭職。一九七八年（昭和53）任日本學士院會員。一九九六年（平成8）逝世，享年八十二歲。主要著作有『日本的思想』（岩波書店1961，至2005年為止已發行102萬冊）、『丸山真男全集』全十七卷（岩波書店1995～1997）等。和作家武田泰淳、中國文學研究家竹內好為摯友。

＊1 （1875～1969）本名長谷川萬次郎，東京人。著名記者、文明批評家、評論家、作家。明治、大正、昭和三時期出版新聞紀實、評論、小說、戲曲等三千多篇作品。民主主義活動家、主張民主主義論客之一，丸山真男之父丸山干治的摯友。

＊2 各大學組織的聯合體，「全學共斗會議」略稱。一九六八至六九年，大學之間展開紛爭，該組織為各大學組織的新左翼（無黨派）學生組織。當時，日本各大學展開包括路障罷工等所謂實力鬥爭的學生運動。「日大全共斗」和「東大全共斗」尤為著名。東大全共斗主張「大學解體」、「自我否定」，在「實力鬥爭」遊行中和機動隊發生武鬥衝突等。各大學鬥爭形式各有不同。

4 創作要點和意圖的把握

把握創作要點首先看準文章的主流。往往有人認為理論性文章會很抽象。其實並非如此。其中也有事實以及說明的部分。為引起讀者的興趣，作者在文章的表達上會仔細推敲，深下功夫。有時一些節段看起來似乎和論旨無關。我們為把握主流，不妨先撥開這些部分先去找好論述的主流，即「骨架」。

所謂要點是指文章的中心思想。這和散文文學的「主題」幾乎相同。這裡也潛蘊着作者的創作意圖。右述提到，為把握主流有時可撥開事實和說明部分去讀。但這裡還想說，為抓准主流概述，事例及說明文均起到對主流理解的效果作用。文章的構成、描寫等所有都在烘托着文學作品的主題，都在傳遞着作者的主張「思想」。因此，歸納要點后，還有必要再次通讀整體，看文中的實例、說明和自己讀到的要點是否一致，力求達到對中心思想的準確理解。

本節讀解要點，1所謂要旨是指文章的中心思想，是文學作品的主題。也可以說，要旨是作者意圖的表達。2要旨、意圖的把握。首先注意抓准文章的「主流」論述。其次，讀懂段落意思，清楚段落之間的相互關係。其三，撥開實例、說明等的附加部分，找出作者最想強調的表達部分。其四，掌握論述大意，通過結論段落的大意去歸納文章的要點及其意圖。

作品選節1

『垂直と水平』　中原　佑介

数学では座標軸の回転ということを簡単にやってのけるので、垂直方向と水平方向といっても相対的なものでしかないが、現実の生活ではそうはいかない。

第一、われわれにとって地面から離れるということが難事である。上空への飛翔は古くから人間の夢であった。文明とは、つきつめると、人間を地面からどれだけ上方に向かって引き離すことができるかという無謀な賭けのことかもしれない。

目下のところ、この賭けの先端を行っているのは、いうまでもなく月ロケットである。しかし、月ロケットといえども、地上とのつながりがなければ安全の保障は皆無である。将来、「離地球」の技術はさらに開発されるかもしれないが、そうであっても、結局のところ、人間が地面を離れては生きていけない存在だという「人間の条件」が、本質的に変わる見込みはまずあるまい。

古来、垂直方向が水平方向に比べて、より多く形而上的意味を与えられてきたのも、この「人間の条件」によるに違いない。原始宗教や神話にみられる、天上、地上、地下の三つの世界を貫いて結ぶ宇宙樹というイメージは、その原始的なものであろう。高山や巨木、直立する柱が象徴的な意味をもってきたのも、よく知られている事実である。洋の東西を問わず、宗教建築に直立する塔は切り離せない。

美術を支配してきたのも、主として、この垂直方向の特別視であったように思われる。あるいは、それもまた宇宙樹の世俗化したヴァリエイションなのかもしれないが、絵画でも彫刻でも形而上の意味をになってきたのは、もっぱら垂直の上下という方向性であった。

今よりに、それを「垂直の美学」とでもいえば、今世紀においてそれを最もはっきりと示した例は、二十世紀の生んだ最大の彫刻家といっていいブランクージ[*1]が、戦前、故国ルーマニアにたてた高さ三十メートルに及ぶ「終わりなき柱」というコンクリート・ブロックを積み上げた作品であろう。
しかし、最近の美術に著しいのは、百八十度ならぬ九十度回転して、垂直から水平へ移行するという現象である。そういう現象があらわれてみると、どうして水平方向を特徴とする芸術形式がこれまで一般的ではなかったのか、かえって奇妙にさえ思われるから不思議である。
ともあれ、現代美術の特徴はと問われたら、私は美術家が上ではなく下を向くようになったことだと答えることにしている。もっとも、それだけではなんのことやらさっぱりわからないかもしれない。要するに、どういう風の吹きまわしか、地面に強い関心をもつ美術家が急にふえだしたのである。
ブランクージに傾倒し、木を積み上げた彫刻をつくっていたアメリカのカール・アンドレ[*2]という彫刻家が、一転して、床の上にコンクリート・ブロックを敷きつめたり、何本もの柱を直線上に延々と横たえたり、地面に干し草を並べたりするようになったのは、この垂直から水平への転回をまざまざと物語る好例であろう。

＊1　1876 ～ 1957。
＊2　1935 ～。

【譯文】
『垂直和水平』　中原佑介
在數學上坐標軸的迴轉是件輕而易舉的事情。因此，垂直方向和水平方向只能是相對關係。但在現實生活中就不那麼簡單了。

第一，對我們來說離開地面是件困難的事情。飛上天空自古以來就是人類的夢想。所謂文明，歸根結底也許是一個冒然的賭注。

目前，這一賭注首當其衝的不用問是月船。但是雖說是月船，如沒有和地面的連接安全保障就等於零。將來，也許「離地球」的技術會更有發展。但儘管如此，從其結果而言，人具有「人之條件」，即，離開地面就無可生存。這一本質是不可能改變的。

自古以來，垂直方向比起水平方向更多會給人一種形而上的意味。毫無疑問這是由於「人之條件」所致。這種意識反映到了原始宗教或神話之中，貫穿於天上、地上和地下，這三種世界體形成宇宙樹之形象。這是原始式的。高山，大樹，直立的柱子具有象徵性意義，這是人所共知的事實。無論洋之東西，宗教建築中直立的塔，它的意義與此是不可分割的。

使人感到美術的主要傾向似乎對垂直方向尤其重視。或者說這也許是宇宙樹的世俗性變化。無論繪畫還是雕刻都具有形而上的意味，可謂純粹的垂直上下的方向性傾向。

如果在當今將此用「垂直之美學」這句話來說，本世紀最好的例子實可稱為誕生在二十世紀最著名雕刻家波蘭克，他戰前在故鄉羅馬尼亞創作了『無頂之柱』。此作品高有三十米，用水泥塊壘創而成。

但是，最近的美術有了顯著的變化，雖說不是一百八十度也有九十度的迴轉。也就是說從垂直開始轉向水平。從這一現象來看，為什麼具有水平特點的藝術形式過去竟然處於非一般狀態呢。這反而使人感到奇妙，不可思議。

無拘怎樣，如果要問現代美術的特點是什麼，我會回答，美術家將以往的向上看開始轉為向下看了。對此或許全然不明，僅這樣又是什麼現象呢？總之，不知吹的是何種風，開始對地面熱心關注的美術家突然多起來。

傾倒于波蘭克樹木累創雕刻的美國雕刻家卡爾安德烈來個大迴轉。他在座台上鋪滿水泥砌塊，延延直線橫列數根柱子，地面擺放乾草。這種從垂直轉向水平的楚楚表達實為好例。

這是一篇評論作品。作品以垂直和水平為論題核心，指出現代美術的新動向。

論述展開解析如左。

先看出文章主流，找出論述展開的切換點。為此，有必要歸納各自然段的段意。

第①自然段，在現實生活中，垂直和水平不會輕易變異。

第②自然段，飛天是人類之夢幻。所謂文明，可以說是為此而所下的賭注。

第③自然段，月船是首當其衝的先鋒。然而，畢竟啟於地上。離開地面就無法生存，這是人類的基本條件。

第④自然段，由於這一條件所限，垂直方向使人產生了形而上的意識。這種意識也反映在原始宗教和神話之中。

第⑤自然段，在美術方面，垂直方向受到特別重視。

第⑥自然段，其「垂直之美學」的好例是『無頂之柱』。

第⑦自然段，但是最近，美術轉向水平的傾向十分明顯。使人感到這似乎已無可非議。

第⑧自然段，現代美術的特點是移向地面，也就是移向水平並受到關注。如此方向的變化原因不明。

第⑨自然段，移向水平動向的體現，最好的例子是卡爾安德烈的作品。

文章各段之間的銜接十分緊密，相互承前啟後，論述逐次展開。前半部參入時事話題論述垂直與水平問題。後半部用前半部垂直與水平這一對稱詞及其概念導入現代美術問題的論述。即，④和⑤之間是論述展開的切換點。

正如右述，文章大意的理解可分為兩部分。前半部的①②③④段，關鍵詞為「形而上的意識」和「人類的條件」。以此關鍵詞對垂直這一語意加以明確概念。①②③和④為轉折展述。所謂人的條件是指作為人的條件，也就是人的生存條件。而「人的生存」這一表達是作者的自釋，在文中是一個重要提示。①提示「垂直和水平」，為獨立段。②③可歸為一大段。④可看為獨立段，是論述的轉折。後半部⑤⑥⑦⑧⑨為論述逐次展開形式。⑤⑥論述一直以來美術垂直方向的沿襲和結論⑦⑧⑨最近向水平方向的轉換可看為兩個大段。段落之間為承前啟後關係，文章的重心在最後大段⑦⑧⑨。

根據右述分段解析，作品主流（骨骼）和結論歸納如左。
人類志向於垂直方向的上升，「人的條件」賦其予形而上的意識。在美術方面，過去垂直方向受到特別青睞。然而在現代美術中，迴轉到水平方向已成為顯著傾向。結論為，現代美術的明顯動向是由垂直轉向水平。

【作者】

中原佑介（1931～2011），美術評論家，京都精華大學名譽教授。兵庫縣神戶人。本名江戶頌昌。京都大學理學部畢業，該大學研究生院中退。曾在湯川秀樹研究室從事理論物理學研究。一九五五年（昭和30）以美術評論家開始活躍於業界。一九七〇年（昭和45）任「東京 Biennale」委員，一九七六和七八年任威尼斯 Biennale 委員。一九九〇年任水戶藝術館美術部門藝術總監督、京都京華大學教授，二〇〇二年（平成14）退任。二〇〇六至二〇一〇年任兵庫縣立美術館館長。二〇〇八年（平成20）任國際美術評論家聯盟會長。被稱為日本三大美術評論家（東野芳明、針生一郎）之一。二〇一一年（平成23）逝世，享年七十九歲。主要著作有『荒謬之美學』（現代思潮社 1962）、『現代雕刻』（角川新書 1965）、『看到的神話』（膠片藝術社 1972）、『人和物質之間現代美術狀況』（田畑書店 1972）等。

作品選節2

『エベレストはなぜ八八四八メートルか』　樋口敬二

私がエベレストを初めて見たのは、一九七四年十二月二十九日であった。私たちは、「ネパール・ヒマラヤ氷河学術調査」のためにエベレストの山麓、四四二〇メートルの高さの地点に観測所をもっていたが、そこで元旦を迎える日程で、歩き出した第一日のことである。ネパールの首都カトマンズから飛行機で飛んできたシャンボチェの部落から少し歩いて、イムジャ・コーラの谷の奥への展望が開けたとたんに、エベレストが見えた。

世界の最高峰というのは、やはり見るだけでも感動的なものである。その頂からは、東の方へちぎれ雲がのびている。ジェット・ストリームが山塊にぶつかってできる大気の波動が作る雲である。

そんな雲をながめながら、私は、エベレストの高さは何できまるか、と考えたことを思い出した。

最近、中国登山隊が頂上に反射板を置いて高さを再測したと伝えられるので、あるいはすこし変わるかもしれないが、エベレストの高さは、今のところ、八、八四八メートルとされている。とりたてていう必要のないほど広く知られた値だが、あるとき、私は、この高さが圏界面の高さに近いことに、あらためて気づいた。

圏界面とは、地面近くの対流圏とその上にある成層圏との境目で、地上から昇った空気はここで一応止められる。いわば、大気の天井である。その高さは、熱帯で高く、極で低く、季節によって変わる。エベレストのあたりでは、冬に約一万メートルの高さにある。最近のジャンボ・ジェットが飛ぶ高さである。

エベレストの高さ約九、〇〇〇メートル、圏界面の高さ約一万メートル、ざっと似た値である。だが、この二つを結びつけて考えた話は聞いたことがない。

偶然の一致と片付けることもできるが、いったん二つを結びつけると、私にはそれが因果関係を持つように思えてきた。

たとえば、こんな説明である。さきに書いたように、圏界面は地上からの空気が昇る一応の限界で、水蒸気が豊富なのも、ここまでである。だから、私が見たエベレストから風下へのびる雲は、いわば、雲の上限に近いものである。だが、圏界面の上では、水蒸気が少なくなり、雲もないといってよい。

そこで、エベレストに限らず、ヒマラヤの高峰の頂上にふりそそぐのは、雲にさえぎられることのない「裸の太陽光線」である。岩肌はそれで暖められる。だが、夜になると、岩の放射冷却をさえぎる雲も、また、ない。だから、岩肌は急速に冷やされる。
こうして、昼と夜とで、加熱と冷却がはげしく繰り返されると、岩石の風化が進行する。岩肌についた雪は、昼には解けて割れ目にしみこみ、この水が夜に凍ってふくらみ、割れ目を拡大する。この作用は、低地でも働くが、圏界面の近くでは、特にはげしい可能性がある。
そこで、造山運動によってじわじわと盛り上がってきたヒマラヤの高峰は、この圏界面付近のはげしい風化作用で削られる。だから、エベレストは、圏界面よりやや低く、八、八四八メートルなのではないか。もし、圏界面がもっと高かったら、それに応じてエベレストも今よりずっと高いかもしれない。
これが、私の推論であるが、アイデアとして地球科学を専攻している友人に話すと、面白がられる。山の高さの上限について考えた人は、あまりいないらしい。

【譯文】

『珠穆朗瑪峰為什麼是八千八百四十八米』　樋口敬二

我第一次看到珠穆朗瑪峰是一九七四年十二月二十九日。我們為做「尼泊爾喜馬拉雅冰河學術調查」，在珠峰山麓海拔四千四百二十米高處設有觀測站。我們的日程是在那裡迎接元旦。這是我們出發那天發生的事情。我們從尼泊爾首都加德滿都乘飛機到了傑布丘部落，又從這裡少許歩行。當我們通過傑・克蘭峽谷深處再往前展望時，珠穆朗瑪峰闖入眼底。

這座世界最高峰僅僅看上一眼就使人感動不已。片片浮雲從山頂掠過向東方飄然而去。高層偏西風撞擊山塊產生大氣波動，這些波動又形成了雲朵。

我望着那些雲想起了我曾想過的問題，珠峰的高度是如何測量出來的。

最近，據說中國的登山隊在山頂設置反射板重新測定珠峰高度。或是因此數據也許稍有變化。但珠峰目前的高度被認為是八千八百四十八米。此數據廣為人知，無須特別提及。但某個時候我又重新認為這個高度接近於圈界面。所謂圈界面是指接近地面的對流圈和其上方成層圈的相接處，從地面上升的空氣在這裡成停滯狀態。也就是說，圈界面是大氣的頂棚。其高度以熱帶而升高，以頂極而降低，根據季節不同在變化。珠峰一帯冬季高度約一萬米左右，是最近大型噴氣式飛機的飛行高度。

珠峰的高度約九千米，而圈界面的高度是一萬米，數值相近。然而，把兩者數值結合起來去考慮珠峰高度的說法尚未所聞。

也可以認為是偶然的一致。但是如果結合兩者來看，我覺得其中有一定的因果關係。

例如可以這樣說明。正如右述，圈界面從地面上升的空氣到達一定界限，水蒸氣十分豐富，至此為止。所以，我們所看到的掠過峰頂而隨風下行的雲朵，也就是說它們已接近雲層的上限。但可以斷言，在圈界面上方水蒸氣越來越少，雲朵也依次消失。

因此，不僅珠峰，傾泄而注在喜馬拉雅峰頂的是無雲遮斷的太陽直射光線。岩石表面為此而變暖。但是一到夜裡又無雲遮斷而冷卻放射，所以岩石表面會迅速變冷。

這樣，白天和夜晚加熱和冷卻懸殊劇烈，反覆無窮，導致岩石不斷風化之現象。岩石表面附着的雪白天溶化，雪水注入岩石裂縫。而到了夜晚，這些雪水又開始結冰、膨脹，把裂縫撐大。其作用在低地產生活動。而在圈界面附近很有可能受其劇烈影響。

據此，形成的造山運動使喜瑪拉雅山慢慢隆起，高峰頂端又在圈界面附近受到劇烈的風化作用而被削減。所以珠穆朗瑪峰比圈界面略低，可測定為八千八百四十八米。如果圈界面再高，珠峰與其相應也許會比現在更高。

這雖然是我的推論，不過作為提議為研究地球科學的朋友提供一個話題，自然被認為十分有趣。去考慮山峰高度上限問題的人似乎寥寥無幾。

這篇作品收在『冰河之旅』中。

撰寫方式為理論式說明文。文章以紀行文形式起筆提出論題，珠穆朗瑪峰為什麼被測定為八千八百四十八米。對此，作者用自己的觀察和思考分析予以推斷測定。思考內容客觀新穎，推斷說服謙遜平易卻極其有力。

文章整體主流解析如左。

i 作品分有十二個自然小段。先將小段歸納成大段，歸納每段內容要點並看出相互的銜接關係，掌握文章整體主流和結論。

①②③自然段歸為第一大段。①我最初看到珠峰時。②那時令人感動不已。③對珠峰的高度持有疑問。此為核心段。①是問題點的導入文，②看上去似乎僅僅是表達感動之情。但作者在這裡以心中留有深刻印象的「浮雲」，加上「高層偏西風」為其後文說明埋下伏筆。這一大段要點為，珠峰的高度是如何決定的。

④⑤⑥⑦自然段歸為第二大段。④表達作者發現珠峰和圈界面兩者的關係。並以專業詞彙「圈界面」的含義說明為引子，導入⑤⑥，提出和論題有關的思考。即，珠峰和圈界面的因果關係。這一大段要點為，可以認為珠峰的高度和圈界面的高度有關。

⑧⑨⑩自然段歸為第三大段。對圈界面附近的風化現象予以說明。⑩「其（風化）作用在圈界面附近有可能更加劇烈」是此大段的結論說明。要點為圈界面附近劇烈的風化作用實況。

⑪⑫自然段歸為第四大段。要點為，由於風化作用珠峰高度比圈界面略低。這是文章的整體結論。

ii 從第三大段看作者的撰寫方法。

第三大段不同於評論文，具有說明文的特點。雖然僅是對讀者的表意文，但作者的主張和根據業已表出。但是，「圈界面」的解釋是作者對讀者在結論意圖上的提示。讓我們來看下方這段說明文的流程。

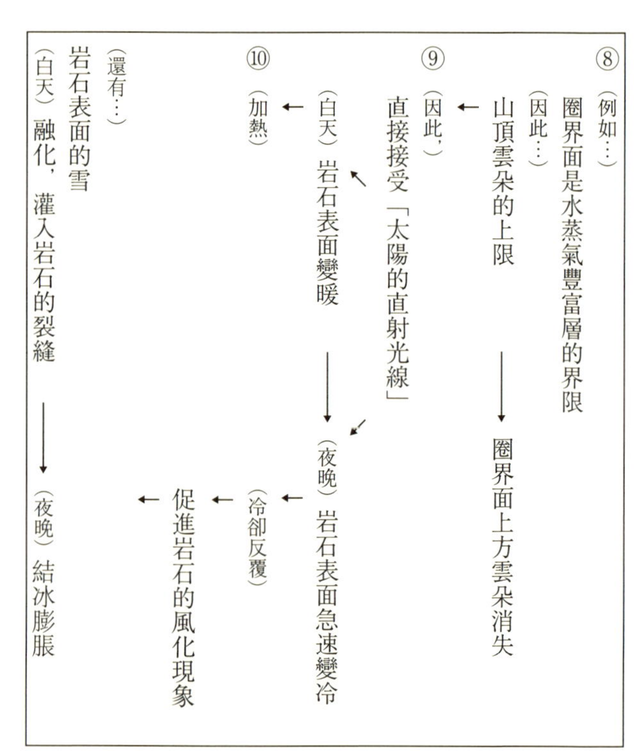

右為作者對圈界面周圍岩石風化現象的說明。當然，也許珠峰岩石的風化現象不單僅此，但作為讀者即使是地球物理學的外行也會感到明確瞭然，易解好懂。

解讀此類說明文時，須要理清和區別哪些是事實說明，哪些是作者本人的意見和見解。

iii 從第三和四大段看作者的推論（推理）方法。

所謂事實和推論（推理）可以理解為，是作者自己的見解和推測的論述。

這篇文章的作者本身是地球物理學家，因此，作品內容並非臆測和想象。文章貫穿着學者的嚴謹和慎重。珠峰的高度具有被測定的科學根據和事實。儘管如此，作為文章的創作意圖體現出更高精度的要求。同時，通過物理現象也引起了人們想去探究的興趣。即，也許珠峰高度的數據會有變化。

再讓我們用第三段來看作者是如何推論的。文中「可以斷言，（……雲朵也依次消失）」、「很有可能（受其劇烈影響）」等，是作者推測論述的表達形式。也就是說，將要導出第四段的結論，「……比圈界面略低，可測定為八千八百四十八米」、「如果……也許會更高」。後者的假定表達是作者慎重的體現。

假定表達形式也是推論的一種。在尚未掌握科學根據而即為事實的情況下，這種表達在不少文章中均可看到。讀解作品時要摸清看透作者的「語言技巧」，正確理解作者真正的表達意圖。

【作者】

樋口敬二（1927～），雪冰物理學家，名古屋大學名譽教授。生在朝鮮長在京都。一九四九年（昭和24）入北海道大學師事中谷宇吉郎。一九五二年該校理學部畢業，一九六〇年（昭和35）獲理學博士學位。六一年任該校理學部助教授，為觀測降雪雲用飛機進行「紙片雪」的散撒試驗。一九六六年（昭和41）任名古屋大學理學部教授。用飛機進行當地勘察，觀測雪溪、冰河、永久凍土等，為有關地球溫暖化的先驅研究。一九七三年『始於地球的發想』（新潮選書 1972）獲日本 Eesesutokurabu（小品文作者俱樂部）獎。一九六五年獲日本氣象學會獎，一九七一年獲日本雪冰學會獎，一九九〇年獲中日文化獎，一九九三年被授予紫綬褒章，二〇〇二年獲東海電視文化獎、勛三等旭日中綬章。主要著作有『冰河之旅』（新潮選書 1982）、『冰雪世界』（岩波新書 1985）、『創造新日本』（講談社 1988）、『地球溫暖化和日本』（第一法規出版東海支社縣民大學叢書 1999）、『飛翔夢的世界無加油無着落世界一周飛行』（酣燈社 2010）等。

第六章　短歌和俳句

一　近現代短歌和俳句概況

和歌在日本文學中佔有十分重要的地位，是日本文學固有的韻文表現，相當於中國的詩歌。和歌是長歌[*1]、短歌[*2]、旋頭歌[*3]、佛足石歌[*4]的總稱，基調為五七音，是由三十一個音節組成的定型詩，狹義也指短歌。古時曾記為「倭歌」、「倭詩」。

近世時代（1603～1867）初期，歌學研究已達到一定程度，「歌道」藝術為時代帶來新風尚，出現了詩歌的又一新潮，即，「俳諧」的誕生。當時繼承傳統文化的和歌在流球半島上流社會中盛行。近世後期，京都地區出現了和歌的桂園派[*5]。該流派到明治時代一直在歌壇佔有重要地位。明治初期歌壇主要登場派有御歌所派[*6]和桂園派。兩派均為近世時期延續下來的流派。延續至今的「俳句」由「俳諧」演變而來。

＊1　五七音句三次反覆，最後以七音句結尾。特別在公開場合下有附有反歌的規則。多見於『萬葉集』。

＊2　五・七・五・七・七音句，由三十一個音節組成。各歷史時期均常見。

＊3　五七音句兩次或多次反覆。多見於問答歌。

＊4　五・七・五・七・七・七音句，和短歌形式基本相同，只是多加七音句。

＊5　（桂園派（けいえんは））江戸時代後期和歌流派，核心人物為香川景樹（1768～1843）。「桂園」是他的號。歌風平易高雅，重視聲調。當時在京阪地區甚為流行。明治後期受到與謝野鐵幹、正岡子規等革新派批判。后衰敗。

＊6　（御歌所派（おうたどころは））明治時期歌壇主流。中心人物有高崎正風等。

1　近代短歌、俳句的革新

明治時期，隨着文學改良運動的推進湧現出與謝野鐵幹、與謝野晶子、正岡子規等新時代歌人。他們也是和歌改革的旗手。以『若菜集』為始，一種新的人的感情解放又由與謝野晶子的『亂髮』在肉體和官能表達上得到了徹底肯定。『明星』[*1]派以後的成員還有吉井勇、高村光太郎、北原白秋、木下杢太郎、石川啄木等詩人和歌人。他們的作品風靡時代歌壇，以西歐、都市等各種不同風格的詩歌廣闊了浪漫主義的抒情世界。

正岡子規是短歌（和歌）改革的先驅。他與『明星』派主張的自由奔放式感情流露的浪漫主義相對立，主張短歌的寫實主義。他將「俳諧」的「發句」[*2]改稱為「俳句」，主張俳句的「寫生」。「俳句」這一稱呼一直延續至今。當時的俳句風格基本上是在人物事物的描寫方面重有客觀式傾向。對此，子規力圖使俳句能夠在近代文學領域中提高其現實及藝術價值。在改革中，他反對以往的一種惰性式芭蕉[*3]崇拜，極力主張學習與謝蕪村[*4]以客觀美和繪畫美為基調的俳句風格。在短歌方面，他也反對自古以來模仿於古今集、新古今集的創作方式。要像萬葉集式直接抒發人之內心和自然事物，以「寫實」為基軸導向新的近代短歌。正岡子規批判和歌以往重視的風雅趣向，提倡與新時代相適應的歌風，組織根岸和歌會[*5]，形成了後來的「紫杉」派。為了把他們提倡的和歌和傳統和歌有所區別，故稱為「短歌」。子規身卧病床期間，依然提倡並參與短歌俳句的改革和創作活動，為俳句步入近代化做出成功之舉。一八九八年，他發表「致和歌創作」，倡導短歌要回歸萬葉風格和寫生，進行嘗試短歌的寫生實踐。

以後，他所倡導的短歌俳句革新運動又由短歌詩人伊藤左千夫、長塚節以及『紫杉』島木赤彥、齋藤茂吉和俳句詩人高浜虛子（『不如帰』）、河東碧梧桐（新傾向俳句）等人繼承。其短歌俳句的「寫實」一直延續至今。

*1　以詩歌為主要內容的文藝雜誌。由與謝野鐵幹於一九〇〇年（明治33）創刊並支持。一九〇八年（明治41）停刊。

*2　（発句（ほっく））俳諧發端句之意。由五・七・五，十七個音節構成。發句具有獨立表達的特點，在過去的時代里就流行過創作。

*3　松尾芭蕉（1644～1694），和與謝蕪村、小林一茶（1763～1827）被稱為日本三大排聖。三重縣伊賀上野人。江湖前期俳

人。當時俳諧處於停滯狀態之時，芭蕉進行了新的嘗試。他所探索的新俳諧被稱為「蕉風俳諧」，打破當時享樂式俳諧風氣，大膽探求真正的詩。後半生進行徒旅創作，作品充分反映了世相實情。

*4 （1716～1783）日本三大俳聖之一。大阪近郊毛馬村人。二十歲左右學習繪畫和俳諧。以南畫為當時的一流畫家。在俳諧創作上表現出客觀的思維和繪畫式表達。作品體現着強烈的中國及古典式趣向，富有浪漫和傳奇色彩。

*5 正岡子規主持的短歌結社。也被稱為「根岸派」。一八九九年（明治32）在子規庵組成，住址在東京下谷上根岸，以此得稱。核心會員有子規同鄉高浜虛子、河東碧梧桐等。后又有伊藤左千夫、長塚節等人參加。該會後來發展為「紫杉派」。

2 昭和時期的短歌和俳句

昭和時期短歌的主流為「紫杉」派。齋藤茂吉等經過一系列論爭和研究，極力主張寫實主義論。后，脫離「紫杉」靠近北原白秋。北原白秋代表作『多磨』、『水墨集』、『黑檜』，釋迢空具有獨特創作風格的『報春』、『古代感受集』等均十分著名。

俳句界日野城、山口誓子、水原秋櫻子等人掀起新興俳句運動，從荻原井泉水等人創作的自由律俳句運動中誕生了表達無產階級思想的俳句作品。水原秋櫻子『葛飾』、山口誓子『凍港』、中村草田男『長子』等均為佳作。

短歌「紫杉」、俳句「杜鵑」主要成員如左。

正岡子規		
短歌	伊藤左千夫（紫杉（Alalagi））島木赤彦　齋藤茂吉　中村憲吉　土屋文明　釋迢空	長塚節
俳句	高浜虚子（杜鵑（Hototogisu））村上鬼城　飯田蛇笏　水原秋桜子　山口誓子　中村草田男	夏目漱石
	河東碧梧桐（自由律）荻原井泉水	

二　短歌

短歌是日本傳統的短詩型文學形式，以五・七・五・七・七音句的三十一個音節為原則。短歌基本結構如左（短歌作者島木赤彦（しまぎあかひこ））。

信濃路（しなのじ）は	いつ春にならむ	夕（ゆう）づく日	入りてしまらく	黄（こ）なる空の色
初句（5）	二句（8＝字余り）	三句〈腰〉（5）	四句（7）	結句（8＝字余り）
上（かみ）の句			下（しも）の句	

句切れ（二句切れ）：二句と三句の間

詩意　信濃（今長野信州）這邊，春天何時到來呢？夕陽西下，天空盡染黃昏色，還是冬日呀。

中譯　延延信濃路　漸漸日落黃昏天　何日春再來

超出或少於定型的五或七音時，這種情況稱為「字余」(字余り) 或「字不足」(字足らず)。還有，根據詩歌的韻律和內容，在某一句的句尾予以斷句，這種情況被稱為「切句」(句切れ)。例如，在右示短歌中，第二句表達了臥在病榻的作者待春的心情，叫做「二句切」。讀時要在「切句」處停頓去理解歌意。切句無固定規律。

短歌是音樂的文學。短歌應該出聲朗讀。古代如此，現代也有不少短歌往往註上音符去朗讀。短歌，雖然有三十一個音節的定型制約，但無論抒景還是抒情，均絲毫無失其敘述性。五七音所產生的韻律完全富有音樂感。因此，反覆去讀可自然展開詩歌的廣闊世界。有不少短歌在創作時就考慮了音韻的效果。

短歌是捕捉詩心的文學。近代短歌雖使用「序詞」(序詞)、「諧音詞」(掛詞)、「關聯詞」(縁語) 不多，但是常見使用「枕詞」「連體終止」「體言終止」「倒置」等技巧。因此有必要了解有關古代和歌技巧的常識。短歌是抒情 (抒景) 詩。因此，作品中儘管描述自然景物 (敘景) 或訴說事物 (敘事)，但均包含着作者的內心深意。要注意語感和歌中的內在含意。悟讀很重要。

短歌讀解要點，1以五・七・五・七・七句三十一個音節為原則。2掌握短歌知識。理解什麼是「上句」和「下句」，「初句」、「二句」……「切句」、「字余」等。3掌握短歌的讀法。①認準季節、時刻、場所，明確背景。②注意五・七・五・七・七的韻律，在理解歌意的基礎上掌握斷句。③雖然字面上是敘景，但要感悟到作者的內心表達。

短歌作品選

① くれなゐの二尺伸びたる薔薇の芽の針やはらかに春雨の降る　　正岡子規

* 「やはらかに」是対「芽の針」和「春雨の降る」的双重所指。

【詩意】探出二尺的薔薇枝，綿綿春雨滴落在柔軟的紅色嫩針芽上。

【譯文】薔薇嫩針芽 探出枝頭二尺紅 綿綿春雨柔

這是作者的表性作品之一。作者身臥病榻，用他的目光來看院中的薔薇，對它的高度、顏色及情景的捕捉均十分適切，是一幅寫生之作。在心情描寫上，無疑使讀者感到作者的安篤之感。在寫作技巧上，連續四個「の」起到從色彩引入實物細部，再導向背景的作用。

【作者】

正岡子規（1867～1902），伊予（現愛媛縣松山）人。幼名處之助。俳人、歌人、國語學家。活躍於俳句、短歌、新體詩、小說評論、隨筆等廣泛研究和創作領域。是明治時代著名文學家。少年時期精通漢書，擅長作漢詩、繪畫等，深受自由民權運動影響，熱心政談。一八八四年（明治17）入學東大預備門（現東大教養學部）和夏目漱石同窗。一八八九年（明治22）身患肺病突然咳血。當時正是杜鵑啼鳴時節，借杜鵑啼血典故，*給自己取名為「子規」，意為子歸啼血。從此以該名發表俳句。一八九二年入報社『日本』作記者，開始進行俳句改革運動。一八九五年（明治28）四月以隨軍記者赴中國遼東半島，兩天後由於下關條約締結，於五月回國。之前和森鷗外相遇。一八九七年（明治30）創刊『紫杉』，進行與謝蕪村研究和俳句分類，此時和夏目漱石同宿。為俳句文學發展做出巨大貢獻。他在報紙『日本』連載「致和歌創作」中高評萬葉集風格，批判延續江戶時代的和歌過於拘泥於形式，主持根岸短歌會，對短歌進行革新。以寫實為創作手法使短歌走向新時代。一九〇二年（明治35）咳血病逝，享年三十四歲。隨筆有『病床六尺』，日記有『仰臥漫錄』，歌集有『竹里歌』，等。

* 鮑照（南宋詩人，鎮江人，文才出眾。有樂府詩『擬行路難十八首』，七言主體雜言樂府詩，敘述各種人之悲哀，構成時代悲

歌。）『擬行路難』十八首，其稱「有名杜鵑鳥。傳說古時蜀帝之魂，聲音哀苦，鳴而氣絕。羽毛憔悴，如人亂態」。有更多指人的悲苦之情，離別之悲。杜鵑又稱為「子歸」、「催歸」、「思歸」等，漢詩中經常使用。中國文學中的「杜鵑」其啼聲悲哀，因此不作為欣賞之用。

② その子二十櫛（くし）にながるる黒髪のおごりの春のうつくしきかな　与謝野（よさの）晶子（あきこ）

＊「おごりの春」指人的自豪感。

【詩意】女子年方二十，風華正茂。烏黑的頭髮從梳齒間滑過，青春如此美好。

【譯文】二十風華年　梳齒飄逸烏黑髮　自豪真自豪　更覺春之美

歌題為『亂髮』是一首自贊詩，具有濃郁的浪漫色彩。比起正岡子規的寫生詩在氣氛和表達上均有所不同。「その子二十」為「切句」，「黒髪のおごりの春の」和「うつくしきかな」兩句呼應表達，為自己的美麗青春感到無限自豪和喜悅。表達了嚮往戀愛的激情和官能之愉悅。使讀者感到作者的激動心情。

【作者】

與謝野晶子（1878～1942），大阪界市人。歌人、作家、思想家。舊姓鳳。深讀『源氏物語』等古典文學。二十歲開始創作和歌。一九〇〇年（明治33）向與謝野鐵幹創辦的『明星』投稿。翌年發表處女作『亂髮』確立浪漫派詩人地位，與鐵幹結婚。是當時推動浪漫主義運動的中心人物。曾與丈夫遊歷英國、比利時、德國、澳大利亞、荷蘭等國。后與鐵幹共著『來自巴黎』，提倡女子教育的必要性，主張男女平等。一九二一年（大正10）創辦文化學院。這是日本歴史上第一所男女共學教育機構。代表詩集『亂髮』格調清新，内容大膽奔放，表達了從封建傳統中擺脱出來的青春少女形象，為自己的美麗青春感到無比自豪和喜悅。當時面對日本的昏暗現實，其明快自豪的抒發，嚮往戀愛的激情及官能的愉悅是邁向近現代的重要一步。一九四二年（昭和17）患腦出血病逝，享年六十三歲。代表作品有『全譯源氏物語』上中下（角川文庫）、『與謝野晶子評論集』（岩波文庫）、『愛，理性及勇氣』（講談社文藝文庫）、『女人創造叢書女性論』（大空社）等。

③ おり立ちて今朝の寒さを驚きぬ露しとしとと柿の落ち葉深く　伊藤（いとう）左千夫（さちお）

【詩意】冬天的一個清晨，走出家門站在院中，寒氣襲襲而來。露水打濕了落在地面的片片柿葉。

【譯文】晨曦寒氣來　片片柿葉落滿霜　融融濕氣深

作品特點為「三句切」。上句用自己的舉動敘述主觀意識，下句的「しとしとと（置きて）（濕融融）」「深くして（深深地）」，用捕捉情景來抒發自己的感受，表達對季節變化的感觸。結句的「字余」和「連用終止」使詩意深留餘韻。

【作者】

伊藤左千夫（1864～1913），本名幸次郎，上總國武射郡殿台村（現千葉縣山武市）人。歌人、小說作家。明治法律學校（現明治大學）肄業。一八九八年（明治31）在報紙『日本』發表「非新自讚歌論」。師事正岡子規。子規逝世后，召集根岸短歌會成員組織創刊『馬醉木』，為該雜誌和『紫杉』的核心人物。培養造就齋藤茂吉等短歌界重要人才。

一九〇五年（明治38）在雜誌『杜鵑』發表代表作『野菊之墓』。該作深受子規寫生文影響，受到夏目漱石高度評價。一九一三年（大正2）因腦溢血病逝，享年四十八歲。代表作品還有『鄰家媳婦』、『春潮』等。

④ 馬追虫（うまおひ）の髭（ひげ）のそよろに来る秋はまなこを閉ぢて想（おも）ひ見るべし　長塚（ながつか）節（たかし）

＊ 螞蚱科昆蟲。全身綠色，頭頂胸部呈褐色，觸角較長為身長的兩倍。秋天的昆蟲。

【詩意】像瘠蟲觸角靜靜地轉動，秋日不知不覺已到來。閉目思見初秋靜靜走來，心境無比安祥爽快。

【譯文】瘠蟲觸鬚動 閉目思見秋景象 秋日悄悄來

作品上句體現出敏捷的凝視力。「馬追蟲の髭（瘠蟲的觸角）」是序詞，導出「そよろ（靜靜地）」。以「想ひ見る（思見）」，使上句寫生的目光更加清澈生動。

【作者】

長塚節（1879～1915），茨城縣人。明治時代歌人、小說家。正岡子規門人。正岡子規歿后和伊藤左千夫共同創刊『馬醉木』。『紫杉』核心成員，主張寫生創作。作品特點為，具有自然而敏銳的觀察力，表達細膩。作品基調清晰，氣質高雅，富有孤愁哀傷的餘韻。從短歌走向小說創作。一九一〇年（明治43）開始在『朝日新聞』連載代表作小說『土』。該作品受到高度評價，被稱為日本近代文學中的傑作。一九一五年（大正4）患喉頭結核病逝，享年三十五歲。代表歌集有『如同針灸』等。

⑤ 春の鳥な鳴きそ鳴きそあかあかと外の面の草に日の入る夕べ　北原白秋

＊ な……そ，「禁止」表現。考慮音律關係，第一個「鳴き」的「な」省略去讀。

【詩意】春天的鳥吆別再啼，你的啼叫聲讓我悲愁。夕陽的黃昏，窗外原野罩上紅輝。

【譯文】春鳥別再啼　窗外原野夕陽紅　哀傷無盡愁

作品以春鳥為媒介捕捉了春日黃昏的哀傷心境。表達甘美雅靜富有色彩感。上下兩句銜接緊湊，結句使用「體言止」技巧，讓人對詩意回味無窮。

【作者】

北原白秋（1885～1942），熊本縣人，本名北原隆吉。詩人、歌人、童謠作家。為發展新民謠（松島音頭）做出傑出貢獻。作品眾多，被稱為近代日本的代表詩人。高中時代曾傾倒於明星派，后開始熱衷於文學。一九〇四年（明治37）在『文庫』（四月號）發表長詩『林下默想』。早稻田大學英文科學習期間和若山牧水為親交。一九〇五年以『全都覺醒賦』被入選『早稻田學報』一等獎開始受到世人矚目。一九〇九年（明治42）出版『邪宗門』體現出象徵詩的嶄新風格。一九一三年（大正2）出版『桐花』。一九三五年（昭和10）創刊和歌雜誌『多磨』奠定近代幽玄體實基，進行童謠民謠創作。日本藝術院會員。一九四二年（昭和17）因患糖尿病綜合症逝世，享年五十七歲。代表作有歌集『雲母集』、詩集『水墨集』等。

⑥　白鳥(しらとり)は哀(かな)しからずや空の青海のあをにも染まずただよふ　　若山(わかやま)　牧水(ぼくすい)

【詩意】海燕呀，你在悲傷嗎？一定是很悲傷。大海天空，水色天地，你卻白衣素裹翱翔其間。

【譯文】素裝白鳥翔　碧海藍天色未染　何不寂孤情

作者用藍色天地中盤旋飛翔的白色海燕表達青春的哀愁和孤獨，富有浪漫色彩。

【作者】

若山牧水（1885～1928），宮崎縣東臼杵郡東鄉村（現日向市）人。本名若山繁。歌人。中學時代開始創作短歌和俳句。一九〇八年（明治41）早稻田大學英文科畢業。在學期間和北原射水（白秋）、中林蘇水為摯友，被稱為「早大三水」。畢業同年出版處女作、詩集『海之聲』。翌年入「中央新聞社」，後退社。一九一一年（明治44）創刊並主持詩歌雜誌『創作』。一九二〇年（大正9）遷居靜岡縣沼津。一九二六年（大正15昭和元）創刊詩歌綜合雜誌『詩歌時代』。一九二七年（昭和2）和妻子同赴朝鮮旅行寫作。后因病返回沼津，翌年病逝，享年四十三歲。沼津市設有若山牧水紀念館。代表作品有『離別』（1910）、『秋風之歌』（1914）、『白梅集』（1917），等。

⑦　不来方(こずかた)のお城の草に寝ころびて
空に吸はれし
十五の心　　石川(いしかわ)　啄木(たくぼく)

【詩意】仰臥不來方城堡遺迹的草坪上，望著深邃而廣闊的藍天令人神往。十五歲時的情景浮想聯翩，讓人懷念。

【譯文】不來方城下
仰卧草坪望天空
十五少年心

「不來方のお城」指盛岡天守閣遺址。作品表達了對少年時期的懷念和感傷之情。詩型特點為「三行書寫」。此書寫形式深受其友人土岐哀果*影響。

* （1885～1980）東京府東京市（現東京都）人，歌人、國語學家。早稻田大學英文科在學期間師事島村抱月（1871～1918島根那賀郡（現浜田市）人，著名文藝評論家、導演、劇作家、小說家、詩人。日本新劇運動的先驅。一九一〇年畢業后成為『讀賣新聞』記者，以「哀果」號出版第一歌集『NAKIWARA』。此歌集撰寫形式的特點為綴有羅馬字的三行書寫，並由當時在東京『朝日新聞』供職的石川啄木寫書評。后兩人深交，曾計劃創刊雜誌『樹木和果實』。一九一二年（明治45）啄木逝世后協助其家屬出版『啄木遺稿』等。戰後曾為新憲法實施紀念國民歌曲『我們的日本』作詞。在早稻田大學任教期間從事杜甫研究和長歌新作的嘗試。倡導普及羅馬字和世界語。歷任國語審議會會長等職。為確立現代國語、國字以及在引進新字、新假名方面做出貢獻。曾獲學士院獎、紫綬褒章。

【作者】（參照148頁）

⑧ たゝかひに果てにし子ゆゑ、身に沁みてことしの桜　あはれ　散りゆく　　釈(しゃく) 迢空(ちょうくう)

【詩意】想到被戰爭奪去生命的兒子，他的悲慘之死—看到今年紛紛凋落的櫻花感慨致深。

【譯文】淅淅花雨落　疆場悲逝我兒身　心中楚痛深

作品中的「子」指在第二次世界大戰中戰死在琉璜島的養子藤井春洋。

作品特點為，用初、二兩句首先表出戰死的親人，並使用逗點符號強調悲痛心情。三句開始轉用櫻花的凋落景象，似乎在自語此時的感慨心情如同紛紛落地的花瓣。字裡行間深蘊着作者的無限悲痛和遺憾。

【作者】

本名折口信夫（1887～1953），大阪府西城郡木津村（現大阪府浪速區）人。歌人、民俗學家、國文學家、國語學家。釋迢空為詩、歌創作筆名。民俗學最高權威柳田國男的高徒。在民俗研究領域中被稱為「折口學」。曾是正岡子規「根岸短歌會」成員，后以釋迢空之名加入「紫杉」，活躍於短歌等創作活動。後退出「紫杉」。一九二三年（大正12）任慶應大學文學部講師、教授等職。翌年出版處女作、詩歌『海與山之間』。一九二八年（昭和3）和北原白秋結成反「紫杉」派，創刊雜誌『日光』。一九三二年（昭和7）被授予文學博士學位，創立日本民俗協會。一九四一年赴中國旅行並在北京作演講。代表作『古代感受集』（1948）獲日本藝術院獎（昭和22年度），第一期全集（1957）獲日本藝術院恩賜獎（昭和31年度）。一九五三年（昭和28）患胃癌逝世，享年六十六歲。有新版『折口信夫全集』全33卷別卷3（1995～2000）等。

⑨「寒いね」と話しかければ「寒いね」と答える人のいるあたたかさ　俵万智（たわらまち）

【詩意】和對方說聲「好冷呀」，對方也說「好個冷」，感到心裡暖洋洋的。

【譯文】人說「好冷耶」回答也說「好冷耶」心裡暖洋洋

作品以會話形式表達詩心。用「好冷」的重複句強調「冷」，以此襯托心裡的「暖」。反襯表達貼切自然，使人能感讀到人與人之間的和諧情感。

【作者】

俵萬智（1962～），大阪府北河內郡門真町（現大阪府門真市）人，福井縣長大。歌人。早稲田大學文學部專科學習期間受佐佐木幸網*影響，開始創作和歌。一九八五年（昭和60）畢業後任神奈川縣立橋本高中教員，發表『棒球遊戲』獲第三十一屆角川短歌獎。翌年『八月的早晨』獲第三十二屆角川短歌獎。一九八七年（昭和62）出版第一部歌集『沙拉紀念日』，售出二八〇萬冊成為暢銷書，翌年獲現代歌人協會獎，引起世間注目。短歌作品以口語形式為特點，歌風新穎，親切質樸，深受歡迎。二〇〇三年（平成15）『熱愛源氏物語』獲紫式部文學獎。二〇〇六年（平成18）『小蒲熊的鼻子』獲若山牧水獎。為第七十四屆 NHK 全國學校音樂大比賽小學部主題曲『援助之手』作詞。代表作有『風的手心』（河出書房新社 1991）、『巧克力革命』（河出書房新社 1997）等。

*（1872～1963）東京人，世代歌人。國文學家、日本藝術院會員。和歌雜誌『心花』主持人、編輯長。現代歌人協會理事長，早稲田大學名譽教授。

三　俳句

俳句從「俳諧連歌」（「俳諧の連歌」）的第一句（発句）獨立出來而成立，是以五・七・五三句十七個音節組成的短詩。允許「字余」「字不足」的表達現象。自古以來，詩句中需要「季語」。但偶爾出現「無季語」俳句，此被稱為「雜句」。

俳句是世界上最短的文學，是用五・七・五三句的十七個音節表達的短詩型文學。俳諧連歌詩型為五・七・五・七・七反覆。俳句從其五七五首句獨立出來，並因此得名。俳句（作者川端茅舍）結構說明如左。

金剛の	露ひとつぶや	石の上
	季語（秋） / 切れ字	句切れ（二句切れ）
初句（5）	二句（7）	結句（5）
上五	中七	座五 / 下五

詩意　露珠落在石上，陽光反射出五光十色，如同金剛石耀眼輝煌，堅定不移。

中譯　石上露水珠　綾綾金剛彩光閃　耀眼亮晶晶

俳句是「世界」的篇章。十七音節的制約，用短歌來體現敘述幾乎是做不到的。但是，俳句以它的特殊性質為條件，對敘景敘情或對某種現象事物在一定的角度給予「剪切」，便可在其有限的空間描繪出一個完整而無限的畫面，再加以精雕細刻就能夠重新構築一個新的世界。在這點，如果說短歌具有音樂性，那麼，俳句可謂具有繪畫性。

例　根岸故里獨鄉村
　唯有寂靜屋

根岸是正岡子規的家鄉，那裡有他的獨屋。如在這句前面加上「初雪紛紛揚」或「五月雨綿綿」，就是一首俳句詩。

初雪紛紛揚
根岸故里獨鄉村
唯有寂靜屋

就是說，俳句的性質在於「精雕細刻」和「巧妙組合」。

俳句是景象世界和季語的縮景。十七個音節能表達什麼呢？這個問題用俳句的表現技法即可解決。其一是「季語」。季語並不僅僅表達「季節」。二月十四日情人節的巧克力，不僅表達冬天的季節，其中內涵有很多，例如，送之的愉悅，受之的歡樂；送與不送的猶豫；是否能收到的迷惘和不安等等。每種表情和各各人物似乎都會浮現在眼前。另外，也會使人聯想到巧克力商店的華美裝飾和熱鬧景象。因此，季語可相連一切事物。可以說，俳句是世界的縮景，既綿密精細又牽繫廣闊。

俳句解讀要點，1俳句從俳諧連歌的首句（發句）獨立出來，因此，其原則為五・七・五三句的十七個音節。2掌握俳句知識，即，理解「上五」（上五）、「中七」（中七）、「下五」（下五）、「寄語」（季語）、「切字」（切れ字）、「切句」（句切れ）、「字余」等含義。3俳句的讀法。①注意素材「組合」，捕捉情景，理解詩意。②看好季語，把握季節感。③注意「切字」語句，此句是主情強調。④仔細琢磨體言終止法所提示的「余情」、「餘韻」效果，達到對整個作品的理解。

① 瓜咲いて痰のつまりし仏かな　正岡子規

【季語】「瓜咲いて」（絲瓜花開），夏。切字「かな」。「絲瓜」也用作秋季的季語。
【詩意】絲瓜花在開放，而它的蔓汁卻毫無效果，讓我痰堵氣絕，似即將入陰間。
【譯文】絲瓜花兒開 葉湯無效氣絕痰 快入他界人
絲瓜在夏季開花。瓜蔓莖中的液汁可用來止咳。子規為杜鵑之意。春天當杜鵑第一聲啼叫時，吐出的紅色鳥舌如同吐血，子規因此而得號「子規」。作品為作者「絕筆」三首之一。躺在即將進入他界的病床上，以「痰のつまりし仏」客觀表達自己的現況。詩情清澈，打動人心。
【作者】（參照358頁）

② 曳かれる牛が辻でずつと見廻した秋空だ　河東碧梧桐

【季語】「秋空」，秋。
【詩意】被牽扯的牛在十字路口一直在環視四處。（它的眼眸中）映照着美麗的秋色天空。
【譯文】牛牽十字路 尋視四方逃生路 秋好空色艷

「曳かれる」，也許是指被拉往屠宰場之意。作品為非定型自由律俳句，富有口語特點。讀「見廻した」處稍作停頓，「秋空だ」為切句。表達了還具有生命之物卻將被拉向死亡的悲哀。以牛的目光來看秋色，悲戚中重疊着清澄之美麗。

【作者】

河東碧梧桐（1873～1937），俳人、隨筆家。本名加藤秉五郎，愛媛縣溫泉郡千船町（現愛媛縣松山市千舟町）人。父親河東坤曾是松山藩士、藩校教授。正岡子規名徒。提倡具有脫離定型、季語的俳句新傾向，主張俳句自由律。高中時代受學友高浜清（后改名高浜虛子）之約師從子規學習俳句。兩人被稱為「子規門徒之雙璧」。一九〇二年（明治35）子規逝世后，繼承子規擔任報紙『日本』俳句欄目採選人。一九〇五年（明治38）開始提倡新傾向俳句風格，認為俳句不該受到五七五詩型制約。此提倡和堅持傳統的虛子產生對立。一九〇六年（明治39），為得到對自提精神的理解和普及開始全國遊說之旅。一九一五年（大正4）主持排句雜誌『紅海』。一九三三年（昭和8）六十歲之際退出俳壇。一九三七年（昭和12）併發敗血症病逝，享年六十四歲。有『河東碧梧桐全集』全十八卷（短詩人聯盟2001）等。

③ 遠山に日の当りたる枯野かな　　高浜虛子

【季語】「枯野」，冬。切字「かな」。

【詩意】空曠而寂寥的枯野，瞭望盡處山巒，冬日的柔光為山邊綉上綾線，灑滿大地。

【譯文】空曠枯野邊　遠山寒日柔光綾　灑滿離原間

這是一首深沉的寫生詩。作品中把遠景（遠山）和近景（枯野）用日光相連，以此襯托「枯野」。詩句簡潔利落，托現出詩人內在而複雜的心境。發人深省。

【作者】
高浜虚子（1874～1959），愛媛縣溫泉郡長町新町（現松山市湊町）人，明治至昭和時期俳人、小說家。父池內政忠為松山藩士。本名高浜清。提倡堅持「紫杉」理念的「客觀寫生」、「花鳥諷詠」。一八八八年（明治21）高中時代，約同級生、摯友河東碧梧桐一起在子規門下學習俳句，由子規授號「虚子」。一八九三年接替子規主持『杜鵑』並移居東京，同時活躍於和歌、散文的創作。曾接受過夏目漱石的投稿。一九〇二年子規歿后中止俳句創作，開始寫小說。一九一〇年家遷鎌倉直到逝世。一九一三年因和河東「新傾向俳句」觀點產生對立，復歸俳壇。一九三七年（昭和12）成為藝術院會員，一九四〇年（昭和15）任日本俳句作家協會會長。一九五四年（昭和29）獲文化勳章。一九五九年（昭和34）患腦溢血病逝，享年八十五歲。有句集『虚子俳句』，小說集『雞頭』等。長野縣小諸市設有「高浜虚子紀念館」。

④　万緑の中や吾子（あこ）の歯生えそむる　　中村（なかむら）草田男（くさたお）

【季語】「萬緑」，夏。切字「や」。
【詩意】一望無際的草木綠色煥發著無限的生命力。不知不覺，我兒口中長出了小白牙。
【譯文】萬叢草綠旺 愛子生齒白亮亮 心裡多歡暢

作品用萬綠這一自然生命的旺盛對照表達自己孩兒的成長，充滿無限喜悅之情。眼前無盡的自然景象和小小牙齒，用「綠」和「白」形成鮮明對比，謳歌大自然的生命之力，表現出為父之情，使人感到作者濃厚的人情味。

【作者】

中村草田男（1901～1983），生在福建省廈門市。父中村修曾為駐清國福建省廈門領事，本籍愛媛縣伊予郡松前町。本名中村清一郎。俳人。一九二五年入東京帝國大學文學部德語科，後轉為國文科。一九二九年（昭和4）師事高浜虛子，入東大俳句會。受水原秋櫻子之約向俳句雜誌『杜鵑』投稿。一九三三年（昭和8）大學畢業就職於成蹊學園，成為當時現代俳句核心人物。一九四六年（昭和21）創刊俳句雜誌『萬綠』。一九六〇年（昭和35）任現代俳句協會幹事長。日本俳人協會（1961年成立）首任會長。積極主張繼承虛子守舊風格和加藤楸邨等人探求俳句的內面表達，被稱為「人的探求派」。一九七八年（昭和53）以『風船使者』獲藝術選獎文部大臣獎。一九八七年（昭和62）因患肺炎逝世，逝世前受洗禮。享年八十二歲。有句集『長子』（第一句集（收有338首）沙羅書店1936）、『萬綠』（昭和俳句叢書之一（收有323首）甲鳥書林1941）、『草田男自選句集』（河出書房1951）等。

⑤ 雉子（きじ）の眸（め）のかうかうとして売られけり　加藤（かとう）楸邨（しゅうそん）

【季語】「雉子」，冬。切字「けり」。

【詩意】店頭放着被捕獲來的雉雞，雙眼睜得圓圓的，亮光閃閃。就這樣走嗎？

【譯文】雉雞明眸亮　捆綁店頭出賣處　如此赴去途？

作品表達了戰敗後世人們的終日惶惶。作者用雉雞的明眸指出了人所失去的自豪和昂氣。「かうかう」(皓亮)表現出硬質的語感，表達了作者的悲憤。

雉雞身披紅綠艷色羽毛，十分美麗。人們往往在冬季捕捉，因此俳句中將此作為冬季的季語。

【作者】

加藤楸邨(1905～1993)，東京市北千束(現東京都大田區北千束)人，父曾為鐵路官員。本名加藤健雄。俳人、國文學家。一九二三年(大正12)石川縣金澤松任小學任教時開始對「紫杉」和石川啄木深感興趣。一九三一年(昭和6)開始創作俳句，並向水原秋櫻子主持的俳句雜誌『馬醉木』投稿，師事水原秋櫻子。一九三七年(昭和12)入東京文理科大學國文科學習。一九四〇年畢業后任東京府立第八中學(現東京都立小山台高等學校)教員。創刊俳句雜誌『寒雷』。在創作上提倡「真實感合」，探究人的內心表現，和中村草田男並稱為「人的探求派」。一九六八年(昭和43)句集『幻影之鹿』獲第二次蛇笏獎。一九八五年(昭和60)成為日本藝術院會員。研究松尾芭蕉成果重大。獲紫綬褒章、勛三等瑞寶章。一九九三年(平成5)因病逝世，享年八十八歲。逝世后追授從四位。句集有『火的記憶』(1948)，選集有『芭蕉全句』、『一茶秀句』(1946)等。

⑥ 分け入っても分け入っても青い山　　種田(たねだ)山頭火(さんとうか)

【季語】無季。

【詩意】化緣乞行之旅。在初夏的深山叢林中撥木前行，青山綿綿，行途無盡。

【譯文】一步一撥行 山間小路雜林深 綿綿青山巒

詩句不受季語、切字所約，是一首自由律詩作。作者出家外行漂泊旅途。背負着諸多無法解開的迷惑顛沛流離。詩中的撥木而行也體現出作者試圖擺脫迷惑的內心世界。

【作者】

種田山頭火（1882～1940），山口縣佐波郡人，本名種田正一。戰前俳人，自由律俳句代表作家。一八九二年（明治25）母親投井自殺由祖母撫養。一八九六年（明治29）十四歲高中時代開始寫作俳句。一九〇二年（明治35）入早稲田大學文學部，后因病退學。一九〇七年開業種田造酒廠。一九一一年（明治44）創刊鄉土文藝雜誌『青年』。一九一三年（大正2）向新傾向俳句雜誌『層雲』投稿，開始使用俳號「山頭火」，創刊文藝雜誌『鄉土』。一九一六年活躍於『層雲』並嶄露頭角。同年酒廠破產。一九二三年入熊本市曹洞宗報恩寺。一九二五年（大正14）出寺開始徒旅創作。一九三九年（昭和14）在松山結一茅庵度日，翌年逝世。享年五十八歲。主要作品有『鉢子』、『草木塔』、『山行水行』等。

◆近現代短歌俳句主要技巧用語

枕詞　〔枕詞(まくらことば)〕（短歌俳句）放在句首的修飾語。規定五音（個別也有四音）。似乎與實質性詩意發生起因有關，但又幾乎無直接關係。無需譯出。

序詞　〔序詞(じょことば)〕（短歌）放在歌句主題詞前，起到引出后意的「導詞」作用。與「枕詞」作用相似，原則上在七音以上。

體言止　〔体言止め(たいげんど)〕（短歌）歌尾以體言結句。使人去聯想下述「賓語（目的語）」，起到「余情」「餘韻」的作用。也有「倒置」法表現。

連體終止、連用終止　〔連体終止(れんたいしゅうし)〕・〔連用終止(れんようしゅうし)〕（短歌俳句）短歌或俳句句尾使用活用語的連體型，連用型結句，使人發揮聯想，起到具有「余情」「餘韻」的作用。

切句　〔句切れ(くぎ)〕（短歌俳句）短歌或俳句句尾以外的切句，即，切斷敘述過程的某一處，起到獨特的韻律和加強語氣作用。俳句中常見於「切字」（〔切れ字(きじ)〕）。

「切字」例（參照飯尾宗祇「切字十八字」）

助詞……かな　もがな　ぞ　か　や　よ
助動詞終止形……けり　ず　じ　ぬ　つ　らん
動詞命令形語尾……け　せ　へ　れ
形容詞終止形語尾……し
感動詞……いかに

季語　〔季語(きご)〕表現季節的用語。在季語背景里，包括和季節有關的自然、生活等廣泛面。季語通常用於陰曆。一首俳句中，如有兩個以上季語時，伴隨切字方為重心。

短歌　〔短歌〕和歌的一種形式，由五・七・五・七・七句組成。有三十一個音節，因此也稱之為「假名三十一字」。短歌為日本廣泛流傳的詩歌形式，因此也稱其為「和歌」。

和歌　〔和歌〕反覆使用五・七句的詩型。通常也稱為「歌」。與漢詩不同。和歌起源於日本古代的一種定型詩歌。為「長歌」「短歌」「旋頭歌」「片歌」等的總稱，也有「短歌」之稱。歌風大致有三種。第一種為萬葉調，直接表達，樸素動人。第二種為古今調，纖細優美，表達上傾向於觀念性，多使用「掛詞」「縁語」等技巧性修辭。第三種為新古今調。幽艷華美，耐人尋味。具有象徵性、感覺性、幻想性特點。

歌枕　〔歌枕〕自古以來和歌中經常使用的地名。例如，地名「吉野」會使人聯想起白雪和櫻花。具有古代先行和歌的特定形象。

關聯詞　〔縁語〕使用關聯語能擴大對詩歌的想象力。有時雖然和主題無關，但詞與詞相應具有統一感及和諧感，同時也產生一些複雜感受。一般和「掛詞」並用。

諧音詞　〔掛詞〕利用同音詞，一語有兩種以上不同意思，可使和歌的整個內容更加豐富多彩。具有轉換文絡的「轉換型」和使詩意起到多重性的「包含型」技巧作用。

◆讀解季語要點

1 所謂季語指表達季節的用語。季語顯示着一個季節，凝聚着季節的感受。
2 季語在表示季節外還內涵廣闊的自然以及人們的生活情景。
3 季語表示的季節為陰曆，因此在季節的表達上與現代不同。
4 一首和歌或俳句，如有使用兩個以上季語的情況時，和「切字」相關的季語為主要季語。

◆季語要覧（＊標記為陽歴也使用）

季節	春1～3月	夏4～6月	秋7～9月	冬10～12月
時候天文地理	朧月・陽炎・霞・啓蟄・＊去年今年・東風・＊年立つ・苗代・長閑・八十八夜・＊初明り・花曇り・花冷え・日永・＊松の内・水温む・山笑ふ・雪解け・雪残る・余寒	青田・雲の峰・薫風（風薫る）・五月雨・梅雨・土用・短夜・麦の秋	天の川・十六夜・稲妻・鰯雲・苅田・残暑・仲秋・月・二百十日・野分・肌寒・夜寒・夜長	霰・大晦日・枯野・狐火・凩・小春・冴ゆ・時雨（初時雨）・霜・山眠る・雪
生活祭日	＊追羽根・＊書初・＊門松・草餅・潮干刈・＊雑煮・凧（いかのぼり）・種蒔・接木・＊七草粥・畑打・＊初詣・＊初夢・花見・雛（雛祭）・＊蓬萊・麦踏・＊薮入・山焼く・＊若水	鵜飼・打水・団扇・蚊帳・行水・更衣・早乙女・田植・端午・麦刈・虫干	稲刈・案山子・新米・相撲・七夕・重陽・月見・灯籠・墓参り・豊年・盆（盂蘭盆）・虫売り	埋火・煤掃（煤払）・炭焼き・大根引き・焚火・年忘れ・蒲団・餅・雪見
動物植物	馬酔木・鶯・梅・蚕・蛙・帰雁（行く雁）・桜・白魚・雀の子・菫・田螺・蝶・土筆・椿・燕・＊なずな・菜の花・蜂・蛤・雲雀・藤・桃の花・山吹・若草・若鮎・＊若菜	青葉・雨蛙・鮎・卯の花・瓜・蝸牛・鰹・早苗・菖蒲・蝉・蚤・蛍・時鳥	朝顔・女郎花・柿・雁・菊・桔梗・啄木鳥・桐一葉・秋刀魚・鹿・芒・蜻蛉・梨・糸瓜・虫	鴛鴦（おしどり）・落葉・牡蠣・鴨・枯尾花（枯芒）・寒椿・大根・千鳥・葱

◆主要枕詞要覧

枕　词	涵　义
あかねさす	日・昼・紫・照(て)る・君
あしひきの	山・峰・尾(お)の上(へ)・その他固有の山
あらたまの	年・月・日・春
あをによし	奈良
いそのかみ	古(ふる)・降る
うつせみの	身・命・世・人・仮(かり)・空(むな)し
うばたまの	里・闇(やみ)(暗)・夜・夢・髪
くさまくら	旅・むすぶ・仮(かり)
しきしまの	大和(やまと)
しろたへの	衣(ころも)・袖(そで)・袂(たもと)・紐(ひも)・雪・雲・波
たまきはる	命・世
たらちねの	母・親
ははそはの	母
ひさかたの	天(あめ)・空・月・雲・光・夜(よ)
わかくさの	夫(つま)・妻・新(にひ)・わか

結語

本書按照日本文學史時期的劃分由六章構成。每章在簡要概括文學史及其特點的導入下，分別梳理不同時期文學及其背景特點，擇選了具有代表性意義的名著章節，對其進行解析。

第一、二兩章介紹了明治時期文學。第一章為明治前期文學，即明治啟蒙時期文學。福澤諭吉『勸學』，提示了日本走入近代國家，首先要做到人之平等，全民學習，掌握知識，獨立自尊，治家治國。東海散士『佳人之奇遇』為當時政治小說的代表，是一部世界史紀實小說，在表達明治啟蒙思想家理念上具有時代意義。坪內逍遙『小說神髓』首次提出「文學改良」，改變自古以來日本文學的價值觀。

第二章明治後期文學，可謂日本近代文學的誕生時期。主要傾向有傳統文學的復古、寫實主義小說的發展和自然主義文學的興起。二葉亭四迷『浮雲』倡導「言文一致」改革，是日本文學在文體上的一次重要改革。樋口一葉『青梅竹馬』用古文體撰寫，採用「雅俗折衷」的手法，在人物及故事情節的刻畫和創作上為日本文學的發展注入了清新氣息。島崎藤村『若菜集』是浪漫主義代表作。作品通過感情的抒發謳歌女性自我解放的欲求，是新時代的凱歌。國木田獨步『春鳥』，用寫實的手法展示出作者從自然現象移向人事現象的視點，追求真實與自然。島崎藤村『破戒』被稱為是日本自然主義文學的豐碑。作者通過作品抨擊身份的等級和歧視，隱晦批判明治維新並沒有帶來徹底革新，揭示了當時日本尖銳的社會矛盾和衝突。在自然主義興起的洪流中，夏目漱石和森鷗外獨樹一幟。『心』從另一角度探究文明，包括現實、道德的內在矛盾，剖析了人的內面所深藏的醜陋的利己主義。森鷗外『舞姬』既是一部近代文學的雛形之作，又是一部揭示國家意識和個人意識的矛盾及對立的作品，西方文明的引進和東方傳統的衝突與對立造成人與人的世故、傷害和支離破碎。『高瀨舟』通過主人公對財產的觀念以及面對深忍痛苦的病人，提示新現實主義和人道主義。

第三章大正時期文學。大正文學的特點為文學流派紛呈；新浪漫主義文學的形成和私小說的成熟；掀起反自然主義思潮。主要流派有「昴派」、「白樺派」、「新思潮派」、「新早稻田派」等。「昴派」也被稱為「耽美派」和「新浪漫主義」。該派作家的新思維是，只有揭露人生內涵的暗與丑才能逐漸達到藝術美和近代的文明，才會產生新思維。谷崎潤一郎『陰翳禮賛』提出，陰翳觀物會感到獨特情趣，體現了大正以來文學的摩登風格以及日本傳統的美意識。石川啄木『一把砂』作為新的和歌形式擺脫了以往定型詩型的束縛，表達樸素真實。「白樺派」是大正文學的主軸，率先興起新文學運動。在自然主義文學家們面對現實社會處於無可是從之際，白樺派開創了新路。他們的核心思想是要讓自己的「生命力」發揮作用，文學使命就是要把這種「生命力」看作「人類意識」，並將此變為巨大力量表現在藝術上。但是由於一九一〇年發生「大逆不道」事件，白樺走向了一條新路，即，在思想和創作方法上尊重人的個性和人道主義以及理想主義。志賀直哉『在城崎』是「心境小說」的代表作，暗示了現實與自己的希求往往相互違背，人的意識是無法抗拒的。「新思潮派」與白樺派有所不同。他們在文學創作上注重「教養」和「技巧」，也被稱為「技巧派」。文學特點是，把現實的鬱悶社會和人像置放到另一個角度去觀察並加以智慧性解釋，使人感到一種利己主義思想和悲哀。菊池寬『父歸』為日本創作劇的先驅。芥川龍之介『羅生門』通過主人公的「對決」體現出從「善人」走向「惡人」矛盾心理的格鬥，從而引出課題，即在極限境遇下，面對「生」「死」的一線之界如何去看待「善」與「惡」。這一時期，詩歌也形成了獨特風格。室生犀星『抒情小曲集』呈露出作家的「抒情詩之精神」，即抒情詩的欣賞是體驗某一事物的瞬間，從中感受和諧、感慨，使人捫心自問人的善良、慈愛何方所在。

第四章昭和時期文學。主要特點有，確立無產階級文學地位；歐洲興起的達達主義等反寫實主義的新文學藝術思潮流入日本。以此為始，日本興起思想和文學兩方同進的文學革新運動。「新感覺派」文學否定古板的自然主義寫實手法，把理智式方法意識首次融匯於日本的小說中。這是文學的又一創新。川端康成『古都』中融入京都的四季風景，人物和風情匯為一體。在外在之美和內在之殤所形成的反襯中達到極高的藝術效果。小林多喜二通過無產階級文學代表『蟹工船』，展現出普遍性和廣闊性視野。船工們在地獄般工作環境中，從任人宰割到革命思想的覺悟，受壓迫、剝削、暴虐之中必然會激起「思考」和「鬥爭」。戰時文學中島敦『山月記』，「溪山」和「明月」分別隱喻「現實」和「理想」。兩者既有統一又有對立。其統一的是，人要有志向但還要去承認現實，客觀處置周圍，需要不斷努力正確對待自己，這樣理想才會接近現實。而對立的是，志高的理想往往不能如願以償，這才是現實。壺井榮『二十四隻眼睛』，一場戰爭使女主人公和她十二名學生的人生發生了翻天覆地的變化。作品潛在的主題毫無疑問是對戰爭的批判。戰後文學，大江健三郎『劣苗早除』，描寫感化院十二名少年被疏散到偏僻寒村后，遭受村裡大人們的殘虐暴行。他們嚮往的自由意識最終遭到扼殺。作者以非凡的想像力和創作力手法，烘托了一個污穢而變態，倒錯而狂熱的世界。

第五章現代文學分「現代文學」、「文學的散文」、「論文的散文」三節。每部作品除解析外，還在其寫作方法上予以分析。「現代文學」梳理了日本文學的時期及其種類。提出如何去思考、讀解文學作品。「文學的散文」在作品的語句、段落以及人物刻畫、主題把握、語言表達等方面進行分析、讀解全文。新川和江『吊排衣服』提出讀解文學更重要的是去理解其內涵。向田邦子『簡言信函』主張寫信要簡明扼要，富有餘韻。安部公房『良識派』，通過段落分析掌握文章「起承轉結」四部構成法。薄田泣菫『戲法師和蓄山』，掌握說明文和比喻文的技巧表達。井上靖『投網』和宮本輝『中途下車』，理解對人物的刻畫。武田泰淳『信念』，正確把握主題。森本哲郎『文明之旅』，掌握比喻表達。「論文的散文」語句的理解中，大岡信『語言的力量』，論證了小小隻言片語卻深藏着廣闊世界。段落的區分中，黑井千次『速度的美學』根據段落分清論據和作者的意見。池澤夏樹『沙漠風景』根據段落理解層次銜接，看清論述流向。論述的展開中，通過清岡卓行『米洛的維納斯』、中村雄二郎『人生與思考』、丸山真男『權利與權利的行使』，掌握理論式文章的寫作格式和論述方法。創作要點和意圖中，中原佑介『垂直和水平』和樋口敬二『珠穆朗瑪峰為什麼是八千八百四十八米』，掌握如何提出論點並作出對其切合回應的結論。

第六章短歌和俳句。概括總結了短歌和俳句的由來以及在日本文學中的地位；近代短歌、俳句的革新；短歌和俳句的表現形式及其規則、創作技巧等。列出十五首具有代表性作品進行解析。為方便讀者還附有短歌、俳句技巧用語解釋和「季語」等一覽等。

本書除了力求深探作品內涵，在解析方法上還注重於研究日本的歷史和文化，考察日本文學的歷史意義和現實意義及其價值，並整理出作家生平及其創作風格和特點。每篇原作均有著者的中文譯文以及整體作品的梗概。和歌和俳句的解析，包括其創作技巧、用語、規則等儘可能詳細說明。無論解析還是譯文均力爭保持原文原意和時代風格，以期讀者能更好地體會日本近現代文學作品的深邃含義和創作風格，進一步開闊眼界，深層了解日本文學的獨特性和不同文化的特點，了解日本人對事物的看法和認識以及思維。在當今國際化時代的發展中，本書如能起到參考作用，著者將會感到十分欣慰。

本書著者在整個研究、撰寫過程中儘管付出很大努力，但難免會出現不妥之處。敬請讀者多加指教。在此深表謝意。

日本近現代文學名著年表

時代	西历	主要發生事件	作品（包括論文、論評 ※為詩作）
明治	一八六八	江戸改稱為東京	『窮理圖解』（諭吉）
	一八六九	許可報紙發行 設置小學	『世界國盡』
		東京奠都	『西洋事情』（諭吉）
	一八七〇	設置中學	『西洋道中膝栗毛』（魯文）
	一八七一	廢藩置縣	『安愚樂鍋』（魯文）
		日譯聖經出版	『自由之理』
			『西國立志篇』（正直譯）
	一八七二	頒布學制、徵兵令	『勸學』（諭吉）
		採用太陽曆	
	一八七三	日譯伊蘇普寓言出版	『復古夢物語』（春輔）
		明六社創立	
	一八七四	明六雜誌創刊	『台灣外記』（春水）
		讀賣新聞創刊	
		採用羅馬字為國字	
	一八七五	自由民權運動興起	『文明論之概略』（諭吉）
		同志社創立	『國體新論』（弘之）
	一八七七	西南事變 西鄉隆盛自殺	『鹿兒島戰記』（篠原仙果）
	一八七八		『花柳春話』（純一郎譯）
	一八八二	時事新報、自由新聞創刊	『新體詩抄』※（正一等）
		英譯古事記出版	『自由之凱歌』（夢柳譯）
			『民約譯解』（未完）（兆民）
			『人權新說』（弘之）
	一八八三	政治小說盛行	『經國美談』（滝溪）
		鹿鳴館開館	
	一八八四	自由民權運動受壓	『世路日記』（菊亭香水）
	一八八五	硯友社成立	『小說神髓』
		我樂多文庫創刊	『當世書生氣質』（逍遙）
			『佳人之奇遇』（散士）
	一八八六	演劇改良會成立	『小說總論』（四迷）
		加盟萬國紅十字條約	『雪中梅』（鐵腸）
	一八八七	頒布保安條令	『浮雲』第一篇（四迷）
		國民之友創刊	『花間鶯』（鐵腸）
	一八八八	言文一致運動	『邂逅』（四迷譯）

時代	西历	主要發生事件	作品
明治	一八八九	頒布憲法	『於母影』※（鷗外等譯）
		柵草紙創刊	『楚囚之詩』※（透谷）
			『色懺悔』（紅葉）
	一八九〇	發布教育勅語	『舞姬』『泡沫記』（鷗外）
		帝國議會開幕	『一口劍』（露伴）
	一八九一	早稻田文學創刊	『蓬萊曲』※（透谷）
			『二人女房』
			『三人妻』（紅葉）
			『五重塔』（露伴）
	一八九二	鷗外逍遙埋沒理想論爭	『即興詩人』（鷗外譯）
			『厭世詩家與女性』（透谷）
			『罪與罰』（魯庵譯）
	一八九三	文學界創刊	『內部生命論』
		淺香社成立	『國民和思想』（透谷）
		和歌俳句改革	『風流微塵藏』（露伴）
			『芭蕉雜談』（子規）
	一八九四	甲午戰爭爆發	『滝口入道』（樗牛）
			『桐一葉』（逍遙）
	一八九五	三國干涉 日清講和	『青梅竹馬』『濁流』（一葉）
		帝國文學創刊	『變目傳』（柳浪）
			『夜行巡查』（鏡花）
	一八九六	奧林匹克運動會復出	『東西南北』※（鐵幹）
			『多情多恨』（紅葉）
			『照葉狂言』（鏡花）
	一八九七	杜鵑創刊	『若菜集』※（藤村）
			『金色夜叉』（紅葉）
			『源叔父』（獨步）
	一八九八	心花創刊 國民之友、文學界、早稻田文學廢刊	『一葉舟』※
			『夏草』※（藤村）
		社會小說流行	『致書和歌』※（子規）
			『不如歸』（蘆花）
	一八九九	家庭小說流行	『天地有情』※（晩翠）
		根岸短歌會活躍	『暮笛集』※（泣菫）
		東京新詩社成立	
		頒布著作權法	
	一九〇〇	明星創刊	『高野聖』（鏡花）
			『雛姿』（天外）
			『回想記』

明治		
一九〇一		『自然與人生』（蘆花） 『亂髮』※（晶子） 『落梅集』※（藤村）
一九〇二	日英同盟	『黑潮』（蘆花） 『武藏野』
一九〇三	平民新聞創刊	『牛肉和馬鈴薯』（獨步） 『酒中日記』（獨步） 『千曲川素描』（藤村） 『地獄之花』（荷風） 『社會主義神髓』※（秋水）
一九〇四	日俄戰爭爆發 新潮創刊	『魔風戀風』（天外） 『非凡的凡人』（獨步） 『藤村詩集』（藤村） 『火柱』 『良人的自白』（尚江）
一九〇五	朴茨茅斯講和條約締結 日俄講和	『海潮音』※（敏譯） 『我輩是貓』『塔』（漱石）
一九〇六	早稻田文學復刊 自然主義興起 新思潮（第一次）創刊	『白羊宮』※（泣菫） 『破戒』（藤村） 『少爺』『草枕』（漱石）
一九〇七	自然主義文學興起	『其面影』（四迷） 『雲是天才』（啄木） 『南小泉村』（青果） 『虞美人草』（漱石） 『蒲團』（花袋）
一九〇八	紫杉創刊 明星廢刊	『平凡』（四迷） 『有明集』※（有明） 『雞頭序』※（漱石） 『向何處去』（白鳥） 『一兵卒』『生』『妻』（花袋） 『竹木戶』『二老人』（獨步） 『春』（藤村） 『三四郎』（漱石）
一九〇九	昴創刊 耽美派、享樂派盛行 口語詩盛行	『文藝的自然主義』（抱月） 『邪宗門』※（白秋） 『詩的領會』（啄木） 『煤煙』（草平） 『耽溺』（泡鳴） 『法國物語』（荷風）

明治		
一九一〇	幸德秋水事件 白樺創刊 三田文學創刊 新思潮（第二次）創刊	『其後』（漱石） 『鄉村教師』（花袋） 『一把砂』※（啄木） 『家』（藤村）『青年』（鷗外） 『門』（漱石）『土』（節） 『足跡』（秋聲）
一九一一	青踏創刊 帝國劇場開設	『刺青』（潤一郎） 『時代閉塞現狀』（啄木） 『回憶』※（白秋） 『路上』※（牧水） 『某一女人』（武郎） 『吉利之人』（實篤） 『雁』（昴連載 1911 ~ 1913）（鷗外）『下宿屋』（秋聲） 『和泉屋印染店』（李太郎）

大正		
一九一二	明治天皇駕崩 大正天皇踐祚 （七月三〇日改元）	『新月』※（信綱） 『悲哀玩具』※（啄木） 『彼岸過迄』『行人』（漱石） 『大津順吉』（直哉）
一九一三	創立藝術座 昴廢刊	『桐花』※（白秋） 『阿部一族』（鷗外）
一九一四	參戰第一次世界大戰 新思潮（第三次）創刊	『桑果』（三重吉） 『道程』※（光太郎） 『心』（漱石） 『大鹽平八郎』（鷗外）
一九一五		『日本橋』（鏡花） 『喝毒藥的女人』（泡鳴） 『雲母集』※（白秋） 『踏繪』※（白蓮） 『山椒大夫』（鷗外） 『道草』（漱石）
一九一六	新思潮（第四次）創刊 新現實主義興起	『其妹』（實篤） 『羅生門』（龍之介） 『高瀬舟』（鷗外） 『鼻』『芋粥』（龍之介） 『明暗』（漱石）
一九一七	俄國革命爆發	『貧困人群』（百合子） 『金砂集』※（雅子） 『長塚節歌集』

大正	
一九一八	赤鳥創刊
一九一九	加入國際聯盟 改造創刊
一九二〇	新青年創刊
一九二一	播種人創刊 明星復刊 無產階級文學興起
一九二二	常用漢字二千字認定

『白梅集』※(牧水等)
『向月嚎叫』※(朔太郎)
『在城崎』『和解』(直哉)
『異端人的悲哀』(潤一郎)
『戲作三昧』(龍之介)
『殘雪』(花袋)『父歸』(寬)
『項羽和劉邦』(善郎)
『愛的詩集』『抒情小曲集』(犀星)『感傷之春』※(春月)
『致小人物』(武郎)
『幸福者』(實篤)
『地獄變』『蜘蛛絲』
『枯野抄』
『奉教人之死』(龍之介)
『附體物』(泡鳴)
『新生』(藤村)
『無名作家的日記』
『忠直卿行狀記』(寬)
『食后之歌』※(杢太郎)
『日本詩集』※(1919年版)
『露路小道』※(夢二)
『第二愛的詩集』※(犀星)
『恩仇的彼方』(寬)
『魔術』(龍之介)
『命運』(露伴)『藏之中』
『苦的世界』(浩二)
『麻雀的生活』※(白秋)
『左千夫歌集』
『舞踏會』『秋』
『杜子春』(龍之介)
『越過死線』(豐彥)
『焚火』『一個男人』(直哉)
『珍珠夫人』(寬)
『黑土』※(牧水)
『殉情詩集』(春夫)
『愛和認識的出發』(百三)
『秋山圖奇遇』(龍之介)
『暗夜行路』(直哉)
『忘春詩集』(犀星)

大正	
一九二三	文藝春秋創刊 白樺廢刊 關東大地震
一九二四	文藝戰線創刊 文藝時代創刊 新感覺派興起 築地小劇場啟用
一九二五	普通選擧法成立 日本無產階級藝術聯盟成立 若草創刊 日本文學大系、日本古典全集開始刊行

『人間萬歲』(實篤)
『多情佛心』(弴)
『六宮的姬君』(龍之介)
『黑髮』(秋江)
『雪浴』(荷風)
『城市的憂鬱』(春夫)
『青貓』※(朔太郎)
『青銅基督』(善郎)
『日輪』『蠅』(利一)
『春與修羅』※(賢治)
『太虛集』※(赤彥)
『伸子』(百合子)
『玄朴和長英』(青果)
『一塊土』(龍之介)
『雨蛙』(直哉)
『湖畔手記』(善藏)
『晨螢』※(茂吉)
『海山之間』※(迢空)
『望鄉』(信三郎)
『檸檬』(基次郎)
『新四谷怪談』(英一)
『女工哀史』(和喜藏)
『賣淫婦』(嘉樹)
『大導寺信輔的半生』(龍之介)

昭和	
一九二六	文藝家協會成立 日本名著全集發行 新潮社日本文學講座開講 大正天皇駕崩 今上天皇踐祚 十二月二五日改元
一九二七	新小說、文藝時代廢刊 國歌大系開始發行 日本文學聯講

『鳴雪俳句集』※
『伊豆舞女』(康成)
『通盛之妻』(花袋)
『大道無門』(弴)
『醉狂人的告白』(善藏)
『風暴』(藤村)
『鬼薄』(龍之介)
『在海生活的人們』(嘉樹)
『修羅八荒』(李風)
『安土之春』
『光秀和紹巴』(白鳥)
『日本無產階級詩集』
『玄鶴山房』(龍之介)
『落葉日記』(國士)

昭和	
一九二八	納普（全日本無產者藝術聯盟）成立 赤旗、戰旗創刊 詩人協會成立
一九二九	日本無產階級作家同盟、無產階級歌人同盟成立 國文學註釋叢書發行
一九三〇	納普創刊 新型藝術俱樂部組建

『分配』（藤村）
『在施療室』（Taiko）
『邦子』（直哉）
『虹』※（夕暮）
『屋上土』※（千樫）
『豐旗雲』※（信綱）
『貧困信徒』※（重吉）
『糖廠』（稻子）
『波』（有三）
『放浪記』（芙美子）
『一九二八年三月一五日』（多喜二）
『走向無產階級和寫實主義的道路』（惟人）
『詩的原理』（朔太郎）
『明治大正詩史』（耿之介）
『無產階級短歌集』（1929年版）
『山麓』※（哀草果）
『海豹與雲』※（白秋）
『戰爭』※（東彥）
『青色夜路』※（冬二）
『鐵話』（重治）
『第四十八個人』（草平）
『黎明前』（藤村）
『蟹工船』
『在外地主』（多喜二）
『沒有太陽的街道』（直）
『淺草紅團』（康成）
『測量船』※（達治）
『無產階級短歌集』（1930年版）
『木下杢太郎詩集』※
『葛飾』※（秋櫻子）
『他們的半天』（洋次郎）
『機械』『寢園』（利一）
『紅蝙蝠』（伸）
『南國太平記』（三十五）

昭和	
一九三一	滿洲事變爆發 岩波講座「日本文學」開講
一九三二	上海事件 五·一五事件 短歌研究創刊 日本文學大辭典發行
一九三三	退出國際聯盟 文學界（第二次）創刊 文學創刊
一九三四	無產階級作家同盟解散 轉向文學盛行 文藝懇話會成立 文藝創刊
一九三五	設置芥川獎、直木獎 日本浪漫派崛起 日本筆會成立 日本文學全史出版

『深夜和梅花』（鱒二）
『無產階級詩五人集』※
『納普七人集』※
『盲目物語』（潤一郎）
『水晶幻想』（康成）
『時間』（利一）
『轉形期的人們』（多喜二）
『有關藝術性方法之感想』（惟人）
『南窗集』※（達治）
『鐵集』※（犀星）
『女人的一生』（有三）
『黨生活者』（多喜二）
『抒情歌』（康成）
『上海』（利一）
『薔薇盜人』（曉）
『明治大正詩史概觀』（白秋）
『青牛集』※（千樫）
『女人的友情』（信子）
『枯野之夢』（浩二）
『人生劇場』（士郎）
『和解』（秋聲）
『春琴抄』（潤一郎）
『禽獸』（康成）
『冰島』※（朔太郎）
『柿本人麿』※（茂吉）
『一九三四詩集』
『紋章』（利一）
『銀座八丁』（麟太郎）
『背陰之花』（荷風）
『兄妹』（犀星）
『白夜』（知義）
『有關所謂轉向』（學）
『懷疑和象徵』（健藏）
『中野重治詩集』※（重治）
『愛的神歌』※（信夫）
『小熊秀雄詩集』
『潮流』※（啟）

昭和

一九三六
人民文庫創刊

一九三七
文化勳章制定
帝國藝術院設置
中日戰爭爆發
展開國民精神總動員運動

『真實一路』(有三)
『假裝人物』(秋聲)
『乳房』(百合子)
『集金旅行第一天』(鱒二)
『黎明之前』(藤村)
『道化之花』(治)
『童謠』(康成)
『蒼氓』(達三)
『行動主義文學批判』
(義太郎)
『發向春天的邀請』※(章子)
『一日集』※(熏)
『長子』※(草田男)
『冬宿』(知二)
『起風』(辰雄)
『晚年』(治)
『雪國』(康成)
『紅』(稻子)
『次郎物語』(湖人)
『雙面神』(國士)
『菩賢』(淳)
『心猿』(達三)
『流』(信之)
『新萬葉集』※
『晨曦和黃昏的詩』※(道造)
『蛟』※(光晴)
『五百句』※(虛子)
『夢路』(浩二)
『路旁石』(有三)
『旅愁』(利一)
『八年制』(直)
『幽鬼之街』(整)
『日陰之村』(達三)
『生活探求』(健作)
『糞尿譚』(葦平)
『少女心』(康成)
『暗夜行路』(直哉)
『火山灰地』(榮)

昭和

一九三八
人民文庫創刊
新潮社文學獎設置
戰爭題材文學盛行

一九三九
第二次世界大戰爆發
詩人懇談會成立

一九四〇

一九四一
太平洋戰爭爆發
實施言論出版集會結社等
臨時取締法

『火車罐焚』(重治)
『明日香路』※(邦子)
『支那事變歌集』
『東天紅』※(春夫)
『活着的兵隊』
『結婚生態』(達三)
『暖流』(國士)
『雪飄物語』(安吾)
『麥與兵隊』(葦平)
『不歸的中隊』(文雄)
『勞動的一家』(直)
『新舊太閣記』(英治)
『春峽』※(達治)
『如何星下』(順)
『歌之告別』
『空想家與腳本』(重治)
『生生流轉』(鹿子)
『多甚古村駐屯記』(鱒二)
『轉落詩集』
『智慧青草』(達三)
『父母記』(曉)
『愛與死』(實篤)
『他處之戀』(白鳥)
『現代文學論』(鶴次郎)
『鹿鳴集』※(81)
『靜靜的愛』※(輝代)
『黑檜』※(白秋)
『漁歌』※(史)
『海峽』※(德壽)
『鬼城句集』※(鬼城)
『曆』(榮)
『跑吧，美羅斯』(治)
『夫婦善哉』(作之助)
『美麗的歷法』(洋次郎)
『赤土』※(茂吉)
『富永太郎詩集』
『智慧子抄』※(光太郎)
『一點鐘』※(達治)

昭和	
一九四二	日本文學論大系發行 日本文學報國會、大日本言論報國會成立 限制一縣一種報刊
一九四三	日本出版會成立
一九四四	中央公論、改造社廢刊

『立原道造詩集』『東京八景』『新哈姆雷特』(治)『早春之旅』(直哉)『人間面孔』(整)『南風』(文六)『縮景』(秋聲)『歷史與文學』(秀雄)『有關轉向』(房雄)『白桃』※(茂吉)『白櫻集』※(晶子)『愛國百人一首』※『宣戰布告』(米太郎)『壺井繁治詩集』『大日』※(光太郎)『古鏡』※(秋櫻子)『七曜』※(誓子)『無根草』(白鳥)『古譚』光和風和夢』(敦)『海戰』(文雄)『司馬遷』(泰淳)『大東亞戰爭歌集』『丸山熏詩集』『大東亞戰爭』※(春夫)『富士山』※(心平)『日本海流』※(滿雄)『靜靜的火焰』※(一郎)『五百五十句』※(虛子)『細雪』(潤一郎)『東方之門』(藤村)『弟子』『李陵』(敦)『我之友』(犀星)『回來的獨白』(順)『山光集』※(八一)『花筐』※(達治)『紙薔薇』※(東)『罌粟之中』(利一)

昭和	
一九四五	新日本文學會創立 第二次世界大戰結束
一九四六	日本文藝家協會成立 古典文庫開始發行
一九四七	戰後派文學興起 每日出版文化獎設置

『妻的手』(正夫)『明暗』※(空穗)『曙光之詩』※(光太郎)『子戈永言』※(達治)『御伽草紙』(治)『黑貓』(健作)『十年』(弴)『第二藝術論』※(武夫)『故鄉之花』※(達治)『北國』※(丸山熏)『果實』※(繁治)『永遠的鄉愁』※(須磨子)『近代悲傷集』※(迢空)『激浪』※(誓子)『紫陽花』※(風生)『灰色月亮』(直哉)『赤蛙』(健作)『舞女』(荷風)『播州平野』(百合子)『世相』『星期六夫人』(作之助)『在聖約翰病院』(曉)『白痴』(安吾)『暗繪』(宏)『櫻島』(春生)『肉體的惡魔』(泰次郎)『蟋蟀』(一雄)『年年歲歲』(弘之)『在死影下』(真一郎)『旅人的回憶』(明)『檻褸旗』※(潤)『古代感愛集』※(迢空)『中原中也集』※『反響』※(靜雄)『高祖保詩集』※『一把玻璃』※(八十)『兩座庭院』『道標第一部』(百合子)

昭和		
年	事件	作品
		『被厭惡的年齡』(文雄) 『深夜的酒宴』(麟三) 『肉體之門』(泰次郎) 『斜陽』(治) 『華燭』(義秀)『金棺』(菊) 『夏之花』(民喜) 『祭服』(犀星) 『青色的山脈』(洋次郎) 『我要活』(Taiko) 『霧中』(虎彥) 『落梅』(一雄) 『近代文學的命運』(好夫)
一九四八		『山下水』※(文明) 『幸木』※(良平) 『仙境』※(熏) 『落下傘』※(光晴) 『壺井繁治詩集』 『逸見猶吉詩集』 『日本砂漠』※(心平) 『晚刻』※(誓子) 『重陽』※(秋櫻子) 『俘虜記』(昇平) 『人間失格』(治) 『晚菊』(芙美子) 『永遠的序章』(麟三) 『微笑』(利一) 『蟲子種種』(一雄) 『石中先生行狀記』(洋次郎) 『仙崖和尚』(實篤) 『歸鄉』(次郎) 『地底之歌』(Taiko) 『迷路』(彌生子) 『撲燈蛾』(整) 『十夜婆婆』 『守禮之門』(文雄) 『小說的方法』(整)
一九四九	中華人民共和國成立	『白山』※(茂吉)

昭和		
年	事件	作品
	國立國語研究所創立 風俗小說盛行	『敘事詩集』(健介) 『囚人』※(豐一郎) 『日本無產階級詩集』 『花電車』※(東彥) 『富山永太郎詩集定本』 『蛙』※(心平) 『假面告白』(由紀夫) 『靜靜的山巒』(直) 『山音』『千羽鶴』(康成) 『少將滋乾的母親』(潤一郎) 『真理先生』(實篤) 『脫出日本』(白鳥) 『黑影』(知二) 『藏王』(英治) 『我的東京地圖』(稻子) 『無事之人』(有三) 『絕壁』(友一郎) 『野狐』(英光) 『山的彼處』(洋次郎) 『晨霧』(龍男) 『本日休診』(鱒二) 『獵槍』『鬥牛』(靖) 『老殘』(春夫) 『出孤島記』(敏雄) 『宗方姊妹』(次郎) 『現代文學論』(季吉) 『二十世紀的小說』(光夫) 『寫實主義的藝術性』(基一) 『偽證的文學』(鶴次郎)
一九五〇	朝鮮動亂 讀賣文藝獎設置 藝術新潮刊行 昴創刊 日本詩人俱樂部成立 河出書房「日本文學講座」開講 「日本文學教養講座」開講	『典型』※(光太郎) 『日本解放詩集』(繁治等編) 『早春』※(彥造) 『斷層』※(芳樹) 『日本前衛詩集』 『惜命』※(波鄉) 『石川啄木——其生涯和藝術——』※(順三)

昭和
一九五一
早稻田文學（第四次）創刊
『近代短歌辭典』（修等編） 『風』※（美代子） 『遙拜隊長』（鱒二） 『鳴海仙吉』（整） 『異形人』（泰淳） 『繪本』（虎彥） 『武藏野夫人』（昇平） 『黑花』（春生） 『紅色康乃馨』（菊） 『新平家物語』（英治） 『自由學校』（文六） 『七色花』（義秀） 『舞姬』（康成） 『喪失祖國』（堀田善衛） 『鄉愁』（孝作） 『愛的饑渴』（由紀夫） 『浮雲城』（加賀淳子） 『風俗小說論』（光夫） 『民主主義文學論』（周一） 『白樺派的文學』（本多秋五） 『杜甫』（吉川幸次郎） 『所謂藝術』（高橋義孝） 『金子光晴詩集』 『原爆詩集』（三吉） 『原民喜詩集』 『續明治大正短歌史』（茂吉） 『現代俳句』（健吉） 『無定型的定型』（冬彥） 『風媒花』※（中村昭彥） 『廣場的孤獨』（善衛） 『壁』（公房） 『白牙』『戰國無賴』（靖） 『野火』（昇平） 『安宅家的人們』（信子） 『菊坂』（田宮虎彥） 『得能五郎的生活和意見』（整） 『三等重役』（雞太） 『抵抗的文學』（周一）

昭和	
一九五二	一九五三
舊金山兩條約生效	朝鮮停戰協定締結
『實驗小說是非』（文雄） 『高橋新吉詩集』 『窪田空穗全詩集』 『中村草田男句集』 『川田順全歌集』 『加藤楸邨句集』 『山口誓子句集』 『純粹俳句』※（健吉） 『現代詩的鑒賞』（伊藤信吉） 『雪間草』※（麓） 『冬霞』※（山下陸奧） 『夕波』※（乾子） 『庭院的麻雀』※（不二子） 『魚鱗』※（鹿兒島壽藏） 『秘樂』（由紀夫） 『蛇與鴿子』（文雄） 『花的生涯』（聖一） 『警察日記』（永之介） 『某「小倉日記」傳』（清張） 『風媒花』（泰淳） 『日月』（康成） 『真空地帶』（野間宏） 『邂逅』（麟三） 『二十四隻眼睛』（榮） 『再婚人』（康成） 『青衣之人』（靖） 『風浪』（順二） 『日本文壇史』（整） 『歷史與民族的發見』（石母田正） 『藝術的階級性和民族性』（惟人） 『戰後的文學』（正人等） 『昭和文學盛衰史』（順） 『有關真空地帶』（公房等） 『有關國民文學的意見』（健藏） 『有關女性十二章』（整） 『小熊秀雄詩集』	

昭和		
一九五四	教育二法案成立 自衛隊啟動	『純粹短歌論』(佐太郎) 『自由的彼方』(麟三) 『惡劣夥伴』(章太郎) 『天目山之雲』(靖)『鷹』(淳) 『日照雨』(春夫) 『現代的文學』(知二) 『寫實主義論爭』(昇平) 『思想自由與傳統』(武夫) 『日本文壇史』(整) 『詩人荻原朔太郎』(犀星) 『矢代東村遺歌集』 『秩父困民黨』(辰吉) 『遠來的客人』(綾子) 『驟雨』(淳之介) 『美國學校』(信夫) 『湖』(康成) 『牽牛花』(直哉) 『明日來的人』『花粉』(靖) 『晶子曼陀羅』(春夫) 『潮騷』(由紀夫) 『狸』(永之介) 『馬』(信夫) 『故國之人』(金達壽) 『雪融』(善衛) 『女兒的婚事』(房雄) 『無產階級文學史』 (山田清三郎) 『宮本百合子的世界』(顯治) 『思想與文學』(野間宏) 『森鷗外』(義孝) 『日本浪漫派問題』(西田勝)
一九五五	廣島舉行反核爆世界大會 砂川事件	『生活詩集』(大木實) 『埋沒精神』※(柊二) 『山脈』※(鍬邨) 『白人』(周作) 『太陽的季節』(慎太郎) 『松川審判』(和郎)

昭和		
一九五六	蘇聯批判斯大林 日本加盟聯合國	『東京人』(康成) 『冷淡的天使』(真一郎) 『青馬館』(安岡章太郎) 『夜的森林』(善衛) 『板門店』(葦平) 『機械中的青春』(稻子) 『四十八歲的抵抗』(達三) 『輓歌』(綾子) 『古典與現代文學』(健吉) 『科學式批評的本質與限界』 (義孝) 『文明批評和文學批評』(健藏) 『西歐文學與日本文學』 (真一郎) 『有關所謂的文化根』 (森有正) 『宮柊二全歌集』 『人間與短歌』(修) 『水勢』※(金子光晴) 『地平線』※(白蓮) 『家鄉的霧』※(蛇笏) 『影之國』※(繁治) 『地歌』(佐和子) 『射程』(靖) 『金閣寺』(由紀夫) 『鑰匙』(潤一郎) 『沖繩島』(正次) 『泛濫』(整) 『青色小葡萄』(周作) 『祖父』(直哉) 『嫉妒』(網野菊) 『黑色時代』(Taiko) 『空想旅行』(真一郎) 『夏草』『冰壁』(靖) 『站前旅館』(鱒二) 『厭世立志傳』(士郎) 『杏子』(犀星)

昭和		
一九五七	蘇聯發射第一號人造衛星 東京舉行第二九屆國際筆會大會	『生活紀錄與文學』（健藏） 『實存主義的發展』（務台理作） 『反馬克思主義文學理論的進展』（平野謙） 『馬克思主義文學理論的盲點』（三浦 tsutomu） 『政治和文學』（寺田透） 『現代日本文學論争史 上』（平野等編） 『樋口一葉研究』（鹽田良平） 『左翼文學的頹廢』（大井廣介） 『政治與文學之間』（謙） 『現代文學研究』（丸山靜） 『我的享樂論』（春夫） 『海與毒藥』（周作） 『死者奢華』（健三郎） 『人間之壁』（達三） 『皇帝的新衣』（健）
一九五八		『色子之空』（宏） 『劣苗早除』（健三郎）
一九五九		『日本三文歌劇』（健） 『死者之時』（井上光晴） 『海邊光景』（章太郎） 『珍品堂主人』（鱒二）
一九六〇	日美安全保障條約生效 反對安保運動激化 全學聯衝擊國會	『宴后』（由紀夫） 『死的荊棘』（敏雄）
一九六一	Ａ・Ａ作家會議在東京舉行	『十七』（健三郎） 『武洲鉢形城』（鱒二）
一九六二	阿爾及利亞獨立	『榆家的人們』（杜夫） 『美國』（實） 『砂女』（公房） 『悲器』（和巳） 『友情』『一路』（文雄）
一九六三	確定松川事件無罪 肯尼迪總統遇刺	『四月抄』（土岐善麿） 『橋上人』（鮎川信夫） 『明治靈柩』（研

昭和		
一九六四	東京舉行第十八屆世界奧林匹克大會 中國核試驗成功 近代文學刊行終止	『砂上的植物群』（淳之介） 『性的人間』（健三郎） 『地群』（光晴） 『咲庵』（中山義秀） 『日本的象徵詩人』（窪田般彌） 『死淵』※（順） 『鮎川信夫詩論集』（鮎川信夫） 『續年月的足跡』※（廣津和郎） 『個人體驗』（健三郎） 『我們的日子』（翔） 『退職申請』（尾崎一雄）
一九六五		『IL』※（金子光晴） 『黑雨』（鱒二） 『擁抱家族』（信夫） 『幻化』（春生） 『親鸞』（文雄） 『劍崎』（立原正秋）
一九六六	中國文化大革命開始	『東京上午三點』※（三木卓） 『沉默』（周作） 『流藻』（潤三） 『華岡青洲之妻』（佐和子）
一九六七		『万延元年的足球』（健三郎） 『箱庭』（朱門） 『幕落之後』（章太郎） 『內部人間』（秋山駿） 『海道』（三浦哲郎） 『少年們的戰場』（高井有一）
一九六八		『昭和文壇側面史』（淺見淵） 『黎明的土地』（高井有一）
一九六九	阿波羅11號登陸月球	『再次走過的路』（李恢成） 『石川淳論』（野口武彥）
一九七〇	大阪舉行日本萬國博覽會	『秋風晚歌』※（福田蓼汀） 『這天那天』（尾崎一雄） 『神聖淫者的季節』※（石川和子）

昭和		
		『殺人』（山口瞳） 『為了伽倻子』（李恢成） 『修學院物語』（島村民藏）
一九七一		『逝去的日子』※（達三） 『1945 夏神戶』（野坂昭如） 『採鑽女』（李恢成） 『日本演劇百年曆程』（川島順平）
一九七二	札幌舉行奧林匹克運動會 沖繩歸還	『直立一行詩』（佐佐木幸綱） 『睡吧巴黎』（光晴） 『蟲子們的棲家』（高井有一） 『鷚』（三木卓）
一九七三		『夾擊』（後藤明生） 『谷崎潤一郎論』（野口武彥）
一九七四		『巴比倫之塔』※（高柳重信） 『內部生活』（秋山駿） 『椋鳥日記』（小沼丹） 『流放與自由』（李恢成） 『記憶中的河流』（後藤明生） 『紅旗』（野口武彥） 『顫動的舌頭』（三木卓） 『片栗馬車』（三浦哲郎）
一九七五		『未知的火焰——評傳中原中也——』（秋山駿） 『蜜蜂』（尾崎一雄） 『說夢』（後藤明生） 『建覺寺山門前』（立原正秋） 『少年讚歌』（三浦哲郎） 『水中庭院』（山田智彥） 『邂逅』（後藤明生）
一九七六		『夏鏡』（佐佐木幸網） 『近代短歌論爭史——明治大正篇——』（篠弘） 『看不到的夢』（李恢成） 『風祭』（八木義德） 『小槍和十五的短篇』（三浦哲郎） 『羊水花』（森內俊雄）

昭和		
一九七七		『日日滴涙』（鈴木志郎康） 『旅人』（立原正秋） 『我是誰』（三田誠廣） 『去歸』（後藤明生） 『七里浜——某人的命運』（宮內寒彌）
一九七八		『宿戀行』※（鮎川信夫） 『續那天這天』※（尾崎一雄） 『戰後日本文學史・年表』（松原新一等） 『九月的天空』（高橋三千鋼） 『M的世界』（三田誠宏） 『海的黎明』（八木義德） 『管弦祭』（竹西寬子） 『我們的時代』（栗本熏） 『火車』（立松和平）
一九七九		『素心臘梅 詩集』（窪田章一郎） 『傳送火 詩集』（佐佐木幸網） 『圓環話法 詩集』（窪田般彌） 『文學的動機』（平岡篤賴） 『歸鄉』（三田誠廣） 『血族』（山口瞳） 『春風到來前』（川西蘭） 『愚人之夜』（青野聰） 『壁中』（後藤明生） 『揚海』（鱒二） 『夜幕之雪』（野坂昭如）
一九八〇		『送往田野邊的歌』（三田誠廣） 『歸途』（立原正秋） 『兵隊宿』（竹西寬子） 『嘗試的猶太・自卑』（青野聰） 『遠雷』（立松和平）
一九八一		『夕暮』※（福島泰樹） 『秋照』※（武川忠一）

昭和

一九八二　一九八三　一九八四　一九八五

『小小貴婦人』（吉行理惠）
『荻窪風土記』（鱒二）
『吉野大夫』（後藤明生）
『塞翁之丙午』（青島幸男）
『入海之日』（高井有一）
『歡喜市』上下（立松和平）
『惶惑草紙』（三浦哲郎）
『稻垣達郎學藝文集』（稻垣達郎）
『未完反語派』（長部日出男）
『羊的冒險』（村上春樹）
『夏淵』（三好豐一郎）
『魂和意匠——小林秀雄』（秋山駿）
『哈雷彗星』（尾崎一雄）
『家族』（山口瞳）
『蟹屋女主人』（三浦哲郎）
『此國天空』（高井有一）
『春雷』（立松和平）
『四國山』（梅原綾子）
『遙遠的地平』（八木義德）
『倫理社會是夢色 詩集』（荒川洋治）
『望鄉 歌集』（福島泰樹）
『情書』（連城三紀彥）
『發自女人的聲音』（青野聰）
『深夜旅行的人們』（三浦哲郎）
『最終到達的一站』（結成昌治）
『馭手之秋』※（三木卓）
『石賦』※（原子朗）
『鼓笛』※（石本隆一）
『雷』※（來嶋靖生）
『世界終結與「計算士」』（村上春樹）
『總門谷』（高橋克彥）
『風樹』（福井馨）

昭和 ／ 平成

一九八六　一九八七　一九八八　一九八九（平成元）　一九九〇（平成2）

一九八七　國鐵民營化

一九八九（平成元）　昭和天皇駕崩　皇太子明仁繼承皇位　改元「平成」　實施消費稅制度

『時間的點滴』※（大島史洋）
『文學記號的空間』（森常治）
『遙遠的美國』（常盤新平）
『未見過的戰場』（長部日出雄）
『北齋殺人事件』（高橋克彥）
『窪田章一郎全詩集』（窪田章一郎）
『沙拉日記』※（俵萬智）
『從俳句到俳句』（佐藤和夫）
『海狼傳』（白石一郎）
『和異人們的夏天』（山田太一）
『夏空的櫂』（米川千嘉子）
『凍僵的目瞳』（西木正明）
『秋風酒場』（石和鷹）
『來自收容所的遺書』（邊見淳）
『夢的外部』（竹田青嗣）
『反骨——鈴木東明的一生——』（鎌田慧）
『替身——和母親有吉佐和子的日子——』（有吉玉青）
『少女們的田野』（鈴木志郎康）
『惡靈』（粕谷榮士）
『金色的獅子』（佐佐木幸網）
『由熙』（李良枝）
『來自遠國的殺人犯』（笹倉明）
『夜蟻』（高井有一）
『黃色的貓』（吉行理惠）
『人生檢證』（秋山駿）
『夜蟬』（北村熏）
『流淩到來之前』（森內俊雄）
『冬季少年』（清水邦夫）

平成		
一九九一		『花顔之人——花柳章太郎傳——』(大笹吉雄) 『日本的陰謀』(dusu 昌代) 『風之婚』(道浦母都子) 『妊娠日曆』(小川洋子) 『自動起床裝置』(邊見庸) 『夏姬春秋』(宮城谷昌光) 『緋紅記憶』(高橋克彥)
一九九二		『狼奉行』(高橋義夫) 『走向流域』(李恢成)
一九九三		『太郎次郎的東歌』※(三枝昂之) 『瀧的時間』※(佐佐木幸網) 『綴門犬婿』(多和田葉子) 『夜的悲哀』(三浦哲郎) 『重耳』(宮城谷昌光) 『風鳥』(清水邦夫)
一九九四		『吃東西的人們』(邊見庸) 『靈岸』(岩佐奈緒) 『無冠』(橋本喜典) 『檢查搜查』(中嶋博行) 『夢幻山旅』(西木正明)
一九九五	阪神大地震 地鐵沙林事件	『至福旅人』(篠弘) 『他的戰鬥』(保坂和志) 『雙腿的交替』(北村熏) 『三姐妹』(見延典子) 『上鏇坑具鳥 KULONIKURU』(村上春樹) 『龍的承諾』(服部真澄)
一九九六		『信長』(秋山駿) 『石風』(鈴木志郎康) 『隱菊』(連城三紀彥) 『季節的記憶』(保坂和志) 『萊剋星頓的幽靈』(村上春樹)
一九九七		『殘響』(保坂和志) 『恩寵之谷』(立松和平) 『路地』(三木卓)

主要参考文献

大沼敏男等校注『佳人之奇遇』政治小説集二　新日本古典文學大系明治篇17　岩波書店　二〇〇六年
青木稔弥等校注『坪内逍遙二葉亭四迷集』新日本古典文學大系明治篇18　岩波書店　二〇〇二年
菅聡子等校注『樋口一葉集』新日本古典文學大系明治篇24　岩波書店　二〇〇一年
塩田良平等編撰『樋口一葉全集』第一巻 筑摩書房　昭和四九年
西尾實等著『日本文學史』秀英出版　昭和四六年初版
塩田良平著『作品対照 近代文学史』武蔵野書院刊　昭和三五年初版
浅井清著『近代日本文學』放送大学教育振興会　一九九三年
分銅惇作等著『近代的文章』筑摩書房　一九八八年初版
島崎藤村著『破戒』新潮社　昭和二九年初版
中村真一郎編『島崎藤村』近代詩人二 潮出版社　一九九一年
森鷗外『現代日本文學館1』文藝春秋　昭和四二年第一版
菊池寛山本有三『現代日本文學館19』文藝春秋　昭和四二年第一版
小林多喜二著『蟹工船 黨生活者』新潮社　昭和二八年
壺井栄著『二十四の瞳』新潮社　昭和三二年発行
中島敦著『中島敦全集第一巻』筑摩書房　昭和五一年初版
大江健三郎著『芽むしり仔撃ち』新潮社　昭和四〇年
『井伏鱒二全集』第二十三巻 筑摩書房　一九九八年一二月初版
『全訳読解古語辭典』三省堂　一九五五年初版
桑名靖治編著『理解しやすい現代文・表現』文英堂　二〇〇三年
吉川弘文館編輯部編『日本史必攜』吉川弘文館　二〇〇六年

後記

日本文學的起源可追溯到公元七世紀以前，距今約有一千五百多年的歷史。從遠古時代到現今，日本積極引進外來文化，將其精華融入本國。於是又創造出新的、俱有獨特風格的文化。這一文化引人入勝，受到國際上的注目和喜愛。日本文化體現出日本人民的勤奮、認真、好學。文學亦如此。它呈現出日本文化的點點滴滴，都可感悟到民族之精神，感讀到日本人的思維行動和喜怒哀樂。

這些獨特文化的形成無疑與吸收外來文化相關。日本吸收外來文化可分為兩個階段。以明治維新為界，第一個階段是明治維新之前，即古代時期。主要特點為吸收引進東方文化，特別是中國文化。第二個階段是從明治維新時代開始，主要吸收引进西方文化。明治維新是日本歷史發展的重要轉折時期，期間，日本得到西方文明的啟蒙，文明開化與科技進步盛行，以驚人的速度邁入近代國家行列。而長期處於閉封自守的日本，之所以能夠接受並滲透西方文明到庶民階層，文學（包括翻譯）起到了重要作用。各個時代中，日本文學界湧現出眾多巨匠和不朽之作。這些作家們用自己敏銳的觀察和思考，通過文學的形式向人們，向社會，向時代提出質疑和思考，揭露社會矛盾，展示人間的惡與善。我們從這些文學作品中，既能瞭解到歷史和人類社會的發展，汲取歷史的經驗教訓，又能欣賞到名家們膾炙人口的至理名言，體悟到其文字背後的真切實情和思想，激勵人們去追求美好理想和願景。

隨著時代的進步，經濟發展與科技進步已為人類社會創造出難以計量的物質財富。我們看到物質財富在不斷豐裕的同時，一些人類的寶貴財富卻漸漸被遺忘和丟失。不擇手段的拜金，追求利己享樂的貪婪，在一些人的精神世界里已逐漸成為強勢。在現實生活中出現了迷茫、失落、焦慮、恐懼，苦惱等等，在面臨困境時變得不堪一擊。這些現象疊加起來，又在社會中產生不安定因素，造成諸多不和諧。氣候、環境、毒品、難民、恐怖襲擊等都是人類面臨的重大挑戰。我以為，挑戰與機遇始終共存。高科技發展已經把人類帶入新時代。新知識、新思想為人類帶來發展的新氣象。

然而，時代越發展就越需要給人注入骨氣的力量。而尋求這一力量的途徑之一就是讀書。認真讀一些優秀的文學作品。通過讀這些作品會瞭解人類歷史的發展過程，從中得到豐富的生活智慧和經驗，獲得寶貴的知識和精神財富。「好讀書，讀好書，善讀書」，這就是哲人所講的獲得真正力量的根本。這樣，我們就能看清世間，瞭解歷史，明察今日，展望未來。不斷充實自己，就能產生戰勝困難的智慧和力量，就能增強應對能力。

這裡，我想提及本書在終稿階段的第一個讀者郝青青女士。她的研究領域为教育學。感谢她作为一名年轻读者提出一些寶貴意見和感受。她提到，一般來看，讀文學往往容易滞留於文字表面。而這本解析，使人能學會如何欣賞文學作品，以字面表达為提示，去理解、深思其中的深層內涵和作者真意，會感到名著的份量。她的感受是，這些名著雖然誕生於歷史的不同時代，但其中的哲理和意義卻與今日脈脈相承。在理解一個不同國家文化和時代發展上課題诸多。而研究解答這些課題最好的方法之一就是去讀文學。在美好的藝術享受中，還會發人深省，琢磨其中之哲理，看到另一世界風景。她對這本解析的最大印象是，文学的價值和力量在于，让人们体味人類的精神和生活实践，从中获取知識和勇气，併變為推動時代發展的動力。

本書用了數年時間終於撰寫完成。首先要感謝櫻美林大學多年的支持和鼓舞，使我能有一個研究文學的極好環境。二〇一六年，學校批准我到海外研修一年。在這個極為寶貴的機會里，讓我能更加開闊視野，進一步進行比較研究和思考東西方文化和語言行為表達的不同。研修期間，我除了完成研修課題外，還能夠用一些時間對本書專心致志進行史料核實以及內容、文字上的再三推敲，书稿得以撰写完成。

本書是『日本古典文學作品解析』（張利利譯著 翰林書房 2011）的後繼。一起閱讀，就可以縱覽日本文學的歷史，欣賞到日本文學代表名著的全貌。在研究學習和生活中，如能起到參考作用，我將會感到十分欣慰。

藉此機會，我還要感謝多田野株式會社名譽顧問多田野康雄先生和藤江夫人。康雄先生是日本著名企業家。他和夫人也熱愛文學，精通歷史。感謝他們在日本歷史、文化、民俗、方言等方面對我的悉心指教。感謝多年鼓勵、支持、關懷我的家人和日中兩國的朋友們。特別感謝為本書的出版給予大力而誠摯協助的翰林書房今井肇社長和靜江夫人。

張　利利

二〇一七年三月於悉尼

【著者略歴】
張　利利
櫻美林大學准教授、中國作家協會會員、中國翻譯工作者協會會員，翻譯家。
中國內蒙古出身。北京外國語學院（現北京外國語大學）畢業后奉職中國人民對外友好協會及中日友好協會。1999年獲得香川大學研究生院教育學研究科教科教育（教育學）碩士學位。2003年獲得廣島女學院大學研究生院言語文化研究科日本言語文化博士（文學）學位。曾任株式會社多田野公司和高松大學講師。2007年開始奉職櫻美林大學。著作有《方丈記日中文學比較研究》、《日本古典文學作品解析》，論文有「額田王春秋競憐歌（16）日中比較」等。翻譯作品有《蒼狼》（井上靖）、《紅花物語》（水上勉）、《鐵與火花》（多田野弘）、《朝陽門外的清水安三》（清水安三遺稿集　清水畏三編）（共同翻譯）、日譯版『異國の地にて—傅瑩元大使講演録—』（《在彼處》傅瑩）等多數。

日本近現代文學作品解析

発行日	2018年 3 月20日　初版第一刷
著　者	張　利利
発行人	今井　肇
発行所	翰林書房
	〒151-0071 東京都渋谷区本町1-4-16
	電 話　(03) 6276-0633
	FAX　(03) 6276-0634
	http://www.kanrin.co.jp/
	Eメール●Kanrin@nifty.com
印刷・製本	メデューム

落丁・乱丁本はお取替えいたします

ISBN978-4-87737-429-7